消えた冒険家

Roman Dial
The Adventurer's Son

ローマン・ダイアル
村井理子 訳

AKISHOBO

目次

試行錯誤
失敗と恐れ
真実は手の届く場所にある
ささやきのなかの死は
あまりにも重く
妻と夫の人生は
色褪せてしまう

プロローグ：家族

妻のペギーが息子コーディー・ローマン・ダイアルを出産したのは、一九八七年二月二十二日、アラスカ州フェアバンクスでのことだった。僕が十代でペギーと出会ったフェアバンクスは、山登り、氷河でのスキー、川下りが盛んで、僕を惹きつけた。僕らは長男コーディー・ローマンと長女で妹のジャズをアラスカで育て、世界各地の手つかずの自然を巡る旅へと連れ出し、大自然に触れさせた。六歳のコーディー・ローマンと一緒に、アリューシャン列島を九十六キロにわたって踏破した。インドネシアのボルネオ島の人里離れた国立公園に家族旅行をし、熱帯雨林で人生が変わるほどの経験をしたのは彼が九歳の時だ。発展途上国の手つかずの自然の残る場所へ旅をすることは、彼を他の子どもたちから遠ざけることになったものの、コーディー・ローマンはレゴブロックで遊び、ビデオゲームを楽しみ、インディー・ロックを聞き、『ハリー・ポッター』を読み、普通の子どもと同じように公立校に通う、自然と冒険によっ

1989年　カリフォルニア北部の海岸にて、潮だまりを歩く

て固い絆で結ばれた家庭で育つ男の子として成長した。科学者、そして冒険家として、息子は僕にとって最も信頼できる相棒だった。

コーディー・ローマンは二十六歳でアラスカの大学院を休学し、東海岸に三ヶ月、そしてラテンアメリカに半年滞在した。火山、河、遺跡、鉱脈、ジャングルを単独で冒険し、途中で出会った旅人とも行動を共にした。旅の間じゅう、友人や家族に連絡を取り続け、旅程、地図、何が起きているのかを知らせてくれた。しかし、二〇一四年七月、単独で五日間の道なき道《オフトレイル》を行く詳細な計画を送ってきたのを最後に、コスタリカにいたローマンからの連絡は途絶えた。不安と罪悪感に苛まれながら、湧き上がってくる混乱をなんとか抑えつけ、手遅れになる前に息子の足跡を探すため僕は現地に向かった。

本書は、僕たちの人生と、息子の捜索についての記録だ。忘れられない言葉がいくつもある。書き写したものもあれば、何十年も語り継がれたものもあるし、想像によって記されたものもある。書くには痛みが伴った。懐かしさ、カタルシス、悲しみ、喪失。罪悪感との戦いだった。しかしこの物語は僕にとって大きな意味がある。大切な言葉が綴られている。コーディー・ローマンの名誉のために、真実を伝える義務が僕にはある。

第1部

第1章　ユージベリ

十六歳のリンダ・エクランドがワシントン州ロチェスター近郊の四万平米の農場を離れシアトルに移住したのは、養父、あるいは母親の荒々しいドイツ気質から逃れようとしてのことだったはずだ。リンダが僕の父と出会ったのは二十歳で、二人は恋に落ち、二十一歳で僕を産んだ。その四年後、妹のタマラが生まれた。

「私ってうっかり妊娠しちゃった子？」とタマラが聞いたのを覚えている。

「違うわ。でもお兄ちゃんはそう」と母は冗談で返した。冗談とはいえ、うっかりできた子と言われた僕は少し傷ついた。それを察した母は、こう続けた。「でも、お父さんはお兄ちゃんのことを大好きだったわ。だからもう一人息子が欲しいと言った。そして生まれたのがあなたよ、タマラ・ダイアル」母は、自立したばかりの自分を助けてくれた親友の名前をとって、妹をタマラと名付けていた。

父は叔父の名をとって、僕を名付けた。ポーランド生まれのローマン、そしてジョセフだ。シアトルの南側イーナムクロウの農場で二人は父の親代わりのような存在だった。父は一度も実父に会ったこともなければ、自他共に認める都会かぶれで、アウトドアには興味もなかった。遠方にいる、なぜだかぶっきらぼうな二人に会ったとき、どうして父が不器用な親だったのかを理解した。どうすればいいのかわからなかったのだ。

少年であれば誰もが父に憧れるように、僕も父に憧れ、暗闇で電球に吸い寄せられる蛾のように惹かれ、観察し、学び、できる限りのことを習得した。父ボブ・ダイアルとの最高の思い出は、一九七〇年二月、九歳のときのものだ。博士号を持つ土木技師だった父は、交通の流れを類型化するコンピュータモデルを開発しており、バージニア州北部で職を得た。東部のフォールズ・チャーチにある新居までタマラと母は飛行機で向かったが、父はブルートという名のシェットランド・シープドッグと僕をポルシェ・スピードスターに乗せて現地に向かった。

セコイア並木の続くオレゴン州の海岸沿いを縫うように進み、ロッキー山脈とシエラ・ネバダ山脈を越え、カンザス州の平原を抜け、ミシシッピ州東部の硬葉樹林を走り抜けるという素晴らしい旅だった。田舎の曲がりくねった道を僕を膝に乗せて銀のスピードスターを走らせ、大陸を眺め、語りあった。この旅は僕に父との温かい思い出を残し、そして固い絆を結ばせた。絆を持ち続けるには、時にメンテナンスが必要だと、後に気づくことになるのだが。

一九七〇年五月、両親がアラスカ行きの切符を買ってくれた。アラスカ山脈のユージベリに

1973年ワシントン州ロチェスター　著者と叔父のブライアン・デッカー

住む母の兄と過ごすためだった。当時僕にとってこの旅は、友人たちがサマーキャンプで経験する冒険の代わりのように思えた。しかし成長してから考えてみると、両親が僕をアラスカに送ったのは、夫婦としての関係を立て直そうとしていた時期だったのではないかと思うに至った。母の引き出しにあった古い写真には、その年の夏以降のボブ・ダイアルと家族のものは一枚もない。タマラと僕は週に一度だけ父に会い、父は頻繁に迎えの時間に遅刻した。僕たちのことより自分の人生に忙しい父を、家のなかでがっかりしながら座って待っていた。

ユージベリに行った夏、両親の問題は僕にとってどうでもいいことになった。祖母の農場よりもアラスカのほうが楽しい場所だということしかわからない子どもだったのだ。祖母はシアトルから一時間半の場所に十数頭の牛、豚、ウサギと住み、菜園とブラックベリーの茂みを所有していた。シアトルの動物園に行くことが退屈になってしまったのは、ユージベリでは自然のなかを探索し、野生動物を発見することができるからだった。

伯父のジンとブライアンは、姉の息子の痩せっぽちで早熟で、常識を知らない都会っ子の僕に優しくしてくれ、何かあればすぐに笑いながら諭《さと》してくれた。教室や本が教えてくれない自然と人生について、彼らが教えてくれたのだ。

ジンはフェアバンクス空港で僕を出迎えると、僕を後部座席に乗せ、南に車を走らせた。僕は鼻を窓ガラスに押しつけるようにして景色を眺めた。初めてのアラスカ旅行。極地の夏特有の真夜中の太陽と建物が一切ない土地、フェンス、砂利道の向こうに広がる人間の力では作ることができない景色に、僕はすでに魅了されていた。ジンはフォードのピックアップトラックでパークス高速道路を三時間ほど走ると、南のヒーリーに向かった。

砂埃をできるだけ抑えるため、ジンはゆっくりとトラックを走らせ、アラスカ山脈の麓《ふもと》を覆うようにして生い茂る成長不良のトウヒやアスペンの林を抜けた。ユージベリの炭鉱町に続く鉄道の支線をなぞるようにして、彼はフォードを導いた。支線の遥か下には荒々しいネナナ河が見え、その凍った灰色の水が轟《とどろ》く様子は見つめていると催眠術にかかってしまいそうで身がすくんだ。橋の向こうに見える道は、緩やかな崖を燃え上がる炭層の煙を縫うようにして延びていた。南の方向に進むと白い凍土帯の上に、頂上にまだらに雪を残す山がそびえていた。

伯父たちはユージベリ炭鉱で働き、暮らしていた。点在する金属の板、木製の下見板の建物がトレイラーの横に並ぶような有様で、ユージベリはとてもユージベリ炭鉱会社の企業城下町とは言えなかった。伯父たちは重機を操縦してなだらかな丘陵から石炭を採掘する作業に長時間従事していた。母が僕を二人に預けるとき、ブライアンとジンは明らかに忙しそうだった。だから、そこでの時間を楽しむのも自分次第だった。伯父二人が自由にさせてくれたから、幸運なことにやることには事欠かなかった。

ちょうど九歳年上だったブライアンは僕と誕生日が一緒だった。小柄で心優しく、楽しそうに弧を描く眉毛と青い瞳が特徴的だった。ブライアンは、ときおり言葉に詰まったが、つっかえつっかえ言おうとするその様子はかえって彼が伝えたい気持ちを強調するのだった。彼が末っ子だったからかもしれないし、僕が年下だったからかもしれない――説明せずとも僕は十分彼の弟に見えたはずだ――彼は友人たちに胸を張って「年下の甥っ子だ」と僕を紹介した。ジンがそうしていたように、彼も僕を「ローム」と呼ぶことが多かった。

「おい、ローム！」ジンが僕のカバンをユージベリで最初の夜を過ごすブライアンの小屋に運び込んでいる時だった。ブライアンがにやりと笑いながら言った。「今日はここで寝ていいぞ。ジンと俺は明日仕事があるけど、週末にはジンのバイク《カワサキ》で遊びに連れてってやる」ジンは妻のフェイと三歳の息子、赤ん坊の娘をユージベリに連れてきていて、隣の一軒家に寝泊まりしていた。フェイは僕を監視する役目だったが、放ったらかしにしてくれた。石炭を集めに出かけて誰もいなくなってしまうこのキャンプでどう生き延びればいいか、ブライアンが簡単に教えてくれた。「これがオーブン。それからここに……」彼は冷蔵庫を開けた。「フライドポテトがある。オーブンのスイッチを入れて、クッキーシートにポテトをのっけて、いいにおいがしてくるまで温める。なんでも好きなものを食えよ。でも、ぜ、ぜ、絶対に小屋を……燃やすんじゃねえぞ！」彼は笑いながら言った。「それからな」ブライアンは真顔になった。「万が一、ここを離れるんだったら絶対にムースを連れていけ。それじゃあ、また今夜会おうぜローム！」彼はそう言い残すと仕事に行き、僕はムースと探検に出かけた。ムースとはキャンプで飼われていた犬だった。ジンはムースを半分狼だと言っていて、僕はその言葉を信じた。ムースの毛皮は厚く、僕が飼った経験のある犬たちの毛皮とは違っていたし、体高があって胴体も長く、ジャーマン・シェパードの骨格に長い前腕、どっしりとした趾《あし》がついていた。背中を撫でてやるとムースは尻尾を振って、犬特有の笑顔を見せた。一九七〇年代、アラスカの家にはテレビもコンピュータもなかった。伯父たちのそんな住処には、本と剝製術の通信教育講座、伯父たちから預かっていた二十二口径のライフル、そして僕が乗るには大きすぎるカワサキのダートバイクがあるだけだった。キックスタートを失敗した時にフロントブレーキのレバーが真っ二つに割れてしまっていた。キックスタートをしようと思ったら、バイクがバランスを失って倒れる前に、痩せた両脚を浮かせた状態でバイクにまたがり、右足でキッカーを思い切り下げてイグニッションを入れ、クラッチをローに繋ぐしかなかった。いつも間に合うとは限らなかった。間に合ったときは鉱山の道路を走り回り、自分がバイクを運転できることを喜んだ。しかし、ただ走るだけでは満足できなくなってきた。

僕のお気に入りの探検は徒歩で行くか、ムースについて道なき道を行くことだった。柳の木、ハンノキを押し分け岩を飛び越え、小川を渡り、ゴーストタウンを探索した。サントラナ、そしてリグナイトと呼ばれる石炭は採掘し尽くされていたものの、ディーゼルの匂いが残る場所だった。アメリカアカガエルが凍土帯の沼で待ち構え、茂みにはカササギ、北方林にはアメリカアカリスがいた。僕は『ピーターソン・フィールドガイド』［アメリカで出版されている自然探索用図鑑］を持ち歩き、鳥や哺乳類を確認した。本は科学者になりたいという夢を育んだ。ユージベリ近郊の自然は僕の夢を形作ってくれた。

秋のはじまり、ジンが弓矢を使ったヘラジカの狩猟にスタンピード・トレイルまで連れていってくれた。真夜中の太陽の季節は過ぎ、夜になると暗くなり、頭上に北極光が煌《きら》めいていた。ヘラジカを見つけるために朝早く出かけた。ヤナギランの赤い葉についた霜が解けるまで、足の指が温まることはなかった。できるだけ音を立てずにいたものの、ジンは振り返ると「おまえ、自分がやかましいってわかるか？」と言った。笑うと大きな義歯がきらきらと光った。本物の歯は、親友と喧嘩をしたときに折れてしまったのだ。枝を踏まないように、茂みを揺らして音を立てないように、そしてもちろん声を出さないように、よりいっそう気をつけた。熊が出たら必要だからと言ったジンの所有する三・六キロの.30-06スプリングフィールド弾用ライフルを担ぎ、彼の後ろにぴたりとくっついて歩いた。ジンが茶色い巨体を見つけた。僕らはその巨体に静かについていった。先に行くから待てと彼が言った。僕はライフルを抱えて、辛抱強く待ち続けた。ジンに言いつけられた通りスコープに注意しながら、虫が這い回り、葉が落ちるのを見ていた。

突然、ジンが茂みから姿を現した。雄牛が近くにいることに気づいて、「牛だ」と囁いた。我々が狩りをすることが許されていたのは雄のヘラジカだけだったから、森の中にアメリカカンボクの芳香が強く漂ってくるまで先へ進んだ。「気温が高すぎるから、ヘラジカは寝転んでいるはずだ。今日はダメ。ユージベリに戻ろう」と言った。ジンの教えは質素な農場生まれというルーツと、世界中を航海したアメリカ海軍での経験に基づいたものだった。

その年の秋の終わり、郊外のコーディー・パス近くで、ジンは僕抜きで雄のトナカイを狩ることに成功した。ジンはその上質な肉とヴェルヴェットと呼ばれる短い被毛に覆われた角を持ち帰った。まるで皮膚のように、ヴェルヴェットには血管が広がっていて、フルサイズに伸びるまで角の隅々に栄養を送り、成長させる。成長すると雄はヴェルヴェットを擦《こす》り落とし、その白い角を牛や他の雄に見せつけ、時には交尾のために角で戦うこともある。ジンはそれを標本にするよう僕に頼んだ。剥製術の教科書にはガソリンで流すとヴェルヴェットの血液が排出されると書いてあった。毛に覆われたその角にガソリンをかけ、頭蓋骨の皮膚の間に防腐剤を塗り込み、ラックを飾り板に固定した。家に戻る飛行機にはトナカイの角と自分で剥製にした大型の真っ黒いカラスを梱包して積みこんだ。自立と責任を学び、自分がやりたいことをすべてやり尽くした夏の、価値がつけられないほど貴重な二つの土産ものだった。

翌年の夏、バージニア州在住の友人の父親が僕らをアパラチア山脈に連れていってくれた。シェナンドー国立公園にある御影石でできた不毛な丘、オールドラグに登る予定だった。丘が視界に入ると言った。「ほら、あそこだ。ブルーリッジ山脈だぞ！」

「山じゃないって！」と、アラスカの雄大な風景に慣れた僕は言った。「あんなのちっぽけな丘だ。雪だってないじゃないか！」

二十二口径、ムースという名のウルフドッグ、そしてバイクと過ごしたアラスカでの夏について学校の子どもたちに話したとしても、友達が増えるわけではなかった。「嘘はやめろよ、ローマン！」と言われるのがオチだ。そんな批判の矢面に立っても、東部では得ることのできないアラスカの自由と冒険への情熱が醒めることはなかった。アラスカでの経験が僕に、何にでも挑戦する自信と強さを与えてくれた。両親は一九七〇年から別居をはじめ、四年後、僕が十三歳の時に離婚した。

両親の結婚が破綻《はたん》したあと、母はバージニア生まれの紳士的な法律家ルー・グリフィンと再婚した。僕らは彼を「父さん」とは一度も呼ばなかったけれど、ルーは妹と僕にとって理想の父親だった。母と彼は十代の僕のミルクヘビやプレソドン科の両生類、間欠泉、ミズゴケ属の苔への興味を育ててくれた。母は家族旅行の行き先を決め、その計画を立てることまで僕に任せてくれた。

ＡＡＡ道路地図や「ナショナルジオグラフィック」誌の記事の情報を参考に、僕は自然史を巡る遠方への旅行を計画した。ファミリー向けステイションワゴンを母とルーが交代で運転し、アパラチア山脈に生息する色とりどりの両生類や、昆虫を食べる植物が見られるという南部の沼地を探して進んだ。爬虫類を探して、夜のアリゾナ砂漠を走り抜けた。母は国立公園を巡るツアーの途中に、僕と妹のタマラを祖母の農場に連れていくため、アメリカ横断までしてくれた。

僕らの旅に何度も参加した親友のマイク・クーパーと一緒に、あるいは単独で生き物を探すあいだ、タマラはいつもモーテルのプールで泳ぐか、母とルーと一緒に過ごしていた。犬や馬により強い興味を抱いていたタマラは、新米科学者である僕らが我慢できた泥、虫、蜘蛛の巣からは距離を置いていたのだ。

子どもたちが土地を耕した農業時代と、室内の娯楽に時間を費やす現代との間にあった六〇年代と七〇年代は、少年が一人で遊びに出ることができた牧歌的時代だった。例えば僕が住んでいたフォールズ・チャーチのホームズ・ラン・エーカーズのような郊外の土地は、当時、自然の生態系にうまくかみ合っていることが多かった。州間高速道路四九五号線に沿って広がる最後の未開の大地チャイルズ・トラクトは、僕の家からたった二ブロックの距離にあったのだ。森や小川や沼地を何時間も探索し、森で過ごす方法を学んだものだった。

マイク・クーパーと僕はチャイルズ・トラクトで見つけたピンクのアツモリソウや鮮やかな緑色の水苔《スファグナムモス》を育てるため、自室に蒸し暑いテラリウムを作った。ブクブクと泡を出す水槽には、小川で捕まえた亀や沼地で捕まえたブチイモリを入れた。母の下着が入ったタンスの中に脱走したヘビが入ってしまってからは、寝室のドアを閉めておくよう母は穏やかに、しかし何度も僕に声をかけた。

母は教育熱心で、タマラと僕を近所の画期的な少人数制の私立小学校に通わせた。観察眼のある科学や英語の教師たちが、僕の科学や自然への強い興味を、エッセイの執筆や研究プロジェクトとして昇華させてくれた。しかし思春期を迎えたあと、興味の矛先は爬虫類の飼育から、女の子という存在へ向けられるようになった。

公立高校の三年になると、自然史の学びよりもアドベンチャースポーツに傾倒していった。地上から遠く離れた場所で肉体の限界に挑むロッククライミングの刺激に夢中になり、高度なクライミングをやってのける二人の若者と行動を共にするようになった。ディーター・クロスとサヴィー・サンダーズだ。高校を卒業した我々三人は、ディーターの白いフォードエコノラインに乗ってコロラドを目指した。僕は貨物列車とヒッチハイクで西へと探検を続け、夏の終わりにはアラスカ行きのフェリーに乗った。

アドベンチャースポーツへの強い感心と優秀な成績を知った両親と隣人たちが、プリンストン大学やダートマス大学への進学を勧めてくれたものの、それはできなかった。アラスカへの三回の夏旅行が——一八九九年にアラスカを探検した地理学者ヘンリー・ガネットが警告していたように——「最高のものを最初に見ることによる喜びの可能性」を狭めてしまったようだった。僕の居場所は、あの場所しかなかった。

両親はきっと失望したにちがいないが、僕を説き伏せようとはしなかった。入学案内の表紙にアラスカ山脈ハンティントン山の写真を掲載する、故郷からは遠く離れたアラスカ大学フェアバンクス校（ＵＡＦ）で科学を学び、冒険し、再び自分のやりたいことをやろうと考え、出願した。

十六歳で北へ向かった僕はあまりにも幼く、アイビーリーグ教育の恩恵を理解することができなかった。しかし、もうすぐ六十歳となる今になってこれを記しながらも、当時アラスカに移住したことについては、微塵《みじん》も後悔はしていない。

第2章　テン・ナイン・テン

一九七七年秋、新入生としてUAFのキャンパスに辿りつくまでには、金も恋愛も名声も、すべて険しい山のために捨てたクライマーだと自認していた。険しい頂上に向かって直進する山登り《アルピニスト》ではなかったものの、そうなりたいと思っていた。高校生になった時から抱き続けていたその欲望は、ほぼ十年近くにわたってアラスカへの夢の土台となっていた。

他のクライマーとの出会いを模索するなかで、彼らの文化の中心地が大学から四ブロックほど離れた場所にある三階建ての中規模アパート、サンドヴィック・ハウスであることがわかってきた。階段を昇って開け放たれたドアに向かうと、サンドヴィックのパーティーになだれ込んだ。ステレオからはオールマン・ブラザーズ・バンドの曲が大音量で流れていた。マリファナの煙が部屋を満たしていた。リビングルームの壁にはタペストリー。学生、退役軍人、地元の人間がビーンバッグ・チェアに寝そべったり、立ったまま身を寄せ合ったりしていた。ビールを飲む人もいれば、マリファナを吸い、土産話、嘘、秘密、冗談を言いあう人もいる。地元でヘイズ山脈と呼ばれるアラスカ山脈中心部の地形図が、寝室へと続く廊下の片側の壁に貼られていた。廊下のもう片側の壁沿いには、二十リットルサイズのバケツに植えた大麻草だ。栽培用ライトのおかげで地形図は読みやすかったし、大麻のおかげでとても愉快だった。

パーティーに参加していたのは、フェアバンクスのクライミング界の有名人たちだった。リビングでは俳優ハーポ・マルクスに似た男がちやほやされていた。鋭いウィットとアラスカにそぐわない厚かましさのある当時二十三歳のカール・トビンは人気者でもあり、同時にフェアバンクスの新しいアルピニズムを担う存在だった。この時から三ヶ月後、カールはそれまでアラスカの氷山専門クライマーたちが一度も成し遂げたことがなかったヴァルデス郊外の百八十八メートルの滝、凍ったブライダル・ヴェール・フォールへのクライムに初めて成功する。

一九七八年二月までに、地元の滝で十分な練習を積んだ僕とUAFの学生の二人で、ブライダル・ヴェールに挑戦した。それまで一度も経験したことがないような険しく長いクライムを終えたのは、日もとっぷりと暮れた頃だった。キャンパスでスライドショーを終えた一週間後、トビンが声をかけてきた。「おい、ブライダル・ヴェールに登ったらしいな」彼はにやりと笑い、僕は頷いて返した。彼のスター性に心を奪われつつも自分の存在を知っていてくれたこと、成し遂げたことが知られた喜びを感じた。

それから一ヶ月も経たないうちに、経験豊富なスキー登山者のグループが、アラスカ山脈の大峡谷、ルース氷河への十日間の旅に誘ってくれた。タルキートナから雪上飛行機で飛び立った我々が向かったのはデナリの麓《ふもと》だった。まずは低い山を登り、そこから切り立った岩壁の下に広がる輝く氷河を、百キロ弱向こうにある高速道路までスキーで進んだ。グループのなかで僕が一番スキーが下手だったのにもかかわらず、人生で数少ない、期待を上回る経験だった。同時に、想像を遥かに超えた威圧的かつ魅力的な経験だった。初めて経験する、自然の残る山への探検だった。自らを取るに足らない存在と思わせてくれ、力を与えてくれるこんな挑戦をよりいっそう求めた。

山旅に必要なサバイバル技術と氷山を登るための特別な技術を合わせ持つことで、アルプスの山々を登るノウハウと、他の登山者たちをアラスカの冒険に導くための自信を培うことができた。大学一年から二年の間の夏に、高校からの友人サヴィー・サンダーズとともに大峡谷で三週間を過ごした。その翌年、ブルックス山脈のアリゲッチ・ピークスへの一ヶ月の探索を取り仕切り、集団の力関係に

テン・ナイン・テンの東壁

ついて痛みを伴う教訓を得たのだった。

本や雑誌で見たアリゲッチの、荒野に佇む幾何学模様の山頂は僕を魅了した。一冬かけて旅程を計画し、ルートを思い描いた。最も印象的な山頂のショット・タワーには、特に時間を費やした。ディーターも連れていくと言うサヴィーを呼び寄せた。ディーターは、登山のパートナーで当時二十五歳の、我々に比べたら大人のマイク・ベアージを参加させた。僕の友人は二人とも二十歳で、僕は十八歳だった。学校が休みに入るとヨセミテまでヒッチハイクをしてディーターに会いに行き、数週間かけて一緒に山登りをした。

ディーターと僕はバージニアでもヨセミテでも、当然アリゲッチでも打ち解けることがなかった。ヨセミテの渓流に膝まで浸かったディーターは、安全な場所まで引っ張ってこなければ、百八十メートルの高低差のある滝にあと少しで流されるところだった。ディーターは、僕に命を救われたのは確かだけれど、アリゲッチにいる間はそれを感謝していないように見えた。アリゲッチでは、ニーチェのいわゆる権力闘争は、まるで『蠅の王』〔ウィリアム・ゴールディングのディストピア小説。疎開地に向かうはずだった飛行機が墜落し、無人島に取り残されたイギリス人少年たちが秩序を作ろうとして挫折、やがて暴力に支配されていく〕からじかに生まれたようだった。

アリゲッチで過ごした八月は、連日雨模様だった。登山ができない気候のせいで、読書をし、マリファナを吸い、罰ゲーム付きでカードゲームをし、チョコレートバーを均等に分けて過ごすしかなかった。テント内に閉じこもる日々だ。僕より強く、賢く、面白く、登山の上級者であり、親友と一緒にいたディーターはあっという間に主導権を握り、僕の決断を批判するようになった。夢と描いた冒険は、辛辣な言葉しか投げかけてこない誰かと過ごすニセモノのキャンプ旅行になってしまった。僕とディーターのように最初の段階で安定していなかった関係は、ストレスの蓄積された環境では、より悪化することを学んだ。もっとも大切なのは、目的や目標よりも一緒に行動する仲間だ。

アルピニストになるという目標と同時に、将来的にはフィールド・サイエンティストになりたいと考えていて、ＵＡＦでは野生動物管理学を専攻していた。学期ごとに数学のクラスを受講するよう助言してくれたのは父だった。科学の共通言語である数学を学んでいれば、後に学科変更も可能だと知っていたからだ。野性動物学のカリキュラムに数学を組み込む余裕はなかったが、生物とその環境の科学である生態学は必須だった。ＵＡＦの生態学コースは、生涯続く自然に対する僕の好奇心に名をつけ、将来のキャリアを示してくれた。

生態学は七十年代にプリンストン大学の生態学者ロバート・マッカーサーによって数式化された。マッカーサーの生態学は数学の修士号と生物学の博士号がベースとなっている。僕は生態学に目覚めたことで学問の道で成長を遂げることができたと言っていい。僕のような数値を重んじる動物研究者に対して科学を提示してくれた。僕は専攻を生物学に変更して、ＵＡＦで受講できるすべての生態学を選択した。それに加えて、副専攻として数学を選んだ。

生物学と数学の学位取得を目指して学んでいた僕は、生物学科にとっては「生物学博士になりたい数学者」と見えただろう。対照的に、数学科の教授は論文評価の仕事を僕に与えてくれ、将来役に立つ数量的能力を伸ばすことができた。数学の授業を連続して受講するなかで、「アメリカン・ナチュラリスト」誌や「セオレティカル・ポピュレーション・バイオロジー」誌に掲載される技術論文に触れる機会が多くなっていった。山での冒険を重ねるたびに、アラスカの自然も身近になった。

キャビンのドアの前に立ち、ニヤリと笑うカール・トビンの顔を見て僕は面食らってしまった。一九八〇年二月のことだ。彼はキャビンに入るとブーツを勢いよく脱いで、バックパックから数本のビールを取り出し、青い氷壁と、白く輝くスレンダーな山頂の写真を見せた。ハンティントン山の可愛い妹のような姿だった。

「すごいな」と僕は感嘆して口にしていた。「どこの山？」

「テン・ナイン・テンの東側」とカールは答えた。フェアバンクス在住の山登りたちの間で、その標高をとって一万九百十《テン・ナイン・テン》フィート〔三千三百二十五メートル〕と呼ばれている四面体の山だった。「どうだ？　登りたいか？」

氷山へのスキー旅行の経験は数回あり、アリゲッチではロッククライミングを、ヴァルデスではアイス・クライミングも経験していたが、当時の僕は顔にニキビの残る十代の若者で、失敗に終わった前年の冒険の痛手から立ち直っていなかった。「ああ……そうだな」と僕は息を大きく吸い込んで言った。「どうやって？」

「ここからだ」彼の指は青い氷の表面の真ん中を辿り、ゴツゴツとした岩の密集地帯を抜けて、空に突き出すように延びる山頂に到達した——本物のアルピニストのルートだ。

フェアバンクスで最も実力のあるクライマーが、僕が十五歳から夢見ていたルートで一緒に登ろうと誘ってくれていた。チアリーダー部のキャプテンにセイディー・ホーキンス・ダンス「女性が男性を誘うダンスパーティー」に誘われたのに断ってしまった、シャイで生真面目な高校生という過去を持つ僕は、ここでもイエスと言えなかった。

「すごくきれいだろ、な?」と、彼は説き伏せるようだった。

「ああ、もちろん。そりゃ行きたいけど」と僕は答え、「でも……」と、ディーターとの一件を思い出しながら「俺にはまだ無理だよ」と言った。

「でもショット・タワーには登ってるじゃないか。ブライダル・ヴェールの氷ほど難しくはないはずだぜ」

彼の確信めいた言葉に感謝しつつも、仕事や大学のことも気がかりだった。「どれぐらいの期間で行く予定?」

「登山のことか? コンディションによるけれど、登りに一日、下りに一日だ。それとも旅程全体か? それだったら二週間だ。飛行機で入って、スキーで戻る」彼はニヤリと笑った。「考えといてくれ」

一週間も経たないうちに僕はカールを探し出して、行くと告げた。大変だったのはアラスカのクライマーだった上司の説得だ。かつて僕に「俺のパートナーは全員、死ぬかクライミングをやめるか、どちらかだ」と言っていた人だ。ヘイズ山脈に二週間の旅程で行くことを相談した彼の答えは「ああ、行けよ。でも、戻ってきた時に仕事があるとは思うな」だった。

覚悟を決め、道具を整備し、食料を調達、その後、数週間かけてジムでトレーニングを積んだ。ジムのバルコニーには、カールと僕と数人の男たちが、天井から下がった八メートルのロープを両手で登る様子を眺めている、美しいブロンドの女性がいた。若く、小柄で、アーモンド形の目の下の頬骨が高く、大きく口を開けた笑顔が特徴的だった。**シャツを脱いだカールが目当てに違いない**と僕は考えた。

一週間後、カールと僕は飛行機でヘイズ山脈に到着した。最後の給料のすべてをつぎ込んで、自分が負担するチャーター料金を支払った。パイロットは我々をテン・ナイン・テンの真下に降ろしてくれた。九百十五メートルの山肌は距離も短く、簡単そうに見えた。遠近感のトリックもあって、がっかりしてしまいそうな光景だった。数年後、カールは「遠近感なしで、山に登ることはできない」と僕に言った。

朝、垂れ下がるような氷に覆われた険しい山々に囲まれながら、我々は上を目指した。ルートのちょうど真ん中あたりでカールが、氷に覆われた垂直に近い御影石を抜けるように進んでいった。カールはワートホグ――マクベスの短剣に似た氷用金属製くさび《ピトン》のこと――を安全のために打ちつけた。後ろについた僕のアイゼンが、黒板に立てた爪のような音を出して軋《きし》んだ。僕はそれをより高い場所に打ちつけようと、岩の割れ目からイボイノシシを引き抜こうとした。「抜くな！」とカールが上から声をかけてきた。「足を止めてる場合じゃない！」

　足先は凍りつくように冷たく、まだルートの半分までしか到達できていないという状況で、僕は素直にイボイノシシを氷に覆われた岩の亀裂に残し、カラビナ［一部開閉ができる楕円形の登山具］とスリング［つり索。カラビナと合わせて使う］を外し、先を急いだ。氷上をじりじりと進むと最後の頭壁に辿りつき、そして天候が嵐に変わった。

　積雪量が増して我々は狭い尾根で足止めされ、そこで穴を掘って夜を過ごすことになった。カールがショベルで掘った雪洞は、腰のあたりまで埋まるだけの浅いものだった。体を丸めるようにして小型のテントに潜り込み、体を痙攣させながら、何度も目を覚ましつつ眠る我々の足は、雪洞の端から外に投げ出された状態だった。明け方までには、顔が雪煙に覆われていた。散々な状態だったものの、望んだ通りの貴重な体験となった——これぞアラスカの山登りだ。

　嵐が過ぎ去り、その日の朝は澄み渡って寒々としていた。無風の頂上に到達すると、カールが温かいココアのためにコンロで雪を溶かす間、山頂からの景色を眺めた。失敗への恐れを抱えた後の成功は、うれしさもひとしおだったが、とはいえ下山しなければならない。我々はそそり立った頂上部からキャンプまで下り、荷物をまとめ、道路まで氷の塊をいくつもかいくぐるようにスキーで下山した。僕らは真っ白な山肌の見事な勾配に満足していた。未経験の十代の若者とともにテン・ナイン・テンの垂直ルートを登ったことで、カールは地元の賞を受けた。

　その垂直ルートをカールと登ったことは、僕にとって特別なことだった。しかし数年後のある夜、サンドヴィックのパーティーでカールが、「テン・ナイン・テンを一緒に登る相手は誰でもよかった」と言うではないか。僕の表情が曇るのを見ると彼はすぐに「でも、お前と登ることができてうれしかったよ」と付け加えてくれた。カールはパートナーの気持ちを大事にするだけではなく、安全確保《ビレイ》にも気を配っていたし、僕らは何度も素晴らしい冒険を共にすることになった。緊張感のあるアウトドアでの経験は、パートナーとの絆を固くも、脆くもする。

テン・ナイン・テン登頂後フェアバンクスに戻った我々は、登山ハイからあっという間に現実に引き戻された。誰もが知るカップルだった友人二人が、地元の山で悲劇的な滑落事故を起こしていた。UAFの卒業生ピーター・マッキースは、アラスカ・アルパインクラブ会長で、ガールフレンドはフェアバンクスで最もタフな女性クライマーだった。クレバスの間に挟まれ、手脚を三ヶ所骨折した彼女は、バックパックで作った簡易テントで一晩過ごし生還したが、ピーターは戻らなかった。

　冒険好きのコミュニティーは、誰もが悲しみに暮れていた。しかし春の日差しが僕に高揚感をもたらし、悲しみを忘れさせた。ジムでロープを登る様子を見学していた美しい十八歳の新入生、ペギー・メインに声をかけたのだ。

第3章　ペギー・メイン

授業がすべて終わったその日、ペギー・メインは全身に日差しを浴びながら、図書館の階段の一番上に立っていた。暖かい日だった——美しい春の日だった。僕らはそれまで会話したことはなかったが、二人とも、この瞬間が来るのを予感していた。友人のエレノアが、ペギーが冬の間じゅう見ていたのは僕だと教えてくれた。「でもねローマン」とエレノアは言った。「彼女、あなたのタイプじゃないと思う」

その場所に立つペギーを見た瞬間、僕は、それは僕が決めることだと思った。

テン・ナイン・テンでの成功が彼女に話しかける勇気を与えてくれたが、どちらが最初に声をかけたのかについては、四十年後の今になっても意見が合わない。白いオーバーオールを着た細身の彼女は、長いストレートのブロンドの髪を背中まで伸ばしていた。五月の日差しに負けないぐらい、彼女の笑顔は輝いていた。青緑色の瞳が僕の目を捉えた瞬間、僕らは制御できないほど互いに惹かれ合った。

その日の晩にキャンパス内で開催される演劇に彼女を誘った。隣に座った彼女に、肘が、膝がほんの少し触れるだけで、全身に電気が走り、演劇の筋を追うどころではなかった。観劇が終わると、太陽が完全に沈み、その直後に昇りはじめる夜中過ぎまで散歩をしながら、語り合った。ペギー・メインはクライミングに興味はなかったが、僕にははっきりと興味を示してくれていた。

学期が終了した翌週から、僕らは毎日一緒に過ごした。大学裏手の森を散策した。フェアバンクスの埃舞う自転車道をサイクリングした。キャンパスから三ブロック離れた彼女の姉と義理の兄の家で一緒に過ごした。モーリーンとスティーブの窮屈な家で、ペギーは僕の髪を切ってくれた。肩につくほど伸びた襟足の髪を切るたびに僕の体に押しつけられる、彼女の引き締まった小柄な体。その親密感に胸が高鳴った。

僕と同じく、ペギーはおしゃべりが好きだった。僕らは歩きながら、並んで自転車を漕ぎながら（どちらも車を持っていなかった）語り合った。数週間が数ヶ月となり、僕らはベッドの上で時を過ごすようになり、そしてそこでも語り合った。

ペギーの人格が安っぽいクライマーの僕を変えた。彼女は僕に分かち合いを、他者への思いやりを、そして自分自身に責任を持つことを教えてくれた。あの頃も、そして今も、彼女は自分の黄金律に従って生きている。僕の行動について不満があるときは、決して容赦はしない。

男子五人、女子五人の十人兄姉の末っ子として虐待する父親のもとで育った彼女は、常に素晴らしい洞察力と共感力を見せてくれた。神経のすべてが外方向にフォーカスされているかのように、彼女は他者のデータを収集し、分析し、対応しているようだった。僕が見ることができないものを、他者のなかに見いだすのが彼女で、成果ではなく、人となりで判断するのだ。出会った年の夏、僕は山に登るためにコロラドに旅立ち、その後仕事でバージニアに向かった。ペギーはサーモンの缶詰工場で働くためにアラスカ半島に向かった。僕らは手紙で連絡をとりあった。缶詰工場で働く人たちのこと、面白いできごと、そして彼らの日々のもめごとを彼女は書いてくれた。そして僕についても尋ねてくれた。

1986年7月ブルックス・レンジにて　ペギー

　僕は「君が恋しい。君の瞳、声、肌の感触が恋しい」と返事を書き、別れた場所まで彼女を迎えに行くのが楽しみだと伝えた。

　冬になって、僕は電気も水も通っていない、暖を取るための小さな薪ストーブがあるだけのキャビンに引っ越した。キャンパスからは数キロ離れたミラー・ヒル頂上近くのクロスカントリースキーコースの外れにその場所はあった。氷点下の気温が車を所有していない僕を横着にし、学生寮のペギーの部屋で一緒にベッドにもぐり込んで、冬の夜を幾晩も過ごした。二人で枕に頭をのせて、子どものこと、家族について話すこともあった。

「テレビのない家で七人の子どもと暮らしたいわ」と、体を触れあわせながらペギーが言い、「若いうちに産みたいな。だって、一緒に若くいたいから」

「七人はどうかな！」と僕は答えた。「世界中を子どもと旅して、自然、文化、熱帯の山、亜熱帯のビーチを一緒に楽しみたいよ」

部屋を明るくするような笑顔の小柄な彼女は、子どもに好かれる女性だった。初等教育の専攻は彼女に合っているように思えた。明るい性格で、姪っ子にも丁寧に接することができる彼女は、注意深く、愛情溢れる母になる女性だと僕には思えた。

一九八一年五月、夏の缶詰工場での仕事が終わると、僕らは遠方のアラスカ山脈東部デルタ山脈と、その近場のツンドラ高原グラニット・トアーズに一泊旅行をした。ゴツゴツした岩の塔がある場所だ。ペギーは舗装されていない場所でキャンプをしたことも、岩場を登ったことも、山でハイキングをしたこともなかった。気軽な経験を彼女と一緒に楽しむのが僕は好きだった。危険な冒険がしたかったら、いつでもカールと一緒に氷山に行けばいいからだ。

生物学研究や数学の宿題で自分の時間が削られていた。学生の多くがそうだが、僕も卒業後の進路については何の展望も持ち合わせていなかったけれど、指導教官は研究を続けるべきだとアドバイスしてくれた。僕の人生のゴールは、教授になることかもしれない。博士号を取得するということは、「科学者になる」というおぼろげなキャリアプランのどこかにあることだった。そうなるまで、クライミングはなにより優先されるだろう——もちろん、ペギー・メインが一番だけれど。

八十年代初旬、毎年のようにクライミングでフェアバンクスの有名なクライマーが命を落とす事故が発生していた。しかし僕は怯《ひる》まなかった。一九八二年までに、アラスカにおけるクライミングのアルパイン・スタイル［急峻で難易度の高いルートを登攀する登山スタイル］は——例えば未開の急なルートをスキーで数百キロも登るような——僕の得意分野となっていた。アルパインの厳しさを約束する山頂は依然として僕を魅了し続けていたが、山頂から下に広がる自然と厳しさのコンビネーションにより心を奪われるようになっていた。山頂の手前は、動植物、川や森、自然の音やにおいなど、よりカラフルで濃密な経験を与えてくれた。アルパインルートの岩、雪、氷はモノクロだ。川底から山頂に登れば、アラスカ大自然の全景が織り込まれた満足のいくタペストリーが完成する。

一九八一年三月、嵐に見舞われ食料が底をつき、三人組の僕らはナインティー・フォー・フォーティー・エイトと呼ばれる切り立った山頂からの退避を余儀なくされた。テント内で待機している間、落ち着かなかった僕は、ツンドラ平野をスキーで横切ってハイウェイまで行き、もう一度旅をやり直そうと提案した。しかしテントにいた二人はどちらも興味を示さなかった。僕は地図もテントもなく、パートナーもいない状態で、とりあえず道路に向かって進み始めた。テン・ナイン・テンに共に登頂したあと、カールと一緒にスキーで進んだ氷河沿いのルートを九十キロ戻るには、五十五時間かかる。ツンドラの上に一人で立ち、考えた。**どちらのルートが早いだろう？** レースをすればわかる。

　フェアバンクスでは、ヘイズ山脈縦走スキーレースというアイデアは好奇心を掻き立てる話題だったし、ビールを飲むやつばかりのサンドヴィックでは、特にそうだった。その年の秋、スキーレースという着想は重要な局面を迎えていた。UAFのキャンパス内で行われたガイド協会の会合中に、やんちゃな雰囲気をたたえた三十代中頃の男性が、フライヤーの束を並べたからだ。僕は一枚手に取り、そして読んだ。「アラスカ山脈と大自然《ワイルダーネス》クラシック：ホープからホーマーまで、陸地のフットレース。必要な機材と食料はすべて自分持ち。道なき道を行け。動物も、金も、アシスタントさえもいない過酷なレース。ゴールまで突き進め」

「よう」と、やんちゃそうな男が笑った。「ジョージ・リプリーだ。レースに興味があるみたいだな」リプリーは明るい表情をした丸顔の男だった。大きな耳が目立つので、人の話をよく聞く男に見えた。

「ああ、**確かに**。僕もレースを開催したくってね。でもアラスカ山脈の話で……ハイウェイからハイウェイをスキーで競争したいんだよ」ジョージはますますにやりと笑った。「それじゃあ、まずは俺のレースに参加するってのは、どう？　そしたら、君のレースに俺が参加するからさ」

この年の八月、十人のアラスカ男がアンカレッジ近郊のホープに到着した。初日が終わるまでに、アンカレッジ在住二十七歳のデイブ・マンツァーに追いつかれた。二日目の夕方にはスキラック川で足止めをくった。灰色の水が六十五メートルの幅で渦巻いていたのだ。レースのコース上で泳ぐことを余儀なくされたのは初めてだった。怖気づいた僕らは、キャンプを張ることに決めた。ろうそくを取り出し、着火材に垂らし、マンツァーは火を起こした。

「紅茶でもどうだ？」と彼が聞いた。

アルピニストの僕には焚き火の経験があまりなかったが、この日の心地よい暖かさは大歓迎だった。五十五歳で白髪のディック・グリフィスを含む参加者数人が程なくして追いついた。静かな自信と骨張った輪郭が、テニスシューズ姿でバックパックを背負ったクリント・イーストウッドを彷彿とさせる男だった。

大きなバックパックを背中から下ろしながら、「よお、なにやってんだ？」とディックは言った。「若造は、とっくに家に戻った頃だと思ってたよ！」

「明日の朝まで待ってから泳いで渡ろうと思ってね。太陽が氷を照らさなければ、水かさが減るだろうし」とマンツァーが言った。

「**泳ぐ**、だって？」ディックは信じられないといった様子で聞いてきた。「こんな氷だらけの川、泳げるわけないだろ！　凍っちまうし、なにせ流れが速すぎる。背中にたっぷり荷物を担いで、どうやって泳ぐつもりだ？」僕らは、確かにそうだと頷いた。ディックはクスクス笑って、青い角が生えた赤いバイキングハットを手に取ると、「あんたら若造は、確かに足は速いが、山ほど食うのに頭は空っぽだな」と言い、ハットを被り、青い角を揺らしながら、呆れた様子で首を振った。

「これだよ」と彼は言いながらバックパックに手を伸ばし、小さなビニール製の一人用パックラフト［折り畳み式の軽量カヤック］を取り出して足元に広げた。一キロ程度しかなさそうな代物だった。「なんだよ、それ？」と誰かが聞いた。「俺の秘密兵器さ」と、ディックは再びクスクスと笑った。

「年の功と悪知恵が、若さと技術を制すって言うだろ」

マンツァーと僕は顔を見合わせた。「フォックス川もこれで渡るつもりだ」とディックは囁いた。フォックス川のある渓谷は三十キロにも渡ってハンノキが生い茂る湿地帯で、歩いて向こう岸に辿りつくには三十時間かかる計算だ。ディックはそこを五時間で渡ってしまうという。

翌朝、ディックは小型のパックラフトを膨らませると向こう岸まで漕いで渡った。レース関係者が安全のために持ったロープに、体を縛って川を渡ろうとしたのはマンツァーだ。しかし、流れに向かって泳いでいく途中、ロープが足に危険な状態で絡みついてしまった。マンツァーはもがき、ディックはマンツァーが溺れないようにパックラフトを漕いで助けに戻った。これが教訓となり、僕はロープなしで泳ぐことにした。そして体を温めるために先を急いだ。

翌日、僕らはジョージに追いついた。彼はうっそうと茂る藪を抜ける獣道に僕らを案内した。「獣道って最高。そうだろ?」と大げさに言いながら、肩越しに僕の目を見ていたずらっぽく笑ってみせた。マンツァーの焚き火、ディックのパックラフト、ジョージの獣道が、自然を旅するための新たな教訓を僕に与えてくれた。十年以上前に伯父たちがそうしてくれたように、僕は息子に彼らの技術を伝えることになる。ザ・ワイルダーネス・クラシック――開催から三十八年を経て、その名で知られることとなるそのレースは、僕、ペギー、息子、友人たちにとって、アラスカを近づきがたい自然からスポーツ満載の遊び場へと変えてくれた。特に、ディックの「秘密兵器」パックラフトは大活躍だった。

ワイルダーネス・クラシックスが終わって数ヶ月後、ペギーと一緒に南への六ヶ月の旅に出た。行く先は自分たちで決める自由な旅行者として、世界を見たかったからだ。ペギー・メインは旅を続ける生活には慣れっこだった。マサチューセッツで生まれたペギーは、オハイオの小学校に通い、そこからオレゴンに引っ越した。十二歳のとき、父親が妻と六人の子どもたちを連れて車でアラスカに向かった。ブッシュと呼ばれる道路が整備されていないような地域での一攫千金を夢見たのだ。

メイン一家はまず、カナダ国境付近にあるトックという町に移り住んだ。次にアラスカ北西部、北極圏にあるイヌピアック族の村、セラウィックに引っ越した。ペギーが高校を卒業したのは、両親がブッシュ地域の村で臨時採用教師として就労する合間、アンカレッジに滞在していた時だ。UAFに通うために、卒業後すぐに彼女は喜んで家を出た。アルコール依存症で支配的で恐れていた父から離れることができたから。

夏の間じゅうUAFで働いた僕らは——僕は工具を売る店で、ペギーはペンキ屋で——稼いだ金を手にしてメキシコまでおんぼろの赤いトヨタのピックアップトラックで走った。五百ドルで僕が買ったのだ。カナディアン・ロッキーを眺め、雪靴を履いてイエローストーン［有名な間欠泉オールド・フェイスフルを有するアメリカの国立公園］を歩き、ヨセミテではロッククライミングを経験し、グランドキャニオンをハイキングで横断した。アリゾナではトゥーソンでピックアップを停めて、ソノラとバハ・カリフォルニア半島を自転車で旅した。メキシコでは自転車に乗り、ハイキングに出かけ、山に登り、食事を楽しみ、三ヶ月を過ごした。そして東に車を走らせ家族に会い、その後北へ進んでアラスカに戻った。

ペギーは数々の冒険のさなかに、限界を超えるようなプレッシャーをかけると尻込みをすることが多かった。過保護な彼女の父は、中産階級の家庭に生まれた十人の子どもたちの安全ばかりを考え、ペギーに決して自転車を与えなかったばかりか、泳ぎ方を教えることも、自然のなかのキャンプも、怪我をするかもしれない経験を許そうともしなかった。「私たち十人のなかで、深刻な怪我をした子なんてひとりもいない」とペギーは言っていた。父親の戦略は成功した。そう育てられたことで彼女はリスクを回避するようになり、僕のようなリスクを冒す行動をする人間とぴったりマッチしたということだ。

大陸横断という経験は、互いにコミュニケーションを取ること、シェアすること、妥協すること、家族がしっかり機能するために必要な技術を僕らに教えてくれた。分かち合う人生のなかで、子どもの輪郭のようなものも見えてきた。一九八三年五月にフェアバンクスに戻ると、以前数学科で指導教官をしてくれていた人物が僕を呼び止め、UAFが新設する大学院について教えてくれた。彼は「ローマン、このプログラムは君にぴったりだと思う」とも言ってくれた。

UAFで数学の修士号を取るために学べば、学部生のときに築いたエコロジカルモデルの分析を続けることができる。大学院生の助手として働けば経済的なサポートを得られるし、数学を教える技術も習得することができる。自然科学の分野で自分が思い描いていたキャリアプランにはないことだったが、ペギー、子どもたち、そして僕らの未来の冒険にとって、この決断は良いものに思えた。

ヘイズ山脈の険しい山が、僕に先を急がせるとは、このとき予想もしていなかった。

第4章　雪庇

アラスカに戻ってすぐに、マクギニス・ピークに登るためにヘイズ山脈に向かった。山脈の麓でパートナーが、前の晩に見た夢について僕に打ち明けた。先導していた僕が転倒し、彼は自分が助かるためにクリップを外し、滑落する僕を見捨てた夢だったそうだ。ただの夢とはいえ、その告白で僕はロープの固い絆に不安を抱えながら山を登ることになった。危険なコンディションに追いつめられたものの、ルートには名前をつけた。

「無慈悲な急峻な縦溝《クーロワール》」だ。

二年後、快活な登山家チャック・コムストックとともに同じ場所に戻った。がっちりした体格、ブロンドの髪、けんか早いチャックは、僕が知る限り最もタフな男だ。彼の登山スタイルは野蛮で、僕を含め多くが無能なやつだと誤解した。岩でも氷でも、かろうじて食らいついているような姿で、彼は手足をばたつかせる。山中の岩や氷の上に落下しても、どうにかして生還して、周囲の人間を恐怖に陥れた――あるいは、触発したと言ってもいいだろう。

男同士の友情を描いた映画に出てくる二人がそうであるように、僕たちはすぐに打ち解けたわけではなかった。二人で初めて挑んだ冒険での口論でチャックは、俺に背中を見せるなと警告してきた――アイオワ育ちのいかにも田舎の男といった口調で、こう凄んだのだ。「脳天にピッケルをぶっ刺すぞ、ローミン・ダアァル」。後日、サンドヴィック・ハウスで些細なことで僕と彼は喧嘩をした。部屋の隅に追いつめられたコムストックが、僕の顎にパンチを見舞った。僕はやつの腹をぶん殴り、テーブルに投げつけ、テーブルが潰れたところで喧嘩を終わらせたのだった。

1984年1月　ヘイズ山脈の雪庇

そんなことがあっても、僕たちは互いをパートナーとして受け入れ、無慈悲なクーロワールを目指した。完全に凍り付いているため、落石の危険が少ない三月を選んで飛行機で向かった。山頂に辿りつくまでに、僕の経験上最も困難だった氷上での先導を含む三日間を費やした。その傾斜を僕らは「意見の違い」と名付けた。チャックが先導した「複雑な心境」は、さらにきつかった。薄い氷に覆われた尖った岩だらけの急勾配をいくつも攻略し、僕らはようやくクーロワールを終え、雪に覆われた尾根を頂上まで登った。

三日目の夜、頂上でテントを張った。空がインディゴ色に染まり、アラスカの冬の寒さが訪れると、眼下のヘイズ山脈が闇に包まれた。気温は氷点下三十度。僕は冒険用のダウンパーカーと合成繊維の寝袋のなかで寝返りを打ちながら、体を震わせていた。夜明け前に目を覚まし、暖を取るためにテント内で温かい飲み物を淹れた。

僕らは無慈悲なクーロワールについては満足していた。もしかしたら、満足しすぎていたのかもしれない。なにせ、ヘイズ山脈で最も困難なクライミングのひとつを制覇したばかりだった。そして、マクギニスの南東の尾根も難しい挑戦だということはわかっていた。うぬぼれた僕らはナイフのように尖った稜線を、鞍のないポニーにまたがった好戦的なカウボーイのように下ったのだ。そこで僕らが辿りついたのは、どこまでも続く雪庇《せっぴ》［風下に向かって垂れ下がっている状態の雪の塊］だった。同年代では最も経験豊富なアルピニスト二人がカナダ最高峰を登山中、跡形もなく消えたのは、同じような雪庇が足元で崩れ、ロープに繋がれた無力な二人に死をもたらしたからだ。

五年前のテン・ナイン・テンで、カールが雪庇のある尾根の攻略法を教えてくれていた。「いいかローマン、もし俺が雪庇を壊したら、逆側に飛び移れ。いいな?」ロープで繋がれた二人が雪庇を挟んで両側にいれば、足元に広がる氷河に落ちはしないという考えは怪しいものだったが、南東の尾根を無事に下降するにはそれしかなかった。

胃の痛むような二時間の先導の最後に、僕はアルパインの煙突掃除人のように、ごつごつとした岩の塔を縦に走る氷の亀裂を滑り落ちた。ツインパラレルロープで固定されていた僕らは、マクギニスと隣の山の間にある鞍部《あんぶ》［馬の鞍のように尾根が沈んだ部分］に分かれて落ちた。僕が辿りついた場所は、チャックを安全確保《ビレイ》するには適した場所だった。オレンジ色に縁取られた青い影が、尾根を横切るように伸びていた。太陽は間もなく沈み、気温はマイナス三十度になるだろう。風が上がってきた。

チャックが合流してくるのを待つ間、僕は先を見た。鞍部の向こうに、白いハヤブサが黒狐の亡骸にかぎ爪を立てるように、雪庇が剝き出しの岩に張り付いているのが見えた。ここでキャンプを張ることはできないし、日が暮れるまでにこの厳しい稜線を攻略する時間はない。

チャックが到着するまでに、緊張感と怒りで一杯になった僕は、そのストレスをチャックにぶちまけた。

「チャック！　キャンプする場所なんてないんだぞ！　先導していたときに、なぜ教えてくれなかったんだ？」安全な場所にキャンプを設置しなかったのは、どちらの責任なのかと僕らは言い争った。チャックはそんな口論を静かな声で終わらせた。

「ああ、わかった。ローミン・ダアァル」と彼は、寒さで動かなくなった顎を動かして静かに言い、「ここで別れよう。俺はストーブと鍋を持っているし、お前もストーブと鍋を持っている。シャベルだってある。お前はお前のロープを持って、俺は俺のロープを持つ。そして別の道を行くというわけだ」チャックは自分のロープを解き、末端を僕の足元に落とした。

大きく口を開けるようにして広がる空間と同じぐらい目を見開いて、僕はぼろぼろになったロープの端を見つめた。「チャック……すまない、僕が悪かった……君が正しいよ。僕の責任だ。僕が言うべきだった。この鞍部でキャンプするってのはどうだ……頼むよ、チャック。ロープを結び直してくれ」

チャックは遠くを見つめ、きれいな白い雪の上にコペンハーゲンの噛み煙草を勢いよく吐きだした。

「頼む。チャック、心からのお願いだ……申し訳なかった。もうすぐ死ぬほど寒くなる。チャック、おい、頼むから。頼むからロープを繋ぎ直してくれ」

彼は青い瞳を凍ったブロンドの睫毛の向こうで細めた。飼い主のもとに戻るかどうか悩む、脱走した犬のような表情だった。仕方ないといった様子でチャックはロープを結び直し、先を歩き出した。山頂以降、最も幅の広い尾根に沿って進むと、ツインラインが繰り出されていった。ロープの半分の長さ分向こうにいる彼は、百二十センチ長のピケを安全確保のために雪に打ち込み、ピッケルを使って尾根を調べた。その理由が僕にはわからなかった。キャンプする場所を探しているのかもしれない、もしかしたら足場の確認をしているのかもしれない。その時、流れるような動きで彼が一瞬にして僕の視界から消えた。

ロープのおかげで何が起きたかを悟った。テン・ナイン・テンでカールが言ったことを思い出したのだ。僕は尾根から跳ね飛ばされた。空中に転がり出た僕は、側転し、飛び跳ねながら雪だらけの坂道を下った。すべての景色がスローモーションでぼんやりと過ぎ去っていった。痛みも、恐れさえも感じずにリラックスした状態の滑落はとても長く感じられ、もしかしたらピーター・マッキースのように命を落とすのだろうと考えていた。死なかったとしても、滑落して生還した他のやつらのように、腕も足も折れたまま、何日も救助を待つことになるのだろう。僕は祈っていた。**ああ神様、僕の骨を折らないでくれ。どうしてもっていうのなら、命を奪ってくれ。**

結局、ロープの末端からヨーヨーのようにぶら下がり、僕は生き残った。柔らかな霧氷と太陽光が降り注ぐ空間にぶら下がりながら、僕は確認した——工具、金具《クランポン》、バックパックはすべてあり、僕は怪我をしている、ヘルメットはどこだ？　僕のヘルメットは？　下を見た。マクギニスの麓の氷河目指して一気にスピードを上げるオレンジ色の点が見えた。**もしロープが切れていたら、僕はボロ人形のように転がるあのヘルメットみたいになっていたに違いない。**

尾根越しに固く張り詰めているロープが僕の命を救った。ところでチャックは？

ロープのメカニカル・アセンダー［登高器。高所の作業、ロッククライミングで使用される。効率よくクライミングするためのアイテムで、上方への移動を支援する］を使って尾根まで自分を引っぱり上げた。向こう側でしっかりと固定されている何かは、チャックの死体なのか？　雪庇が残した雪の表面に、ロープが深く食い込んでいた。十メートル弱の稜線の塊――厚さ一・五メートル、幅四・五メートル――が破壊されて、そこから崩れた雪がチャックを急で暗いクーロワールに閉じ込めていた。生きているチャックの顔を見たいと願いながら、その無慈悲な谷を覗き込んで確認すると、絡まったロープを垂らしながらゆっくりと、少しずつ登ってくる人影が見えた。

「チャック!」僕は下に向かって声をかけた。「大丈夫か?」

「ああ!」と彼は叫んで答えた。「手を怪我しちまったよ! でも大丈夫だ!」

「がんばれよ、チャック! 今から降りていくからな! アンカーを打ち込んでくれ!」僕は雪庇の固い雪にピッケルを打ち込んで、彼のところまで懸垂下降していった。彼は無事なようだった。血も出ていないし、怪我したところもないようだ。「よかったよ、チャック。何が起きた?」「実はな、ローミン・ダアァル……」と彼はゆっくり口にした。それまで見たことがないほど震えながら、「不気味な穴が雪に開いていて、屈《かが》んで中を見たんだ。そこでキャンプができるかと思ってな。快適な雪の洞窟でも掘ってやろうと思ったんだ。気づくと滑り落ちていて、雪をどっさり被っちまった。ロープが切れるかと思ったぜ! ようやく止まったと思ったら……このザマさ」

浅いビバーク用の洞窟を掘ることができる、雪が深く、そして柔らかい場所まで、暗闇のなかを三百メートル程度懸垂下降した。狭苦しかったが、安心できたし、生きていることが幸運だと噛みしめた。朝になり、再び氷河まで三百メートルほど懸垂下降し、よろよろとキャンプに戻り、スキーを履き、氷河を進み、凍った小川を下った。

当時は、もう一度戻ってマクギニスの東側を登ろうと考えていた。しかし一旦フェアバンクスに戻って考えてみると、南東の尾根での出来事の真実は、チャックが落ちた暗がりのようにあからさまだと理解できた。どれだけ優秀であっても、山は容赦しない。ジャンキーが麻薬を打つことを愛するようにアルピニズムに心酔していた僕だが、依存は断ち切る必要があった。死んで伝説となった三十歳よりも、二十五歳の元アルピニストのほうがよっぽどましだと考えたのだ。

マクギニスは、僕がアルピニストのルートを辿る最後の機会となった。

第5章　コーディー・ローマン・ダイアル

マクギニス・ピークで危うく命を落としかけた後、僕はペギーに結婚を申し込んだ。一九八五年六月、家族や近しい友人に囲まれて、ミラー・ヒル・キャビンの裏手にある広場で結婚式を挙げた。結婚式の後はマウイへ新婚旅行に行き、その後はモーリーンとスティーブの家から一ブロック離れた場所にある、寝室が一部屋しかない家に住みはじめた。結婚して登山から足を洗うことは正解だと思えたけれど、アラスカの自然が僕を惹きつけて止まなかった。

翌年五月に修士号を取得すると、僕とペギーはトランス・アラスカ・パイプラインからブルックス山脈をクロスカントリーで横断する千六百キロの縦走に向かうことにした。テント、パックラフト、パドルに加えて四週間分の食料や機器を載せたそりを引っ張っていた。五月から八月まで、ブルックス山脈では日が暮れることはない。

しかし道からわずか八キロほどのところで、積雪が午後の日差しで溶けて柔らかくなり、スキーで進むどころか、歩くことさえ困難になった。渓谷の縁まで登り、そこでキャンプしつつ気温が下がるまで待ったが、雪はそのまま凍ってしまった。「もうここにいようよ」ペギーは、最初の夜に気温が氷点下になったとき、そう提案した。

眼下にクユックテュブック川流域を見渡すことができる渓谷の縁で、東の方角にテントを張った。僕たちはその野営地で待ち続けた。連日の好天でテントの中はまるで温室のように暖かかった。僕たちは服を脱いで――厳密に言えばその時はまだ新婚だったこともあって――二回目のハネムーンを楽しんだ。テントに閉じ込められて、ペギーは文句を言った。「旅行中にこんなにお菓子を食べたのは初めて。テントのなかで寝てるだけなのに、一日に三回もチョコレートを食べるだなんて！」

「それの何が悪いんだよ？」と僕は聞いて、チャックと一緒のときの食料不足やカールと山頂でビバークしたときよりはましだと思っていた。

日中は裸で汗だくになり、夜は寝具の下で抱き合って眠ることに僕は満足していたが、ペギーはもっと体を動かしたいと言いはじめた。渓谷の雪は、先に進むには柔らか過ぎだったが、日没後の

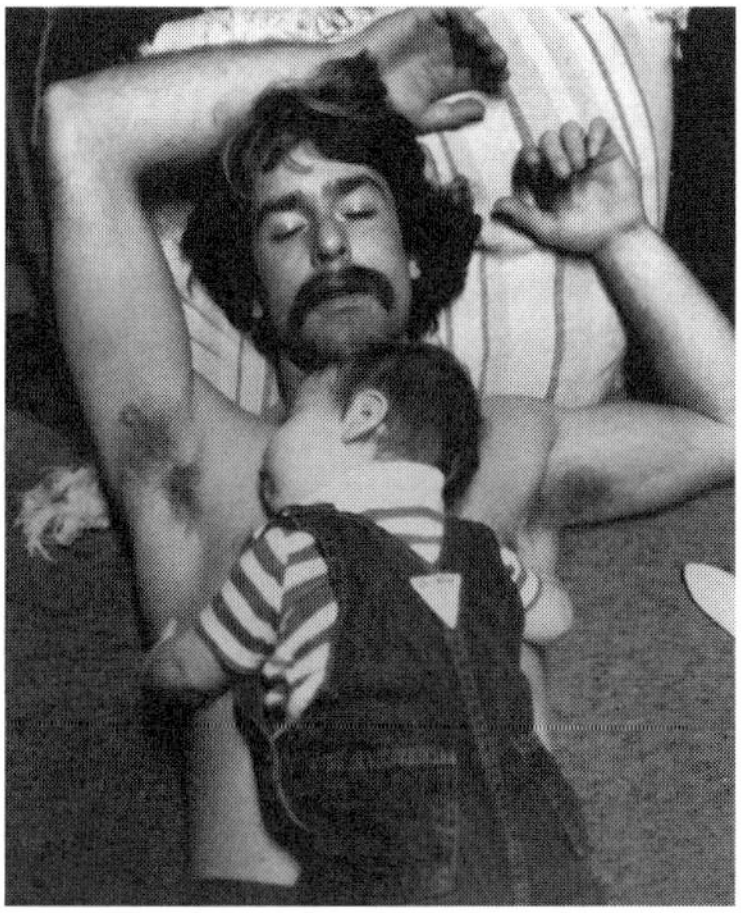

1987年11月　父と息子

野営地の上方のスロープは、歩くことができる程度に凍っていた。ブルックス山脈北側の向こうに見える真夜中の太陽の光の下、僕たちは毎夜山を探検して一週間を過ごした。緩やかな稜線に出るまで七、八百メートル登り、ボードゲームの「へビとはしご」のように、座って滑り降りた。僕とペギーはピッケルを一本持っていて、ペギーはそれを急勾配の雪の滑降をコントロールするために使っていた。僕は長くて頑丈な石を同じ目的で持っていた。

ある日、丘で夜を過ごした後のテント内で、ペギーは目を覚まし、テントの外に頭を出して空を見た。午後三時だった。「最悪」と彼女は言った。「まだ灰色だわ」曇りだということは、旅をするには柔らか過ぎる雪が再び降るということ。「私たちまるで囚人ね」

「愛の囚人だよ」と、僕は少しだけ言い直し、彼女をテントのなかに引き戻した。

五月の柔らかな土壌が原因で山脈から追い出された僕たちは、七月に再びクユックテュブック川に戻り、一ヶ月かけて散策し、パックラフトで移動することにした。五百六十キロの旅のちょうど真ん中辺りで、ペギーが妊娠していることがわかった。何か新鮮な食べ物でつわりを楽にしようと、イワナの一種、カワヒメマスを捕まえた。水のなかに入るのが不安そうだったペギーの手を握り、小川や川を渡った。パックラフトに二人で乗り、僕がパドルを漕ぎ、ペギーは歌を歌った。毎日、僕らは片時も離れなかった。毎夜、一人用の寝袋をキルトのように広げて体を包み、互いを暖めた。喧嘩をし、仲直りをした。グリズリー・ベアに遭遇したときの恐怖は忘れられない。僕が構えた震えるライフル銃の照準内に、ずっとそいつはいた。僕らを追いかけ、とうとう匂いに辿りついたとき、やつはわずか数メートル先で止まっている状態だった。ブルックス山脈で過ごした一ヶ月間が、それまで身近だった誰よりも強く、僕らを結びつけていた。

何年も後になって、ブルックス山脈で開催されたワイルダーネス・クラシックにペギーと僕はエントリーした。そのコースはクユックテュブック川方面に向かうものだった。レース開催前の打ち合わせで地元のパークレンジャーが、クユックテュブックとは先住民のヌナミウト族の言葉で「何度も愛を育む場所」という意味だと教えてくれた。ペギーは笑って、僕を見た。

「あの人、どうして知ってるのかな？」

クユックテュブックへの旅行から九ヶ月後、フェアバンクスの寒波が終わった日の夜中直前、ペギーが産気づいた。「ローマン、赤ちゃんがうまれる」

「違うよ、前駆陣痛じゃないかな」と僕は、出産の兆候ではない、ただの子宮収縮だと答えた。そして「さあ、寝なよ」と言い、寝返りを打った。

彼女は笑った。「これは本物。私にはわかる。さあ行くよ！」起き上がると、彼女はベッドルームで破水した。赤いトヨタの小型車に乗り、フェアバンクス病院に急いだ。一九八七年二月二十二日のことだった。

初めての出産を迎える母親の多くが同じだと思うけれど、ペギーも夜通し苦しみ、汗をかいた額に髪が張り付いていた。なすすべもなく、僕はただ、陣痛に合わせて僕の手を握りしめる彼女の手を、握り返してやることしかできなかった。血と粘液が絡みついた僕らの生まれたての赤ちゃんが、とうとう頭を先にして出てきたとき――僕はもう少しで気絶するところだった。ペギーが、僕よりずっとタフな人間なのは明らかだった。

僕と同じように幸せそうに、クタクタになりながらも、彼女は息子を抱いてあやしていた。僕は生命誕生の奇跡の目撃者というだけで、出産をしたのは彼女だ。初めての子どもが男の子でうれしかった。父として息子との絆を深めていくことを、自分の父はしてくれなかったので、その絆を築いていくことが楽しみだった。ペギーは僕に「ローマンがもう一人欲しい」と言っていたので、僕の名を息子のミドルネームとした。ファーストネームは、子どものころ夢見たユージベリの遥か向こうにある大地、コーディー・パスから名付けた。コーディー・ローマンは、僕よりもずっと先に進んでくれるだろうと考えたのだ。

この年の冬、僕らは寝室が一部屋しかない家で過ごし、乳児のコーディーが幼児へと変身する様子を観察した。壁に体をつけてバランスをとりながら立ち上がり、自分の足が体を支えていることに驚いた彼は、はっとして僕らを見た。小さな手は柔らかかった。家の中を一緒に歩く僕の人差し指を、その指がしっかりと握りしめていた。

ある日、床に座っていたコーディーが、何かを期待するような眼差しで僕を見上げていた。彼はその時十ヶ月で、赤いセーターを着ておむつを穿いていた。壁を背に、足を突っ張るようにして体を支えるようになって、一週間ほど経っていた。僕は彼を見て微笑んだ。「立ってごらんよ」僕はそう励ました。混乱したように、コーディーが僕を見た。「立ってごらん！」僕は力を込めて言った。

するとと、驚くべきことに、コーディーはスムーズな動作で前屈みになり、両手両脚を床について、そして自分だけの力で立ち上がったのだ。僕が笑い返すと、彼は体をぐらぐらと揺らしていた。

「ペギー！」僕は大きな声で呼んだ。「ペギー！　コーディーが立ったぞ！　自分の足で立ったんだ！」

ペギーは走ってやってきた。二人揃って彼の歩みを見守った。新しく手に入れた自由を楽しみながら、彼は歩き、微笑んでいた。

赤ん坊のコーディーは毎夜ぐっすりと眠り、よちよちと歩き回るような子だった。早い段階から集中力が高く、好奇心旺盛な子どもだった。バックパックのキャリアに乗せて、自転車や歩きで外に連れ出した。胸に彼を抱えた状態で、二人で寝てしまうこともあった。何をやっても泣き止んでくれないこともあった。布おむつを替えても、食事を与えても、揺り動かしても、あやしても、面白い顔をしてみせても、面白い音を出しても、なんの効果もなかった。そんな彼を落ちつかせることができるのは、ペギーだけだった。

一九八六年春の原油価格の暴落はアラスカ経済に大打撃を与え、フェアバンクスの街中ではどのブロックにも「売家」の看板が目立つようになっていた。バローで数学を教えるという話が立ち消えになってしまい、古くからの友人、マットに連絡を入れた。マットはUAFで鉱山学の学位を取得後、アラスカ・ゴールド社で働きながらノーム市で暮らしていた。アラスカ最大の鉱山会社なのだから、肉体労働の口があるだろうと考えたのだ。ペギーとコーディーはフェアバンクスに留まり、僕は職を求めて西へ向かった。

マットは犬ぞりの名手でありエンジニアで、犬の世話をする代わりに「犬小屋」で寝泊まりすればいいと言ってくれた。吠え立てる白いそり犬たちに朝飯を与えると、僕はマウンテンバイクに乗って雪解けがはじまった広場に向かった。そこではみ出し者の労働者たちが金を採掘するために永久凍土層を溶かしていた。アラスカ・ゴールド社は一九四〇年代に造られた二艘の巨大な採金船を、貯水池に浮かべて操業していた。船首には一トンのバケツが並んだベルトコンベアがあった。大きな音を響かせながら凍土帯を掘り起こした土を、巨大な桶に運ぶためだ。鉱脈から見つけた天然の金塊をそこで洗い流していた。僕が働いていたのは六号浚渫《しゅんせつ》機の近くで、永久凍土層の深さ二十五メートル地点に埋められている五センチの鉄製パイプに水のホースを繋ぎ、頑丈なツールを使ってジャッキしたり、回したりして、凍り付いたパイプを外すことだった。

稼ぎのほぼ全てを家に送る時給十六ドルの仕事には満足していたが、ペギーと赤ん坊のコーディーと離れて港の小屋で暮らすのは孤独だった。この年の春、高校卒業から十年目の同窓会が開かれることになっていた。十年が過ぎたというのに、高校を卒業したての子どものような若者と肩を並べて働いているなんて。僕は博士号を取るべき時期に来ていたというのに。

暖かいノーム市の平野で一冬を過ごしたあとプリンストンやスタンフォードの賑わったキャンパス内の大学院を訪れ体験したのは、アラスカの辺境との対比だけではなく、文化の相違でもあった。見栄っ張りなプリンストンの雰囲気にはうんざりしたが、スタンフォードはとても居心地がよかった。ベイエリア近くにはマウンテンバイク用道路やアメリカ杉の森があり、岩の多い海岸線はスタンフォードのアウトドアな雰囲気を持つ学生や、多岐にわたる学科と同じぐらい魅力的だった。

スタンフォードのジョナサン・ラフガーデン教授は、背が高く細身の男性で、モップみたいな茶色い髪を丁寧になでつけ、横分けにしていた。才気に溢れ、ハーバード大卒という経歴にふさわしい、ふくろうのような姿の彼は、難解なアイデアをわかりやすく説明しようと身振り手振りを交え、楽しそうな様子で表情を輝かせていた。カリブ海に生息するトカゲの実地調査に基づく、食物網の数理モデル開発に全米科学財団が資金を提供したのだ。そのプロジェクトには僕のような学生が必要だった。運動神経がよく、そのうえ定量化する能力のある人間が。僕の視点から言えば、ラフガーデンと彼のプロジェクトの実地調査は、現代的な環境学者としての訓練を完了させてくれるものだった。

それに、スタンフォードで博士号を取得できるなんて、一石二鳥だ。

第6章　北回帰線と山羊座

博士課程は一九八八年の秋にはじまった。二人目の子どもを妊娠中で、初等教育の学位を取得しつつあったペギーは、一歳六ヶ月になったコーディーとともにアラスカに残った。真冬になると僕は家に戻り、愛車のスバルでカリフォルニアまで向かった。ヘラジカとトナカイの冷凍肉を持ってペギーとコーディーは後から飛行機でやってきた。それも、シリコンバレーで大学院生として生き残るための戦略だった。

数週間後、僕らはカリフォルニアでできた新しい友達とバーベキューの持ち寄りパーティーを開いた。前準備もきっかけとなって、ペギーはパーティ開始直後に産気づいた。僕らはアラスカの友人たちにホストの役割を押しつけると、マウンテン・ビュー病院へと急いだ。一九八九年一月二十二日の夜中過ぎ、ペギーは安産で娘を出産した。僕らは彼女をジャスパー・リンダ・ダイアルと名付けた。ミドルネームは僕の母から、ファーストネームはカナディアン・ロッキーの力強い美しさをイメージして付けた。

ジャズは愛らしく、美しい赤ちゃんだった。顔の造作がとても小さくて、小さな愛らしい唇で笑い、その明るい性格は、名前にも、パーティーの途中でこの世界にやってきた運命ともよく合っていた。時には自信を失うこともあったけれど、二人の子どもにとってペギーは愛情深く、思いやりに溢れた母となってくれた。

博士課程は基本的に薄給で、上司から継続的かつ無給で残業を期待される見習いのようなものだ。これは僕を親として全力を出せない状況に追いやった。若い母親仲間のいない集合住宅で一日中過ごすペギーは、幼児と乳幼児を育てながら孤立した。そこでペギーは女性向けスポーツクラブで未就学児に体操を教える薄給の仕事についた。子連れで働くことができる場所だったからだ。彼女は自分以外の誰かに僕らの子どもの子育てを任せようとはしなかった。

「ねえローマン、私がクラブで働いても意味がないと思う。だってあの子たち、絶対に体調を崩すんだもの。たとえ他の仕事に就いたとしても、給料はすべて保育代に消えてしまう。それだったら家にいて、自分で二人を育てたほうがいいと思う」子どもをなにより優先するペギーは、コーディーとジャズの体調管理のため、職場の同僚との交流をあきらめた。心の豊かさがお金よりも大切だと僕らは納得していた。だから彼女は、専業主婦という役割に集中した。それが家族全員を幸せにする方法だった。

1991年クレブラ島　コーディーとジャズ

博士号取得のための実行可能なプロジェクトをまとめることだけで、スタンフォード大学での最初の一年は消えてなくなった。プロジェクトを終わらせるには、その後三年かかった。ラフガーデン教授が執筆した全米科学財団への報告書には、カリブ海に生息するアノールトカゲは、熱帯雨林の複雑な食物網を調査するための理想的な生命体だと記されていた。小さく、カラフルで活発に活動するこの生き物は、ジャングルの地上から遥か高い位置にある林冠に多く生息している。当時の科学者は林冠について、探索されたことのない、頭上にあるものの決して到達できない未開の場所だと考えていた。

林冠研究の大多数は、塔や木の股の部分から双眼鏡を使って観察した生き物を分類したものだった。我々の調査には、地上十八から三十メートルの複数の木の上で行う実験が含まれていた。そのためには、アノールトカゲを木から一年程度移動させなければならない。アノールは林冠に生息するが孵化は林床であることから、トカゲを樹冠に近づけないため、移動させた後に、幹の周囲にプラスチック製のカラーを取り付ける。次に、トカゲのまったくいない木の虫の数と虫によって食べられた葉の量と、自然個体群が生息する木における、虫の数と食べられた葉の量を比較する。こうすることで、ラフガーデン教授と僕は、多くの捕食動物が環境に与える多大な影響を評価することができた。生態系を揺さぶって、その反応を数値化するのがこの実験の目的だった。これを行うにはロープを使った作業と度胸と重労働と筋肉が必要だった。僕にぴったりのチャレンジだ。

　プエルトリコに移住する前に、僕は三歳のコーディーを連れて生活環境を整えるために現地に向かった。ペギーの引っ越し作業の負担を軽くするためだった。そのうえ、僕にとって初めての本格的な父子の旅となる。僕ら二人にとって新しい世界、熱帯雨林を探検したのだ。椰子の木にしがみつく巨大な陸貝や、板根《ばんこん》［地上に張り出す板状の根］の上で鮮やかな緑色のトカゲが腕立て伏せをする様子を観察し、手のひら大の女郎蜘蛛の巣に昆虫を放り込んだ。コーディーは、生物に対する生まれながらの強い興味を示していた——それは生命に対する愛情だった。環境に対する興味が生死の境を分けた過去の名残と言えるだろう。我々のなかには、それを卒業できない人もいる。

　僕たちは家族で頻繁にカリフォルニアの潮だまりに出かけていった。幼いコーディーは、そこで観察できる多様な特性を持つ無脊椎動物が大好きだった。いくつか例を挙げると、ヒトデ、イソギンチャク、端脚類だ。プエルトリコのジャングルも同じような多様性を見せてくれるが、ほとんどが陸上の生き物であり、潮間帯の生物ではない。多くの三歳児がそうであるように、僕らの息子も次々と、「なぜ？」で始まる質問をするようになった。「なぜトカゲはしっぽを切るの？」「なぜ鳥は歌うの？」「なぜ花はきれいなの？」僕はこの終わりなき息子の好奇心を、精一杯育もうと努力した。五大陸と二十年の月日を共有した、彼との探検の始まりであるこの旅で。

ペギーとジャズが現地に到着してすぐに、ルキリョ・ビーチからわずか一ブロックしか離れていない場所のコンドミニアムに落ちつくことができた。車は持っていなかったから、バイクトレーラーに子どもたちを乗せて、自転車で町を移動した。毎朝、プエルトリカン・コーヒーを一杯飲むと、僕はマウンテンバイクを八キロ走らせたあと、ルキリョ山脈を三百メートルほど登って梢《こずえ》で作業をした。古い知り合いのクライミング仲間で、生物学を学ぶ院生でもあるカール・トビンが、仕事開始から一ヶ月のあいだ、作業に協力してくれた。一九九一年一月、子どもの頃からの親友マイク・クーパーに伝授された登山と樹木管理技術を駆使しつつ、水平のトラバースと垂直のアクセスラインを森林内に設置した。

大学卒業後、マイクは樹木管理士としてのビジネスをスタートさせていた。プエルトリコに移住しプロジェクトをスタートさせた前年の秋、彼は僕の両親の家の前庭で背の高いホワイトオークとユリノキにロープを張り巡らせてやり方を見せてくれた。背の高いオークとユリノキを、上へ下へと自在に移動した。登山でも木登りでもハーネスとロープは使うが、その使用方法とデザインは異なる。樹木管理士は、体に巻き付けるために何重にも編み込まれた太いロープにハーネスを取り付け、ぶら下がる。その木登りの技術は、装具ではなく、ロープを滑り降りることと、巧みなロープ結びに委ねられている。樹木管理士は、スリルのために真っ直ぐ登るような登山家とは違い、仕事として樹木を相手に動きまわるのだ。

マイクのロープ技術のおかげでカールも僕も樹冠内で自由に動きまわることができた。樹冠全体にアクセスできることで、発見したすべてのトカゲにペイント銃で印をつけることができた。アノールトカゲの数を見積もるため、青やピンク、黄色の絵の具を六メートルの距離から飛ばすのは楽しい作業だった。初日は青い絵の具、二日目はピンク、三日目は黄色を使って各樹木に何色のトカゲを何匹目撃したのかを記録していった。一色のトカゲは一回だけ、二色は二回、三色は三回目撃したということだ。記録したあとは、観察したペイントをベースに、統計モデルを使って見落としているトカゲの数を割り出した。観察対象となったトカゲと見落としているかもしれないトカゲの数を合算することで、木の上にいるトカゲの総数を見積もった。僕らは当時の林冠科学の分野では未知だった樹木管理のテクニックについて、学術論文を執筆した。とりわけ、木から木への移動、数日にわたって地上に降りることなく、森林の樹冠から樹冠を踏破する方法を図解入りで説明した。いわゆる「樹冠トレッキング」だ。

ルキリョでは、ペギーと子どもたちが日中のほとんどをビーチで過ごしていた。温かい水で遊び、貝殻を拾い集め、肌は日に焼け、髪もブロンドに焼けて、裸足で過ごしていた。コーディーは子ども用シュノーケリングマスクをつけて、サンゴ礁の周辺で泳ぐ魚を観察するのが大好きだった。浅瀬でかがみ込み、息を止め、足元の水の世界を冒険していた。少し離れた砂浜では、穏やかな波に運ばれた三十センチほどの長さの植物の鞘をジャズが拾い集めていた。

僕の研究現場に触発されたコーディーは、低木と多肉植物でいっぱいの自宅の庭に、自分の研究現場を作り上げた。測量技師用テープで観察する場所を囲うと、アノールトカゲを捕まえて、そこに放した。

「パパ、研究現場の地図を作ったよ！」と彼は言い、ジャングルで一日を過ごし、家に戻っていた僕に走り寄った。僕が実験場で働いている姿を目にしてから、クレヨンと色鉛筆を使って自分の仕事をこなしていたのだ。「ねえ、見てみる？」

「もちろんだ！　見てみたいよ！」と僕は答えて、四歳の息子が地図を作ったことを喜び、そして感動していた。

「ここが角だよ。オレンジ色の旗が立っている場所」と彼はオレンジ色の曲がった線で描かれたXマークを指した。「それから、ハッカチョウを見つけた茂みはここだよ」小さくて、丸みを帯びた指を緑色の落書きの上に置いた。そこは彼がオレンジ色の喉袋と尾の冠羽が特徴的な茶色いアノールトカゲを捕まえた場所で、この生き物を彼はアノールトカゲ属として学名で認識していた。

「それから、こっちのフェンスの近くにグラスアノールが棲んでいるんだ。僕が捕まえて、ジャズに持ってもらったんだよ。あの子、やさしく持ってくれたんだよ、パパ」コーディーはちゃんとそう伝えてくれた。手の甲に乗った、慎重に扱わなければならない生き物の足を持つ方法を、二人とも理解していた。「それから、ここ……」彼は描かれた二本の平行な線まで指を動かした。「ここはジャングルランナー［カリブ海に生息するトカゲ］が暮らす場所なんだ。大きいんだよ！」木や藪のなかで過ごす細身のアノールトカゲとは異なり、その大きな頭のトカゲは縞模様の地上トカゲで、まるで虎が獲物の鹿を狙うように、立ち止まり、周囲を見回し、落ち葉のなかを進んで昆虫を探すのだ。

コーディーの研究現場と地図について聞きつけたラフガーデンは、「気をつけたほうがいいぞ。そうでないと、あいつまで生物学者になっちまうよ、ローマン」と言った。それも悪くはないなと僕は思ったし、二人で一緒に科学を追究する未来の姿を想像して、うれしくもなったのだ。

格安航空チケットを見つけたのは、「ウォールストリートジャーナル」紙を読んでいたある晩のことだった。サンフランシスコからフェアバンクスまでの料金と同じ程度で、サンフランシスコからオーストラリアまでの往復チケットを手に入れることができるのだ。「行こうよ！」

と、大学院に通う貧乏学生で専業主婦のペギーは大声で言った。クーポンを集める賢い消費者のペギーは、常にお得な情報を探していた。「これって、アラスカへのチケットを買うことで……いずれにせよ、アラスカまでのチケットは買うんだから……オーストラリアまでタダで行けるってことじゃない！」オーストラリアまでの往復チケットで溜まるマイルで、カリフォルニアから、住まいのメンテナンスのため毎年家族で戻るフェアバンクスまで往復できる。アラスカの住人として、僕らは無利子の学生ローンや、州政府基金であるアラスカ恒久基金から、毎年支払われる配当などの恩恵を受けていた。

プエルトリコでの調査が完了するとサンフランシスコに飛び、ロープとデータをスタンフォードに残し、そしてそこから西のシドニーに向かった。シドニーからはオーストラリアを横断して、インド洋に面したパースに向かった。パースでは車を借りて、西オーストラリア州の熱帯地域まで北上した。四歳と二歳の子どもたちを連れて一ヶ月もの間、エコノミーサイズの車に飛び乗り二千四百キロを進む旅なんて、ほとんどの親が躊躇するだろう。でも、僕らはその前年、車を持たない生活を経験していた。一台の車に家族で乗るという目新しさが、子どもたちにとってはプレゼントとなった。それに、オーストラリア人が「オズ」と呼ぶ本土は、新しく、楽しい発見が常にあったのだ。

オズの西海岸は、サンタクルーズとカボ・サン・ルカスの間の、カリフォルニアやバハ・カリフォルニアに似ていたが、道路は真っ直ぐで、崖や車の渋滞がなかった。パースを北上すると、ユーカリの森がやがてオーストラリア・シャパラルに、サバンナの草原地帯に、砂漠に、そして最後には熱帯雨林に変わった。南回帰線を越えると、僕らが住んでいた北回帰線近くのプエルトリコからタイムゾーンを十二ヶ所移動したことになり、ちょうど地球を半周した計算になるのだ。

僕らは赤土が舞い、煩わしいブッシュフライが群れとなって飛び回る奥地まで進んでいった。その向こうにはグレートサンディー砂漠があった。砂丘は、エイティーマイル・ビーチ沿いのインド洋に繋がっていた。ここで僕らは、それまで見たこともないような複雑で色とりどりの貝殻を拾い集めた。コーディーと僕は、体の半分が砂浜に埋まった状態の小柄なゴンドウクジラの死体を見つけた。ジャズは乾燥したヒトデとブンブクウニを何十個も拾い集めた。パースから辺境の町ブルームへ移動する道すがら、エミューやコクチョウを観察し、人間よりも重く、脚の中指の長さが僕の手のひらほどもあるカンガルーが道路で息絶えているのをじっくりと調べた。好奇心旺盛なイルカに触れ、ニンガルー・リーフではサンゴ礁の上をシュノーケルで泳ぎ、熱帯ビーチではラクダに乗る経験までした。

それまで目にしたことのない星が夜空に煌めく様子を眺めながら、毎晩人気のない奥地でテントを張って過ごした。日が沈んだ後は、夜行性の野生動物を探すため、ゆっくりと車を走らせた。誰もいないコートへ投げ入れたバスケットボールのように、高く飛び跳ねながら歩道を渡るカンガルーと遭遇した夜もある。体長一・八メートルほどのズグロニシキヘビやオマキトカゲモドキ、棘のハリモグラを見つけたこともある。尖った棘に覆われている、メロンほどの大きさの珍しい卵生哺乳類だ。そういった生き物をヘッドランプに照らし、観察し、写真を撮り、そして道路脇にそっと逃がした。

翌朝になると、キャンプを畳み、驚くべき生物に次々と出会うために先へと進んだ。青く長い舌で威嚇するモロクトカゲは、アリゾナのアメリカドクトカゲほどの大きさがあり、同じように凶暴に見える。オーストラリア版ツノトカゲと言われるアシナシトカゲ属は、僕の腕ほどの長さの肢《え》のないトカゲで、その名の通り体長の半分程度の尾を切り離す能力があるとされる。鉄砲水で流された鉄鉱石で削り取られて出現した渓谷を登り、赤い岩壁に根を張るイチジクの木の下の、冷たい水たまりを僕らは泳いで渡った。夕暮れ時、乾いたマルガの枝をパチパチと音を立てるキャンプファイヤーにくべながら、何百羽ものガラ——カラスほどの大きさのピンクのオウム——の大群が、僕らの砂漠のキャンプの上を飛び交う様子を眺めた。十年前に、ペギーと裸で抱き合いながら語り合った家族への夢を思い出さずにはいられなかった。僕らはオズで、夢に描いた人生を送っていた。

オーストラリア奥地、キンバリー地方にあるフィッツロイクロッシングに到着するまでには、家族全員が野性と化していた。子どもたちは熱帯の日差しと赤土ですっかり日焼けし、髪の色が抜け、青い瞳は輝いてワイルドだった。僕らはそこで折り返し、パースまで二百四十キロを三日かけて進み、そして飛行機で家に戻った。スタンフォードのキャンパスに戻ると、持ち寄りパーティーを開いてスライドショーで旅の様子を紹介した。僕もペギーも友人たちも、四歳のコーディーが語る旅行記を夢中になって聞いた。僕たち四人は、オズで経験した素晴らしい一ヶ月を、そんな素晴らしい旅を、この先も楽しみにしていた。

この年の秋、僕は調査結果の分析と論文の執筆を開始した。院の仲間のなかには、マッカーサー・フェローの「天才賞」を授与された人物や、スタンフォードやハーバードの教授になる予定の人物が多かっただけに、期待は高かった。結果を出すことへのプレッシャーは息苦しいほどだった。そうであっても、熱帯生態系を明らかにする自らのデータを精査することは、ロープなしで凍った滝を登るくらい興奮することだった。科学は、狭量な査読や酷い扱いなど関係なしに、三十年経過した今でも僕を感動させる。

一九九二年二月、コーディーが五歳になった年、サンドウィックの友人がアラスカ・パシフィック大学で生態学の准教授の口があると教えてくれた。提出した書類の精査を経て、人事委員会が僕を面接に呼んでくれた。四月に行われた面接は驚きの体験だった。アンカレッジの枯れた芝生と汚れた道路は、冬の間に溜められたゴミが山積みで酷い状態だった。大学はまるでゴーストタウンで、六十年代に建てられた校舎にはほとんど学生がいなかった。

それでもアラスカは、ペギーと僕がいつか落ちつく先だと考えていた場所だし、僕らは故郷と呼んでいた。家族や古くからの友人が住んでいる場所だ。人事委員会が僕に仕事をオファーしてくれたときは、とてもうれしかった。アラスカ・パシフィック大学は、給料という意味ではそれほど多くをもらえなかったけれど、それでもコーディーとジャズを、自然食、澄んだ空気、美しい水のある、アメリカで最も健康的な環境で育てることができた。なにより、アンカレッジの町の向こうに広がる大自然を子どもたちと分かち合うことができた。僕はオファーされた仕事を受け、夏の終わりにスタンフォードから車を北に走らせた。

大学に勤めて一年後、故郷に戻って初めて一夏を過ごした年、息子を連れて人里離れたアリューシャン列島のひとつ、間欠泉と氷河と霧の島ウムナックに探検に出かけた。僕らが引っ越した理由がこういった経験を積むことだったので、僕はなるべく早く行動したいと思っていたのだ。

第7章　ウムナック島

一九九三年の夏の終わり、六歳のコーディーと僕は吹き荒れる霧と強い雨のなか、手を繫いでジェット機から降りた。湿度の高い空気には漂流する昆布とディーゼルの匂いが充満していた。背の高い草の生える丸い緑の丘と崩れた崖が、トタン屋根の小屋と様々な大きさの船の並ぶ入り江の向こうにそびえていた。アラスカ半島の遥か南に位置するアリューシャン列島のダッチハーバーに辿りついたのだ。多くの州ではすでに秋の訪れを感じる時期なのに、八月中旬にしては暖かいように思えた。ダッチは地球上で最も豊かな港と言われるが、僕にはとても小さく感じられた。カニ漁船、底引き網船など、多くの船が世界の海産物市場に出荷するため獲物を水揚げする場所だ。

アリューシャン列島の三百もの島々のうち、ダッチ港の西側にあるウムナック島を選んだ。理由は湧き出る間欠泉と、島の歴史だった。第二次世界大戦中アメリカ軍の秘密基地として機

1993年　コーディー6歳の誕生日

能していたフォート・グレン陸軍空軍基地跡が島の端にあり、その反対側の湾岸にはアリュート人が住むニオルスキー村が広がっていた。その二ヶ所の居住地の間に、なだらかな丘と黒い岩、そして早口言葉のようなブセビドフ火山とリッシュシュノイ火山といった自然豊かな原野が広がっている。ウムナックの間欠泉は、イエローストーンより北側にある唯一の間欠泉で、それはこの地の目玉であり、僕が息子と共有したいと考えた地質学的奇跡だった。

フォート・グレンからニオルスキー村まで、百キロ弱を歩きたいと思っていた。下調べは済んでいた。アラスカの地熱特性地図で間欠泉の場所も調べてあった。そこで古くからの友人で地質学者のローマン・モティカに情報を求める電話をかけた。モティカはウムナック島に存在する温泉の特性について科学的に分析した雑誌記事を送ってくれた。フォート・グレンに在住しているのはたった一家族で、島の野性の牛を捕獲しているということだった。モティカはニオルスキー村在住ガイド、スコット・カーの存在も教えてくれた。ウムナックについて詳しい人たち数名から話を聞き、時間をかけて島の地図を研究し、もうすぐ小学校一年生になる子どもに適したルートを描いてみた。

フォート・グレンの飛行場から太平洋に沿って西に向かい、島を縦断してベーリング海側にある間欠泉地域に行き、そこから南下して太平洋岸のリッシュシュノイ火山とブセビドフ火山の麓を辿るというコースを決めた。黒い砂浜が曲がりくねった海岸線に点在する海側には潮溜まりがあるだろう。そこでコーディーが大好きな探検と発見に出会える。この島はアラスカに存在するような危険とは無縁に思えた。ウムナックには熊もいなければ、氷河もないのだから。

そんな場所であっても、危険が一切ないというわけではなかった。冷たいベーリング海と暖かい太平洋を隔てるアリューシャン列島は、世界でもっとも厳しい天候で知られる。常に風が吹き荒れ、雨が多く、霧が立ちこめている日が多い。この列島は嵐が生まれる場所として名高い。一方、冬に気温が氷点下になることはないし、夏は涼しく、曇りがちだ。森林限界［高木がそれ以上育たないライン］の上方の山頂のように、アリューシャン列島では膝丈以上の樹木や灌木が生えることはない。

低体温症は、特に小さな男の子にとっては現実的な脅威なので、ウムナックの天候については心配になっていた。ゴアテックスの繋ぎ目のないウェアの下には、フリースのパンツとセーターを着用させることで、ひっきりなしに吹く冷気を含んだ風から息子を守ることができるだろう。オレンジのレインウェアとジャケットは、吹き付ける雨から彼を守ってくれる。大好きなスナック菓子を一日中食べさせ、夜になったら乾いた衣類に手早く着替えさせ、暖かくして眠らせればいい。ドーム型のテントは強い風と雨から僕らを守ってくれるだろう。そしてポケットに『シャーロットのおくりもの』を忍ばせ、寝る前に大きな声で読めば、自然のなかで自分たちの住処をわずかであっても思い出すことができるはずだ。

ウムナックの天候に完璧に対処することが不可欠だったが、ニオルスキーとフォート・グレン間の僻地《へきち》そのものがリスクだった。僕らにとって僻地は初めての場所ではない。オーストラリアの内陸地を数日かけて車で横断したこともある。他の車とは数台しかすれ違わなかった。整備された場所まで家族で日帰りハイキングをしたり、整備されていない奥地をバックパックを背負いつつ、二、三日かけて探索した経験もある。グリズリーのいる場所や、氷河を渡る経験もした。熊や広い川がない方がコーディーの安全確保には面倒はなかったが、念を入れ、注意深く選んだルートを進み、事故を防がねばならなかった。

ペギーは僕らの旅を応援してくれていた。自然のなかで過ごす時間が絆と関係を強くしてくれることを、彼女自身がよく知っていたからだ。もしやの時やコーディーが抱えるだろう恐れに対して、僕が敏感に反応することもわかっていた――彼の面倒をしっかり見て、そして危険から守ることを。それでも彼女ははっきりと口にした。「もしあなたに何か起きたら、どうするつもり？」と。

僕の答えは彼女を満足させなかった。「ペギー、何も起きるわけないだろ？　気をつけるよ」「でも、野生の牛がいるって言ってたじゃない。追いかけられたときに無防備でいられれちゃ困るんだけど。銃を持っていくべきでしょ」僕は四十四口径のマグナムを荷造りした。

低体温症、溺死、野生動物の襲撃、怪我。それらからコーディーと自分自身の安全を確保する責任は当然のことだ。しかし、安全性の確保を超えて、二人にとってはじまりの旅になることを僕は望んでいた。僕とコーディーが生涯を通して共有する、自然探索のはじまりだ。そのために、コーディーには何度も自然へ戻りたくなるような、忘れられない体験が必要だった。親であれば当然のことだが、ペギーも僕も、自分たちの親の子育ての良い面を真似て、悪い面は排除し、それ以外はあまり気にしなかった。将来的にコーディーを自然探索の旅に連れていこうとするなら、彼の興味の向く先を知りたかった。

ダッチハーバー空港からタクシーに乗って、コーディーと僕はワイルダーネス・クラシック初代創立委員ジョージ・リプリーに会いに行った。風雨を避けられるジョージの自宅で、僕らは旅について話し合った。パイロットのトム・マドセンは、一夏のあいだじゅう大人数の日本人登山家とカメラクルーを往復させていた。各島に立ち寄るには数回のフライトが必要で、翌朝のフライトに空席があるらしい。ニオルスキーの向こうのフォー・マウンテンズ諸島まで行く道すがら、フォート・グレンに僕らを連れていってくれることになった。

翌日、飛行機の格納庫でアリュート族ガイドのスコット・カーが日本人チームの荷物の積み込みを手伝っていた。電話で話したことはあったものの、一度も会ったことがなかった。彼は握手するために山のような機材からこちらへ向くと、十五センチのアルミニウム製チューブを僕に手渡した。直径二・五センチ程度の小さなものだった。「これはなんだい？」と僕は尋ねた。

「テントのポール用補強材だ。ウニマク、それからウムナックにある火山に日本人と一ヶ月かけて登ってる。五ヶ所だ。それにしたってひどい天気だよ。ポールが三本も折られちまった。これを持っていくんだ。風があんたのテントをぶっ壊したときのために」

コーディーと僕は日本人について行き、マドセンの茶色いツインエンジンのビーチクラフトの後部座席にもぐり込んだ。ダッフルバッグと箱が後部にいくつも積みこまれていて、僕の頭や肩に当たっていた。コーディーは僕の膝に座っていた。シートベルトは僕ら二人の体に締まっていた。

マドセンは滑走路を跳ねるようにして飛行機を風に乗せ、ウムナックへと向かった。この先数日は低気圧で嵐になるとマドセンにあらかじめ伝えられていた。嵐を抜ければ、五日以上晴天が続くらしい。待てば天気が回復するというニュースに僕は安堵した。短時間だが揺れの大きいフライトの終わりに、フォート・グレン飛行場の上空を旋回した。古い軍事基地の残骸が、オクモックカルデラ近くの沿岸凍土帯に広がっていた。

マドセンは風に向かいながら機体を大きく傾け、高度を落として一キロ半ほど続く長いコンクリートの滑走路に着陸した。コーディーと僕は飛行機から飛び降りた。マドセンは三十キロサイズのバックパックを座席の後ろから引っ張り出してくれた。

ここはダッチハーバーよりも風が強かった。フォート・グレン基地の元々の構造物は、ツンドラにケーブルで固定された四隅を除いて残っていなかった。それ以外は、壁も屋根も床もウムナックの絶え間なく吹き荒れる浸食作用のある風で損傷し、散乱していた。

五十代半ばとおぼしきがっしりとした男が、妻と成人の息子をオフロードカーに乗せて飛行機の近くまでやってきた。マドセンはフォート・グレン唯一の住人と挨拶を交わし、郵便を交換し、日本人搭乗客たちを次の目的地へと運ぶため急いで飛行機を動かした。

飛行機が地上を走行しはじめたその時、僕は一歩前に出た。「はじめまして。ローマン・ダイアルと申します」

「ワイルダーネス・クラシック」のレースを通して、あるいは「アンカレッジ」紙や「アラスカマガジン」誌で僕の記事を読んだことがあるといいなと思っていた。名前を知られていたら、突飛な旅行計画もまともだと思ってもらえるかもしれないのだが、彼の怪訝な表情から、小さな男の子を連れた得体の知れない男がアリューシャン列島の外れで一体何をしているのだと疑っていることは明らかだった。

「ジーン・メイナード。こちらは妻のルネー。それからこっちが息子のクラウド」僕はジーンが屈んでコーディーの顔を見ている間、彼の家族と握手していた。

「それから、こっちの小さい君の名前は？」「ぼくはローマン二世だよ」と、彼はにやりと笑って答えた。なんだって？　と思った。驚いてしまった。彼はそれまで自分のことをコーディーと呼んでいたというのに。僕は大笑いし、笑いで咳き込みながら、強風のために滲《にじ》む涙を拭った。

「ローマンとローマンか」と言って、メイナードは笑った。「こりゃあ驚きだ！　さあ、家に来いよ、ローマン一世、ローマン二世」

この日以来、コーディー・ローマン・ダイアルは自らを「ローマン」と自己紹介するようになった。ペギーも、ジャズも、そして僕も、そう呼ぶようになった。祖母や叔母、いとこは彼のことをコーディーと呼び続けた。僕の父は彼を「R2」と呼んだ。親しみを込めて、僕と彼を区別したのだ。家でペギーは「私の二人のローマン」である僕らを、微妙な差ではあるけれど、間違いようのないイントネーションで区別して呼んだ。

「一体何が入ってんだ？」と、ジーンが息を切らせながら僕のバックパックをオフロードカーに積みこんだ。「乗れよ」と言い、フォート・グレンで三ヶ所だけだという朽ちていない建物のひとつ、自分のランチハウスまで僕らを連れていってくれた。残る二ヶ所はランチハウス横の小屋だった。家は太さ四センチ弱のケーブルで芝生に固定されていた。居住スペースは狭くて散らかっていた。アラスカ奥地にあるキャビンは大概そんなものだ――僕の祖母の農場の家も同じだった。

「それで……」僕の目を真っ直ぐ見つめながら彼は言った。「こんな場所で何を？　ハイキングか？」「ああそうだね、そんなところだ」ジーンと彼の家族は、僕らに何かあったときには頼みの綱となる。旅程を教えてくれと彼は言った。「歩いてニオルスキーまで行きたいと思ってます。息子と一緒にね」「ニオルスキー？　八十キロ以上離れている場所だぞ。本気か？」彼は視線を下げ、コーディー・ローマンを見て言った。「きつい旅になるぞ。最後まで行き着いたやつは見たことがない」

彼の声ににじむ疑念には覚えがあった。ヨセミテのディーターもそうだったし、アラスカのボート乗りたちがパックラフトについて耳にした時も、同じような声を出した。僕とオリンピック代表レベルの優れたパートナーが、一週間以内にヘイズ山脈をスキーで踏破することができない方に千ドル賭けた仲間さえいた。僕らは三日で踏破してみせた。

僕は話題を変えた。「あなたこそ、ここで何をしているんですか？」

「俺たちは畜産業者だ。第二次世界大戦後に数千頭の牛がここに持ち込まれた。牛肉を島から出荷する仕事さ」強い風が家を揺らすと、彼は顔をしかめた。「これが厄介でね」

「どれぐらいになるんですか？」

「六年ぐらいだな。でも、やめようかと思ってる」

彼は話を戻した。「ニオルスキーまで馬を出したカウボーイがいた。でも、川を渡ることができずに全員戻ってきた」

「川を渡るんですね？　川だったら何度か渡ったことありますよ」と僕は言い、スキラック川を泳いで渡っただとか、マウンテンバイクを担いでウムナック島やアダック島を流れるどんな川よりも大きい川をいくつも渡ったなんて話をして、できることの証明をしたい気分になった。でも、こういったやりとりに慣れていた僕は、それはやめておいたほうがいいと知っていた。自分の経験を話せば話すほど、受け入れてもらおうと頑張ればそれだけ、地元の人は頑なになる。だから、黙っていた。

ジーンははっと気づいたように言った。「そうだ、あいつらを呼んでこよう――あいつらと話した方がいい」そしてドアを開け、出ていった。まるでごみ収集場で飼われている犬のような勢いで、風が吹き込んできた。妻のルネーが彼の後ろで、肩で押すようにしてドアを閉めた。

彼が戻るのを待つ間、僕は壁の額に入れられた写真を見ていた。馬上の男が腕を伸ばし、バンダナが空中に浮かんでいる。満員のスタジアムでカウボーイが宙を舞っていた。馬の蹄《ひづめ》は地面から二メートルほど離れているように見えた。「これ、ジーンよ」とルネーが教えてくれた。「ロデオに出場してたときのもの」ジーン・メイナードは六十年代から七十年代にかけて、荒れ馬乗りのチャンピオンだった。肉体的リスクを感情的な褒美と天秤にかけたことが、彼自身にもあったのだ。

ジーンは僕と同じぐらいの年齢の男を二人連れて戻ってきた。カナダ人のようだった。

「君たちがニオルスキーに行ったことがある人たち？」と僕は聞き、彼らが旅について語ってくれるよう話を振った。「ああ、そうだ。でも、行けなかった。川が深すぎてね」唇を固く結んで彼らはそう言った。「こんな子どもを連れていくって本気なのか？」二人のカウボーイは引き締まった体をしていて、体格も良かった。しかし、自然に立ち向かってワイルダーネス・クラシックでレースをするような男には見えなかったし、川を次々と横断するような困難に直面したこともないように見えた。**川の様子を観察する方法を、二人は知っているのだろうか？一日のうち、どのタイミングで川を渡ればいいのかなんてことも、もしかして知らないのでは？**

「どの川の話？」と僕は地図を手に持ち、彼らのウムナックに関する知識の豊富さを探ろうとした。「アモス湾の手前だ。川を渡ることができなかったら戻るのに苦労するぞ。食料はどれぐらいある？」

「八日分は持ってる。節約すれば十日分だ。どの川だったのか正確に教えてくれないか？」その情報は貴重だった。

二人は地図を見た。一人がリッシュシュノイ山の南東側斜面を指でなぞった。大きな氷河が六キロ半の流れとなり海へとつながる場所だ。「ここだ」

このような流れは、長雨や午後の日差しで増水して渡ることができない川になるときがある。

「なるほど。沿岸で？」

「ああ」

「辿りついたときに水が多すぎるようだったら、そこでキャンプするよ。翌朝まで水位が低くなるのを待つか、雨だったら止むまで待つことにする。天気予報では数日で回復するということだった」

「息子は何歳だ？」

「ボクは六歳だよ」とコーディー・ローマンが威勢よく言った。

二人は彼を本気にしてしまったらしい。

「どう思う？」

若い方の男が真剣な表情で答えた。「この風じゃあ難しいぞ」

川を渡ることに反対するのは、口にはしないけれど、他のことを心配しているからだった。

それはまさに、ペギーや僕自身が心配していることだった。**もし僕に何か起きて、小さな男の子が取り残されてしまったら？　その時はどうする？**

第8章　スペースキャプテン

ローマン二世と僕はニオルスキーに向けて出発した。見渡す限りなにもないアリューシャン列島で六歳の息子と二人きりとなった僕の不安は大きくなるばかりだった。**もし僕に何かあったらどうなるのだろう？**

古い配管に巻かれたボロ布のように、黒い溶岩のタワーに雲が巻き付くオクモック山の麓に、柔らかい緑のツンドラが広がっていた。咲き乱れる花々は、アンカレッジの丘の上で見たことがあった——ヤナギトウワタ、トリカブト、そしてイトシャジンだ——そして草原でさえ、アリューシャン列島の強い風で膨らんだように大きく見えた。

雨で濡れてしまう前に、早い時間にキャンプを設営した。広くて黄色いテントに逃げ込むことにしたのだ。氷河、砂漠、熱帯のビーチで十年も使用したため、テントの入り口の帆布は青が色褪《あ》せて灰色になっていた。カウボーイたちの疑問と、スコット・カーのテントが破れたという話を聞いていたものだから、このシェルターで悪天候から身を守るのは難しいのではと思えた。

マドセンが予告していた嵐は夜更けにやってきた。風は、ひっきりなしに降る雨とともに、強い波のように襲いかかってきた。ハリケーンの激しい風がオクモック山に襲いかかり、直撃の前はまるで機関車のような暴れようだった。風はその都度僕たちに襲いかかり、テントを倒し、濡れた布が顔に張り付いた。しかし強風が過ぎ去れば、テントは奇跡のように再び立つのだった。

寝袋に入り、暗闇で両目を見開きながら、ポールがナイロンの布を切り裂き、低体温症を引き起こすのではと怖くて仕方がなかった。

僕は自分自身に問いかけ続けた。**なぜローマンをこんなところに連れてきた？　なんて父親なんだ？**

どういうわけかローマンは一晩じゅう眠り続け、テントも無事に立っていた。

翌日、空が晴れ渡ると、コーデュロイのようなテクスチャの緑のドームと、黒い断崖という特別な景色が浮かび上がってい

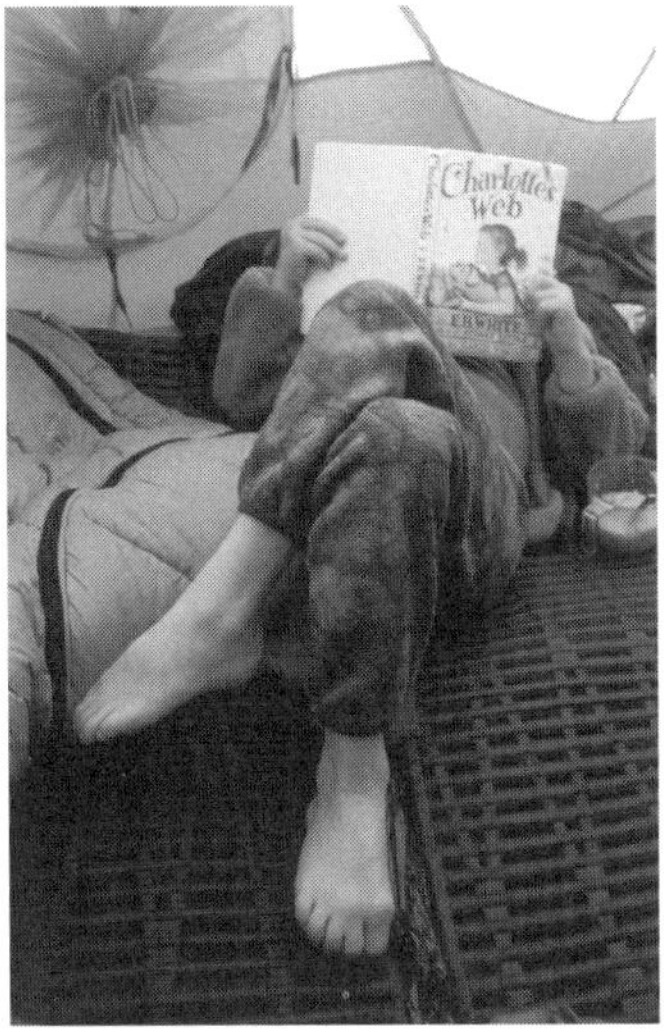
1993年　ウムナック島のキャンプ

た。背の高い草はローマンの腰の辺りまで伸び、僕らを囲む丘の頂上まで波を描くようにして揺れていた。

パタゴニアのつなぎを着込み、帽子にかぶせるようにすっぽりとフードを被った彼は、赤い手袋を歩調に合わせて振りながら、力強く前進した。

四十頭のまだら模様のトナカイの群れがうろつく尾根を通り過ぎ、ベーリング海の浜辺にあるホット・スプリング・コーブのキャンプ地まで下山した。黒砂の広大な丘に草が這い上がるようにして生えていた。高い崖から滝が落ちていたが、強い風が重力に逆らうようにして、流れを上へと押し戻していた。

ローマンは焚き火をおこして欲しいとせがんだ。火をおこすのは難儀だが、火をおこすこともできないなんてアウトドア派の父親と言えるだろうか？　乾燥した草と流木を集めて粘り強く砂山の背後で火をおこし、たき火の乾いた暖かさにあたりながら体を寄せ合い過ごした。おこした火を消さないように、心地よく燃え続けるように、僕の息子は小枝で流木を突いていた。

「パパ、火ってなんなの？」と彼は聞いた。僕はしばらく考えながら、正しい答えをシンプルに伝えようと言葉を探した。「太陽の光を使って空気と水をくっつけてできたものが「木」なんだ。木が燃えると、太陽の光が火になって戻ってくるから、水と空気が煙になる」

彼は何かいたずらでも思いついたかのように僕の顔を見ると、振り返って炭を観察しはじめた。

「だから火が光を作るの？　これが太陽の光なの？」

「ああ、そうだよ。そして水が蒸気になる。それが煙を灰色にする」

　夜は静かで、晴れていた。そして翌朝は暑くなった。僕たちは道具を乾かして、黒く暖かい砂の上でリラックスしていた。ハイキングをスタートさせて三日経っても、ローマンは足が痛いとか疲れたと文句を言わなかった。何枚も重ね着した服とつなぎに体を包んだローマンは、いちご、ブルーベリー、ナグーン・ベリーをつまみ食いしようと歩き回っていた。珍しい岩を拾い、ストローだと言って草の茎を口にくわえた。彼がとても純粋に、子どもとして自然に惹かれる様子を見るだけで、親であることの意味を感じたのだった。

　風は強く吹き荒れていたが、気温が下がり、雨が降ることはなかった。ホット・スプリング・コーブからの上り坂はとても急だったが、ローマンはしっかりと歩くことができた。アンカレッジ近郊を家族で登山した経験が功を奏したのだ。上り坂を越えて、向こう側に下っていったとき、ガイザー・バイト・クリークの近くで湯気が立ち上っているのが見えた。

「見てごらん、ローマン！」僕は大声で彼の新しい名前を呼んだ。この間欠泉はミニチュアのイエローストーンのようで、六歳の子どもにぴったりなサイズだった。膝が浸かる程度の間欠泉が石灰岩のひだから溢れだし、温かく、小さな滝となって小川に流れ込んでいた。噴気孔は荒れ狂ったように鳴り、泥水泉がどぼんと音を出した。海岸から八キロ離れたこの場所でさえ、波が砕ける音が聞こえていた。小規模な氷河と広大な雪原に覆われたリッシュシュノイ山が、水を湛《たた》えた渓谷の上方にそびえていた。

緑、黄色、そしてオレンジ色に縁取られた温泉の青い湯の底は、深いインディゴ色だった。そしてその底にはトナカイの骨の山があった。

「パパ、あのトナカイはどうしちゃったの？」

「冬に近くに行きすぎて、落ちちゃったんだろうね」と僕はそう考えて言い、イエローストーンで見たバイソンの骨のことを思い出していた。

「なぜ冬になると近づいちゃうの？　温かいから？」

「たぶんね。もしかしたら、ここ以外、雪が降り積もっていたのかもしれない」

僕はローマンに、温泉や間欠泉には名前がつけられることを教えた。彼はこの温泉を「トナカイのシチュー」と名付け、岩を投げ入れながら、リズムをつけてその名を唱えていた。

水に濡れた牧草地が、温泉地に挟まれた渓谷に広がっていた。僕らは背の低い、水を含んだドームに泊まることにした。テントの床から水が染み出すような場所で、熱活性により盆地は暖められていた。「触ってごらん、ローマン」と僕は、手をテントの床に押しつけながら言った。

ローマンは目を輝かせた。「暖かい」乾いたパジャマを着て、マットの上で身を寄せ合った。

僕はそこで『シャーロットのおくりもの』を、大きな声で第三章まで読んだ。ローマンはガース・ウィリアムスのイラストを眺めながら、自分が知っている単語を探していた。僕らは寝袋のなかで横になり、体を寄せ合って本を読み、互いへの愛情を分け合ったのだ。

四日目、ゴツゴツとした黒い溶岩の上に水しぶきをあげている、ローマンの背丈ほどの幅のある小川を、手を繋いで渡った。広がり続ける世界について説明を求めるように、六歳のローマンは僕に質問し続けた。彼はレゴを喩えにして、ペギーよりもジャズのことを思い出しているると説明した。片親がもう片親の代わりはできるが、兄弟姉妹の代わりを親がすることはできないようだ。ローマンは学校や友達のことを話してくれた。生涯の友となるヴィンセント・ブレイディーと一緒にやったことも教えてくれた。

太平洋側に戻る山道に差し掛かると、風景はまるで月面のようになった。でこぼこの黒い岩、砂、小石が広がり、植物が一切ない、まるで別世界のような景色に僕たちは魅了された。この風景がイマジネーションに火をつけた。別世界を進む探検家になったのだ。

「キャプテン、ここはどこですか?」不毛地帯に触発され、僕は聞いた。

「ここは違う惑星だよ」と彼は答えて、ゲームを続けた。

「キャプテン、用心してください」と僕は彼を励ました。「怪物がいるかもしれませんよ」

「きみはだれなの?」と彼は尋ねた。

「僕は軍曹です。あなたが命令を下してください」

惑星の危険地帯は至る所にあった。キャプテンがエイリアンと戦い酸素が足りなくなったときは、僕が背負っていた酸素を分け合った。小惑星が周囲に落ちてきたけれど、宇宙服となったウィンドシェルが僕らを異空間で守ってくれた。ローマンはロールプレイングゲームで想像した地表を先へと導いてくれた。

地球を離れた二時間はあっという間に過ぎ、僕らにとって難しい地形を楽にしてくれた。峠を越えると、ハワイの人々が「アア」と呼ぶ、尖って、砕けた、溶滓《クリンカー》のような溶岩が、どこまでも広がる場所に辿りついた。厳しい地形に辿りついたときはいつも、スペースキャプテンモードになることで、ローマンは想像力を駆使して困難を乗り越えた。やがてわずかに植物が生えた場所が現れ、その後、ヘザー［ギョリュウモドキ］と背の低い柳が密集する、緑色のカーペットが広がる場所に辿りついた。背の低い野草が生い茂る庭を縫うように延びる小川に沿って僕らは歩いた。溶岩崖の麓には、浅い洞窟もあった。

コーディー・ローマンは、地下に流れ込み、姿を消す小川を少し不安そうに覗き込んでいた。

「すごいですよね?」と僕は聞いた。「そうでもないよ。僕は好きじゃないね。だってあぶないもん」とスペースキャプテンは言った。「さあ行くぞ、軍曹」

太平洋側の浜辺に辿りついたことで、僕は安堵した。自分が怪我をすることを最も恐れていたからだ。例えば、合計二十三キロの食料、キャンプ用品、そして二人分の衣類を背負い、溶岩の「アア」の上に落下して足を骨折する可能性は高いと考えていた。幼いローマンが旅を楽しめるように、荷物を背負わせていないなかったのだ。

ローマンの足が痛むときは、彼を肩車して、荷物の重さを倍にすることもあった。この日はキャプテンの精力的な探索、エイリアンとのバトルのおかげで、ほとんど彼を背負うことはなかった。僕らにとって、最も長く困難で、過酷な一日だった。沈む太陽が影を長く伸ばし、リッシュシュノイ山を暖かく照らしていた。

翌日は太陽が燦々《さんさん》と降り注ぐ日で無風だったが、発生した蚊の多さたるや！　その理由はわかった。虫の数ほど牛がいたのだ。僕たちは海岸線に沿ってハイキングをして、蹄で泥を掻きむしり、尖った長い角で背中に砂をかける牛から距離を取った。僕は四十四口径の銃をすぐ手にできる状態にしていた。

アシカがしわがれた声で鳴き、ツノメドリが波頭の向こう側に飛び込んでいた。ローマンは海岸線で捕まえたイソギンチャクの緑の触手に小さな生き物を乗せて、喜び、「ディングルホッパー」とか、「ジャンピングジャック」といった名前をつけた。鮭を捕まえたかったようだが、カウボーイたちを追い返したという氷河から流れ出る膝の高さほどある川には一匹の姿もなかった。水位が低い翌朝早くに渡るために、僕らは川の近くでキャンプを張った。僕は自分の荷物を背負って最初に川を渡った。次にローマンを担いで渡った。簡単だった。

海岸沿いでは、干潮で露出し、生き物が大量にいる溶岩の暗礁の上を歩いた。等脚類——僕の親指ほどの大きさの、古代の三葉虫に似た海老の一種——が、茶色い昆布の上をまったく動いていないように見えるほどゆっくりと歩いていた。何年も後に大学院生となったローマンは、こういった生物の遺伝子情報を研究した——僕たちの初めての「偉大な旅」が、ローマンに大きな影響を与えたしるしなのだろう。

僕らはニオルスキーから二十五キロほど離れた場所でキャンプを張った。朝露とともに朝がやってきて、ウムナックは霧の中に姿を消していた。風と雨が吹き付けるなかキャンプを畳み、最後の、そして最も長い徒歩の旅へと出発した。僕はコンパスを取り出して、ローマンにその読み方を教えた。「コンパスを胸に押し当てて、水平にするんだ」と言いながら、ローマンの首にコンパスのストラップをかけた。「赤い部分に矢印を入れて、真っ直ぐ歩いてその矢印が赤い所から出ないようにするんだよ」

その日は曇り、どんよりとした天気だった。視界は五十メートル以下の状態だ。風がレインコートのフードの紐を顔に叩きつけるほど強く吹いていた。コーディー・ローマンは想像力を逞しくして、僕らが登る丘に名前をつけていた。毎夜、日記を書く時間がほとんどなかったため、記録には残すことができなかった。天気が悪いと足が痛むようだったので、彼を肩車して歩いた。「なあ」と僕は聞いた。「少しだけ歩けるかい？　腰が痛くなっちゃったよ」

「もちろんだよ、パパ」彼は僕の肩から滑り降りると、僕の手を取り横に並んで歩いた。一時間から二時間後、コンパスを持って先を歩いていた彼が、立ち止まって、聞いてきた。「肩車してくれる、パパ？　足が痛い」

「もちろんだよ、ローマン。一休みしよう」雨具の下の服は汗で濡れていた。僕らは荷物に寄りかかるようにして座った。そこで休みながら、背の高い草の陰で風をよけつつ、彼はジャーキーをかじり、お気に入りのキャンディーの包み紙を開けた。

ようやくニオルスキーに到着すると、天気が崩れはじめた。緑色で、完璧なコーンの形をしている雪が積もった四つの山のある島が深く、黒い海からそびえているさまはまるで日本の蒔絵のようだった。ニオルスキー在住の四十人ほどの村人の家々の外に、鯨の骨と小型のモーターボートが置かれていた。風雨にさらされた木造家屋の軒下には、オレンジ色の浮きが吊り下げられていた。波打ち際から百メートルほど離れた浜辺に、冬の嵐の力と到達点の跡である、色が抜けて白くなった丸太が転がっていた。見渡す限り、森はどこにもなかった。

テントのポールの補強材をくれたガイドのスコット・カーを見つけた。彼の暖かく狭い家のなかで、僕たちはようやく暴風雨から逃れられたと安心することができた。

六歳の男の子が百キロ歩いたというニュースはアラスカの村に瞬く間に広がった。カーハートのジャケットを着た、シメオン・ピーター・プレトニコフという名の老いたアリュート人がスコットの家に立ち寄った。第二次世界大戦中、アリュート人の、あるいは彼らはウナンガンと呼ぶが、そのほとんどがアメリカ政府によって強制的にニオルスキーから連行された。アリューシャンを知り尽くした才能豊かなアウトドアな男「アリュートのピート」だけが島に残り、戦うことを許された。「カストナー喉切り団」として知られる軍隊の一員として、列島に侵略していた日本兵と戦ったのだ。

アリュート人のピートは座って、マグカップを両手で包み込むようにして持っていた。高い頬骨、丸メガネは彼の知性を表すようだった。彼は眉を上げて、微笑んだ。「さて、君が勇敢な少年かい？　ウムナックを歩いて渡るなんてウナンガンのやつらでもそうそうできやしない。怖くなかったか？」

「ちょっとだけ」とローマンは認めた。「風が吹いてテントが倒れちゃったとき。それから、牛が足で泥を蹴り上げていたとき。それから間欠泉が吹きだしたとき。でも、見て！」とローマンは言い、手を開いて、オレンジ色の瑪瑙《めのう》を見せた。「これ、火山が作ったんだよ！」

もう片方の手には、ぴかぴかに磨かれた黒い岩を持っていた。表面が滑らかで、ボールベアリングのように丸かった。「それから、これも。キャンプをした川の近くで見つけたんだ。それからパパは海藻のなかにガラスの玉を見つけたよ！　それにね、鯨の背中から落ちた、すっごく大きなフジツボを見つけたんだよ！」

アリュートのピートは背もたれに寄りかかると、幼い子どもの熱意に満足そうに微笑んだ。そしておもむろにカーハートジャケットのポケットに手を伸ばすと、日本の漁船から持ってきたというガラスの玉と、アシカの犬歯を取り出した。

「これをあげるよ、ちびっこハイカー。ウムナックの思い出に」

アリュートのピートが帰ると、カーが僕らをニオルスキーの廃校に連れていってくれ、中を見せてくれた。カーペットが敷かれた床に荷物を広げ、湿ってパタパタと音を出すテント以外で眠ることができると感謝した。ダッチからの定期便が予定通りやってきて、ローマンを妹と母親のもとに真っ直ぐ連れ戻してくれることを祈っていた。しかし、アラスカの奥地ではよくあるように、天気が回復するのを待つことになった。それも、一週間も待ったのだ。廃校で過ごす最初の日の夜、寝袋のなかで快適に過ごしながら、前の週、幼い息子が立派に旅をしたことに喜ばしい気分でいた。朝から晩まで、連日、一週間も歩き続けたというのに、好奇心旺盛で想像力豊かな六歳の子どもは一度も不満を漏らさなかった。「ローマン、君は優秀なハイカーだよ」と彼を褒め、「それに、強いハイカーだ。ジャズもママもとても喜んでくれると思う」と伝えた。

僕たちは一日八時間、時速一・六キロというスピードで歩き、最後の二日間は日に二十から二十五キロも歩いた。しかし、数字なんてどうでもよかった。僕らは互いにとって身近な存在となった。ローマンは自然と自分自身について学んだ。居心地の悪い経験も、厳しい風雨も、休むことなく歩く辛さも、すべてやり過ごす方法を知ることができた。僕自身は、歩くペースを守ること、相手をケアすること、そして息子のために犠牲を払う経験を積んだ。

タイミングとしては早すぎたかもしれないが、とりあえず、僕は聞いた。「ローマン、六日間の旅はどうだった？　もう一度やってみたい？」

「うん、そうだね、パパ。楽しかったけど、次はママとジャジーもつれてこようね」

「よし。約束だ」僕はそう言って、ダイアル一家の旅を想像して微笑んだ。

「それじゃあ『シャーロットのおくりもの』を読んでくれる？」と彼は聞いた。

僕らは身を寄せ合って、最後の章を読むと、生涯の旅のパートナーとして満足しながら眠りについた。

第9章　ボルネオ

　赤道直下の蒸し暑い夜、ペギーと僕は裸で横になり、互いに触れることもできなかった。屋外の小屋の近くではアマガエルが途切れることなく鳴き、キリギリスとセミが大合唱していた。真っ暗闇から聞こえてくる金切り声が、そんな耳障りな音のなかで響いていた。ボルネオの肌を刺す虫と、彼らが媒介する病気から身を守る、フィルムのように薄いテント形式の蚊帳に体が触れないように気をつけていた。八歳と六歳になっていた子どもたちは、僕らの横に張った蚊帳のなかのベッドで眠っていた。

　僕たちはアジア最大の島にあるバコ国立公園にいた。バコは、一ヶ月間の滞在を予定していたパルン山国立公園前の予行演習のようなものだった。パルン山国立公園は道路も通っていない、インドネシアの手つかずの自然が広がる場所で、熱帯雨林、山、沼地があり、川が流れていた。ジャングル奥地に建てられたトタン屋根の壁のない小屋しかなく、当時、そこに行くにはカヌーしかなかった。チャボン・ポンティ・リサーチステーションは、数名の科学者のための未開の地のベースキャンプとして機能していた。「ナショナルジオグラフィック」誌にいまだに発見されていない、自然歩道のネットワークと驚くべき野生動物は、世界でも類のないほどの熱帯雨林の姿を見せていた。僕は前年にそこを訪れ、戻るときはすっかり人生観が変えられたほどだった。

「インドネシアはここよりずっと手つかずの状態だよ」と僕はペギーに言った。「英語を話す人はいないしね。それからマラリア、デング熱、鉤虫症。行かない方がいいのかもしれない。子どもたちのことが心配だ」

ペギーは僕の方を向いた。「ここまで辿りついたのよ。もうすぐじゃない。去年あなたが撮ってきた写真、素晴らしかったよ。子どもたちは大丈夫。それに、あなただったらどこへ行けばいいか、どうやって行けばいいか、わかるでしょ。行くべきだと思う」と言った。

アジア、アフリカ、南アメリカの熱帯雨林は、生息する圧倒的な数の生命体で、長きにわたって科学者たちだけではなく一般人をも魅了してきた。赤道をまたいで位置するボルネオの熱帯雨林は、地球上のどんな場所をも上回る生物学的多様性を支えてきた。

アマゾンと同じように、豊かな植物が密集するその場所には、目が回るほど多種多様の小さくて幻想的な生き物が生息している。しかし、ボルネオの熱帯雨林は南アメリカのそれの倍の

1995年　マレーシア側ボルネオ

高さがあるのだ。ボルネオのフタバガキはセコイア程度の高さまで成長する。九十センチ超の大きさがあり、腐った肉の匂いがする世界最大の花ラフレシアも見られる。

つる植物が——樹木に似たつる草で、松の木ほどの太さがある——板根から垂れ下がっているる。ひょうたん形をした食虫性のウツボカヅラは、注目に値するほどの多様性を持っている。一部は鳥の糞をとらえ、一部はネズミやカエルを捕まえる。単にアリや蠅を食べる平凡な種も存在する。

大型動物の生息数が少ない南アメリカのジャングルとは違い、ボルネオにはピグミーゾウ、小型のサイ、バンテンと呼ばれる野生の偶蹄《ぐうてい》類さえ存在する。アマゾンのように、大型のネコ科動物も、小型のネコ科動物もいる。しかし新世界には見慣れたオジロジカしかいない一方で、ボルネオにはウサギサイズのマメジカから、ヘラジカほどもあるサンバーまで、五種の鹿が存在する。ホエジカはなんと、犬のように吠える奇妙な生き物だ。八種の猿のほか、原始的な霊長目も存在する。例えば、エイリアンのような指で昆虫を捕まえるこぶしサイズのメガネザル、それから小型の熊のような姿をした、フルーツを食べる夜行性のスローロリスだ。最も有名なのはボルネオの小型類人猿と大型類人猿で、アクロバットが得意なテナガザルと体重七十キロのオラウータンだ。あまり知られていない動物としては、数十種の「空飛ぶ」リス、キツネザル、トカゲ、カエル、そして空飛ぶヘビさえ存在する。すべて、木から木へ飛び移る。このような不思議な生き物がアラスカ州の半分の広さしかない島に数多く生息しているのだ。ボルネオに行くということは、別の惑星に行くようなものだ。

　初めてボルネオに旅に出たのは、ハーバード大学の院生だったティム・ラーマンから誘いを受けたことがきっかけだった。僕らはそれ以前に、国際林冠会議の席で顔見知りになっていた。科学、冒険、記録写真という共通の関心を持つ我々は、あっという間に打ち解けた。背が高く、口ひげを蓄えた長身で赤毛のティムは、森林の林冠部分に生息する絞め殺しの木「熱帯のつる植物の俗称」を研究しており、パルン山国立公園内にある研究施設で一緒に絞め殺しの木に登ろうと誘われたときは、二つ返事で承諾した。ティムは道順が記されたかすれた地図をファックスで送ってくれた。十二月にアンカレッジからキャバン・パンティまで、マラリアが蔓延《まんえん》するテルーク・メラーノ村を経由して十日ほどかかった。村からは地元の人間を二人雇って通い船《サンパン》を漕ぎ、パルン山国立公園までティムに会いに行った。キャリアをスタートさせたばかりの若き林冠科学者である僕らは、写真を撮影し、森で、山で、沼地で木に登り、観察し、それを記録した。毎朝、テナガザル一家の愉快な鳴き声で目を覚ました。手のように見える足で逆さまにぶら下がるオラウータンが、何時間もドリアンを食べる姿を眺め、自分たちも美味しい果実を食べた。そしてもちろん、衣類や時には皮膚から——血まみれの状態だ——大量のヒルを引き剝がした。厄介な害虫ではあるものの、連日、心躍る何かを探す僕らを止めることはできなかった。

その旅でティムと過ごした時間は、僕の人生で最もまばゆい熱帯での記憶となった。森全体に何百種もの樹木やつる、薬草の実がなっていた。それまで見たことがないほど多くの脊椎動物や無脊椎動物で溢れていた。素晴らしかったのは、五十五メートルの高さにあるフタバガキの横で夜を過ごしたことだった。木の幹をぐるりと囲むカラスの巣のような蘭の着生植物にハンモックを結わえつけた。三メートル四方には、親指ほどの大きさのマルハナバチが授粉した手のひらサイズの花が咲き乱れていた。この日の夜は、露が降りたが雨は降らなかった。明け方に顔を出した太陽が、巨大な熱帯雨林にまとわりつく半透明の霞《かすみ》を溶かすようだった。雄のオラウータンのライオンのような咆吼《ほうこう》で起こされた僕は、ペギーも子どもたちもボルネオを体験しなくてはと考えたのだ。

僕の予想通り、家族はバコに存在するボルネオの野生生物に魅了された。鹿の色をしている鼻の長いテングザルは、オークの木に似たマングローブの林冠から葉を摘《つ》んでいた。テングザルの下には、体長三十センチほどの丸い頭のトビハゼが、口いっぱいに水を含ませ、泥を横切っていた。水から飛び出したトビハゼは、ヒレを足のように使って移動した。それはまるでペルム紀の四足類のようだった。小屋では、二メートル半のヘビのような形をしたオオトカゲが敷地内を徘徊し、テーブルとイスから数歩離れたところで、その長く青いフォーク形の舌で空気を舐めていた。僕らは午後の雨のなか、ランチの後のサイコロゲームを楽しんだ。

　子どもたちは、こういった出来事をきちんと日記に記していた。「チューインガムは違法なんだって！」と、ローマンはシンガポールで綴った。マレーシアのサラワク州クチンでは、博物学者アルフレッド・ラッセル・ウォーレスが『マレー諸島——オランウータンと極楽鳥の土地（上）』でフルーツの王と女王と書いた、ドリアンとマンゴスチンを食べた。彼は几帳面な文字で、それぞれ感想を記している。

　ぼくはマンゴスチンを食べた。それから、スプラウトよりもまずいものにもちょうせんしたんだ！　ドリアンだ！　オエッ！　マンゴスチンはおおきなカラスのおなかみたい。それをぶちゅっとつぶすんだ！　さいこうにおいしいフルーツだった。オレンジとか、イエロースターバストキャンディーみたいなあじがして、すこしすっぱいよ。

新しい味や景色だけではなく、初めて見る動物を捕獲し、植物を採取した。都市公園の芝生にいたジャズは、木の上にいるトビトカゲを見つけた。プエルトリコで見たアノールと同じで、トビトカゲ《ドラコ》は（ラテン語でドラゴンの意）、樹上に棲むトカゲで、腕立て伏せをしてみせたり、カラフルな扇状の皮膜を広げて縄張り争いをしたりする。しかしアノールとは違い――しかしドラゴンと同じく――トビトカゲは翼を持ち、滑空することができるのだ。土の塊を手に取って、茶色いトカゲに向かって投げて、公園の芝生の上にその生き物を落とした。

僕は急いで、目を回した無傷のトカゲを拾いに行った。苔に覆われた樹皮のような色柄の背を持つ、デリケートなトカゲだ。鼻が短く、鋭い両目は穏やかに、しかし警戒しながら僕らを見ていた。片翼に六本の骨のある翼をそっと畳んだ。裏側には鮮やかな青と黒の斑点模様があった。飛ぶ際に使われる壊れやすい翼膜は、トカゲの体の幅と同じほどあり、前脚と後脚の間を覆い尽くすほど長かった。とても珍しい生き物を観察できてうれしかった。なにせ、飛ぶトカゲだ。

その動物の行動を学ぶため、実験として飛ぶ姿を観察することにした。僕はトカゲを三メートルの高さにそっと飛ばした。最も高い位置でトカゲは翼膜を広げ、六メートル先の芝生までふわりと飛んでいった。

僕らは顔を見合わせた。「すごい！」子どもたちは芝生の上で待つトカゲまで走り寄りながら言った。

ローマンがトカゲを手にして、もう一度空中に放った。最も高い位置でトカゲは翼を広げ、まるで紙飛行機のように芝生の上を滑空した。

ローマンは笑い転げ、僕の方を振り返った。彼は興奮した笑顔で歯を見せていた。「かっこいいな！」

「ねえ、パパ！」ジャズは言った。「かわいそうだよ！　放してあげて」

「ほらジャジー。君が放してあげて。君がみつけたんだから。木に向かって投げてあげるんだ。そうしたら飛んでおうちに戻ることができるから」

ジャズも、最初にトカゲを見つけた木に向かって、優しくトカゲを放った。トカゲは木の幹に向かってカーブを描きながら飛び、鼻先を上げ、速度を緩め、突然、自分を驚かせた人間の一家から身を隠すようにして、木の裏側で着地した。

その後、ジャズの親指ほどの大きさの危険ではない蟻や、彼女の小さなこぶし大のセミを見つけた。セミは彼女の小指ほどの長さのある吻《ふん》で大きな音で鳴いていた。淡水水族館でしか見たことがなかった魚を捕まえ、リリースし、てんとう虫をウツボカズラに食べさせ、ネオンカラーのシオマネキのハサミの力を試し、蟻の巣をつついて兵隊蟻が大慌てする様子を観察した。食べたことがない何十種類ものフルーツと、三つの国の料理を堪能した。暑さ、湿度、ときおり感じる悪臭も、新しい場所、香り、音を体験することで、気にならなくなった。より多くの体験を求めて、僕らはボルネオの奥地へと向かったのだった。

第10章　パルン山国立公園

ペギーがパルン山国立公園には行くべきだと僕を説き伏せた日の翌日、僕らはカリマンタン［ボルネオ島の南部と東部のインドネシア領を指す名称］に到着した。車は走っておらず、バイクもほとんど存在せず、自転車が最も利用されている乗り物だった。一台のバイクに最高で三人まで乗ることができたが、ほとんどの人がサンダルや素足で歩くことを選んでいた。家族で旅行をしていると、人が優しく、快く助けてくれ、喜んで交流してくれることがわかった。でも、家々が竹の柱と薄い壁、藁葺き屋根状態の田舎に入ると英語を話す人がいなくなった。

カプアス川の百六十キロほどある三角州を川舟で渡り、舗装されていない道路でミニバンの到着を待った。息子と娘は大人しくダッフルバッグの上に座っていた。ミニバンが到着する頃には、子どもたちは五十人の人々に囲まれていた。白人は珍しいうえに、子どもはなおさらだった。最初、二人は注目されることを喜んでいる様子だったが、すぐにうんざりしてしまったようだった。金髪と青い目を持つ子どもたちを誰もが触らずにはいられなかったのだ。

テルーク・メラーノ村に到着すると、川のすぐ横に位置するゲストハウスに滞在した。マラリアを媒介するというハマダラカが日暮れとともに現れ、夜明けまで飛んでいるため、夜になると防虫剤と長袖のシャツを身につけ、蚊帳の中に十二時間滞在した。ペギーは蚊帳の中に忍び込んでくる蚊を追いかけては、すべて殺していた。

週に一度、抗マラリア薬を服用していた僕は、必要であれば蚊帳から出ることはできた。子どもたちとペギーは薬の神経学的副作用のリスクを避けていた。パルン山国立公園の奥地に一旦入ってしまえば、熱帯病に罹る可能性はほとんどない。なぜなら、一般的に蚊は、寄生虫を持つ人間からのみそれを運ぶからだ。農村部が最も危険地帯だ。未開の地や都市部ではその危険も低くなる。

村には水道が通っていない。その代わりに、天水桶から冷たい水を掬《すく》って汗ばんだ体を洗うために、モンディと呼ばれるポンプ式シャワーを持っていった。赤道直下では、このモンディがうだるような暑さのなか爽快感をもたらしてくれる。

キャバン・パンティ下流にある森の村への移動手段を、遠くハーバードから僕たちのためにティムが手配してくれていた。そこは国立公園区画外の最後の集落で、筋骨隆々の男二人が、透き通った水の流れに手を伸ばし、沈んでいた通い船《サンパン》を引き上げた。ペギーが僕を見た。目は見開かれ、笑顔は消えていた。

1996年　パルン山国立公園でシュノーケリング

「木材が割れないように水に沈めておくんだよ。船は浮くから」と、僕は安心させようと口にした。

長く、細い丸木船から船頭たちが水を出している間、子どもたちの周りにはいつものように人が集まってきていた。ここの村人たちは、地元で採れた甘くて棘のある皮が特徴のランブータンをローマンとジャズに分け与えてくれ、二人はとても気に入ったようだった。僕らは道具を積みこむと、船頭二名、そしてパドル漕ぎ二名とともに船出をした。船は小型で不安定で、座るのは固い板の上だった。

水中に投げ出されるのが怖くて、僕らは何時間も身動きせずにじっとしていた。お尻の感覚がなくなってしまった。

棘のある椰子のようなタコノキの支柱根に絡まるねじれた茎が、黒く深い川底から伸びる様子を見ながら、川を蛇行して進んだ。乗っていたのは僕らだけではない。ぼろぼろのシャツを着た筋肉質の男たちが、細い丸太を籐《とう》で縛り付けただけの筏《いかだ》を竿で動かしていた。

ボルネオの森林伐採搬出は九十年代後半にそのピークを迎えることになる。その後十五年にわたる訪問のなかで、ボルネオの無限にも思われた森はその姿を消していった。アメリカ西部のバッファローが一世紀前にほぼ全滅したのと同じ状況だ。代わりに増えたのは牛で、僕らは熱帯雨林がアブラヤシの大農園に変わるのを目撃することになった。

パルン山国立公園が国立公園に指定され、キャバン・パンティにアイビーリーグの研究施設が建設されても、「ナショナルジオグラフィック」誌に掲載されても、伐採業者を排除することはできなかった。二〇〇〇年代、カリマンタンの緑地以外に生息する大木のほとんどが失われたとき、インドネシア軍指導者たちがチェーンソーを所有する地域住民に公園内のフタバガキの巨木を売ることができるよう資金提供を行った。キャバン・パンティでオラウータンの撮影を行っていたドキュメンタリー映画制作者たちは、撮影中にチェーンソーを止めるため、伐採業者に賄賂を渡さねばならなかった。

しかし一九九五年、原生林にはモーターやチェーンソーの音はなかった。パルン山国立公園はこのときも平穏なエデンの園だった。国立公園の名前の由来となったパルン山の渓谷から流れてくる、冷たく清潔で新鮮な水を小川から自由に飲むことができた。低地に森林を湛えた切り立った山と泥炭湿地が隣り合わせに存在することで、この地域は群を抜いて多くの野生生物が生息し、特にボルネオのテングザル、テナガザル、そしてオラウータンは特別な存在だった。

過積載状態のサンパンに乗って上流に向かいながら、子どもたちは歌を歌った。流れに逆らって僕らを運ぶため、疲れを見せずに短いストロークでこぎ続ける漕ぎ手にとって、愉快な歌声になったようだ。昼食をとりつつ、ペギーとローマンはボルネオじゃないみたいだと不満を漏らした。しかし林冠が流れの向こうから迫るように見えてきたとき、わずか三メートル先の木やつる植物が絡まった場所に、三匹のテナガザルが現れた。

長い腕の、胴体の短い小型の類人猿はとても近くにいた。その素早い身のこなしや仕草を見るのに双眼鏡は必要なかった。樹上に棲む体操選手のようなテナガザルは、低い林冠に大きな指を使ってゆるりとぶら下がり、校庭のジャングルジムで遊ぶ運動神経抜群の子どもたちのように、素早く移動しながら両脚を揺らしていた。ローマンもジャズも、彼らが宙返りをするに違いないと信じ込んでいた。

数時間後、川の幅が一・二から一・五メートルまで狭くなってきた。僕は「ボルネオっぽくなってきただろ？」と尋ねた。

樹木の根が汚れたモップの先端のように水に引き込まれ、大枝からシダ植物が捻《ねじ》れ、垂れ下がる鬱蒼とした密林を通り過ぎたとき、「うん！」と、ペギーとローマンが答えた。水面すれすれの場所に倒木があり、漕ぎ手がボートを木の下にくぐらせる間、僕らは船から降りて荷物を運んだ。「大きくて古い木だから、なんだか賢そうに見えるね」と、斧やノコギリで切り拓かれたことのない森を進みながら若きローマンが言った。

八時間後、キャバン・パンティに到着した。船からジャンプして出たローマンは、あっという間に黒く光るヤスデを見つけた。体長は三十センチで、まるで三億年前の石炭紀から這いだしてきたように見えた。

「パパ、触っても大丈夫かな?」

僕自身も一年前、ティムに同じ質問をしていた。ティムの答えをそのままローマンにも伝えてあげた。「ああ、いいよ。やつは危険じゃない」

巨大な虫がローマンの腕をよじ登る。その数百本の足が美しい波状を描き、彼の腕をくすぐり、そして喜ばせた。「見てよ、ひとつの体節に二対の足がある!」と彼は言った。

キャンプ地は港から十五分の距離にあった。建設の際に伐採された木はなかったそうで、湿度は二十四時間、一〇〇パーセントに近かった。常に気温、湿度が高く、一日に最低でも数分は太陽光に晒したり、湿気から守らなければ、影になった場所ではカビが生えた。朝起きるとすぐに寝具はドライバッグ——急流の川下りに使うようなものだ——に入れた。そうすればシーツと衣類は乾いたまま、快適な状態で再び寝ることができる。

宿泊初日、ペギーが宿泊場所について文句を言った。日没直前に小川べりの小屋に辿りつき、カビの生えたマットレスと腐った床を目にしていた。その状態に彼女とジャジーはがっかりしたが、二・五センチもある巨大なアリや、狩りを得意とする手のひらサイズの蜘蛛、その他の虫たちがはびこるこの小屋にローマンは興奮した。翌日、僕らはきれいで乾燥した小屋に移り、ペギーは前夜の居心地の悪さなどすぐに忘れてしまった。

パルン山国立公園でのハイキング初日、ローマンが木の高い場所でオラウータン親子がイチジクを食べている姿を発見した。双眼鏡を代わる代わる使い、母オラウータンが警告の「キス・コール」をすると後ろに下がり、そしてその場を去った。キャンプに戻るまでの道すがら、体長一メートル近い巨大なリスが樹冠から樹冠へ飛び移る様子を観察した。より先へと進むと、猫背のヒメマメジカが小道を全速力で横切った。小柄な鹿のサイズ、体格、そして動きはまるでワタオウサギのようだった。僕の親指の爪ほどの大きさの、しっかりとした蹄のあとが小道の泥に残っていた。

その後、ローマンは樹高三十メートルの絞め殺しイチジクの木の内部に登った。宿主の木はずいぶん前に朽ち果てていたが、絞め殺しイチジクは天然のらせんはしごのような状態で残っていた。イチジクのはしごを二メートルちょっと登ったところでローマンはアマガエルを見つけた。赤い背の、そのカエルを捕まえようと少し手を伸ばすと、カエルはジャンプし、そして爪先を大きく広げて、翼のように大きな編み目状の足を見せつつ飛び去った。そしてなんと旋回して、ローマンの足元に戻ってきたのだ。

「すごいや！」ローマンは驚いて笑いながら言った。「パパ！　あれってワラストビガエルじゃないの？」

「そうだよ！　よくわかったね、ローマン！　パパも初めて見たんだ！」

滝の近くに行ったときのことだ。ローマンが再びロックスキッパーと呼ばれる珍しいカエルを見つけた。ボルネオにのみ生息するこのカエルは、静かな水面に投げた丸くて平らな石のように、流れる水の上を飛び移るのだ。どのようにしてかはわからないが、少年はカエルを捕まえた。両目に興奮を湛えながら、僕にロックスキッパーのエメラルドグリーンの肌と空色の足の指を見せてくれた。ローマンがより低い場所にある滝壺に降りていったので、僕も彼に続いた。

小さな滝の上にある、滑りやすい岩の上をローマンは注意深く移動していた。彼の高揚感はわかっていたものの、大丈夫だろうかと落ち着かなかった。万が一滑ってしまったら、骨折、擦り傷、切り傷、そして最悪の場合は熱帯感染症も考えられる。「気をつけろよ！」と声をかけたかったが、その代わりに僕は、彼のロッククライミング技術を褒めた。

子どもが自立するときに感じる不安と誇りの間で揺れ動く気持ちは、親であれば誰もが経験するだろう。

六歳のジャジーは危険を熟知する生粋のアスリートだ。亜麻色の髪をしたこの幼い少女は、大きな石から石へと優雅に飛び移ることができる。手伝おうとすると、「だいじょうぶだけど、いちおうね」と言い、小さな手を僕らの手にのせ、滑りやすく、急勾配で根の張り巡らされた場所を渡った。

自然のなかの危険は――森の熊、ジャングルの倒木、雪崩、急流――子どもとアウトドアを一緒に楽しむ親を不安にさせる。もちろん、僕たちも同じだった。ハイキング中に巨大な枝が高いところから落ちてきて、地面に衝突したのを目撃したことがある。その光景、音、破壊力は恐ろしいものだった。蘭とシダに覆われた三十センチの枝を注意深くチェックし、地震が起きたら側柱の下にもぐり込むのと同じように、雨が降るまで大きな木の幹の横で過ごすのがベストだと理解した。

雨は僕らの日課を左右した。キャンプでは、朝の汗をたっぷりとかくような冒険のあとは、乾いた衣類に着替えることにしていた。午後を通して雨が降ると、子どもたちが日記をつけ、さいころゲームで計算能力を磨いている間は、僕らは読書をして過ごした。天気がよければ、暑い時間は小川で過ごした。子どもたちは、小さな網を使って水面で捕まえる、二人が「針の鼻」と名付けた魚と、川底で捕まえる「足をかじる魚」をより近くで観察できるように、温かい砂を掘って池を作った。

「パパ！」ジャジーが喜んで声を上げ、「ねえ、ここに来てお魚を見て！　お水はそんなに深くないよ、これぐらいの深さしかないよ！」ローマンは沈んだ枝と砂州でできた〝障害物コース〟の周辺をシュノーケリングしていた。ペギーと僕は、太陽光が燦々《さんさん》と降り注ぐ、冷たい水が流れる小川で子どもたちが遊ぶ姿を、後方に広がる様々な自然を背景に眺めていた。楽園のようだった。
夜は蚊帳のなかで過ごした。マラリアとデング熱からは守られていたものの、血液を吸う虫の種類の多様さは、他の生き物や植物のそれに匹敵する。毎晩と言っていいほど、僕らは〝夕食のゲスト〟を楽しく迎えることになった。夜、夕食を食べるときに行く小屋の電球に飛んでくる、奇妙で、美しくて、多くの場合、巨大な虫たちのことだ。ローマンは驚くとサソリのように見える蛾を見つけて、それを日記に記している。

あらしの日、僕はガを見つけた。つっつくとつばさを広げて、おなかをあげて、ハリみたいにみせていた。あたまのうえのつのがふくらむ。あしにはえた毛はとび出してる。すごくかっこよかった！

暗闇で光るサルノコシカケを取ってきて、ペギーと子どもたちを夜に連れ出したことがある。ヘッドランプを消し、目を閉じて、瞳孔が開くようにした。瞳孔が開き、準備ができると、僕たちは目を開いて、暗闇のなかで緑色の燐光を発している菌類を観察した。僕はこの日のローマンの詩的な描写を記録していた。「水たまりに夜の空がうつってるみたいだった。でもその水たまりはひろいあげることができる。ライトをつけて見てみると、ぼくがひろいあげたのは小さなきのこが生えた、くちた葉っぱなんだ」

キャバン・パンティの主な建物は、パントリー、キッチン、ダイニングホール、そして皆が集まる場所だった。数台の本棚には関連書籍、フィールドガイド、バインダーに挟んだ論文のコピーなどが置かれ、ちょっとした図書館になっていた。他の小屋と同じで、図書館も湿度の高い森の空気に晒されており、空調機はなく、壁も、間仕切りもなかった。ページは湿って柔らかく、カビの匂いがした。夜になると、途方もない数の色とりどりのゴキブリたちが本に群がってくる。厚い本はシロアリにトンネルを掘られていた。僕はカビの生えた本をかまわず熟読し、ペギーと子どもたちと一緒に学んだことを日記に書いていった。それまで見たことがないような素晴らしい場所を直接目にすること、そして現地で本や論文から学ぶことは、刺激的でやりがいを感じた。

僕たちは、調査対象地域に縦横無尽に広がる道を連日歩き回り、泥炭湿地や花崗岩のある川を探検した。ある日、バトゥ・ティンギの一番上まで登ったときのことだ。バトゥ・ティンギとは、鮮やかな緑色のミズゴケ、ヘビのようなウツボカズラ、そしてすみれ色の花に覆われた巨岩で、パルン山国立公園の頂上を指す。水が滴《したた》るコケや地衣類が多く見られる雲霧林は奇妙なほど静かで、鳥の鳴き声さえ聞こえず、驚くほど肌寒かった。悪いことに、そんな状況であっても、僕らの血液を吸おうと躍起になるヒルは至る所に山ほどいた。

バトゥ・ティンギを越えると、パルン山国立公園の研究者が残したコンパスを回収しに向かった。ペギーと子どもたちは僕抜きで下山した。土砂降りのなか彼らに追いついたとき、ローマンが道案内をしているところだった。小一時間離れていただけなのに、僕らは再会を喜んだ。「ローマンがしっかり案内してくれた。本当に勇敢な男の子よ。蜘蛛の巣を避けてくれたし、ちょうどいいペースで歩いてくれたしね。道がときどき怪しくなったんだけど、ちゃんと教えてくれたの」とペギーが言った。

当時八歳だったローマンは、雨の中、家族をもう一時間先導してくれた。行く先を見失ったのは、倒木に遮られたときのみだった。僕は彼に、ジャングルのどこが最高か、何が一番素敵だったかと尋ねた。

「素敵だったところ？　**全部**素敵だよ！」ローマンは、子どもであれば多くが抱く、自然に対する強い興味を示した。「絶対に休まないジャングルが好きだ。いつもどこからか、生きものが音を立ててるんだもの」

若き日のローマンに熱帯への情熱を植え付けた場所がプエルトリコであるならば、少年時代、十代、青年時代と、四度もボルネオに行くことでその情熱は不動のものになったと言えるだろう。それから彼はオーストラリア、コスタリカ、メキシコ、ハワイ、ブータンといった、熱帯、亜熱帯の国々を幾度となく訪れた。ボルネオでの経験が彼を中米へと導き――きっとそれは必然だっただろう――最大の冒険に繋がったのだ。

第11章　ジャングルと氷河

親であれば子を、自立して能力が高く、同時に家族の一員として共に過ごしてくれる人間に育てたいと願うだろう。親にとって本当の試練は思春期だ。大人の体を持つ二歳児のように振る舞う子どもに向き合う時期。彼らは秘密を持つようになり、家族以外の人間との繋がりを模索し、遊び友達以上の関係を求めていく。ローマンも典型的な思春期を過ごしたが、ありがたいことに彼は僕との時間も求めていた。十代になった彼には、旅に向き合う姿勢、モラル、優秀な研究助手としてのスキル、冒険のパートナーの素質が備わっていた。

ボルネオのダヌムバレー保護地域研究所で僕の助手をしながら二ヶ月間過ごしたのは、高校一年生のときだった。地上一から六十メートルの高さで、僕はロープからぶら下がり、数千匹の虫を収集トレイに集めるための、重さ九キロの薬品噴霧器を操った。僕がこの作業をする一方で、ローマンは収集した昆虫の種類の判別方法を、ケンブリッジ大学の院生エド・ターナーから学んでいた。エアコンの効いたダヌムの研究室で、ｉＰｏｄに接続されたスピーカーからレディオヘッドを流し、二人は顕微鏡を覗き込み、エドの昆虫サンプルを甲虫目、双翅目《そうし》、膜翅目《まくし》、その他といった種類に分けた。

アンカレッジに戻ると、ローマンは僕が収集した一万四千匹の昆虫を、エドのときと同じようにに分類してくれた。ダイニングルームのテーブルに向かい合って座り、僕らは解剖顕微鏡をセットした。

顕微鏡を覗き込み、データシートにかじりつくようにしていたとある土曜の午後、ローマンは「これだけたくさんの昆虫を見ていると、熱帯雨林に戻ったような気持ちになるな。見てよ、このカマキリの擬態。まるで蟻だ！」

数年後、調査結果が発表されると、ローマンは「バイオトロピカ」誌に掲載された謝辞のなかに、自分の名前を見つけることになる。エド・ターナー、その他二人のケンブリッジ大学の学生、そして僕が書いた「節足動物の個体数、林冠の構造、ボルネオの低地に広がる熱帯雨林の微気候の調査協力者」の項目だ。ローマンとジャズの二名は「アラスカのハイランド氷原内の氷雪藻の空間分布と、個体数の、衛星写真を使った調査協力者」として、ジオグラフィカル・リサーチレターに記されている。

氷雪藻に関する論文の研究主幹は幸島司郎という名の日本人科学者だった。彼はジャングルにいるオラウータンから氷河にいる微生物まで、幅広く調査してきた人物だ。ケナイ山脈にあ

2001年ハーディング氷原で　ローマンとジャズ

る千百平方キロのアイスドーム、ハーディング氷原まで日本人研究者グループを導き、夏の雪原を赤く染める単細胞藻類の研究を行っていた。氷雪藻以外でも、科学者たちは氷雪藻をエサとする二・五センチ程度の長さの環形動物コオリミミズの研究もしていた。彼らが研究の協力者として僕を招いてくれた。

僕の役割は氷雪藻のサンプルを集めて、ハーディング氷原にいるコオリミミズの生息数を数えることだった。僕は一緒にスキーをしようと、二人の子どもを連れていった。当時ローマンは十四歳、ジャズは十二歳になっていた。三人で氷雪藻の場所をマッピングし、百二十キロの氷河を歩き回り、コオリミミズの数を調査した。二〇〇一年八月の一週間のことだった。

ハーディング氷原をスキーで移動するとい

うのは、見渡す限りの雪氷が広がる更新世にタイムスリップするような感覚だ。カナダのイヌイット語で「氷に囲まれた地」という意味のヌナータクとして知られる丘に囲まれるようにして、その氷原は存在する。僕らはそりに山ほどの道具を積みこんで、早い時間にキャンプを設営すると、輪のような形のフリスビーを投げて、コオリミミズが姿を現す夕暮れ時になるまで楽しんだ。フリスビーの輪は、数えるための抽出枠《サンプリングフレーム》となる。夜、寒くなってくると、ジャズとローマンはテント内部の暖かい寝袋に入る。ジャズは僕が大声で叫んだコオリミミズの数をノートに記録する。僕たちは低地の氷雪藻に最も多くの、そして多様なサイズのコオリミミズが生息していることを突き止めた。ドームの高い場所に行くにつれて、ミミズはいなくなった（氷雪藻も存在しなかった）。その中間地点では、まるでミッションでも行っているように動く、長いシングルワームしかいなかった。いつも通り、僕たちの研究は、答えよりも多くの疑問を生み出したのだった。

　ハーディング氷原での最初の二日間は、三ヶ所の氷河が三方向に流れる場所でキャンプを設営した。日本人研究者たちは、そこから氷河の端まで一時間ほどスキーで移動した場所でキャンプを設営した。僕たちの南方には、ハーディング氷原が見渡す限り広がっていた。平らで、何もない、目がくらむような純白。遥か遠い場所にあるヌナータク［氷河から頂部だけ突き出した山］だけがランドマークだった。この氷原では、アラスカ湾で発達する時速百メートルを超える強いサイクロンによる嵐が吹き荒れることがある。こういった嵐は通常、夜になると氷原にやってきて、翌日は雨となる。

この日は、朝からずっと雨だった。僕たちは大きなドーム型テントで、トランプやさいころゲームに興じ、ココアを飲み、時間を潰していた。ローマンはジャズをからかっていた。兄妹はいつも仲がよかったが、カードゲームで彼女に負かされたこともあり、きつい口調で彼女に接していた。

日本人科学者たちはコオリミミズを探すこと、そして雪塊氷原のどのあたりで夜行性の環形動物が日中を過ごしているのか調べるために、僕らのところに立ち寄った。日本人たちがドリルで雪に穴を開けて、その下の氷まで貫通させている間、僕は風雨の激しいテントの外に立ち、子どもたちの笑い声や辛辣な言葉の投げ合いを聞いていた。

幸島が九十センチの青い氷河の柱を引っぱり上げた。その底には、生きたコオリミミズがくっついていた。どのようにして底に辿りついたのか、僕たちにはさっぱりわからなかった。細い氷の亀裂に沿ったか、あるいは特有の分泌腺を使い、どのようにかして氷を溶かして下まで到達したのだろう。僕らは頭を掻いて、このミステリーを防水加工された黄色いフィールドノートに書き込んだ。キャンプを張るために日本人たちが去った後のことだ。風が吹き始めた。突風が子どもたちのカードゲームの邪魔をし、夕食や温かい飲み物の時間までにはテントが音を立て、はためくほどになった。最初は僕らも笑っていた。しかし、嵐がテントを激しく揺らして暗闇が訪れると、ムードは一変したのだった。

「パパ」とジャズが聞いた。「もしかしたら、大変なことになってるの?」

「違うよ」と僕は嘘をついた。恐れを誤魔化すのに必死だった。

「私たち、どうすればいいの?」彼女はせき立てるように言った。

どうすればいいのだろう。もしテントが破れてしまったら、強い風と凍るような雨に晒され、進む道さえ見ることができなくなる。後ろで待機できるような大きな岩もなければ、洞窟を掘るための柔らかい雪もない。隠れる場所がないのだ。迷路のような一・五キロ程度のクレバスを進んだ遥か向こうにある、氷原の外れのシェルターまで八キロにわたってスキーで進むには、朝まで待たねばならないだろう。

さらに強い風が新品のドームテントを倒してしまったものの、結局、ウムナックで使った、色褪せた古いテントは幾度倒されても形を戻した。子どもたちは僕のいた側に移動して、各自の寝袋から逃げてしまう熱を閉じ込めるため、四人用の大型の寝袋に三人で入った。万が一テントが潰れてしまっても、寝袋の中で密着していれば、朝まで暖を取ることができる。鍋とコンロ、ライター、コンパス、地図、食料、雨具、予備の衣類、温かいお湯を入れたナルゲンボトルを、寝袋の中に押し込んだ。テントが破れ、中にあるものを風が吹き飛ばしてしまうときのことを考え、備えたのだ。

僕らは歌を歌い、ジョークを言い合ったが、それも強風がうなりを上げ、濡れたテントの布地が顔に張り付き、声がかき消されるまでのことだった。僕らは蒸し暑くなった寝袋の暗闇のなかにもぐり込んだ。ジャズが「あとどれぐらいで終わるの、パパ？」と聞いてきた。

「わからないよ、ジャズ。でも明日にはきっとましになる」と、僕は希望を抱きつつ答えた。

互いに身を寄せ合って、いつの間にか眠りにつき、ようやく穏やかで澄んだ朝に目を覚ました。日本人研究者たちが様子を見にやってきてくれた。僕らは笑いながら、本当に酷い嵐だったなあと頭を振って語り合った。彼らはテントを一張り飛ばされたという。五人でひとつのシェルターに入り、一晩中、背中を風上に向け、なんとか残りのテントを立てていたそうだ。

日本人チームは、壊れたテントのポールを修理して、氷原の外れにあるキャンプにそのまま滞在するということだった。雪の反射光を測定する研究を続けるためだ。雪を溶かして生き延びる氷雪藻が、様々な密度で実際に生息している。

子どもたちと僕は、さらに氷原の奥へと進み、氷雪藻を採取したり、コオリミミズを数えることにした。「パパ」先に進むために荷物をまとめていたジャズが聞いた。「また嵐が来るの？すごく怖かった」

「あんなに怖いのは来ないよ」と僕は彼女を安心させた。「悪い天気のあとには良い天気が来るものだよ。大丈夫さ」

数日後、氷原の高地にある丸いドームを横切る際に、ヌナータクを縫うようにしてスキーで移動することになった。湾岸から運ばれてきた霧が広がっていた。ＧＰＳが普及していなかったこの時代、僕らはコンパスと地図のナビゲーションに頼りきりだった。ローマンがウムナックで学んだ通りにコンパスを持ち、僕は彼の示す方向に進むことで正しい進路を選ぶことができた。

スキーヤーをまるごと飲み込みそうなほど、ぽっかり開いた亀裂のある氷原に差し掛かったときのことだ。「どうしたらいいと思う?」と僕はジャズに聞いた。彼女は数種のカラビナ、滑車、そして登高器《アセンダー》を、まるでジュエリーのようにしてギアスリングにぶら下げていた。複数の亀裂が口を開け、中がよく見えていた。傾斜も緩やかだったため、すり足で通り過ぎることができる状態だった。それでも、危険なことには違いなかった。日本人研究者たちは何キロも離れた場所にいる。子どもたちはボルネオとコスタリカの熱帯雨林の木から、裏庭ではトウヒから吊り下げたロープを登ったことがあったが、ジャズはもう一度やってみたいと思っていたらしい。

「もしここに落ちたら、ローマンと私は何をすればいいの?」と彼女は聞いた。

良い質問だと僕は考えた。「ここはとても安全だよ。落ちることは滅多にない。ここに落ちようと思ったら、飛び込むしかないぐらいだ。でも、もしパパがここに落ちてしまったとしたら、君とローマンはスキーにロープを引っ掛けて固定して、ローマンが持っているロープの端をパパに投げてくれ」

僕たちは凍り付いた亀裂と裂け目を一・五キロほど恐る恐る進み、クレバスの向こう側の氷原に辿りつき、危険なところから離れてキャンプを設置し、安堵した。「亀裂は嫌だよ、パパ。

だって怖いし、深い場所まで見えるんだもん」

「そうだな。この先は亀裂なんてないさ。もうこれで終わりだよ」

この経験が氷河の旅へのより深い興味に繋がってくれることを願っていたが、子どもたちにとって結果は裏目に出た。どちらも、夏のスキーには二度と行きたいとは思わないだろう。コオリミミズを探すスキーの旅にもう一度行かないかとローマンを誘ったとき、彼は「やなこった」と答えた。「なんで雪ばかりの場所に行って貴重な夏を無駄にしなくちゃいけないんだよ？　スキーだったら冬にやればいいじゃないか」

それに反論するのは、僕には難しかった。


ありがちなことだけれど、ローマンは思春期を迎えると同時に興味の方向性を変え、自然考察よりも冒険に興味を示すようになった。高校二年から三年になる間に、二〇〇四年開催のワイルダーネス・クラシックのレースに一緒に出ようと誘ってきた。レースに参加しようとローマンが考えたきっかけは、家族で出かけたハイキングの経験や、ペギーと僕が二人で三回出場したことがあるという事実だった。十六歳の彼は、母親が挑戦することができたアウトドアの経験であれば、自分も達成できるだろうと考えたのだ。

ローマンがアラスカ山脈で開催されるアドベンチャーレースのフィールドテストを手伝ってくれたのは、彼が十四歳の時だった。ペギー、僕、そしてその他大勢と一緒に試走をしたローマンは、自分の持久力と困難に対する忍耐力は他より秀でていると気づいた。同時に彼は、急流のパックラフティングに目覚めた。クラシックは彼の技術だけではなく、逆境での許容力と忍耐力を試す機会となる。何十回もクラシックに参加した経験から、このレースの高低差のあるコースが、走る人間の足を破壊することも知っていた。ローマンの初めてのレースでは、マウンテンバイクとパックラフトを使い、「足の酷使」を避けることで、彼の経験を可能な限り良いものにすることを提案した。

幸運なことに、ローマンは中学から高校まで、冬も夏も、片道八キロの距離を毎日自転車で通学していた。クラシックに照準を絞って訓練をするために、僕たちは自転車を漕ぎ、近隣の山に自転車を押して登り、自転車を船首に固定した状態で、川や小川をパックラフトで漕いで下った——それは「バイクラフティング」と呼ばれている。僕たちはブルックス山脈への十日間の旅も経験した。そこでは三ヶ所の川下りと陸路のトレッキングを織り交ぜた訓練を行った。レース参加時には、準備は整っていた。

三十五名の参加者が、アンカレッジから百六十キロ離れたユーレカ・ロードハウスからレースをスタートさせた。ゴールは二百四十キロ先のタルキートナだ。レース一日目が終わる頃には、雨が降り出し、僕らは二人ともくたくたに疲れ切って、臀部《でんぶ》に痛みを感じていた。十五時間をゆうに超えて、僕らはペダルを漕ぎ、自転車を押し、マウンテンバイクを担いでアラスカ奥地の自然を、八十キロにわたって踏破した。

自転車をタルキートナ山地高地にあるツンドラの岩棚に置くと、パタゴニアのパフィープルオーバーを着た。マットを横に並べ終わると、僕たちは体を押しつけ合って暖を取り、足を空のバックパックに突っ込んで、空気を入れたパックラフトを毛布のようにして雨を防いだ。荷物を軽くするために、寝袋、緊急用寝袋《ヴィヴィサック》、テント、タープさえ置いてきたのだ。数時間のビバークを前に、ローマンがフードバッグに手を伸ばした。「これ食べなよ、おじさん」と彼は言い、ニヤリと笑いながらチョコレートバーを投げてよこした。「今日の分は食べ切ってないんだ。今夜冷えないように、必要だろうから」

「ありがとう。優しいじゃないか」僕は、笑顔で返した。「後で返せと言われるかもしれないから、とっとと食べるよ」

数時間の昼寝と食料を口に押し込む以外、ほとんど止まらず三日間にわたって自転車を走らせ、押し、時に担いだあとは、レース終盤のタルキートナ川下りの準備を整えた。クラス4の急流が待ち受ける渓谷に到着するには、使い古されたグリズリーベア・トレイルを進む。ラフトに空気を入れ、進行状況を分析すると、ローマンが「今夜、寝る？　それとも徹夜で漕ぐ？」と聞いてきた。

「お前次第だよ。タルキートナまで四十キロだ。どう思う？」過去七十二時間で、僕らの睡眠時間は合計八時間程度だった。彼にはまだ体力が残っているように見えたが、明け方三時ごろ、険しいハンノキの茂みでは、多少、自転車を引きずるようにしていた。

ローマンはボートから立ち上がった。両手で髪を掻きむしり、しばし考え、そして「いけると思う」と言った。彼は睡眠不足の探検レーサー特有の、パンチの利いた笑顔を見せながら、肩を張り、背筋を伸ばして言った。「このまま進んで終わらせよう。徒歩からラフトに乗るなんて最高だよ。ほら、父さん、自転車をボートに乗せるのを手伝うよ」

ディック・グリフィスが二十年前に「秘密兵器」を披露して以来、パックラフティングはクラシックの定番となった。コースにあるタルキートナ川は、当時、クラシックで最も過酷な急流下りのポイントだった。幸運なことに、ローマンはこのレースの数年前からパックラフティングによる急流下りに力を入れていた。

十六歳で、地元のシップ・クリーク川でクラス4の渓谷――二〇〇〇年代初頭、パックラフターたちのほとんどが恐れていた急流だ――を初めて下ったときローマンは「いままでの人生で最高に楽しい！」と言ってのけた。ローマンは一、二メートルの高さの滝を次々と下ることを、遊園地で遊ぶように楽しんだ。僕の友人で、初期のパックラフターのひとり、ブラッド・ミケルジョンが初めてローマンに会ったのもそこでだった。ブラッドは、ローマンが冷静に急流を下る様子を見て圧倒されたという。僕が執筆したパックラフティングに関する書籍のなかに、ローマンが渓流を下る様子を写した写真が多数掲載され、本全体を興味深いものにしてくれている。

そこから十年のあいだに、ローマンと僕はシップ・クリーク川で習得した技術をアパラチア山脈、ブルックス山脈、メキシコ、タスマニア、ブータン、コロラドのグランドキャニオンで活用した。彼と僕はグランドキャニオンを下ることを許可された初めてのパドラーだった。

タルキートナ川最難関の渓谷を攻略したとはいえ、船首に自転車を固定した不安定な状態で、渦や強い流れ、さざ波と戦わなければならない。渓谷の岩壁の下で、渦巻いた急流がローマンの乗ったパッククラフトの船尾を捉えるのを見た。不意を突かれたような表情をしていたが、コントロールできていた。前傾姿勢になり、パドルのブレードを水面に突き立て、抜け出すと、僕に向かって満面の笑みを見せた。「今のはギリギリだ!」

そこから三夜過ごし、僕らは傷ひとつなしで、二〇〇四年アラスカ・マウンテン・ワイルダーネス・クラシック・タルキートナに六着で辿りついた。ローマンはレース史上最速の十七歳となった。ウムナックから十年後、彼は自らの役割を果たしつつ、努力を続け、ワイルダーネス・レースに参加するまで成長したのだ。

第12章　ダンジョンズ・アンド・ドラゴンズ

ローマンは僕の冒険のパートナーで調査助手というだけの存在ではなかった。彼は母親と僕の言うことを聞くだけではなく、僕らに挑戦もした。自分の思いを口にすることを恐れなかった。「父さんは賢いけど、母さんは（ニヤリと笑って）そうだな、母さんはやり手だね」

子どもの頃から、彼はペギーに似て用心深かった。額の中央でV字になった髪の生え際もそっくりだった。直毛の髪を自分で短く刈り込んでいた。八歳の頃にはモヒカンにしていたこともあったけれど、高校になるまでにはさっぱりとした髪形をするようになり、ハリー・ポッターそっくりの丸い銀縁の眼鏡をかけ、母親譲りの高い頬骨が女学生に人気となった。彼は若き魔法使いに似ていただけではなく、タトゥーやピアスをしていない、誠実な若者だった。

テレビに夢中になる子どもが多いなかで、ローマンは本を読んだ――わが家にはテレビがなかったのだ。ファンタジー、昆虫学、辞書。面白くなくて、ページを次々と飛ばすような退屈な本まで彼は読んだ。九歳のときに滞在したボルネオで、トールキンの『ホビットの冒険』を一日で読破し、翌週には『指輪物語』を読んでいた。続けざまに読んでいたから、その間は日記をまったくつけなかった。その後、フランク・ハーバートのデューンシリーズ、H・P・ラヴクラフト、スティーブン・キング、マーク・トウェインを友人たちと回し読みしていた。眼鏡が必要になったのは、あまりにも本を読むからではと考えたほどだ。

高校では科学、歴史、経済についての書物を好んだ。想像力を膨らませながら魔法を使ってスコアを重ねるロールプレイングゲーム、『ダンジョンズ&ドラゴンズ』の世界にも熱中した。何年もの間、週末になると彼は友人の家でゲームに没頭した。名の知れたダンジョンマスターだったローマンは、クリエイターで、ストーリーテラーで、案内役だった。幅広い年齢層の、様々な背景のあるプレイヤーたちに夕食を振る舞うのを楽しみに家を出る。ペギーと僕にはそれぐらいしかわからなかった。ローマンは自然史とパックラフティングを味わう旅行には喜んで僕らと一緒に出かけていたし、彼自身が自己のアイデンティティを確立していることを知るのは喜びでもあった。

2004年　ブルックス山脈フラウーラ川

ローマンは小学校で知り合い、共に成長したクリエイティブで社交的な友人たちに囲まれていた。グループの牽引役《けんいん》はローマンの親友ヴィンセント・ブレイディーだ。カリスマ性があって、スポーツが得意で、アーティスト気質。ヴィンセントは絵を描き、音楽を愛し、詩を書いた。タンポポを顔に押しつけながら、芝生にうつ伏せになっているヴィンスを見つけたのが、ローマンと彼との出会いだった。幼稚園のときのことだ。ヴィンスの鼻も唇も頬も花粉まみれだったという。ローマンは、一体なにをしているのと彼に聞いた。するとヴィンスは、ボクはマルハナバチで、いま、花に授粉しているんだと答えたそうだ。その瞬間、彼らを囲んでいた黄色い草花のように、二人の間に生涯続く美しい友情が芽生えたのだ。

中学生になるとローマンは、ときにやんちゃな友人たちのために夏至のパーティーを開くようになった。彼らは家にやってくると、裏庭で焚き火をして肉を焼き、夏の暮れない明かりを夜通し楽しんだ。ヴィンスの友人だった若い女性がローマンについて書いていた。ローマンは現実離れした冒険譚を語る人だった。鋭いウィットとユーモアは夜中の語らいに刺激を与えてくれた。絵を描くことができた。レスリングをして、笑い転げ、抽象的な話を真夜中過ぎまで語り続けた。皆で並んで横になりながら、ジョークを言い合うような関係だったとある。

ローマンは何でも自分でできる子どもでもあった。十六歳のとき、祖父がメキシコの芸術の町サン・ミゲル・デ・アジェンデで一ヶ月間行われる、スペイン語コースの授業料を出してくれたことがあった。その授業料のなかには、メキシコシティへの到着に合わせて迎えに来る運転手代も含まれていた。しかしロスからのフライトが遅延し、ローマンを待たずに運転手は帰ってしまった。

ローマンは家に電話をかけてきた。夜中近くのことだった。

「父さん、ロスからのフライトが遅れてしまって、空港からメキシコシティまで行けなくなってしまった。電話のカードを買ったけど、五分しか話せない。どうしたらいい？」僕らはカードの時間制限のなかで問題を解決しなければならなかった。

「電話を切って、学校に連絡するんだ。それから彼らのアドバイスを聞く。その後、もう一度電話して教えてくれ」

彼は電話を切り、僕は待った。数分後、再び電話が鳴った。「父さん、空港内に宿泊施設があるって言うんだ。そこに泊まれば、明日の朝、迎えを寄こしてくれるって。バスで行ってもいいらしい。今夜はもう一本バスがあって、一時間以内に出発する。そのバスは、二台目のバスが来る町に行く。そこから二台目のバスに乗って別の町に行き、そこからタクシーだ。三時間か四時間の道のりらしい」

「どこにバスは来るんだ？」

「空港の外だよ。一旦空港を離れれば、宿泊施設に泊まるために中に戻ることはできない」

「道順は全部書いたのか？」

「うん」

「どうしたい？」

「バスに乗ってみたい」

「わかった。無事を祈る。もう一度学校に電話して、そのように伝えるんだ。到着したら、もう一度連絡してくれ」

もちろん、彼は無事に目的地まで辿りついた。こうして、彼の初めてのメキシコでの冒険が始まったのだ。彼はこの旅で大きな成長を遂げた。濃密で、ユーモアに溢れ、自分を飾ることのない逸話を携えて戻ってきた。僕らは、相も変わらず仲が良かった。彼はその当時でも、僕と一緒に何かをやりたがったが、自立への明らかな変化は見て取れた。


程なくして、高校三年生になったローマンは、校区のギフテッド・メンターシップ・プログラム〔高い知性を持つ子どもたちへのサポートプログラム〕へ参加することになった。中学生のころ、『分子遺伝学が驚異的によくわかる』を読んだ彼は、こう言いはじめた。「お父さん、僕はお父さんの遺伝子改良バージョンのようだね」僕は大学の同僚で、アメリカ分子生態学研究所で主任研究員として活躍していた人物をローマンに紹介した。ローマンは中学三年から彼女の指導を受け、以後十年にわたって研究所との関わりを持つこととなった。ポリメラーゼ連鎖反応を実行し、ＤＮＡシークエンシングを行い、ゲルの読み取りをすることで、ローマンは大学と大学院の学費を賄うことができた。

研究所で働きながら、彼はいつもナショナル・パブリック・ラジオを聞いていたそうだ。一度彼に、どんな番組が好きなのか聞いたことがある。「市場動向かな」と彼は言い、「経済がどう動くのか聞くのが好きなんだ」と教えてくれた。

二〇〇五年、ローマンはバージニア州ウィリアム・アンド・メアリー大学の経済学部に入学した。大学一年の経済学の授業で、良き友となるブラッドと知り合った。生態学者の息子のローマンにとって、人間生態学の数学と言える経済は合っているように思えたが、結局一年の最後には経済学に対する気持ちが生態学に対するものとは違うと言い、専攻を変えた。同じく大学一年の美術史のクラスで、初めて、真剣な交際を考える女性と出会った。

高校時代に付き合った女の子たちとの交際を公にはしなかったが、ウィリアム・アンド・メアリー大学で出会った彼女は違っていた。大学三年生の六月に、彼女はアラスカにやって来た。家族と一緒に体験してきた冒険――デナリでのバックパック旅行、プリンス・ウィリアム湾でのシーカヤックの旅、イーグル川でのパックラフティング――を、彼は彼女に話していた。ローマンが彼女と真剣な交際をしていることは明らかだった。彼が彼女に見せるような笑顔、そして冗談を言う様子をそれまで見たことがなかった。僕はそんなローマンを見てうれしかったし、ソウルメイトを見つけたのだと考えた。

二〇〇九年六月に卒業すると、彼は生物学の学位を手に入れ、恋人を連れてアンカレッジに戻ってきた。二人はアンカレッジのアパートに、卒業式直後に移り住んだ。ローマンの友達、そして僕らの友達全員が、彼女を歓迎した。しかし翌年春、アラスカの「別れのシーズン」として知られている時期、氷と雪が溶け、川が流れはじめる季節に、彼女は二人の関係を清算した。その直後、親友のヴィンセント・ブレイディーが極めて進行性の高い癌でこの世を去った。この二重の喪失にローマンは傷つき、落胆した。

ある日、ローマンは家にやってきた。ドアの前に立つ彼の顔に浮かんだ痛みは、まるで実際に誰かから蹴られでもしたかのようだった。僕は彼を抱きしめ、そして調子はどうだ、大丈夫かと聞いた。

「想像できるだろ、父さん？　彼女が去って、親友が死んだ。めちゃくちゃだよ。最低だし、悲しいよ」彼の黒く塗りつぶされてしまった世界を、どのようにして塗り替えたらいいのかわからなかった。いつか、どうにかして、彼女とは再び繋がることができるよと、遠回しに伝えることしかできなかった。

彼女と別れたあと、ローマンは隣町に住むルームメイトの家に引っ越した。新しいアパートに倉庫から荷物を運んでいったことがある。キッチンシンクに強いアルコールの瓶が逆さまにして置かれていた。ウォッカ、バーボン、そして比較的飲みやすいテキーラだった。酒はルームメイトが飲んでいるとローマンは言っていた。僕はそれを信じることができなかった。彼の部屋の石膏ボードの壁に大きな凹みがあったからだ。

「ここはどうしたんだ、ローマン？」と僕は尋ねた。

「パンチしたんだ」と、彼はあっさりと答えた。

「どうして？」

「さあね。腹が立ってたとかじゃない？」当然、彼は腹を立てていたのだろう。元恋人に対して腹を立て、親友を奪った世界に腹を立て、自分自身に腹を立て、出口がなくて希望を失い、傷ついていたのだ。

この年の夏、ローマンは気候変動が小型哺乳類に与える影響を研究している三人の科学者の一人として、北極圏でサンプルの採取を行った。ノートには、単独で行った調査や採取の様子が一日ごとに記録されていた。きちんとした読みやすい字で綴られた調査の詳細が、何ページにもわたって記されていた。発見した動物や、捕獲した動物、秋の訪れ、獣道について、そしてその獣道を作り上げたクマ、トナカイ、そしてオオカミについて詳細に書いていた。「食物が足りなくなる季節の後半には、野ねずみが増えるだろう」と彼は、手書きの地図の横に記録した小型哺乳類の頭数を根拠に、仮説を立てていた。

ローマンが親友のヴィンスやガールフレンドを失ったことに対する気持ちを口にすることはなかった。内にある悲しみや苦しみを無視するかのように、彼のノートに記されていたのは外の世界のことばかりだった。空腹と栄養の整った食事を取ることの満足感。痛む足とウォーキングの楽しさ。多くのアウトドア系冒険者は、喪失感を抱いたあとに自然へと目を向けるものだ。なかには、それから目を背ける人もいる。ローマンにとっては、生涯で最も愛した女性を失った痛み、そして最もリスペクトし、敬愛していた友人を失った悲しみから唯一、自分を切り離してくれるものが自然だった。時間の経過とともに、励ましを得て、愛情を与えられ、友人たちとともに過ごすことで癒しの過程を早めることができたのだろう。

ジャズがポートランドのルイス・アンド・クラークカレッジの三年生だった年のクリスマス休暇に、僕たちは家族で集まった。そして二〇一〇年十二月、再びボルネオに戻った。ローマンもジャズも、子どもの頃のボルネオの思い出を鮮やかに記憶していた。セレベス海のアイランドリゾートを含む新たな場所を僕たちは訪れた。二人はエアコンの冷気に撫でられるようにして眠り、高級なグルメを楽しんだ。様々なアクティビティにも参加した——カラオケだってやってみた。ペギーだけは歌うことができた。僕のしわがれた声を聞いた子どもたちは笑い転げていた。スタッフが宿泊客のための競技を開催した。ローマンはジャズの背後から、何も見えない状況で両手を使って彼女にメイクを施した。最後にはジャズの顔はジャクソン・ポロックの抽象画のようになった。二人は笑い転げて、倒れそうになっていた。ローマンが幸せで、楽しそうにしている姿を見るのはうれしかった。

ボルネオから戻ると、ローマンはアラスカ・パシフィック大学の修士課程に進み、親指大の底生等脚目甲殻類の系統樹を作成するという、洗練された学位論文の世界に没頭し、打ち込んだ。ガールフレンドを失った喪失感に当時も苦しめられていたと、北極圏でフィールドワーク中の日記に彼は書いている。

　何もかもが悲しい……こんな気持ちはうんざりだ。悲しみや挫折を抱きたくはない。僕は確かに彼女に執着しているし、怒っているし、心細くもある。僕自身の感情を書く理由はない。そんなもの退屈なだけだし、繰り返し経験したくはない。酒をやめるのは難しい。この旅で自分が問われることになるだろう。成り行きを見てみたい。何か見いだしたい……俺は強い人間だと自分に言い聞かせている。それがどんな意味かはわからないけれど。もっと外に出なくては。この旅は素晴らしいが、もっと動く必要がある。楽すぎるのか？　僕には単独の厳しい旅が必要なんだ。自分は弱いけれど、生きているのだと思い出すために。

　息子は長く続く喪失感を解消するため、アルコール以外の方法を模索していた。現場から戻ると、ローマンは二〇一二年に発行された二編の学術論文に取り組んだ。「分子系統学と進化」誌で発表された「北米氷河のコオリミミズ・環形動物門貧毛類ヒメミミズ科の歴史的生物地理学」は、修士号をまだ取得していない若き科学者である彼にとって、特に困難を伴う原稿だった。もう一編はシロフクロウの遺伝学に関するテクニカルノートだ。ラフガーデンは結局正しかった。二十五歳でローマンは二編の公表論文の筆頭筆者となり、真の生物学者となっていたのだ。

後になって、ローマンの友人、同僚、仲間の旅行者たちが連絡をくれた。彼らが書いたメールや彼らと交わした会話が、家族からの見方を超えて、ローマンがどんな青年に育っていたのかを教えてくれた。友人の一人は、こう書いていた。「孤独が彼を支配したのは、ヴィンスが旅立ってからだと思います。ローマンは、仲間と分かち合っていた活気や、彼自身が持つ溢れんばかりの元気を取り戻そうとしていたように思え、それに僕は安堵していました」

別の友人はローマンがブータンから彼女に持ち帰った贈り物について教えてくれた。

ヴィンスの死後のことでした。ローマンは、私がそれまで経験したことがないような方法で秘密を打ち明けてくれたのです。私に夕食を作ってくれたうえに、贈り物を準備して待っていてくれました。彼の家に到着すると、私の手を取って、祈禱旗［五色に彩られた旗］を手渡してくれました。私の目を真っ直ぐに見つめて、「実はずっと気にしてた。君に謝らなければならないことがある」って、そう言ったんです。

ローマンにはボルネオのホテルで熱帯熱に苦しむ僕の看病をしてくれるような優しい面があった一方で、皮肉屋の一面も持っていた。アラスカ・パシフィック大学の院生だったときに、ローマンは医大やその他の職業に就く学生のグループと友人関係になった。ペギーと私に宛てた感動的なメールのなかで、学生の一人、ドン・ヒアリングはローマンについてこう記述している。

驚くほど聡明で、興味深い男でした。彼の発言はほぼ全てが示唆に富むものだったこともあって、僕にとっては楽しい時間でした。何かを言う前に、注意深く考えることを促してくれるような人物でした。というのも、彼が広い見識を持つ質問や、返答をしてくることが僕にはわかっていましたから。僕の周囲にいた友人のなかで最も知的だっただけでなく、周囲を少しだけ良い人間にしてくれるような一面もあったと思います。授業でも、グループディスカッションでも、的を射た質問をはじめる前に、静かに他者に耳を傾け、会話を促すことを忘れなかった。彼の質問で、僕らの対話は完全に組み替えられるのです。これは彼の技術とも言えます。僕はそれが楽しみでしたし、期待していましたし、今でも真似しようと努力しています。ローマンと一対一で話をするときはいつも、彼が自分の周りの世界を楽しんでいるように感じていました。どんなに平凡な場面でもそこにユーモアを見つけていました。世界に対して好奇心旺盛な人でした。僕は彼を心の友だと思っていました。彼と出会えたことは幸運でした。

ドンが描いてくれた胸を打つ人物像は、ペギーと僕が期待していたローマンの姿そのものだった。博識で、影響力があり、ユーモアのセンスを持つ人物だ。聡明な若者でさえ彼をロールモデルと考えてくれたことに僕は胸を打たれた。

ドンはローマンについて、とても寛大でもあったはずだ。「対話を組み替える」とは、論争に挑むという意味であることが多い。例えばローマンは、僕のことを感情的過ぎる自由主義者だと考えていた。互いの意見の相違は問題ではなく、意見の相違のしかたが似ていることがダイアル一家にとっては問題だった。意見の相違はエスカレートすることも多かったが、すぐに落ちついた。いつまでもわだかまりを持つ人間はいなかった。

二〇一二年、ブータンのヒマラヤ山脈でチベットコオリミミズを調査したローマンと僕は、人里離れた場所にあるラヤの村へと続く道を歩いていた。その村は絵画のように美しい渓谷に位置し、チベットとの境に接した場所だった。当時、ラヤにあった石と材木で作られた二階建ての家々は、道路網から何日も離れたような遠隔地の、手つかずの自然のなかにあった。そこで村人は暮らしていた。

ラヤを離れる際、僕らは労働者と馬が電柱とケーブルを運ぶ姿を目撃した。電気がもたらされることで村の魅力が消滅してしまうと僕は不満を口にした。電力の恩恵にあずかるべき人々に、勝手な感傷を押しつけたとして、ローマンは僕を非難した。それに対して、電力が彼らの文化を希薄にさせると僕が応酬した。ローマンは、その判断は村人に委ねるべきで、僕らではないと言った。感情が理屈を超え、そのフラストレーションで言葉を詰まらせながら、僕らは互いにそれぞれの立場を強情に主張しつつ、何キロも歩いた。

父親の多くは息子の中に自らの弱点が反映されているのを目撃するが、ローマンのなかにも、僕の弱点は明らかに存在するようだった。

第13章　ビッグ・バナナ

ローマンは二〇一二年に、同じアラスカ・パシフィック大学に通うケイトリンと交際を始めた。アンカレッジ周辺の小型哺乳類の生息数を推定するプロジェクトに同時に参加していた彼女に、ローマンは前年に北部で行った現地調査で習得した技術を教えた。その一年後、コンピュータによる等脚類の進化シミュレーションが収束しなかった結果を受け、ローマンは自分には休息が必要だと判断した。

彼は東に向かい学生時代の友人たちに会おうと決め、その後ケンタッキー州バーボン郡を自転車で巡るツアーをし、そして中南米に長期滞在する計画を立てた。二〇一三年十月、学生ローンを払い終え、一万五千ドルの預金があった彼は、クリスマス休暇をブラッドと過ごすことに決めた。南アメリカを旅するために必要なスペイン語は話すことができた。そして彼は、ケイトリンに別れを告げたという。二人はそれでも交流を続け、彼女はメキシコで彼に合

2014年1月　メキシコベラクルス州アルセセカ川、6メートルの落差

流し、一緒にパックラフティングをして、二〇一四年一月初旬には共にマヤ遺跡にも訪れている。彼女が故郷に戻った直後、僕はメキシコ東部のベラクルス州でローマンに会っている。彼とアラスカの友達数人とパックラフトをするためだった。僕もローマンも、何十年も一緒にやってきたことを再び共有できることを楽しみにしていた。

ローマンはベラクルス空港で僕を出迎えてくれた。あと一ヶ月で二十七歳になるところだった。数週間も髭を剃っていなかったようで、その伸びた髭がシャープな顎の角度を強調していた。母親譲りの美しい顔は、無精髭があっても隠されることはなかった。

ローマンは北米で〝最高の岩盤《ベスト・ベッドロック》〟と呼ばれる急流下りに挑戦する予定だった。ベラクルス州の、急勾配で非の打ち所のない渓谷、垂直の滝、溢れるように落ちる急流を目指し、世界中からカヤック乗りが集まってくる。パドリングに行きたくてやきもきしていたが、とりあえず腹を満たすことにした。

車を借り、ベラクルス州沿岸都市へ、旨いメキシカンを探して車を走らせた。彼が〝ストリートのステーキ〟と好んで呼ぶ、ビーフステーキ《カルネ・アサーダ》のタコスがいいだろう。ローマンはうれしそうだった。何ヶ月も顔を合わせていなかったから、お互い、積もる話があった。これまで何をしていたか、どこへ行っていたか、ユカタン半島を横断したケイトリンとの旅の様子を教えてくれた。口やかましい父の息子である彼は静かな語り口調で、僕はそんな彼の言葉を聞き逃したくなかった。それに、もう少ししたらボート仲間をピックアップすることになる。なかには、アラスカの友人で僕と同世代のブラッド・ミケルジョンも含まれる。彼らが現れたら、ローマンは話すより、耳を傾けることが多くなる。

翌日の午後に到着した友人と僕たちは、温水の急流をパドリングするために内陸部へと向かった。丘の泉から滔々と流れ出る小川から曲がりくねった森林を抜け、日陰でブラマー種の牛が横たわる草原に辿りつく日帰りの旅だった。初めてのワイルダーネス・クラシックでディック・グリフィスがおもちゃのプールを取り出した日から、パックラフトは大きな進化を遂げた。三十年の時が流れ、小さくて丸い救命ゴムボートというよりは、太くて小さなカヤックのような姿に変わったのだ。通常はカヤックで下ることのない急流や川を、創造力逞しいボート乗りがパドルを使って下るようになった。エキスパートでさえ、パックラフトを

〝カヤックロール《エスキモー・ロール》〟しなくてはならない事態も起きる。荒い波や流れがボートを転覆させ、ボートに乗ったままのパドラーがそれを正しい位置に戻し、パドルして進むのだ。

ライム・スプリングス川を下ったあと、僕たちはハルコムルコと呼ばれる町に行き、ラ・アンティグア川の〝グランドキャニオン〟の入り口まで送り届けてくれる現地の人間を探そうと思っていた。しかし、ハルコムルコのボートコミュニティーの人間は、ラ・アンディグア川の渓谷を氾濫させるダム建設への抗議行動で忙しかった。自分たちで車を運転し、一泊の川下りの間はレンタカーを入り口に停めることを余儀なくされた。

緑豊かな山峡の澄んだ水を湛えたクラス3の緩やかな川下りは楽しかった。森の近くの川岸でキャンプを張り、ローマンがキャンプファイヤーを囲んで食べることができるようにと選んでくれたメキシカンフードで体を温めた。彼と一緒のテントは慣れたもので、僕らにとっては日常だった。

二日目、終日をかけたより本格的な川下りを経て、僕らはハルコムルコに戻った。そこで一泊し、翌日に車を回収するために別の車で現地に戻った。レンタカーを停めた渓谷の入り口に戻ると、ドアを開け放ったフォルクスワーゲンが駐車されていて、わけがわからなくなった。近くに車を停めると、タイヤがすべて持ち去られていることがわかった。バッテリー、キャブレター、ラジオ、CDプレイヤー、ローマンの空のバックパックを含む、トランクに入れていたアイテム数点も持ち去られていた。僕たちが去ったあと、ローマンはメキシコで購入するバックパックに荷物を入れ替えようと考えていた。それまでは、ブラッドのものを借りていたのだ。盗難にあった我々は、旅を冒瀆されたと思い、怒りを感じ、傷ついた。この出来事で数日を無駄にしたが、すぐにベラクルス州の急流下りの中心地、トラパコヤンへと向かった。むしゃくしゃした気持ちをアドレナリンが洗い流してくれた。

岩だらけの川で二週間にわたってパックラフトをパドリングした僕らの旅のハイライトは、ジャングルを通るアルセセカ川の険しい水流〝ビッグ・バナナ〟を下降する心躍るような体験だった。

アラスカから来た友人のトッド・トゥモローとジェラルド・ガーニーは、僕らが到着する前にこの川下りを経験してはいたとはいえ、僕はローマンが心配だった。彼は一年以上もアルセセカのような川を経験していなかった。この日の前の十日間でビッグ・バナナのクラス4の滝まで緩やかな流れを上がってきてはいたものの、それでも不安だった。なにせ、息子なのだ。ガーニー、トッド、そして他の友人たちが、ビッグ・バナナはそれまで経験したベラクルス州の急流のなかで、最も素晴らしかったと口を揃えて言った。スリル満点なうえに、比較的安全な場所だと僕にも思えた。九から十二メートルというきわめて規模が大きく危険な滝の周囲を難なく歩くことができた。でも僕はローマンに、この挑戦を気分良く楽しんでもらいたいとも思っていた。

皆にはこれまで積み上げてきた経験があり、また前の週に友人三人がすでに試みていたにもかかわらず、ビッグ・バナナからの下降は最初の九十メートル程度で終わってしまうところだった。経験豊富なパドラーであるガーニーが、短距離ながら巨岩だらけの間を通る厄介な急流に挑むことに決めたからだった。残る我々はすでに、その危険な場所を徒歩で通り過ぎていた。なぜならその場所は〝危険がない《クリーン》〟とは見えなかったからだ。クリーンな急流とは〝手強い〟流れとは違ってそこを下る人間を立ち往生させ溺れさせないものを指す。僕らは安全ロープを手に落下地点で待ちかまえた。

　ガーニーは急流の入り口まで滑らかにパドルして、へりから身を乗り出し、下降の準備をしていた。しかしスムーズに落ちる代わりに、急流の岩の端に引っかかり、ボートから体を投げ出された。直後、渦がガーニーをごつごつとした岩の間に吸い込んだ。川の水力学によって彼は一旦水面に戻されたが、再循環する流れがまたしても彼を水中に吸い込むだけだった。

　手強い流れは容赦なかった。彼はぐるぐると回り続け、空気を吸い、命を繋ぐために戦い続けた。僕は彼にロープを投げたが、彼の手がそれを掴む前にアルセセカの水が再び彼を飲み込んだ。

　幸運にも、トッドの投げたラインが僕の投げたロープの後を辿り、ガーニーは再浮上した際にそれを掴むことができた。トッドが疲労困憊したガーニーを水流から引き上げた。僕らは全員で安堵のため息を漏らした。

　岩の上で大の字になってゼエゼエと呼吸するガーニーを見守りながら不安になった。科学者で大学教授でもある僕は、自分自身の、そして自分以外の人に関する直感を無視してはならないと身をもって学んだからだ。特に、わが子が関係することについては。

他の急流は、どれぐらい安全なのだろう？　と、僕は考えた。今回の降下ポイントは歩いて回避できたが、この先、ガーニーを捕らえたような危険な滝をパドリングしなければならない状況になったとしたら、僕は荷物をまとめて、歩いてきたばかりの埃まみれの道に真っ直ぐ戻るつもりだった。

僕はメンバーの顔を見た。そして「どう思う、ローマン？」と聞いた。

彼は冷静沈着のように見えた。しかし寡黙な彼が感情を押し殺す可能性もわかっていた。トッドがガーニーを水から引き上げる様子をローマンは見ていた。「どうだろう。あの落下はかなり手強そうだ」と彼は言い、ゆっくりと首を振った。「だからみんな落下してみたいって思うんだよね？」僕とは違い、彼は一度もアドレナリンジャンキーだと叱られたことはなかった。

「下の流れはどんな様子だった？」と、僕はトッドに尋ねた。ガーニーが九死に一生を得たのは、大きめな川の一・五メートルという小さな落差の落下だったからだ。戻ることのできない、六メートルの滝の落下が下流で待ち受けていた。

「下はずいぶんましだよ。かなりいい。この流れが一番厄介だったんだ。この先の水は大丈夫だ」

言った。

「確かなのか？」と僕は聞いた。知りたかったのだ。冒険家のスラングを使って、トッドは川下りを甘くみていたわけではないと否定した。「お前を騙したりしないよ、ローマン」と彼は言った。

僕は息子の顔を見て、彼の平静さを読もうとした。急流でのパックラフトは十年以上の経験がある。ノーと判断する時期は理解していた。そこから立ち去るタイミングも知っていた。彼がやりたくないことはどんなことであれ、絶対に強制しないと誓っていた。ローマンは僕には言うはずだ。常に静かな男だったが、シャイではなかった。彼は僕の子どもであると同時に、あの母親の息子だ。彼女はリスクを良く知り、用心深く、考えていることは率直に述べる人だ。

「どうする？　ローマン」

「やろうよ、父さん」

「わかった。それじゃあ、決まりだな」僕は残りのメンバーの顔を見た。「トッド、先導してくれるか？　ガーニーは最後尾についていて見張ってくれるかい？」二人は頷き、そしてカラフルな小型ボートに乗り込んだ。

「さあいくぞ」

僕たちは黒い岩の上をスムーズに流れる緑色の水に滑り込むようにして入った。渓谷の壁が頭上に迫るようにしてそびえ立ち、まるで僕らを閉じ込めるかのようだった。曲がりくねった透明な小川を進むと、頭上の渓谷の縁から回旋状になったジャングルの広葉樹の、最高部が垂れ下がっているのが見えた。水面下のゴツゴツとした岩棚に乗り上げ、力強い水の流れから逃れるようにして必死にパドリングした。渦巻く滝を進みながら、パドルを流れに突き刺すようにして急旋回し、障害物を避けるために、水中のピルエット［バレエの回転するステップ］をした場面もあった。僕らはアルセセカの困難な急流を楽しみ、危険な急流に関しては歩いて回避した。ローマンが、かつて覚えた急流下りのフォームを取り戻し、技術力の高いストロークでパドルを漕いで落下を乗り切る姿に、親として誇りを感じていた。

アルセセカ川は中流域に到達すると、狭い渓谷を速いスピードで流れ、陸路で進むことが不可能な六メートルの滝に流れ込んだ。僕らはその落差に身を委ね、滝のへりでは歓喜の声を上げ、温かい、澄み切った水のプールに落ちていった。その衝撃で小さなボートから全員が投げ出されてしまったのだった。

ローマンも僕も、再びパックラフトに乗り込んだ。呼吸を整え、エンドルフィンに浸かるようにしながら、寝転び、上を見た。そのへりは被さるようなアルコーブの奥にできた、天然の円形球技場だった。出口はない。あとは落ちるだけ。次に迫る六メートルの落下は、安全なものだった。ただ滑り落ちればいい。直前に経験したような垂直落下ではないのだ。

「すごかったな、ローマン」

「ああ！　本当にすごかった！　投げ出されちまった！」と彼は言った。「ぶつかったとき、流れがボートを引き剝がして、太もものストラップまで持っていかれちまった。無理矢理パンツを脱がされたみたいな感じだったよね！」彼は笑い飛ばしながら回想していた。スリルに刺激を与えられたようだった。「落ちるのは怖かったよ。だってどこに辿りつくのかわからないんだから。それに、あの落下は長かったぜ！　でも、最高だ！　六メートルなんだから！」いきいきとした表情で、彼は頭を振った。

入り口で僕が心配したにもかかわらず、ビッグ・バナナは二週間の旅の終わりを飾るにふさわしい場所だった。気分爽快だが安全で、まるでアミューズメントパークで遊んでいるような楽しさだった。結局のところ、ローマンが十六歳で経験したアラスカのシップ・クリーク川の川下りのようでもあった。ただし、こちらは遥かに規模の大きい川下りだった。

アラスカに戻るとき、ローマンが空港に見送りに来てくれた。ボートの道具が詰まった黒いダッフルバッグをレンタカーのトランクから出し、肩に担ぎ、ターミナルまで運んでくれた。チェックインカウンターの前で、ブラジルまで陸路の旅をする計画があると話してくれた。まずはメキシコのシエラ・マドレに行き、背の高い松の木をねぐらとする何百万羽という蝶を観察するそうだ――オオカバマダラの多くが、渡りの最後にそこで越冬する。ガイドつきのツアーがあるものの、「自分でオオカバマダラを見つけるよ」と彼は言った。

笑いながら、**さすが、俺にそっくりだな**と考えた。これまで、知恵と知識と経験を味方につけ、自然界を探索するという自分たちなりの発見の旅をしてきた。自力でそんな冒険を続けている息子を見て、うれしかった。

ダッフルバッグをチェックインカウンターに置くと、ローマンは職員とスペイン語で会話していた。こちらを振り返った彼に、僕はこう伝えた。「がんばれよ、ローマン。楽しむんだ。気をつけてくれ。それから連絡はしっかりするんだぞ。ママも俺も、蝶や旅の話を心待ちにしてるから」

「わかってるよ」と彼は言った。僕は彼を自分のほうに引き寄せ、そして抱きしめた。「愛してるよ」

「僕もだよ」彼は笑顔を見せ、そして僕は彼に背を向け、故郷に戻るためにゲートに向かった。自然のなかで彼と一緒に過ごせたことがうれしかった。そして彼の次の冒険がどんなものになるのか、とても楽しみだった。

第2部

第14章　メキシコ

ベラクルス空港で別れを告げたあと、ローマンはメキシコに留まった。二月の第一週にメキシコ最高峰のオリサバに登り、そのすぐ後にオオカバマダラの越冬を観察するためシエラ・マドレに向かった。トッドが動画をＹｏｕＴｕｂｅにアップロードするまで、ペギーと僕は数週間にわたって彼からの連絡を待っている状態だった。ローマンはたったひと言、書き込んでいた。「すげえ」自分のボートを僕に預けてしまったことを残念がっていた。

本当に、ボートに乗りたい。パッククラフトがあれば最高だった。グァテマラ、ホンジュラスには川が多い。コスタリカとコロンビアもそうだ。父さんに預けるのはテントにして、ボートは残しておくべきだったな。パラグライダーで旅をしているドイツ人に会ったよ。今はミチョアカンで飛んでいるらしい。

ローマンは南へと旅をする道中、頻繁に僕らにメールを送り、スペルミスと、スペイン語のキーボードで打つためアポストロフィーが抜けてしまうことを詫びていた。僕はフルタイムで教壇に立ち、研究報告書の執筆をし、屋根裏部屋の改装と断熱を施すプロジェクトに打ち込んでいた。訪れた場所、出会った人々、美味しかった食べものなど、彼から送られてくる近況報告で忙しい日々も明るいものとなった。

ローマンの二十七歳の誕生日前夜、メキシコ西海岸チアパス州の人里離れたビーチタウンで、青いケルティー［アウトドアブランド］のテントのなかに置いていた彼のｉＰｈｏｎｅが盗まれた。汚れた洗濯ものと洗面用具の下に隠していたものだった。テキストメッセージと国際電話があまりに高額だったため、インターネットの使用、音楽を聴くこと、そしてときおり写真を撮影する以外は、ローマンは滅多にｉＰｈｏｎｅを使わなかった。彼はすぐに僕へメールを送り、何らかの請求が発生する前に自分のアカウントを停止してくれと頼んできた。誕生日に窃盗被害に遭うなんてと、残念な気持ちになった。ローマンが携帯電話を買い直すことはなかった。

ベラクルスで盗まれてしまったため、ローマンは新しいバックパックを購入して、ブラッド・ミケルジョンに借りていたものを郵便で彼に送り返していた。テント、鍋、ジェットボイル社製のコンロ、登山用防寒具が詰め込まれ、黄色い寝袋が結びつけられていた新品のメキシコ製のバックパックは泥棒の格好の標的になってしまったとローマンはぼやいていた。南への旅で火山や渓谷へ登る際に、ホステルでの収納バッグとして使っていたのだ。この旅行で彼は、小型の黄色いダッフルバッグを肩に斜めがけにして使っていた。それは友人のフォレスト・マッカーシーが、自分の名前とジャクソン・ホールの住所を書いて、数年前に僕たちにくれたものだった。

ローマンはメキシコでのキャンプにも残念な気持ちを抱いていた。混雑し、環境汚染が進み、そして埃が多い場所だった。それまで彼は、自然のなかの清らかな水を楽しんできた。しかしメキシコでは「水は管理されるべきだし、上流は体につけたくない汚物だらけだ」と彼は書いていた。泥棒と「牛のクソばかり」だということもあって、彼は、メキシコはもうたくさんだと考えた。

2014年4月　グァテマラの乾燥広葉樹林

「次の計画は？」と返事を出した。彼の冒険に興味を持っていたし、その軌跡を辿ることは楽しかった。彼はラテンアメリカを計画通り陸路で進み、七月に開催されるワールドカップに間に合うようにブラジルまで行くかもしれないと書いていた。火山とジャングルはグァテマラにあるし、ベリーズにはブルーホール〔ベリーズの沖にある海中の陥没孔〕がある。そこから、滞在費は安く済むがラテンアメリカで最も治安の悪い国のひとつ、ホンジュラスへと進む。ニカラグアの太平洋の波でサーフィンをし、コスタリカのコルコバードへ行き、パナマ、コロンビア、ペルーに行くと計画していた。旅行計画は冒険に満ちたものに思えたが、劣悪なコンディションと犯罪率の高い国々へと行く彼のことが心配にもなった。彼は、「愛しているよ、僕の人生にとって大切なことを教えてくれてありがとう」とメールを結んでいた。それは、親であれば誰もが子どもから聞きたいような告白だった。

高校でスペイン語を習い、十六歳で一ヶ月の集中授業をメキシコで受講していたローマンだったが、メキシコの田舎町の人たちが話すアクセントの強いスペイン語には悩まされたようだ。それでも、旅を進めるにつれ、彼の言語は上達したようだった。彼はこう書いている。

> 僕のスペイン語はカフェでバナナリクアド〔フルーツドリンク〕をオーダーできる程度には上達したけど、バナナはないと言われ、バナナを持ってくれば作ってやるよと言われ、カフェを出て、どこでバナナを買ったらいいのかわからないと気づき、近くの店のオーナーにどこで買えばいいのか聞き、道を教えてもらい、バナナを買い、カフェに戻り、リクアドを値切る程度にまで上達したよ。

ローマンは、進路を見つけ出し、場所と人を記憶できるという以前には気づかなかった自分の能力に驚いていたようだった。「ちょっと笑っちゃうよね。だって僕は長い時間をかけて父さんの後ろをくっついて歩いていた。父さんには方向感覚が備わっているから……だから、気づくのに時間がかかってしまったよ」

彼は習得した秘訣についても書いていた。歩き回ることで、自分の筋肉と骨に町のレイアウトを叩き込むことができるようになったという。町中の標識やメートル表示、公共交通機関では目印となるものを注意深く見ておく――車を運転する人が必要としない情報の紐付けを行うチャレンジというわけだ。ラテンアメリカでは、ほとんどの場合、都市や町は南北に配置されている。そこでローマンは、山や高いビルを主な目印として用い、自分の位置を三角法で計測するようになったのだ。地元の人たちは喜んで道を教えてくれるけれども、道の名前を言うことを不思議と嫌がるのだそうだ。「なぜ地元の人が二十二の六と言わないのか不思議だよ。〝左に行って、一ブロック進んで、そこで右折して、四ブロック歩いて、そこの向かい側だ〟なんて言うんだから」彼が旅する方法を模索していることを知って勇気づけられたし、また自分の発見を僕に教えてくれたことを誇りに思った。

なぜなら、アラスカの自然には目印や整備された歩道などは滅多になく、ローマンと僕は通常、ムースやクマ、そしてトナカイが作った獣道を歩いていたからだ。動物たちの道を見つけ、そのルートを辿るためには、経験に基づく第六感を発達させなければならなかった。ローマンは、「狩猟道を辿ることと同じで、人間の使う道や通りには共通した直感のようなものが存在している」と書いていた。火山を登っているときには、最もワイルドな道が山頂に直通していることがわかったそうだ。アラスカで僕の後ろについて歩いた彼の道が、別の場所で彼の助けになっていると知ってうれしかった。

ローマンが町や田舎を攻略するのは体感として比較的簡単だとわかった一方で、ラテンアメリカは攻略する上でもっと暗い一面もある。ローマンが会話したことのある、ラテンアメリカ在住経験のある外国人《グリンゴ》によれば、そのほとんど全員が一年後、あるいは二年後に国を去ることを余儀なくされたのだという。地元住民からの敵意や蔓延する汚職が原因だった。ベリーズに十二ヶ月在住した女性は彼に、探索するのであれば地元のガイドを雇うのが安全だと言ってくれた。しかしガイド付きツアーは安全で安価だけれど、自力で地理的パズルを解くような面白さはないねとローマンは書いていた。メキシコ最高峰のオリサバ山に登るために、彼は一週間かけてインターネットを検索し、ロープとピッケルを担いだ地元の人たちを引き連れつつ、独力で登ったのだそうだ。彼はこのことについて、シエラ・マドレで記していた。

蝶を見つけるのは最高に楽しかった。どこにいるか、まったくわからなかった。蝶は山の高いところにいると思えたので、林道をあちこち歩いて最高峰を目指した。登りながら、馬のフンが一番多い、一番広い道がツアー客用の道だと思った。その通りだった。

ローマンがガイドを雇わなかったことには驚かなかった。二十五年間彼と一緒に旅をしたが、ガイドを頼んだのは片手で足りるほどの回数だ——オーストラリアでキノボリカンガルーを見るために夜間のハイキングをしたとき、スキューバダイビングをしたとき、ボルネオのエコロッジから野生動物を観察するツアーに参加したとき、外国人は必ずガイドとともに移動しなければならないブータンに滞在したときだ。

オリサバを訪れたあと、ローマンはさらに火山を登った。メキシコとグァテマラの国境にまたがる標高四千九十二メートルのタカナ山にも登っていた。僕にとって山登りは中毒になりやすいし、あまりにも危険ということで、意識的に彼には教えないようにしていた。しかし火山に登るということは、突き詰めれば、雪や氷、落石などの危険のない高地での上り坂を攻略するハイキングのようなものなのだ——雪庇から転げ落ちたり、クレバスに落ちたりといった危険もない。

フランス人旅行者がタカナ山を勧め、そしてローマンにガイドを雇うようアドバイスしたのはきっと、過去の戦争で登山道に地雷が埋め込まれたとの噂があったからだろう。ローマンは助言を無視した。その代わり、メキシコの火山の麓近くにあるホテルのフロント係にルートを尋ね、水、チップス、クッキー、そしてチョコレートを買い、夜明け頃乗り合いバス《コレクティボ》［ラテンアメリカの現地民が安いミニバンを使って公共交通手段としている」を捕まえて、道の終わりまで行った。そこから彼は山頂へと続くはっきりとした道を歩き出した。

中米のほとんど全ての山と同じで、タカナ山では農民《カンペシーノ》がじゃがいもや豆を栽培し、牛やヤギを放牧している。農村近くでは、道が複雑に入り組んでおり、彼は人なつこい村人たちに道を聞いた。彼らのスペイン語の道案内で国境を越えて、清潔なグァテマラの村に辿りついた。次に、ヤギの小さな蹄の足跡が残る道を辿ってみた。雲の中をより高い場所まで登った。視界が悪いその場所で、岩に登り、背の高い松の木が生い茂り、鳥の鳴き声が響く場所を彷徨《さまよ》った。メキシコの田舎町とは違い、そこにはゴミもなければ、人の気配さえ希薄だった。

「少しの間、誰もいない場所で一人きりになるのは素晴らしいことだった。眼下にある無数の村々を白い雲が覆うように広がっていた」と彼は書いた。「ラテンアメリカで長年広がるスモッグの上の空気は新鮮だった」

山頂の火口丘に到着するまでには、夜の始まりを早める雷雨が吹き荒れていた。ヘッドランプの明かりは霧の中では無力だった。そこで彼は靄《もや》と暗闇のなか、どこへ辿りつくのかわからないまま――メキシコなのかグァテマラなのか――ヘッドランプを使わずに進んだ。夕暮れには農民は寝てしまうため、道を聞ける人はいなかった。

幸運なことに、僕はいままでローマン・ダイアルの後を歩いてきた人間なので、本能的に正しい場所に辿りつくことができた。最終の乗り合いバスには間に合わなかったが、大勢が乗るタクシーを捕まえることができた。運転は恐ろしいものだった。僕のヘッドランプと同じ問題が百倍の規模の車のヘッドライトで起きていたのだから。雨のなか、僕ら三人が窓から体を出して、「右《デレッチャ》！　右《デレッチャ》！　左《イスキエルダ》！」と叫びながら、車が崖から落ちないようにした。

翌日、地元のチアパス・コーヒー四百グラムを五十ペソ――だいたい二ドル五十セントだ――で買い、それをバックパックに入れ、メキシコを後にした。彼は挽き立てコーヒーの匂いを体から漂わせながらグァテマラに入国した。「驚きだ」と彼は書いている。「正真正銘の第三世界の国」だと、インドネシア、マレーシアの田舎、そしてブータンで感じたことを回想しながら、グァテマラについて思いを巡らせている。強盗や殺人の話が多いことが、よりいっそうグァテマラにとげとげしい雰囲気を与えていると彼はメールに書いた。

ローマンは直後にメキシコのオリサバとコロンビアのアンデス山脈の間にある、グァテマラ最高峰、標高約四千二百メートルのタフムルコ山への登頂を決めた。挑戦をより意義のあるものとするため、そしてより達成感を得るため、インターネットとガイドブックさえ見ないと決めた。フランス人にも聞かないと彼はメールに書いていた。言語能力を磨くために、地元の人にだけ質問をする。地元のわかりにくい田舎道、小道、そして農地を、自分自身の知恵とスペイン語のみを頼りに進む計画だった。それは違った形での困難で、リスクとなると彼は書いていた。これこそ本当の意味での冒険になるだろうと僕は考えた。

第15章　グァテマラ

約三ヶ月の一人旅と、通訳のボランティアをすることにより、ローマンのスペイン語は上達していた。タフルムコに一番近い町がサン・マクロスだと知っていたので、年寄りでカウボーイのカンペシーノと知り合いになって、どこでバスに乗ったらいいのか教えてもらったそうだ。サンマクロスでは中年女性たちのグループに道を尋ねた。母親譲りの高い頬骨と心を溶かすような甘い笑顔を持つローマンは、この年代には可愛がられた。「それに」と彼は言った。「あの人たち、道をよく知ってるしね」

ローマンは遥かなるグァテマラで、自分の笑顔が特にマヤ族に対して武器になることを知った。マヤの人々を見るとローマンはボルネオのマレー人を思い出すのだそうだ。マレー人は小柄で気さくで笑顔を絶やさず、敵意を剝き出しにすることはない――しかしマヤ人はマレー人よりも盗みを働く傾向にあるようだった。泥棒かどうかはさておき、七ヶ月かけて諸国を旅したなかで、最も気に入ったのがグァテマラということはメールの内容から明らかだった。

タフムルコ山の近くで、五人の現地人と一緒にタクシーに相乗りした。ホテルで降り、彼はフロントに向かった。すると三人の「クスクスと笑っている女の子」とティーンエイジャーの男の子がチェックインを担当してくれたそうだ。ローマンは彼らから登山に関する情報を聞き出そうとしたらしいが、説明された道順を理解できなかった。するとカリスマ的雰囲気を漂わせた子どもたちの父親が登場し、「観光客向け」のスペイン語で「見事な道案内」をしてくれた（それを十回も繰り返してもらった）。

長い一日のあとでお腹が空いていたので、ローマンは食事ができるところはないかと尋ねた。すると「ボスの女の子が隣の家に連れていってくれ、そこにいたお婆ちゃんに夕飯を作ってくれるように頼んだ」。待っていると、三人の男の子たちがスペイン語でローマンを質問攻めにし、彼曰く、楽しい経験だったそうだ。夕飯を食べていると、親戚が集まってきた。アメリカで八年暮らしたという兄が来たので、ローマンは彼と話をして、双方が互いの第二言語を練習したというわけだ。

ローマンは山頂まで真っ直ぐ登ることができるタフムルコ山を難なく攻略したが、森にはヤギが過放牧され、山道はゴミであふれ、山頂が雲で隠れてしまっていることに落胆した。グァテマラの埃だらけの田舎で、スペイン語の能力だけを頼りに山まで辿りつき、山頂を攻略したのだ。それは楽しい経験だった。親として、ペギーも僕も、インターネットに情報が溢れる時代に、彼がこのようにクリエイティブなやり方で旅をしたことを褒め称えた。彼は交通手段、食事、そして異国の地での宿泊の問題を上手に解決したのだ。異国の言葉を使いながら、知らない人と交流することで自分の道を切り拓いた。

ローマンは故郷でそうだったように、旅先でも倹約家だった。物価を知り尽くし、買う前に値引き交渉を忘れなかった。「グァテマラではお金は本当に大事なんだよ」と彼は書いた。予算の少ない貧乏旅行だから、標的にされることも少なくなっていた。彼はスコットランド人の両親を持つイギリス人女性としばらく旅をしていたが、曰く、「彼女は並外れてケチなんだ。それは素晴らしいことだよ。だって価格交渉することでスペイン語を上達させられるんだからね」

2014年3月　グァテマラのサン・ペドロ・ラ・ラグーナで友人たちと

ペギーがローマンに友人を作ってはどうかとメールを出すと、やりたいことはたくさんあっても、ガイドがいないために及び腰になって、ガイドを雇う金もない貧乏旅行者たちのことを彼は教えてくれた。知り合ったばかりの彼らを引き連れて、旅のリーダーになるのがローマンは好きだったようだ。アプローチの仕方まで詳しく教えてくれた。まず、フレンドリーなことが大事。「なあ、メシでも食いにいかないか？」次は他人を受け入れること。「こんにちは。君はここに一ヶ月もいるんだよね。これってどうすればいいの？　値段は？」次に提案。「タダのサルサのレッスンが今夜あるらしいけど、行く？」とか、ちょっとしたアドバイスもいい。「一人で○○山を登る方法はこれ。でも、早い時間に登るツアーほど、きれいな景色は見られないかもしれないよ。雲が出るからね」ここでエサをぶらさげてみる。「明日、温泉に行ってみたいって？　行くのは簡単だし、楽しいよ」最後に、温泉に連れていき、そしてもう少し提案してみる。「温泉、楽しかったよね？　火山に登るってのはどう？　マヤ族の神殿に囲まれた聖なる湖があるんだ。ガイド？　いらないよ。行って、誰かに聞けばいいだけさ」

ローマンは、孤独な冒険を好む一匹狼というわけではないようだった。彼と出会ったとある旅行者は、後に僕らに手紙をくれて、彼にどれだけ助けられたか、教えてくれた。

ローマンは物知りだし、通訳までしてくれたんです。彼の洞察力、強さ、伝えてくれた教訓を忘れることはないでしょう。一人でグァテマラを旅していた私を守ってくれ、面倒を見てくれました。本人にも伝えましたが、彼に出会えたことは一生の宝です。

グァテマラのアティトラン湖で一週間程度過ごし、火山に登り、温泉に行ったあと、三月中旬にローマンは古代マヤの代表的遺跡ティカールに向かうことを計画した。そこでは、パナマの北にあるラテンアメリカ最大の原野でありマヤ遺跡が多く存在するペテンについて人々と話す予定だった。彼はメキシコとベリーズの国境近くの、北部グァテマラを次の冒険の場所と定めた。

二〇一四年三月中旬のメールに彼はこう書いている。「父さん、手つかずのマヤ遺跡がジャングルを六十キロ入った奥地にあるそうだ。僕が調べた限り、新鮮な水はない。遠い場所まで水を運ぶのは不可能だから、ガイドとラバを頼むべきなことはわかっているんだ」一日四リットルの水が必要として、四リットルは四キロ弱ある。ローマンは、そこまで多く担ぐことはできなかった。荷物が重くなりすぎるうえに、スピードも落ちる。年に五千人程度がこのトレッキングをするらしいので、地図を持っていなくても道は見つけられる自信はあった。「もし迷ったとしても、振り返って自分の目印を辿ればいいだけだ。どう思う？　十二リットル持っていき、沼の水を飲んでみる？　ダメだったら、戻るべき？」

僕に意見を求めてくれるのはうれしかったし、リスク評価を行っていることに感心した。アジア、オーストラリア、そして中米の熱帯雨林で数ヶ月過ごし、彼が十一歳のときには一週間以上かけてコルコバードを横断したこともあったが、それ以外は、研究基地にある小屋やベースキャンプのテントで寝て、動物や植物を調べる一日だけのハイキングが多かったというのに。徒歩、ボート、自転車、あるいはスキーで数百キロを進む、僕らの自走式キャンプアドベンチャーは、ほとんどが温帯、寒帯、北極圏で行われていた。もちろん、グランドキャニオンの麓や、牛の放牧地を横断したメキシコ、そしてオーストラリアで経験したように、水を沸騰させて飲むことはできる。しかし不運なことに、ジェットストーブ用の燃料の入手が困難だった。彼は、それでも乾季なので、火をおこすことは〝赤道直下〟よりは楽だろうと書いていた。午後はほとんど雨が降る、湿度一〇〇パーセントの地球の熱帯地方の中心地で過ごした経験からくる言葉だった。

ローマン自身、犯罪者から身の安全を守ることが最大の課題だと言っていた。大部分が自然に囲まれている国境地域の多くと同じく、エル・ペテンにも強盗や、よそ者に対して敵対心を持つ地元住民、コロンビアのコカインをメキシコに運ぶ密売人などが存在する。観光さえ安全とは言えない。ローマンは、〝観光カルテル〟が銃で武装した男たちに旅行客を追跡させ、〝ちゃんとした〟ガイドを雇ったかどうか確認する現場を目撃した若い旅行者と会ったという。地元経済にとってガイド業は主な収入源だ。麻薬取引現場に近いことと武器調達の容易さが、観光産業の犯罪性を高めた。

彼に助言を求められた僕は返事を書いた。毎年何千人という観光客がトレッキングをするというのなら、彼が単独になることはないだろうと伝えた。

真水を見つけることはできると思うし、充分な水を持ち運ぶことは不可能だ。十二リットル持ってスタートするという計画に賛成だ。最初の夜に真水を見つけることができなければ、そこで引き返すための水は充分あることになる。石灰岩のセノーテ［シンクホール。自然にできた井戸］から湧き出た水であれば理想的だ。水が流れている状態で、周囲にゴミがなくて人がいなければ状態は極めていいだろう。そうでなければ、夜にキャンプで水を沸かして、冷まして、翌日持ち運べばいい。沼の水を沸騰させるのもＯＫだ。水は見つけられるはずだ。

僕のメールでローマンはチニダゾールについて思い出したようだった。ランブル鞭毛虫や赤痢の多い発展途上国で入手できる、ランブル鞭毛虫感染症治療薬だ。

挑戦してみろと僕はメールの最後に書いた。

しかし二週間後、計画は変更された。今度は、より長い、より奥地を進む新しいルートを彼は説明した。十日間の旅程だそうだ。そのエリアにある「細いジャングルの道」に関しては、詳細がわかる地図を持っていなかったし、コンパスと経験値だけを頼りに進むというのだ。僕にも彼の不安は理解できた。

数日滞在して、スナックを食べて、怖くなって、引き返すとする。どうにもならなくなったら、南へ歩けば道に行き着くから。たいした距離じゃない。正直なところ、カルメリータからエル・ミラドール遺跡の間にいるラバに乗った観光カルテルに出会うほうが、森で迷子になるよりも心配なんだよ。

ローマンは自分の使うテントをデザインし、材料を買い、グァテマラ人の子どもに縫い合わせてもらっていた。自分のデザインが機能するか、確かめるのを楽しみにしていた。鉈《なた》を使うのも楽しみだと書いていた。僕は彼に、出発前にもう一度連絡すること、エル・レマテ近くの町にいる現地駐在員に計画を伝えておくことを頼んだ。しかし、彼の新しい計画を何度も読み返し、不安になった。**十日間？　道なき道を、地図もなしで？**

僕はグーグルアースを開き、彼が書いてきた場所を探してみた。ウアクサクトゥン［古代マヤ文明の都市遺跡］とエル・ミラドール［階段状ピラミッドが多数分布する古代遺跡］はどちらもエル・ペテンにあり、人気の観光地「グリンゴ・トレイル」からは遠い場所だった。拡大して見てみた。緑のベルベル絨毯のように特徴のない平坦な森が四方に広がっていた。僕はその周囲を確認してみた。数ヶ所の湿地のような茶色いパッチがある以外は、ハイカーの目印になるようなものはない。山もなければ、川もない。草原もない。そしてウアクサクトゥン遺跡からエル・ミラドール遺跡の距離も、かなりあるように見えた――とにかく、何もないのだ。

僕はグーグルでエル・ペテンの画像を検索してみた。平らなジャングルにマヤの建造物があり、その階段は周囲の森林よりもはるかに高い位置にまで延びていた。ウィキペディアの地図によると、エル・ペテン北部の国境地帯は荒廃した土地だ。ローマンの計画したルートは中米に残る、最も広大な熱帯雨林の真ん中を通るものだった。グァテマラ、メキシコ、ベリーズにまたがる七百万エーカーにおよぶ土地だったのだ。

僕は彼のメールを読み直して、返事を書きはじめた。地形、川、あるいは道の記されていない地図は役に立たないということ。そしてアメリカ大陸で最も危険とされる大型の毒蛇フェルドランス［大型のアメリカハブ］についても伝えなければならない。毒蛇ブッシュマスターよりも多くの人に死をもたらす、三メートルを超えることもある攻撃的で猛毒を持つヘビなのだ。

僕は一通のメールを書き、もう一通書き、そしてもう一通書いた――数通のメールを書いた。その中には、ダメだ、それはやるな！　これをやれ、その方が安全だというような言葉ばかりだった。僕はそんな言葉を削除しながら、彼に警告を与えつつ、やる気を削がないよう腐心した。二十七歳の彼は、僕の息子である一方で、立派な大人だった。能力もあり、経験も豊富で、注意深い。

ローマン、西のカルメリータからエル・ミラドール遺跡に行く道の方がいいように思う。ウアクサクトゥン遺跡から行くのは賛成できない。あまりにも遠いし、GPSなしで行けば自分の位置を確かめるのは難しい。平坦なカルスト地形［石灰岩が二酸化炭素を含む雨水や地下水に溶かされてできる地形。穴や奇岩が多くなる］のジャングルでは混乱するだろう。一緒に行く人を探すことはできないだろうか。

旅程は長そうだし、本当の意味で奥地だ。ペルーで友達と外出中にブッシュマスター［クサリヘビ科の猛毒のヘビ］に噛まれた男を覚えているだろ？　助けが来る前に命を落とした。計画したルートで行くべきではないと思う。あまりにも危険だ。

僕はこのメールを送ることができなかった。彼は自分のやろうとしていることの意味を知っている。スペイン語を操る。若い。彼の旅だし、彼がそこにいることは僕にも責任の一端がある。「ダメだ、あまりにも危険だ」とか「無理だ。不可能だ」とか、「だめだ、代わりにこれをやれ」なんて口調で警告を与える人間に対して、僕だって常に腹を立ててきた。そんな旅に、ローマンは何度も参加している。どうしたら彼の冒険を邪魔することができるというのだ？恐れることなく冒険をしている彼に満足すべきなのでは？

彼のやる気を削ぐようなメールを消し、代わりにこう書いた。

鉈の取り扱いには気をつけろよ。父さんは不器用だから、一度、足の指を切り落としそうになったことがある。靴と靴下を切り裂いて、指に突き刺さったんだ。それから、身を潜めているヘビにも気をつけろ。やつらは動かないから、目につきにくい。フェルドランスとか、でかくて凶暴なブッシュマスターには注意しろよ！　それから、身の安全についてしっかり考えてくれてありがとう。それで、ウアクサクトゥン遺跡から北西に向かう道を探すルートは、どうしても重要なのかい？　ジャングルの道なき道を行くのは、かなり混乱する可能性があるよ。

父より

何ごともなく旅が終わりますようにと祈りながら送信ボタンを押した。**それ以外、何ができたというのだろう。**

第16章　エル・ペテン

エル・ペテンを抜けるM字形の野心的なルートを見つけようと、ローマンはインターネットで熱心に調べ物をしていた。フレンチフロッグという名の旅行者がオンラインフォーラムでそのルートについて解説していた。「海兵隊や特殊部隊で訓練を積んだことがあり、ジャングルの完璧な知識を持ち、進むべき道を見極めることができるのであればともかく、単独での挑戦は不可能だ」そしてフレンチフロッグはこう付け加えていた。「いままでの冒険のなかでも、今回は最高だった」。しかし警告することも忘れなかった。「本当に用心しなければ、あっという間に道に迷ってしまう」

旅立ちの日、ローマンはM字の三本の道について説明したメールを送ってきた。最も東側にあるものは、ジャングルの林冠の足元を縫うように、ドス・ラグナスのレンジャーステーションへと延びるジープ道だ。そこから、ルートは滅多に使われない道を北西に進み、マヤの最も辺境でメキシコ国境付近にあるナーチトゥン遺跡まで続いている。M字の真ん中は、もう一つの古代都市ナクベから三十二キロ進んだ地点にある。エル・ミラドール遺跡からは十六キロの距離だ。ローマンはここを「ジャングルのなかにある未開発のマヤ遺跡」と呼んでいた。最後の道はカルメリータの道路へと繋がっており、武装した観光カルテルから逃れるため、日が暮れたあたりで到着したいと彼は考えていた。M字のルートを進むために、コンパスと簡単な手書きの地図、そしてスペイン語だけを頼りにする予定だった。

2014年3月　グァテマラでの登山

　ローマンが縦断している間、僕は屋根裏部屋の改装を完成させ、彼の不在を、他の冒険家と同じように扱った。つまり、アウトデートまでに戻らなければアクションを起こす責任を持つということだった。アウトデートとは、冒険家が恋人、友人、あるいは信頼できる誰かに依頼し、決めた期日までに連絡を取らなければ捜索を開始してもらう日のことだ。アラスカでは、これはアラスカ州警察、アメリカ空軍の落下傘救助チーム「P

Ｊｓ」、冒険家たちを自然のなかに連れていってくれたパイロット、あるいは地元の山岳レスキュー隊への連絡を意味する。アウトデートのほか、我々冒険家は行き先とルートの詳細も残して出発する。シェルター、バックパック、ゴムボート、服装の色など、すべての情報を伝えておく。冒険家は自らの行動に責任を持つため懸命に努力する。助けが必要なときは、救助する人たちに見つけてもらい、故郷に戻してもらいたいからだ。

ローマンはＭ字ルートの詳細をアウトデートとともにメールで送ってくれていた。それは四月十八日だった。その日までにメールが来なければ、その時は捜索と救助を開始することになる。

「明日エル・レマテの町に行き、外国人《グリンゴ》のガイドに情報を残していくよ。万が一僕がいなくなったら、そこにコンタクトしてくれ」と彼は書いていた。エル・レマテは古代マヤ都市ティカールへの出発点だ。ガイドはルー・シモニッチという名前の年輩のアメリカ人だった。

十日後の四月十六日、アウトデートの二日前にローマンは三文のメッセージを寄せた。「グァテマラのすごいジャングルに二百キロ入り、道に迷ったのは二日だけ。また書きます。宿を探して、道具を洗わなくちゃ」

彼から頼りが届き安心した。翌日、詳細を書いたメールが届いた。僕はそれを二回読んで、自分の父に転送し、ローマンの成長を見守り、僕たちと一緒に旅をしてくれた十人以上の友人にも転送した。彼が成し遂げたことを、彼自身の言葉で読んでほしかったのだ。

ローマンは六千ワードもの長い文章を書いた理由を説明した。「記録したいことがたくさんある。どれだけ僕が正しくそれを記憶しているか、後に思い出すことができるか、確かめてみたい。なぜなら、簡単にまとめれば、これはとんでもなくすごいことにも読めるだろうし、まったく無謀だったとも読めるかもしれない。でも、実際にはどちらでもなく、ただ八日間歩き続け、人々に道を尋ねただけなんだ」

旅に出る前日、ローマンはルーと一緒に一晩過ごした。ガイドであり、経験豊富なジャングルトレッカーでもあるルーは、現地住民に対してすべての旅行計画を告げないようローマンに警告した。二十年前のウムナックのカウボーイたちのように、エル・ミラドール遺跡まで単独で長距離の旅をする外国人を、彼らは疑うからだ。二人は夜中遅くまで地図を確認して、クエンティン・タランティーノの映画を観たそうだ。

翌朝、ローマンはパンを焼くルーを手伝った。鉈を研ぎ、ルートの手書きの地図をバッグに入れた。ルーはローマンをティカールまで車で連れていってくれた。そこでローマンは舗装されていない道路の末端にあるウアクサクトゥン遺跡行きのバスに乗った。その日の夜は、そこでキャンプをした。エル・ミラドール遺跡に関してはひと言も発するなというルーの警告は正しかったとローマンは記していた。地元の人たちの出迎えは、そこまで歩くことを阻止するようなものだったからだ。

ジャングルは暑くなると予想し、飲み水を運ぶために他の荷物を軽くしようと、ローマンは寝袋と替えの衣類をルーに預けて出発していた。ジャングル用の衣類とメキシコで買った保温用の大きなバックパック以外持たなかった彼は、旅程のほとんどで寒い夜を過ごしたようだ。夜明け前の凍えるほど寒い時間に、ライオンのようなホエザルの咆吼で目を覚まし、暖を取るため腰のあたりまで引っぱり上げたバックパックから抜け出し、暗闇のなか火をおこして、その日飲む水を沸かす間、その火に覆い被さるようにして体を温めた。

夜明けにウアクサクトゥン遺跡を出て、状態が悪いと知らなかった道を進み、コンパスを確認し、次々と現れる脇道を進みながら、ひっきりなしに地図に詳細を書き込んでいった。最終的に、カルスト地形でぬかるんだ緩やかな丘陵地帯を抜け、乾いて平坦な、背の低い椰子の木の生えた砂漠に辿りついた。道は真っ直ぐ続いていた。四リットルの水を飲んでいた彼は、使い古されたキャンプ場の横で、初めて水場《アグアダ》を見つけた。そこで止まり、午後の日差しのなか、次の四リットルを煮沸した。

熱帯雨林縦断の要が水だとローマンが考えたことは皮肉と思えるかもしれないが、スイスチーズの塊のように穴だらけの石灰岩の岩棚は、このときは乾季だった。フレンチフロッグ自身は、トレッキングの途中で水を切らしていた。

彼の心配ごとは水だけではなかった。右も左もわからない大自然のなか、一人でいることで精神的に不安定になった。ジープ道を歩く人のなかには、麻薬密売人、泥棒がまぎれこんでいる場合があり、同時に気のいい田舎者、考古学者、レンジャー、そして観光客もいる。そんな道で、肩に猟銃のようなものを担いだ男がバイクに乗って近づくと、ローマンの不安は一気に増した。

戸惑った表情の男の挨拶に、ローマンはかろうじて応えたと書いていた。「両目は男の武器に釘付けだった。その銃は古く、錆び付いていて、十六口径のエアライフルのように見えた。麻薬密売人が使うタイプの武器ではないが、密猟者のやつだ。すれ違ったときには笑顔だったよ」ローマンはほっとしたが、長くは続かなかった。日が暮れると、暗闇のなかで二羽の野鳥を驚かせてしまった。二羽は大声で鳴き、慌てて飛び立ってローマンをどきっとさせた。ローマンの説明によると、その二羽は首と足が長い、七面鳥に似たシャクケイだったようだ。

二日目の朝は寒さで目覚め、アグアダの水を沸騰させて、太陽が昇る前に出発した。重い荷物を持っていたにもかかわらず、足は疲れていなかったし、気力も充分だった。日が昇ると暖かく、まるで彼を出迎えてくれるかのような日差しが森に溢れはじめた――そのときだった。藪から何かが飛び出して、道に落ちたのだ。

「吠えながら突進してくるその生き物が獰猛《どうもう》な野犬ではなく野豚だとわかる前に、銃を正しい方向に構えることはできていた」そうだ。後になって、ピューマが視界に現れ、彼を見つめ、トレイルを早足で通り過ぎ、森へと消えた。「この時は銃を構えなかった」と彼は書いた。

歯のある大きな動物以外にも、同じように噛みつくタイプの小型の動物は存在する。ローマンはあと少しのところで乾季の落ち葉のなかで擬態した二匹のヘビを踏んでしまうところだった。ジープ道の半分ほどを占める長い方は、落ち葉のなかで尾を上げていた。そのヘビを見て、ローマンは食べられるかもしれないと考えた。「だから枝を探しはじめたんだ」と彼は書いていた。「二メートルもあるんだから、腹一杯になるだろうな。でも、僕の考えに気づいたのか、草のなかにそそくさと身を隠してしまったよ」

ローマンは引き続き、フレンチフロッグによって示された道を北西に進んだ。ジャングルを抜けて、直接ナーチトゥンに向かうことで、ドス・ラグナスのレンジャーステーションを迂回したいとローマンは考えていた。横道が複雑だったので、火山を登るときのルールを適用して、最も使われている道を使って目的地に向かうことにした。ルートを見つけることには自信を持っていた。「アカシア・コルニゲラ［棘が空洞になったアカシア。刺し蟻に守られている］やヤシの木を避けながら楽しい気分で前進し、旅がうまくいっていることについて考えていた。これがジャングル・トラベルなら、特殊部隊ほどの体力はいらない」

しかし、道は細くなっていった。狩猟道、水の流れていない溝、一・五メートルから三メートルの高さになる複雑に絡んだ熱帯のシダの生い茂る道を、いざとなったら引き返すことができるように、鉈で切り込みを入れながら進んだ。ここを九十メートル進むには数時間かかるだろう。

生い茂る藪の中での格闘を終えたとき、道に迷ったことがわかった。昼過ぎになっていた。水の流れていない小川の向こうの、水があり、より高い場所にある、テーブルヤシの低木層まで荷物を置いて偵察に行った。四十五メートルの丘に惹かれて登ったが、下りで道がわからなくなった。ジャングルのなかではすべてが同じに見えるのだ。そのうえ幾重にも重なった森の林冠が太陽の光を遮り、先へ進む目印として使うことができなかった。緑一色の土地があっという間に道を完全に飲み込んでしまったことに困惑し、恐ろしくなったが、荷物のところまで躓《つまず》きながらも辿りついてほっとため息をついた。

熱帯の未開の地は、一人だと震え上がるような恐怖を感じる場所になり得る。コンパスやGPSの示す方向に行けば、沼地、絡まった蔓、草木に身を隠した毒ヘビ、刺されると痛い昆虫、サソリ、ムカデ、棘、触れるとかぶれるヤニを持つ植物などを避けることはできない。夜は長い。大型のネコ科動物、そして死に物狂いの人間は、単独で旅する者の命を奪うことがある。

三日目の夜、最も厳しい寒さを耐えなければならなかった彼は、暖を取るためにプラスチックの袋を衣類に押し込んだ。夜中の三時に起き、火の近くで夜明けを待った。「進むべき道がないし、自分が何をやっているのかもわからないし、ジープ道に戻って選択肢をすべて使い果たすことにした」しかしローマンは引き返すことをせず、ジャングルを先に進み探検した。トカゲを捕まえ、殺した。日記に「トカゲを食ってみた。最悪」とあった。

結局彼は、キャンプ地の周辺でナーチトゥンやエル・ミラドール遺跡へと繋がる西行きの道を約半日かけて探し回ることになった。そこには確実に道があった。

古代マヤの時代に使われていた道が森のなかにあったはずなのだ。それはたぶん六十メートル程度の完璧な道で、一・八メートルの幅があり、九十センチの高さがあった。この道は――高くした道はサクベと呼ばれていた――盗掘者によって発掘された遺跡へと通じていた。古代のルートに好奇心をそそられた彼は、ジャングルの奥地に入っていった。水は十六キロ程度と充分もっていた。それでも、道を切り拓く一方で、あまりの重さに荷物を一旦置いていかねばならなかった。そして荷物の場所まで戻り、進むことを繰り返した。蟻、蜘蛛、枯れた小枝、枯れ葉を汗ばんだ首と腕に貼り付けながら。

彼が切り込みを入れた木には、樹液を採取する労働者が残した、はっきりとしたV字の傷があり、白い樹液が垂れていた。この先にも道があるかもしれないと励まされた彼は、日暮れまで前進し続けた。そして巨大な石灰岩のシンクホールで足を止めた。そこに水を探したが、「底には、狩り蜂、ボロボロになった石灰岩の泥、腐った丸太、そこに落ちたら最後という約束以外何もなかった」

ペテンでの四日目の夜、プラスチックのタープを蚊帳の上にかければ暖かく、よく眠ることができると気づいた。露が降りる朝にろうそくで火をおこすのは骨が折れたが、「旅行者の木」(皮が剝けていて、日焼けしすぎた旅行者に似ているから)の薄く着火しやすい樹皮が役立つことを知った。

「翌日、四時間探索をした後に、来た道を通ってドス・ラグナスを探すべきだと考えるに至った。ジャングルは僕を閉所恐怖症のような状態にしていて、果たして無事に戻ることができるのかと不安に思った」ジャングルは中に入るよりも、出ることのほうがずっと簡単だと彼は気づいた。鉈で二日かけて切り開いてきた道を辿れば、ジープ道に辿りつくまで三時間しかかからなかった。

ローマンはドス・ラグナスのレンジャーステーションに日暮れ直前に立ち寄った。そこで「年寄りの白人の男」がうろうろしており、「四人の多少そっけない、しかし好奇心旺盛なレンジャーたちと出会った。なんとなく、エル・ミラドール遺跡まで行くと言ったんだ。そしたら、そこでキャンプしてもいいと言ってくれた」

歓迎されて喜び、五日間もジャングルで孤独に過ごしたあとに誰かと一緒に過ごせることがうれしくて、ローマンは大型のバックパックを下ろし、汗をふき、顔の泥を落とし、水筒から水をたっぷり飲むと、乾いたシャツを着て、道の終端から戻ってきたもう一人の外国人は何をしているのだろうと考えた。

第17章　カルメリータを探して

どこからやってきたのかと、若いレンジャーがローマンを質問攻めにした。「年寄りの白人の男」が、太鼓腹の中年のロシア人で、スペイン語を話さなかったからだろう。レンジャーたちは、ローマンがそのロシア人と会話することができるのではと期待していた。しかしローマンもレンジャーたちとほぼ同じで、そのロシア人がサンクト・ペテルブルグの美術館で絵画を修復していること、ナクベ経由でエル・ミラドール遺跡まで行きたいのだということ以外、わからなかった。

ローマンはレンジャーたちに何をやったか、そして彼が何をやりたいのかスペイン語で説明した。手書きの地図とコンパスを見せた。彼らはドス・ラグナスとナーチトゥン一帯の最新のカラー地図をローマンに手渡してくれた。豆、トルティーヤ、そしてインスタントコーヒーの夕食を囲みながら、彼らはナーチトゥンのレンジャーの方が、ナクベまでの道については詳し

2014年1月　メキシコでたき火

いはずだと教えてくれた。レンジャーたちは、もしよかったらロシア人と一緒に行ってやってくれないかとローマンに頼んだ。ローマンは、ロシア人のゆっくりとしたスピードに合わせるほどの食料を持っていないと説明した。一人で旅をするよりは一緒に旅をしたほうが安全だと知っているレンジャーたちが、食料を分けてくれると言った。ローマンはラーメンの袋を受け取り、ロシア人のために道を作り、水を残しておくと伝えた。

翌朝七時には出発したローマンは、レンジャーたちに五十ケツァール［米ドルで約六ドル］とクッキーの袋を二つ渡した。グァテマラ人は気前のよいタイプが多く、ローマンはしっかりと返礼することが好きだった。仕事場ではなく、誰かの家に滞在することも多いローマンは「母さんが教えてくれたマナーを守るようにしてる。自分から皿洗いをすることが多いかな。今まで、これをやって失敗したことは一度もないよ。どこに行っても」と彼は書いた。

ドス・ラグナスを離れて二時間後、レンジャー長がダートバイクを走らせやってきて、ローマンに乗りたいかと聞いた。「僕が会った年配のグァテマラ人たちは、カウボーイみたいで、すごく優しくて、父親みたいな感じだったよ」指導者であっても、他の年配のレンジャーたちもそうだった。心配性で思慮深くて、手助けをしてくれて、目をきらきらさせて興味津々で、冒険《アヴェントゥラ》を知り尽くしている。

ローマンはレンジャー長の申し出を受け入れ、ダートバイクの後ろにまたがった。乗車定員をオーバーしたオフロードカーにはレンジャー二人とロシア人が乗り、四人目のレンジャーは、その車の後ろをもう一台のバイクでついてきた。「楽しかったよ」とローマンは書いた。「でもたぶん、ここで僕がやったなかで最も危険なことだったかもしれない。ずっと蔓をよけ続けなきゃならなかったし、シートの後ろに座って体をぎゅっと縮ませて、膝が木に当たらないようにしなきゃならなかったし、ときどき落ち込む深い轍《わだち》につかないように足を上げるため、両腕で体を支えたりしてね」

一時間半後、ローマンはM字ルートの最初の道を、古代マヤに続く要衝ナーチトゥンまで進んだ。この場所はメソアメリカのどこよりも多く、古代のサクベの通路が多く存在する。滞在中、ローマンはカルロス・モラレス＝アギラという名のグァテマラ人率いる考古学者チームと出会った。エル・ペテンで最も多くの業績を残す研究者だ。モラレス＝アギラは、千年前に人口一千万人を擁したマヤ文明の中心だったナーチトゥンの重要性について熱く語った。ローマンは発掘が行われている場所や遺跡で何時間も過ごした。ノートに描かれた新しい地図を頼りに、ローマンはM字ルート中央の最高点にあるナクベに向かった。

人里離れたエル・ペテンに繋がるM字ルートの中央で人に出くわすことはない。道ははっきりせず、編み込まれたように複雑だ。自分がどこにいるのか確信を持てない状態だったが、戻る道だけはわかっていた。過去数日で、木に残る自然の傷と、根っこに残る車体による傷と、馬蹄による傷と鉈による傷との違いを見分けられるようになっていた。地面に残る破壊されたシロアリの巣の穴のパターンを参考に、密猟者のダートバイクが乾いて固くなった道を走ったかどうか、わかるようにもなった。

コンパスと新たに描いた地図を頼りに、小道と古いオフロードカーの跡を調べながら、ローマンはロシア人のために道しるべを残しながら先へと進んだ。ローマンはこの日の夜、エル・レマテのルーの家を出てから六日後、大きなアグアダの横に立つ、香り高いレモンとグレープフルーツの木の下でキャンプを張った。近くには、天使の羽、人間、人間以外の生き物が彫られた極めて美しい状態のマヤ時代の壁があった。乾季の中米にはダニとツツガムシが蔓延するが、ローマンはその夜、一時間かけて寄生虫を駆除したそうだ。足を刺されて発疹ができたと思ったら、それは発疹ではなく、何十匹ものダニで、そのダニがそれぞれミミズ腫れを作っていたのだった。そしてダニは彼の足にいるだけではなく、全身を這い回っていた。足首、両腕、股間、脇の下、そして腹だ。「DEETの風呂に入ったよ」DEETは軍によって開発された強力な昆虫忌避剤で、「それでダニは死んだ。手で引っ掻いたらすぐに落ちた」

朝六時に起きてその日の分の水を沸かしながら、彼は自分の状況に思いを巡らせた。ナーチトゥンへのちょうど中間地点のラ・ムレラでキャンプをするとしたら、昼にはナクベ遺跡に到着するはずだ。しかし、自分が正しい道を進んでいるのかどうか確信が持てず、直面しているリスクについて考えた。「最悪のシナリオとしては、ヘビに噛まれてゆっくりと死に至る。それに対してできることはあまりない。次に最悪なのは、森の深い場所まで入り込んでしまい、道に迷い、水を見つけられないというシナリオ」

「一番きれいな道を辿り、目印を残し、アグアダから二日以上離れないこと」と彼は書いていた。そうすれば道に迷わず、水が足りなくなることもない。野生の果物があることにも気づいていた。甘いサポジラのような果物で、そこには多くのヘビやトカゲもいた。「歩けば食料にもありつけるだろう。痩せたトカゲ焼きが嫌でなければの話」

後ろを進むロシア人が道に迷ったのではと心配もしていた。太鼓腹の画家のために二リットル分の沸騰させた水を残し、それから出発、ナクベ遺跡には昼食の時間に到着した。彼は自分が持っていた新鮮なライムとグレープフルーツをレンジャーたちに手渡した。レンジャーたちはローマンのトレッキングに驚いた様子だったが、自分たちは同じ方法を選ばないだろうとも言った。単独では危険過ぎる。ロシア人に関する話は面白かったようだが、それも彼らを心配させた。ラ・ムレラに戻って、ロシア人を探すということだった。

ナクベで過ごした数時間で、ローマンは遺跡を見学した。寺院の頂上から地平線まで広がる平らなジャングルの上に、七十五メートルの高さに浮かぶ、エル・ミラドール遺跡のピラミッドの一部がきれいに見えた。とても遠くに見えていたが、早足で行けばほんの二時間程度でそこに到着する。

レンジャーのひとり、ミゲルがエル・ミラドール遺跡まで補給に向かう必要があり、一緒に行かないかとローマンを誘った。空のバックパックひとつしか持たないレンジャーは、ローマンの大きなバックパックに驚いた――そして彼がそれを背負ったままついてくることに。ミゲルのペースでローマンは脱水し、体温が上がってしまい、足の指と踵に大きな水ぶくれができてしまった。彼は「しかたないよね」と日記に書いた。「あと一日だから」

エル・ミラドール遺跡でローマンに夕食をふるまった料理人の話をミゲルが教えてくれた。「豆とトルティーヤと、とても美味しいスクランブルエッグをふるまってくれた。僕は残りのライムを彼女に手渡した。エル・ミラドール遺跡のレンジャーたちはロシア人について聞きたがった。みんなで笑ったよ」

ローマンが行く先々で人々と交流を重ねた様子を読んでうれしかったし、できる限りのものを分かち合ったことに感激した。彼は大自然のマナーをしっかりと学んでいたのだ。それに、彼がロシア人の面倒を見続けていたことも僕にとってはうれしいことだった。知らない男性だけれど、ローマンは彼が助けを必要としているとわかっていたのだ。

最終日、朝八時という遅い時間にスタートしたローマンは、カルメリータまで最後の五十キロを進んだ。三十分ほど歩くと、八十年代にエル・ミラドール遺跡の有名な調査を行った人類学者リチャード・ハンセンを搭乗させたヘリコプターが頭上を飛んだ。「彼に会えたら最高だっただろうな。もう一日滞在すればよかった。でも、わからないよね？　旅行者にはうんざりしているかもしれない。学生から下らない質問を受け続けた一学期が終わったところだろうし」

ローマンは前日のレースのようなペースの影響を感じていた。あっという間に数時間が経過した。踏み固められた道を歩くと足が痛み、ツツガムシに刺された跡がかゆくなってくる。痛む足を楽にするため、平行している柔らかい道を進んだ。日暮れには水がなくなり、喉が渇き、くたくたになった。最悪なことに――暗闇では時間も道のりも長くなり、彼はその時まだカルメリータに到着していなかった――一晩中足を引きずりながら進み、暗闇のなかで間違った場所を曲がってしまったのではと不安になった。

カルメリータに近づいていることは確かだった一方で、聞こえてくるのは「熱帯の新世界の原始的な咆吼と遠吠え」だけだったと彼は描写している。水が手に入らないまま野営する可能性を考え、長い一日の終わりを告げようとしたその時だった、彼の耳に人々の声が届いた。その声を追いかけると、家があって、そこでカルメリータの場所を尋ねたそうだ。彼らは笑った。ローマンはすでにカルメリータに到着していた。家主はローマンを観光客用のホテルに案内し、そこで彼はソーダ、水、そしてゲータレードで渇いた喉を潤し、石鹸をひとつ購入した。「ホテルで最後のDEET風呂に入り、アマレット酒を飲んで、九日目で初めて、寒さを感じない夜を過ごした。その夜は豪雨だった。もう一晩外で過ごすはめにならなくて良かったと思った。テントは嵐のなかで最悪の状態になっただろうし、道は最悪の泥のため池になる。確かに、あのロシア人のことは少し心配だった」

翌朝四時、最後の二日間で絶え間ない努力を重ねたものの、最終的に彼は〝チキンバス〟と呼ばれる地元のカラフルに彩色されたバスに大勢の人と乗り込んで、六時間後にサンタエレナに到着した。一日かけて衣類を洗い、食べ、旅の日記を書いた。

エル・ペテンのM字ルートを踏破した人間はほとんどいない。そのなかでも、単独で行った人はなお少ない。ローマンは中米の広大な自然の中で、自分の力を証明してみせた。僕は感動した――そして同時に安堵した。

グァテマラのあと、ローマンはベリーズを訪問した。「僕が話をしたなかでベリーズを気に入っていたのは、若いヨーロッパ人女性で、彼女はなんでもかんでも好きで、特に貧乏な人が好きだった。ドラッグまみれで髪がボサボサの白人女性ともしゃべった」僕はホステルでゆったりしながらドラッグ以外は何もしない〝ヒッピー〟に対するローマンの辛辣さに苦笑してしまった。彼は次に南のホンジュラスのウティラ島に向かった。そこで彼は、大金だけど価値ありだったと彼が言った二百八十九ドルを支払って上級ダイバーの資格を取得した。宿泊費、道具、七回のダイビングではクジラやサメと泳いだ。夜間のダイビングコースの生徒は彼一人だった。

エル・ペテンから一ヶ月後、ローマンはホンジュラス東部の地図と旅程をメールで送ってきた。このときも、彼はパックラフトを置いてきたことを後悔していた。計画では、ラ・モスキティアの中心を流れるパトゥカ川を四百八十キロ下る旅を構想していた。中米最大の道なきエリアとして、ペテンに次ぐ規模だ。パトゥカ川自体はホンジュラスとニカラグアに広がる有名なモスキート・コーストで終端を迎える。

ローマンは計画した旅を同僚で友人のブラッドに「北米コカイン取引と世界の殺人の中心地をまともな地図なしに六百四十キロもジャングルの沼地を進む旅」だと書いた。彼はそんな内容を僕には告げていなかった。

もし彼に伝えられていたら、きっと僕は、無法状態で手に負えない地域の人間のほうがずっと危険で、大自然より予測できない存在だと言っただろう。一度犯罪者が法を破ると――例えば麻薬の密輸など――次の段階に行くのは簡単なこと。強盗、殺人でさえそうだ。山、川、野生動物のリスクマネジメントは、アウトローたちに対するそれよりもシンプルだ。しかしエル・ペテンでのトレッキングを経験したローマンが成長したことは確かだった。次の本格的な冒険への準備ができているように見えたし、彼の冒険談を楽しみにしていた。

第18章　南のコスタリカへ

エルサルバドルでカヌーを探す間に、ローマンはラ・モスキティアに同じく興味があるカナダ人のジェレミーと知り合った。この旅には合わないシットオントップカヤック〔デッキの上に座るタイプのカヤック。穏やかな沿岸での使用に適している〕しか見つけられなかった二人は、地元の交通手段に頼ることに決めた。数百キロの米やソーダのケース、二百リットルのガソリン入りの液漏れのする樽が積みこまれた十八メートルの貨物用カヌーに乗り、ホンジュラスのパトゥカ川の岸にあるパレスチナに行った。「村の生活の必需品ばかりだ」とローマンは書いている。

船乗りは乾季の水量の低い川でベストを尽くしたが、重量超過気味の船体が、浅い急流の岩に引っかかってしまった。船長は燃料ドラムを投げ捨てるよう指示し、これでボートは岩を外れて下流に向かった。ジェレミーもローマンも樽の回収を手伝ったそうだ。

ホンジュラスとは違い、ラ・モスキティアには先住民が多く、ラティーノさえいなかった。

地域の奥深くまで進めば進むほど、スペイン語を話す人が少なくなった。最後には、モスキート語だけとなった。大きな丸木船は村を通過するたびに積み荷を降ろし、ときおり、新しい乗客を乗せた。ある晩、金鉱労働者のキャンプで船を停めたときのことだった。ローマンはモスキート族のカップルに、虫除けの網とタープを貸した。船主がこれを見てローマンに感服し、後にローマンとジェレミーを彼の家に泊めてくれた。数日後の川下りで、二人はモスキート族の福音派の司教の家に宿泊したが、夜は賛美歌を歌い、説教をしたため、彼の小さな教会の明かりを使い果たしてしまったそうだ。船が出航するまで数日間待たねばならない。ガソリン不足が原因で川の交通が麻痺していた。

パトゥカ川沿いで目にする武器の数に、ジェレミーとローマンは驚くばかりだった。貨物ボートの船首にいた十代の子どもは、五十口径の自動ピストルを熱帯スコールから守るために、バックパックに突っ込んでいた。山高帽姿のカウボーイたちはピストルを腰のバンドに差し込んでいた。軍用ブーツと肌に張り付くようなキャップ姿のホンジュラスの兵士は、サブマシンガンとアサルトライフルとピストルを見せびらかすようにしていた。とある村では、上半身裸の男が自動ピストルを茶色い腹の贅肉とパンツの間に挟んで、スナック菓子とペプシを金箔と交換していた。

麻薬密売人と、ただ安全を守りたい市民との違いはわからなかった。ジェレミーが一度、船長に聞いたことがある。「なぜ誰もが武器を持っているんだい？　ここは危険な場所なのか？」

「違う。違うよ」と船長は答えた。「ここはとても安全だよ。だってみんな銃を持ってるんだから！」

ラ・モスキティアの潟湖《せきこ》、湿地帯、川はコロンビア人密輸業者に給油の場所を与え、グァテマラとメキシコを抜けアメリカのコカイン市場に繋がる陸のルートには隠れ家があるため誰もが武器を所有していたのだ。小型で船外機をいくつもつけた船がドラッグを原産地からホンジュラス東部の陸地まで運ぶ。

2014年5月　ホンジュラスのベイアイランドでスキューバダイビング

ジェレミーとローマンは船外機つきの大きな丸木船に乗り込んだ。この船は暗闇のなか、より幅の広い川を進んだ。中米で最も活発なコカイン密売エリアのひとつを通り抜けながら、二人はクッキーを食べ、星を眺めた。船長はフルスロットルで船を走らせながらメールを打っていた。翌日、二人はツインエンジンで満員のジェットボートに乗った。ボートは細い沼地を高速で進み、開けた場所に出ると船体を傾け、角を曲がり、カリブ海モスキート・コーストの潟湖を抜ける。

ローマンの記述を読んでいると、ジェレミーとローマンが顔を見合わせてニヤリと笑いながら、頭を振って楽しむ様子が手に取るようにわかった。「スリル満点のディズニーワールドだ。ただ、垂れ下がる蔓はすごく近かったし、向かい側から近づいてくるボートもフルスロットルのうえに至近距離だったのは恐ろしかった」

ラ・モスキティア最大の町プエルト・レンピラに到着した二人は宿泊場所を探した。ぞっとするような場所だった。「一泊百レンピラ（十ドル）の部屋には、汚れたマットレスがあり、刺す虫だらけで、使用済みコンドームがベッドの下に落ちていた。五十レンピラだとマラリアに罹るか、路地で刺される」ジュニアと呼ばれる気の良い男が町で唯一きれいな場所を百レンピラで提供してくれた。ビールを飲みながら、ジュニアは鶏肉を焼き、ホンジュラスのチーズと豆の料理を伝統的な土鍋で煮込んでくれた。

翌朝、二人はプエルト・レンピラを見て回った。そのときジュニアが、麻薬密売人の子どもたち、子どもたちのボディーガード、撃たれたことがある者、何回撃たれたのか、何口径の銃で撃たれたのかまで詳しく教えてくれたという。

カリブ海のモスキート・コーストにあるプエルト・レンピラから、二人はピックアップトラックでニカラグアに向かった。舗装されていない道は「とても美しい土地を貫いていた。なぜあそこに惹かれたのか、自分でもわからない」。その土地の風景がローマンに絵本で見たアラスカのツンドラを思い起こさせたようだった。「本当に真っ平らで、真緑で、滑らかで、美し過ぎるほど美しかった」と彼は書き、「この世のものとは思えない」とも書いた。数ヶ所の軍の検問所も無事通過し、二人はパスポートに押印しない状態でニカラグアに入国した。先住民ラ・モスキティアに別れを告げ、彼らはラテンアメリカに戻ったのだった。

六月下旬から七月、ローマンは南に向かっていた。メールの内容から、ローマンがアラスカを離れ八ヶ月が経過し、ホームシックになっていることを感じていた。彼はニカラグアで二週間サーフィンを楽しみ、パックラフトとサーフィンの間には、泳ぐこと以外の共通するスキルはないねとジョークを言っていた。狂犬病を恐れ、野良犬に足を噛まれて血が出たのでどうしたらいいかと僕らに聞いたり、ペギーにホンジュラス料理のレシピを教えたり、ＢＢＣドラマ「シャーロック」を観るといいよと勧めてくれたり、もしまだ聴いていないのなら、ニュー・オーダーの『サブスタンス』を買うといいよとも教えてくれた。

彼のロックミュージックのお勧めは、少年から大人の男性になるあいだ、彼が僕を楽しくてかっこいい父と思ってくれていた成長期の、最高の時期を思い起こさせてくれた。その輝かしい日々、僕らは音楽、本、興味を抱くものについて語り合い、考えを伝え合った。経済学、遺伝学、政治について彼が僕よりも深く知るようになると、彼は自分の知識を分け与え、僕の人生を豊かにしてくれた。僕らが何千匹もの虫を観察し、ボルネオの思い出を語り合い、誰もまだやっていない時期に急流をパックラフトで下り、チェスで彼が僕に勝てることがわかったのも、あの時期だ。

「授業で行ったのは、コスタリカのどこだったっけ？」と七月中旬に彼は聞いてきた。

一九九九年一月に、僕はアラスカ・パシフィック大学で熱帯生態学を学ぶ学生を十人以上引き連れてコスタリカに行った。

ローマンはもうすぐ十二歳になるという頃で、大学の授業に参加する早熟な子どもだった。僕たちはチャーターしたバスに乗って小さな国々の海岸を走り、その道すがら中米の熱帯についで学んだ。カリブ海ではヤドクガエルとゲオイグアナロッジを、太平洋ではクロコダイルを見て、その間で急流下りをやった。コルコバードの低地の熱帯雨林を抜けて、公園の浜辺に沿って最も僻地《へきち》のルートを一週間歩き続けた。当時、コスタリカの国立公園では単独行動も可能だったので、僕らは各自、自由に歩き回った。ある地点で、僕らは潟湖の浅瀬を渡った。そこは上げ潮になるとサメやクロコダイルが出ると言われている場所だ。若き日のローマンは首まで水に浸かっていた。

十五年後、ローマンはメキシコから中米の火山を訪ね歩き、高地に向かい、目ぼしいジャングルを攻略していた。メキシコのラカンドンジャングル、グァテマラのペテン、ベリーズのマヤ山脈にある熱帯雨林、そしてホンジュラスのラ・モスキティアには訪れた。残すはコスタリカのオサ半島にあるコルコバード国立公園、パナマのダリエン地峡のみとなっていた。

一部の友人に、コルコバードはパナマとコロンビアを結ぶ大陸横断道路の間にあるダリエン地峡の練習にもなると彼は語っていた。なぜならその地は、パナマの軍隊とコロンビアの国境警察隊、自警団、そして麻薬密売人（フェルデランス、ブッシュマスターといった毒ヘビ、サシハリアリ、デング熱、マラリア、その他は言うまでもないが）によって占拠され、地球上で最も危険な土地だからだ。

ローマンは六月六日に僕にメールを送ってきた。「先週いっぱい、どうやってダリエン地峡を攻略しようかと考え続け、とうとう悪夢を見はじめているよ」同僚で友人のブラッドには、こう書いている。

ダリエン地峡の横断を真剣に考えている。まったくどうかしているけれど、死ぬ確率も、誘拐される確率も高い。パナマ国境警察隊のセナフロントのやつらは、外国人が陸路でコロンビアの国境を越えるなんて許しはしない。俺の計画としては、ダリエン国立公園に行く許可を取った状態で、レンジャーには何も言わずに川の南を単独で進み、低地にある急勾配の石灰岩の国境地帯からコロンビアに入国し、川沿いに先住民の村まで行き、そこでボートを借りて出国するというルートだ。

ダリエンについてはローマンの意見に賛成だった。挑戦するのは危険過ぎる。しかし、僕のなかの一部が、彼にやって欲しくないと思う反面、彼に挑戦して欲しいとも思っていた。僕が若いころ、多くの冒険家がそう思うように、ダリエンの大自然を旅することには意義があると思っていた。しかし、無法地帯の社会的危険性と準軍事的組織があまりにも危険で僕は諦めた。もし親が子どもの経験をわがこととして味わうなら、ローマンがダリエン地峡を渡ればそのときは、僕の空虚な野望は消え失せるだろう。しかし一方で、僕はその地域の危険性も熟知していた。

二〇一四年七月、まだニカラグアに滞在していたローマンはメールのなかで、「中米諸国の謎だらけの地形図《トポマップ》に、もしかしたらすごく詳しいなんてことはない?」と聞いてきた。

そうだったらよかったんだけどなあと、僕は返信した。グーグルでESRI社の世界地形図データを探してみれば、とも答えた。やらないよりはましだよ。世界地形図を見て、僕らが行ったことのある場所と比べてみればいい。世界地形図は、オサ半島をゴルフィト州の一部だとしていた。

七月六日、ローマンはコスタリカの首都サン・ホセに到着し、コルコバードとその先の南への旅に使うバックパックを購入した。ローマンの頑丈なメキシコ製のバックパックには保温ジャケット、薄い夏用寝袋、コンロ二台、そして僕らが昔使っていたケルティーテントが入っていた。ローマンはフォレスト・マッカーシーからもらった小型の黄色いダッフルバッグもデイパックとして持っていた。七月八日火曜日の朝八時、ローマンはサン・ホセからバスに八時間乗って、オサ半島に向かった。

目的地はコルコバード国立公園だ。

第19章　最高の地図

コスタリカ南西部にあるオサ半島は、スペイン語で「スイートな湾」という意味を持つ、穏やかなドゥルセ湾を力強い太平洋と分けるように存在する。オサ半島の主要道路は二車線の高速道路で、ドゥルセ湾の海岸線と平行するようにしてプエルト・ヒメネスまで繋がっている。そこで舗装された道は終わる。九十年代、オサ半島の奥地には手つかずの自然があり、その人口の少なさに北米や欧州の人々は惹きつけられ、そこに定住し、ビジネスをスタートさせ、二〇〇八年にはじまった不況まで繁栄を極めた。

今日、高速道路の終点では数多くの看板が旅行者を歓迎し、「滝、ツアー、マッサージ」や「ビーチフロントの贅沢を格安で！」と約束している。そのうえ、「スポーツフィッシング」、「シーカヤック」、「ジップライン」さえできる。こういった観光産業は小規模で家族経営のものが多く、地元の経済と英語の上達には貢献しているものの、オサ半島を北部地域のように観光のメッカとすることは難しいだろう。

一八〇〇年代に植民地としてはじまった穏やかな町プエルト・ヒメネスの経済活動は、バナナ農園経営から金鉱採掘へと変化した。商業地区は六ブロックにわたって広がっており、犬が寝そべり、放し飼いの鶏が泥を足で掘っているような場所だ。カラスほどの大きさの赤、黄、そして青色のコンゴウインコが頭上で鳴いていた。病院、警察署、コスタリカの赤十字があった。カトリック教会が狭い町を埋め尽くすようだった。町の外れのフェンスで囲われた広場で、若い男たちがサッカーに興じていた。

ガソリンスタンドは一店舗、銀行は二店舗、薬局は一店舗、バーはたぶん五店舗ぐらい、スーパーマーケットは二店舗、そして金物屋があった。観光客向けのサーフィンショップと、英語で書かれたメニューのあるレストランが数軒、木彫りのカラフルなオオハシの人形を売る店、当日のアクティビティを書いたホワイトボードを掲げるツアーセンター、バックパッカー目当てのホステルが数ヶ所ある。

一ブロック先では穏やかなドゥルセ湾の波が砂浜に打ち寄せている。ここから先は、マングローブの並ぶ運河へと繋がっていく。この運河では時折、アオサギが辛抱強く魚を捕っている。その周辺では、サーフィン初心者がレフトハンドブレイク［岸側から見て、左から右に崩れていく波のこと］に挑戦している。オサ半島で最高のサーフィンスポットの真ん中に位置するマタパロというビーチコミュニティーまで、町から未舗装のでこぼこ道を四十五分の距離だ。マタパロを過ぎて再び

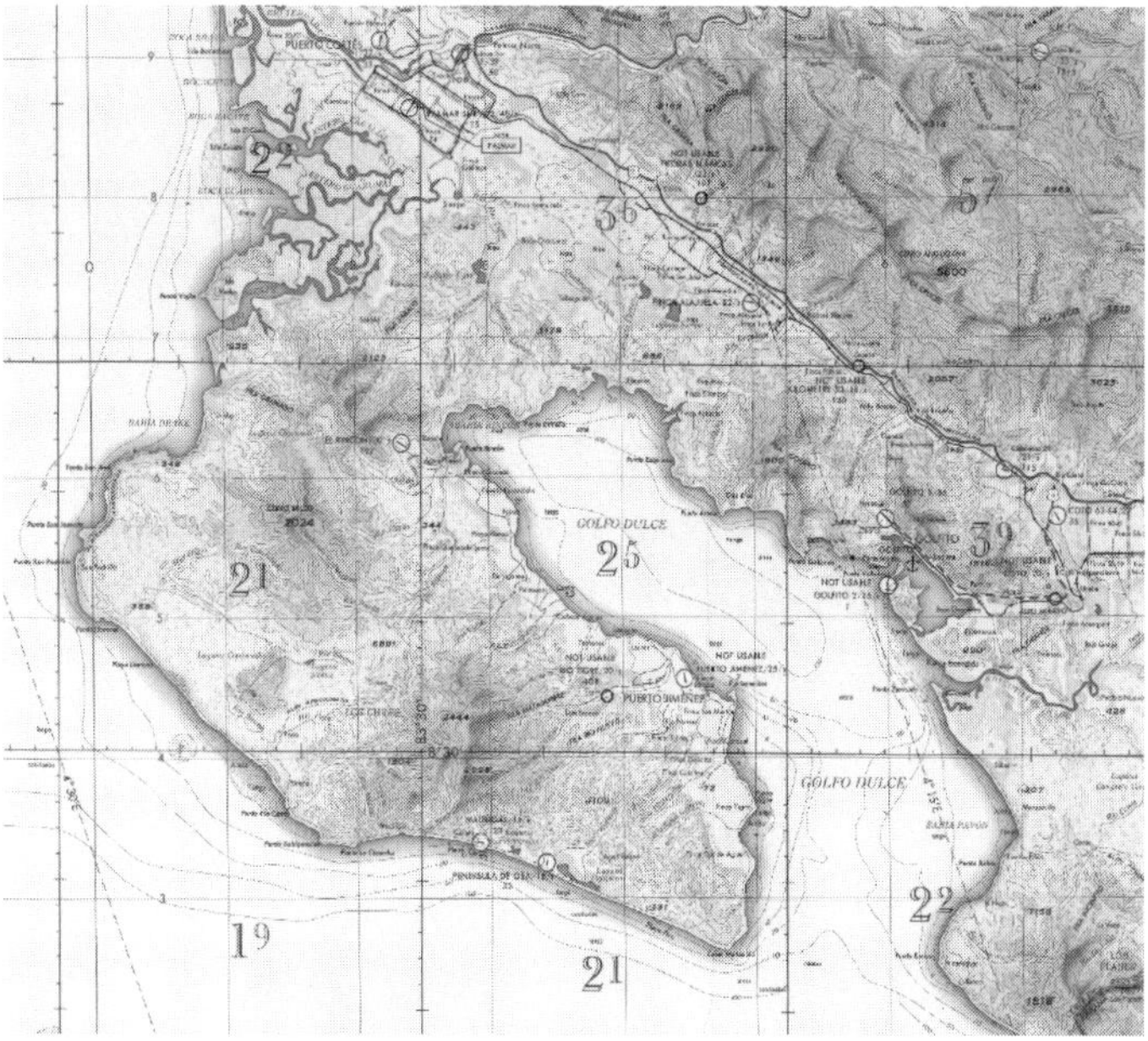

オサ半島とコスタリカのドゥルセ湾

四十五分進むと、道はカラテ村の長い舗装された滑走路の横で終わる。プエルト・ヒメネスから見ると、オサ半島の反対側に位置する場所だ。その向こうはコスタリカで最も人里離れたビーチで、小型飛行機でパナマから十二分という距離にある。

男性《ティコ》と女性《ティカ》は――コスタリカの先住民のこと――来る日も来る日もプエルト・ヒメネスの歩道を散歩している。挨拶を交わすついでに噂話で盛り上がる。古い車と埃を被ったSUVがギリギリの距離ですれ違う。プエルト・ヒメネスの祖先は海賊とインディアン、犯罪者と反逆者、不法居住者、金山労働者、クロコダイルハンター、バナナ農家、牛飼い、サン・ホセの犯罪やニカラグアの革命から逃げてきた人たちなど、様々だった。

旅行者は——身なりがきちんとしていて、きれいに日焼けしていて、サンダルを履いた身のこなしがスマートな若い男女。タンクトップを着ていて、帽子をかぶっている場合は特に——オープンエアーなレストランで、『ロンリープラネットガイドブック』を読みふけっているというタイプが多い。オサに来た理由の多くがエコロッジに宿泊することとか、この国の最も貴重な自然であるコルコバード国立公園に行くというものだ。中米のスタンダードからすれば大きいこの国立公園は、四百平方キロメートルの広さがあり、その広さにふさわしくアマゾンの動物たちが存在する。ジャガー、バク、オウギワシ、クロコダイル、ブッシュマスターなどだ。

オサ半島の森は密猟者、違法採掘者、麻薬密売人、そして殺人者たちの隠れ場所でもある。オサ半島の最北端にある小さなカウボーイの町シエルペは、マングローブ河口域にあり、二〇一六年、二トンものコカインが地下の貯蔵庫で発見されている。二〇一一年、五十代のアメリカ人女性とカナダ人女性が、プエルト・ヒメネスの近くで殺害されているのが見つかった。別々の事件だった。二〇〇九年には、オーストラリア人二人が、ドス・ブラゾスにある鮮血の飛び散った家から姿を消した。プエルト・ヒメネスから車で二十分の距離だ。コルコバード国立公園の産みの親とされるスウェーデン人駐在員のオラフ・ウェスバーグでさえ、一九七五年にプエルト・ヒメネス近くのジャングルで殺害されている。

ローマンがプエルト・ヒメネスに到着した長距離バスから降り立ったのは、うだるような暑さの七月八日の午後のことで、彼はこの暴力の歴史が観光客用広告やホステルに潜んでいるとは知らなかった。しかし、オサ半島のように大自然と危険が隣り合わせの人たちの暮らしは、中米では珍しいことではないし、ローマンがそんな人たちに慣れていないわけでもなかった。

この日の午後四時頃、彼は『ロンリープラネットガイドブック』に掲載されていたキャビナス・ザ・コーナー・ホステルという場所にチェックインした。自分の名前、そしてパスポートの番号を記録簿に記入した。

七月九日、ホステルから一ブロック離れたインターネットカフェからローマンは友人にメールを送った。「今はパナマの隣、太平洋のオサ半島にいる。忍び込んで道を切り拓きたい国立公園があってさ。ダリエン地峡の練習ってとこかな」彼は旅程を短縮するかもしれないと書いていた。故郷に戻るためのチケットを買う必要があった。故郷では、アパートの家賃、車の維持費、仕事、次の一学期分の学費だって必要だ。「コスタリカですっかり現金を使い果たしちゃってね。そうでなければコロンビアを見て山に登ってトレッキングに行ったりしたかったんだけどな。南米は次の旅までお預けになると思う」

同じ日、彼はペギーと僕に、より詳細な計画を二通のメールに分けて書いてきた。一通目は午前九時二分に書かれたもので、プエルト・ヒメネスで食料を買ってコルコバードに向かうとあった。ローマンがオサ半島に到着する五ヶ月前、二〇一四年にコルコバード国立公園はすべての訪問者に対して、公園には必ず免許を持ったガイドと入ることを義務づける新しい規則を作っていた。ローマンは一月から毎月千二百ドルを使っていた。厳しい予算でガイドを頼むことができたとしても、彼にガイドが必要だったわけでも、彼がガイドと一緒に行動したいと思うわけでもなかった。「とにかく、明日からはトレイル以外の道を進むことにする。ロス・パトスからシレナに続くトレイルの西側になる。二十キロぐらいの距離になるね。そこから海岸に出て、夜間にマドリガル・トレイルを歩く予定。デビッド川を南下して、それからクラロ川に渡る……高地はたぶん歩きにくく、雨が多いと予想してる」

高地は――ラス・ケブラディタスと呼ばれる浅い渓谷の頂上の高原を複雑に広がる、密猟者やペッカリー〔鯨偶蹄目ペッカリー科に属する哺乳類〕が使うトレイルがある――確かに歩きにくく、雨も多い。公式には公園の管理者以外の立ち入りが禁止されているが、金鉱採掘者やレンジャーたちの間では、蔓の絡まる雨の多い竹林で迷いやすい土地だとして悪名高い。

> どれぐらいかかるかわからないけど、ジャングルで四日過ごして、一日かけて戻ってこようと思う。一日五キロは最悪のペースだけれど、地平線が見えない状態で真っ直ぐ進むのは難しいでしょ。西行きのトレイルには限界があるし、それ以外は海岸ばかりだから、永遠に道に迷うことにはならないはずだ。

僕は彼のこの最後の言葉に何年ものあいだ取り憑かれることになる。

二十分後の午前九時二十六分、彼は持っていく予定の地図へのリンクを送ってきた。「よし、今までのところ、ベストな状態の地図だ。川や道が違う名前で、違う場所に書き込まれた他の地図もいくつか見てきた」彼は新しい計画を書いていた。「コンテ川に沿って北上して、そこから南下してクラロ川まで行く」クラロ川から海岸に沿うようにしてカラテに行くつもりだったのだ。「雨季のはずなので、道中の丘陵がどのような状態なのかはわからない。父さんはこの手の地域が急で滑りやすいことを知ってるはずだけれど」

銀行口座に三千四百三十六ドル預金していたローマンは、五万コロンを――アメリカドルで約九十五ドルだ――ホステルから数ブロック離れたATMから引き出した。ホステルのキッチンで夕食を作ると、道具をベッドに広げて、小さな黄色いダッフルバッグとメキシコで買った大きなバックパックと、新しいバックパックのなかに分けて入れていった。

黄色のバッグには『ロンリープラネットガイドブック』、スパイラルノート、ビーチグッズ、そして衣類を入れた。メキシコで買った大きなバックパックには、ケルティーテント、寝袋、コンロ、厚手のジャケット、火山を登ったときに着用した防寒具、サンダル、ブルージーンズ、ベルト。これら以外にも、衣類、そしてもう一冊のノートを入れた。コルコバードへの五日間の旅で、ローマンは新たに買ったバックパックに調理とキャンプ用具、食料、鉈、地形図、コンパス、寝るための衣類、タープ、蚊帳つきテントを入れた。

七月十日の朝、宿泊していたプエルト・ヒメネスのキャビナス・ザ・コーナーを営む老女に二泊分の宿泊費二十ドルを払い、戻ってきた日のために十ドルを払って宿泊予約をした。メキシコで購入したバックパックと黄色いバッグを倉庫に置いて立ち去った。昼頃、彼は道を横切って五ドルを払って乗り合いバスに乗り、ドス・ブラゾスへ向かった。プエルト・ヒメネスからは二十分ほどの距離のある小さな村で、コルコバード国立公園の山地の端に位置している。

結局、ローマンはコンテ川には向かわなかった——しかし、別の旅の計画を彼から聞いた者はいない。

ドス・ブラゾスとはスペイン語で「二本の腕」という意味で、ティグレ川の二本の腕つまり流れが、ドス・ブラゾス村で合流する。村には三百人の金鉱労働者、農夫、その家族が二本の短い砂利道の側に建つ簡素な家に住んでいる。その砂利道は分岐した右腕と左腕に沿って通っている。交差点にあるプルペリアは、オサ半島に点在している金属屋根の木造の小屋で、スナック、飲み物、新聞などを販売している。地元の金鉱労働者から金を買い取ることもある。

七月十日の午後早くに、ローマンはプルペリアの向かい側で乗り合いバスを降りた。肩にバックパックを担ぎ、一人でティグレ川の右腕に沿って——単にエル・ティグレと呼ばれることもある——コルコバードのジャングルへと入っていった。

第3部

第20章 「連絡をくれ！」

ローマンが中米文化、山、ジャングルを探索する一方で、僕は家の増改築を終え、数日の旅行をし、タルキートナ山周辺での長期間のパックラフティングを計画していた。メールを介してローマンの旅行について聞くのは楽しかったけれど、そろそろ家に戻ってきて欲しいとも感じていた。ニカラグアで犬に噛まれた、狂犬病にかかったらどうしようとローマンが書いてきたときは、帰ってこいよと言おうか迷った。でも言わなかった。

父親として、息子が自立していく姿を見るのは喜ばしいことだった。世界を知り、自信をつけ、人生観を変えて戻るだろう。スペイン語だって堪能になっているはずだ。アメリカの経済的影響やラテンアメリカに対する役割について、見識も深くなっているに違いない。彼の冒険好きは、その生育環境が影響を与えたことは明らかだった。僕たち家族はオーストラリア、ボルネオ、アラスカの原野、その他の地域に旅をした。彼の経験談や観点、洞察を彼から直接聞きたかった。

七月十四日、友人のゴーディー・ヴァーノンとのタルキートナ山のパックラフティング旅行から家に戻り、ローマンの最後のメールを読み返した。「今までで一番良い状態の地図が見つかった」。荷ほどきをしながら雑談していたため、そこから先は読まなかった。でもスレッドの中に埋もれて別のメールがあったのをさらに一週間見逃していた。そこには「ジャングルで四日、そして一日かけて戻る」と書いてあった。僕らは中米の謎に包まれた地形図データについてメールを交わしていた。会話は二つのスレッドに分かれているのに、僕は一番良い状態の地図以降を読まなかった。もし読んでいたら、コルコバードの旅から彼が戻るのは翌日の予定だとわかったのだ。

七月十五日が彼のアウトデートだった。

アンカレッジの二〇一四年夏は晴天続きで、ペギーも僕も忙しくしていた。家の改築はサーモンのピークシーズンまで続き、それが終わるとキーナイ半島まで車で行って、冷凍庫を一杯にするためにすくい網で魚を捕った。ミルキーブルーのキーナイの流れが氷河のような灰色のクック湾に交わる浜辺でキャンプをした。七月の潮風が蚊を遠ざけてくれた。澄んだ空と日差しの下、僕らは釣り船の後ろにそびえ立つ山々を見て楽しんだ。港に戻る船には釣ったばかりの紅鮭が満載されていた。紅鮭は力強く泳ぎ、釣り人は肩を寄せ合い、川のなかに立ち、長い柄のついた網を流れに逆らうようにして沈め、それにかすかな重さを感じると、嬉々として引き上げるのだった。そこには友人たちもいて、僕らはクーラーボックスを輝く紅鮭で満杯にした。

そんなときでも、ローマンから便りがないことは気になっていた。携帯電話をチェックしてキーナイの劣悪な電波状況が許す限り、僕はメールをチェックし続けた。**便りはなかった。**彼に最後に会ってから半年が過ぎていた。ラテンアメリカからいつ戻るのか、確かな日程は聞いていなかったけれど、早く戻ってきて欲しかった。息子に会いたかった。

2012年　ブータンのタクツァン僧院で

ペギーと僕は七月十八日に釣りから戻り、釣った二十キロのサーモンをきれいに処理して、自宅の羽目板の仕上げに取りかかった。何日も経過した。連絡はない。僕らは心配はしていなかったが、少し驚いていた。二週間以上ローマンから便りがないなんて、ベラクルス以来、はじめてのことだった。七月二十一日、彼が最後にメールを寄こしてから十二日目に、僕は遠慮がちに彼に声をかけた。「ジャングルから出る日を教えてくれるかい」彼のメールは、最高の地図について書かれたメールにリンクする形で、受信箱に未読のままで残っていたのだった。

七月二十三日、ペギーと僕はリフォームショップの金具とペンキの棚の間を行ったりきたりしながら、なぜローマンは連絡を寄こさないのだろうと話をしていた。二週間が経過していた。ベラクルス以降、彼が連絡を断った最も長い期間は十日で、エル・ペテンからラ・モスキティアを旅していた時期だった。僕らは不安になってきた。

「最後のメールを読み直してみる」と、僕はペギーに言った。「しっかり読んでなくてさ。なんて書いてあったのか、思い出せないんだ。地図のことだったと思うんだけど」

そう言った瞬間、リフォームショップでペギーは嘔吐しそうになった。僕らは何も買わずに真っ直ぐ家に戻り、彼のメールを注意深く読んでみた。七月九日付のスレッドを開いた。明日、オフトレイルに向かう……ジャングルで四日、そして一日かけて戻るという文字がスクリーンに映し出された。僕は凍り付いた。

まさか！　そんな！　ローマンはとんでもなく予定から遅れている。ちくしょう！　もっとしっかり見ていれば！

衝撃が体中を駆け巡った。それからあとは、罪悪感が押し寄せてくるだけだった。メールをしっかりと読んでいなかったこと、充分な配慮を僕が彼に与えなかったことに対する罪悪感だ。それはたぶん、口論になったときに必ずペギーが指摘したように、僕がいままで一人旅と興味の向くものばかりに時間を費やし過ぎたことが原因かもしれなかった。
「ペギー、このメールに、たぶん……」僕は計算に手間取った――「十日前にはジャングルから出ていたはずなんだ！　**大変だ！**」彼女の顔を見た。額にしわが寄り、両頬が弛緩していた。彼女は僕の恐怖を感じ取った。そして自分も恐怖を感じたのだ。

僕らは即座に行動に移した。彼女はノートとペンをテーブルの上で滑らせ、僕に渡した。そして受話器を取って娘に電話をした。僕は両手を震わせながらコンピュータの前に座った。パニックをなんとか抑え、吐き気を堪《こら》えながら、コルコバード国立公園ガイドをグーグルで調べ、助けてくれる誰かを探し始めた。

スペイン語では電話をすることができないので、オサ・コルコバード旅行会社にメールを出した。

はじめまして、ローマン・ダイアルと申します。息子のコーディー・ローマン・ダイアル二十七歳がコルコバード国立公園内で行方不明になっています。身長は約百七十七センチ、目は青く、髪は茶色で、眼鏡をかけています。体重は約六十三キロです。二人用の青いテントを持っているはずです。

中米を数ヶ月かけて旅をしており、ジャングルではトレッキングをしています。いつも、ガイドなしの旅です。

七月九日にメールが来て、コルコバード国立公園に七月十日に入り、五日間、単独で過ごすと書いてありました。戻ってくるのは十日前のはずでした。戻れば必ずこちらに連絡をするはずです。しかし、連絡は全くなく、心配しています。

オフトレイルでのハイキングでロス・パトス・シレナ・トレイルの西に向かうと書いていました。コンテ川を北上し、そこから山を登ってクラロ川に行き、海岸に出る予定だそうです。一日に五キロ程度、トータルで二十キロの移動です。

繰り返しになりますが、息子は五日間の旅程だと十四日前にメールで知らせてきています。何をすればいいのか、どうしたら彼を捜し出せるのか、アドバイスを頂けないでしょうか？　私はスペイン語を話しませんが、誰かに頼んでそちらに電話してもいいでしょうか？　二年前の息子の写真を添付いたします。

僕が最初に見つけたローマンの写真はブータンで撮影されたものだった。カメラに向かって微笑んだ彼は少しふっくらしていて髭を生やしており、髪を短く刈り込んでいて、銀縁の眼鏡姿で青いシャツを着ていた。彼の体に腕を回し、肩に手を置いているのが僕だ。写真と一番良い状態の地図を添付し、送信ボタンを押した。

コスタリカへ飛ぶ翌日のチケットを購入した。アラスカに留まることはできなかった。捜索を誰かに任せるなんて無理だ。あの子は僕の息子だ。彼のことは僕に責任がある。自分のことは自分でやるのがアラスカの人間の信条だ。僕にはレスキューの経験が豊富にある。どのようにシステムが動くか熟知している。ローマンが旅行計画と地図を僕に送ったのは、何かが起きたとき、僕が救いに行けるようにするためなのだ。

彼に熱帯や自然、世界旅行を教えたのは僕だ。ローマンがやりそうなことを僕よりも知る人間なんていない。しかし、僕にも経験豊富で信頼できる協力者の存在が必要だった。だからゴーディーに電話をした。世界中を旅している彼は、他の登山者を救うために山頂までの登山を諦め、自分の指を六本失っている。父親と二人の親戚を悲劇的な飛行機事故で失ってもいる。

僕が起きていることを伝えると、ゴーディーは一分ほど黙り込んだ。彼はローマンと僕と一緒にグランドキャニオンに行ったことがあるのだ。彼はローマンのタフさと、知恵と、謙虚な性格が好きだった。

ゴーディーの声はゆっくりと慎重で、感情を抑えようとしていた。「いや、ローマン、俺のスペイン語は今の状況には充分じゃない。タイに頼んだほうがいい」タイ・ベルゾーンはワイルダーネス・クラシックのパートナーであり、僕の秘蔵っ子で、大学ではラテンアメリカ学を専攻し、ペルー、エクアドル、ボリビアでのマウンテンガイド経験があった。彼は流暢《りゅうちょう》にスペイン語を話す。

ゴーディーは続けた。「俺だったらローマンの銀行口座の取引記録を入手する。彼がどこにいたのかよくわかると思うし、どこに行くのかもわかると思う」親しい友人からのこのアドバイスは助けとなった。数日後にペギーが手に入れようとしたが、結局、記録の入手には数年を要した。

僕はタイに連絡を入れた。「タイ、ローマンがコスタリカで行方不明になった」

「なんだって？」

「行方がわからないんだ。コルコバードで五日間旅をすると書いてきたんだが、戻るはずの日からすでに十日経過しているんだ！」

「なんてことだ、十日だなんて！」

「なあ、一緒に行ってくれないか？　君の助けが必要なんだ。俺は明日旅立つんだが、君のスペイン語とジャングルの技術がどうしても必要だ」

タイの妻アナはマイアという赤ちゃんを三ヶ月前に出産したばかりだった。タイは自宅でアナを助けながら、病院に勤務していた。

ペギーはタイのスペイン語と自然の知識、人々との交渉能力が力を発揮することを理解していた。だから、すぐさまこう提案した。「タイがあなたと行く間、私がマイアの世話を手伝うわ」

僕は判断をタイに任せた。「ペギーがアナを手伝って、マイアの子守をすると言っている」

「アナとクリニックに聞いてみるけど、間違いなく行けると思う。何日ぐらいを予定している？」タイにだって彼の生活があるのだ。

「十日来てくれたら恩に着るよ、タイ。君の助けが必要だ」

パニックがじわじわと喉元に上がってきた。僕はそれを飲み込んだ。**落ち着け、冷静に考えろ。**

ローマンが道に迷い、怪我をして、僕の助けを待っていると考えると恐ろしくなった。**結局あの子は、詳細な道順を僕に知らせてくれていたじゃないか？**

サン・ホセのアメリカ大使館に電話をかけつつ、すでに閉まっていたらと心配だった。録音された音声が「命に関わる場合は2を押してください」と言った。

僕は2を押した。当直の警察官について電話の向こうの相手は説明し、ザガースキー氏のメールアドレスを教えてくれた。僕はそれをノートに書き込んで、写真と地図と情報を彼に送った。僕はプエルト・ヒメネス警察のメールアドレスも見つけ、同じ内容のメールを送り、ゴーディーが提案したローマンの銀行口座の取引記録の精査についても書き加えた。僕が現地に向かうことも伝えた。

不安とパニックで体が思うようにならず、追いつめられた状態だった。**今すぐ**現地に行きたかった。一分の時間が惜しい。熱帯は暖かくて牧歌的な雰囲気があるかもしれないが、雨は冷たく、感染症も珍しいことではない。

職場のボスに電話を入れた。「ローマンが行方不明なんです」彼女の答えは即座で、感情のこもったものだった。「なんてこと、ローマン」と、彼女は無邪気に「残念だわ」と、まるで彼がすでに死に、僕が彼を失ったかのように言ったのだ。
傷つき、腹を立てながら僕は彼女に言った。「彼を捜しに現地に向かいますので、いつ戻るかわかりません」僕は彼が死んではいないと言いたかったし、残念だなんて思ってくれなくて結構だと伝えたかった。なぜなら、元気なローマンを僕が連れ戻すからだ。

その日の夜、ジャングルで使う道具をバッグに詰めた。靴、シャツ、パンツ、そしてバックパック。コンパス、ヘッドランプ。コンロ、クックポット、乾燥食品。蚊帳付きテントとタープ。寝袋とシート。素早く移動しなければならない。**必要なものだけ持っていけばいい。**

ショックが和らぎ、今度は罪悪感が襲ってきた。彼は十五日にジャングルを出ると書いていた。**その時、僕は家にいた。彼のメールを読むべきだったのに。**二十四時間待って、十六日にコスタリカに電話をし、彼が予定より二十四時間遅れていることを告げ、十七日に現地に向かう。それは可能だった。

でも僕はそうしなかった。現地に向かうことが可能だった日から、一週間も経過している。ローマンが苦しみ、待ちわび、疑問を抱えているだろうと想像しないのは無理だった。**父さん、どこだ？　僕の行く場所は伝えておいたよね。五日で戻るって言ったよね。父さん、早く助けに来てくれ！**

祈るような気持ちで、僕はローマンにメールを書いた。今からお前を捜しに行くよ。件名には、連絡をくれ！ と書いた。フライトは七月二十四日木曜日、アトランタを夜の八時半に発つ予定だ。日がな一日、僕は電話をかけ、コンピュータにかじりつき、這い回るようにしてものごとをまとめた。心をコントロールできずに、パニックになりそうな状態で、何ごともなかったかのように頭を働かせるのは難しかった。ペギーも電話をかけ、友人たちと家族にメールを書き、何が起きているかを伝えた。二十四時間以内に友人たちが基金を設け、捜索のための資金を入金してくれた。

英字新聞の「ティコタイムス」が記事を掲載してくれた。読んだ人たちが助けようと連絡をくれた。すると、フェイスブックが動き出した。オサ半島に関連するページでとある人物が目撃情報を掲載した。僕は彼に連絡を取り、彼はこう返信してきた。

九〇パーセントの確率で、あなたの息子さんだったと思います。写真で確認しました――黄褐色のサファリタイプの衣類（半ズボンにお揃いのシャツ、それから帽子）を着ていませんでしたか？ 道沿いを歩いている姿を見かけて、そのあたりにいつもいる、車には乗らないタイプのボランティアの一人だろうと思ったんです。目が合うと、頷いてくれました。森の中に、何か興味深いものを発見したような雰囲気でした。電話をくださってもいいですよ。公園内の厳しい地形に時間を取られてしまっただけだといいのですが。

これが本当であればどれだけよかっただろう。でも、ローマンがサファリ風の衣類を着て、車に乗らないかという誘いを断るとは思えなかった。それが彼ではないことはわかっていた。僕らは、何ヶ月も、何年も、いくつもの国で、いくつもの大陸で、長すぎる時間を共に過ごしてきた。息子であるわけがなかった。何かが起きてしまったのだと僕にはわかっていた。

第21章　ドンディ

タイ・ベルゾーンは良き友人で、僕が今回の旅で必要な技術をいくつも備えた人物だった。イタリア人の父とベトナム人の母を持つ彼は、親しみやすい風貌と笑顔で、どこへ行っても馴染むことができる完璧な旅行者だ。二十代ではガイドとして、アラスカ、ネパール、南アメリカ、そして北極の山々にまでクライアントを連れて登った。三十代では、アフリカと中東の難民キャンプでボランティア活動を行った。そして今、四十代となった彼はアンカレッジで医師助手として働いていた。数年前まで一年に一度は、南極を含むすべての大陸を訪れていた。冬には緊急避難が行われた南極に衛生兵として向かい、オバマ大統領からその功績を称える手紙を受け取っている。

二〇一一年、とある科学者と僕とでチベットのコオリミミズ調査に中国西部まで一ヶ月の探索に出かけたことがあった。出発の三日前、その共同研究者が連絡を寄こし、行くことができないと言い出した。電話を切って数分後、僕はタイにメールを書いた。「火曜日に中国に行かないか?」数分後にタイは返信してきた。「中国? もちろん! 病院に確認させてくれ」

職場から休暇をもらうと、タイは中国大使館にビザの申請をした。大使館は彼のパスポートを却下した。曰く、「汚すぎる」ということだった。新しいパスポートを用意しなければならなかったが、取得はできるだろうと踏んだ彼は、一週間後、中国にいる僕に追いついた。中国奥地の雲南省の空港で僕らは待ち合わせた。雲南省で、彼は若い女性と一緒に飛行機を降り立った。二人の様子と楽しそうな会話から、旧知の仲だと考えた。僕を見つけると、彼はにやりと笑って、僕を抱きしめて挨拶した。「ヘイ、ローマン! とうとう来たぞ!」彼は若い女性のほうを見て、そして僕に聞いた。「車で……」しかし質問を途中でやめて、ハートを溶かすような笑顔を彼女に向け「君の名前は何だったっけ?」と聞いた。彼は彼女の名前を何度か口にして、そして「町まで行かないか?」と、僕への質問を言い終えたのだった。

これが、タイという男なのだ。どこへ行っても友達を作り、何が起きてもへっちゃら。すべてを途中で放り出し、僕を助けに来てくれるのもタイらしかった。

プエルト・ヒメネスに到着したときには、七月二十五日金曜日の午後になっていた。ジョージア経由でアラスカからやってきた僕の両目は赤く、睡眠不足のために頭がはっきりとしなかった。アウトドア技術と問題解決能力を持ちつつ、協調性もあるタイと一緒にいることで、

2014年7月25日　MINAE本部

安心することができた。これでローマンを見つけることができる。

僕らはプエルト・ヒメネスの数キロ向こうにあるという宿泊施設、イグアナロッジに向かった。海岸側の森に立つイグアナロッジは、網戸つき小屋と様々な構造の建物で客を迎え入れる。最も古い建物であるザ・パールはレストランとバーで、上階には客室があり、椰子の木が並ぶ浜辺まで、青々とした芝生の庭が続いている。最も新しい建物は二階建てで、プールサイドにベランダが設置されたヨガスタジオだった。プールとザ・パールの間に、一番大きな建物がある。この中央の建物はポストモダンスタイルで、丸いかやぶき屋根の涼しくて影の多いタイル張りの一階と、よりフォーマルでオープンエアーなディナー用の二階のスペースだ。オフィスには陸上通信線、コンピュータ、プリンタがあり、これは後に重要な役割を担った。

　トビーとローレン・クリーバー夫妻はアメリカ人カップルで、イグアナロッジのオーナーだ。二人は僕らを歓迎してくれた。彼らもまた、成人した子どもを持つ親だったし、心からの思いやりのある言葉をかけてくれ、僕らを手伝いたいと願い出てくれた。二人は地元の従業員たちからも尊敬され、タイのように、ローマンの捜索には欠かせない人物となる。タイの協力は数週間のものだったが、クリーバー夫妻のサポートは数ヶ月、そして数年にわたった。オサ半島に向かうときは、ほぼ常にイグアナロッジは僕らのベースキャンプとなった。

　百五十八センチ、ブロンド、笑顔のローレンは、健康的で情に厚く、アメリカンアクセントのスペイン語を流暢に話す人物だ。常に寛大な心で行動し、正義感がある。彼女はどんなことをしてでも支援すると言ってくれ、他の誰よりも、それができる理想的な立場にあった。二十人いる彼女のスタッフはオサ半島出身で、ほとんどが英語を話し、彼女のことが好きで、尊敬していた。別の仕事に転職した元従業員たちもそれは同じだった。

　ローレンもトビーも弁護士だったが、被告側弁護士として対峙したコロラド州の司法の腐敗にうんざりしたのだそうだ。彼らがザ・パールを購入したのは二十年前で、イグアナロッジと名称を変更した。サイズを三倍に拡張し、プールを増設した。コスタリカという国がどのように機能しているのかについて、クリーバー夫妻の鋭く、幅広い知識、そして広い人脈が、捜索に大いに役立つことになる。

タイと僕は、空港の横に位置する一階建ての囲いのある施設、環境エネルギー省《MINAE》まで車で向かった。コルコバード国立公園を管理する政府機関だ。制服を着た男が、椅子とテーブルがたくさん並べられた部屋に案内してくれた。十人以上の男たちが集まって、静かに話していた。黄褐色の制服を着た細身の政府高官たちは、赤い十字架がついた紺のベストを身にまとった若い赤十字のボランティアとは対照的だった。黒いブーツを履き、腰に武器をぶら下げた地元警察官の帽子には「民族抵抗軍《フエルザ》」と書かれていた。犯罪者が珍しくないコルコバードでは、MINAE、赤十字、そしてフエルザがチームとして捜索を行うのだ。

誰かが「少年が行方不明《ムーチャーチョ・ペルディード》」と書いたポスターを作ってくれた。すぐ下には行方不明《ミッシング》と、英語で併記されていた。眼鏡姿のローマンが微笑み、無精髭を生やしている写真だった。この写真を送ったのはたった二日前だというのに、「コーディー・ローマン・ダイアル」という彼の名前、体重、身長をスペイン語と英語で記したポスターが、プエルト・ヒメネスの町のあちらこちらにすでに貼られていたのだ。ポスターが至る所に貼られた様子を見ると、安心すると同時に不安になった。対応策が練られている。人々が捜索してくれている。でもローマンの行方がわからない。これが僕を不安にし、落ち着かなくさせた。MINAEの建物にいるだけでは足りない。

もうそろそろ、警察はローマンがプエルト・ヒメネスで滞在していた場所を掴んでいるだろう。僕はメールを送信した当人なのだから、赤十字が行った車で三十分程度の距離のコンテ川捜索について、報告を受けるものだと思っていた。しかし、報告を受ける代わりに、長袖の上にオレンジ色のシャツを羽織った、太って頭のはげた中年男に尋問を受けることになった。僕と同じように、彼は無精髭を生やして、エアコンのない部屋で汗をかいていた。彼はドンディと名乗った。

僕は手を伸ばして、ぐにゃぐにゃとして、汗で湿った彼の手を握った。僕のスペイン語は役に立たないので、タイが通訳をしてくれた。僕はまず、ドンディに礼を述べた。彼は頷き、目をつぶり、そして「最後にコーディーに会ったのはいつですか？」と聞いた。ローマンがコーディーと呼ばれるのを聞くのは、何か間違いのような気分だった。そう呼ぶのは彼の叔母と祖母と、書類上でしか彼を知らない人たちだけなのだ。

「最後に会ったのは、一月で、メキシコでした。それから後は、数週間に一度はメールを送ってくれていました。最後のメールには、コルコバードではガイドが必要だと書いていました。でも、ガイドを雇う必要はないと思ったようです。六ヶ月の旅行でガイドを頼んだことはありませんでしたから」僕はローマンが送ってくれたコンテ川とクラロ川のルートの詳細を復唱した。「十日前に戻るはずだったんです」

タイが通訳をすると、ドンディは口を結んだ。まるで僕を信じていないようだった——もしかしたら、聞いてもいなかったのかもしれない。彼は、まるでローマンが二十代の、親としばらく連絡を絶っているだけの子どもだとでも言いたげに、いつもと違う態度を見せてはいなかったかと聞いた。確かに、僕だって彼の年齢のときは、親に数ヶ月も連絡をしないなんてことはしょっちゅうだった。でも、ローマンは僕ではない。

「ローマンが行き先を告げなかったことはありません。いつ戻るかも言ってくれていました。今回は、いつ戻るかについては一切連絡がないんです。おかしいんですよ。だから、僕らはここまで足を運んだんです」と、僕は苛つきながら繰り返した。

ドンディは僕らに座るよう促した。ふんぞり返り、そして腕を組んだ。タイが通訳をした。

「ローマンがドラッグを使うかどうか聞いてるよ」僕は驚いてしまった。ローマンが？　まさか。

仮にローマンが、僕の二十代の頃のような青年だったとして、確かに僕は様々なドラッグを試したことがあるが、それでも息子がドラッグに興味を示したことはなかった。「あの子は健康に気をつけている。自分のシステムにドラッグを取り込むことを嫌がるんだから」と、ペギーが言うことが正しいだろう。アンカレッジでは、定期的にジムでリフティングをしていたし、ランニングが好きだった。アルコールは飲んだし、たまにタバコも吸っていた。マリファナや巻きたばこも、時には吸っていただろう。ただ、彼のメールにあった〝不潔なヒッピー〟という表現から、彼自身はドラッグに溺れてはいないと考えられた。

「いや、あの子はドラッグはやりませんよ。酒は飲みます。ただし、可能性はあると思いますよ。仮にそうであれば、まったく彼らしくないことですけど」

ドンディが続けた。「コーディーが有名なドラッグの売人とカラテに続く道を一緒に歩いていたという目撃情報がある。町に戻って、プエルト・ヒメネスのATMで売人に金を払い、サーフィンをしにマタパロに行ったということだ」

なんだって？　そんなこと嘘っぱちだ。僕は衝撃を受けた。

ローマンはエル・ペテンからラ・モスキティアに移動したのか？　コルコバード国立公園にガイドなしで行くというのは嘘だったというのか？　なぜ彼は僕らにメールを書かないのか？　もう何週間も経過している。良くも、悪くも、旅は人を変える。でも、どうしたらそれが僕らの息子だと信じることができる？

ドンディの話には納得がいかなかった。ローマンは十一歳の時点で、僕が教える学生の多くより熱帯の生態系に詳しかった。幼稚園の頃からの幼なじみと仲がよく、川でパックラフティングを楽しみ、分子生態学を学んでいた。家族を、友達を抱きしめるような人間なんだ。性格を根本から変え、僕らに嘘をつくなんてありそうにない、いやありえないし、そんなことは不可能だ。**冗談じゃない。それに、エル・ペテンを一人で歩いたあの子が、どうして今さらガイドが必要になったというんだ？**

タイに通訳を頼みながら、僕はローマンがガイドを連れてトレイルを歩くことは考えにくいともう一度説明した。彼からのメールでは、有名な観光地にはまったく惹かれていない様子が明らかだった。中米の観光地は、彼にとっては創造性に富んだ単独での冒険のためのアクセスポイントというだけだ。しかしメールを読ませても、ローマンの旅行スタイルを説明しても、ドンディは意見を変えようとはしなかった。ドンディを説得すればするほど、彼は意固地になった。ドンディに助けてもらいたかった。彼も他の人たちも、僕らを助けるためにそこにいたはずだ。僕はそれに感謝していた。それでも、彼らの言うコーディーと僕が知るローマンはまったくの別人だった。子どもの行いを予測できるほど、親は子どもを知らないだけだと言われるものだが、ドンディの言葉にはそれ以上の含みがあった。彼には自らの役割を超えた尊大さがあったのだ。そこで、僕は気づいた。僕らは以前、出会っていた。

二〇〇二年、フィジーで開催されたアドベンチャーレースに参加していたのだ。彼はコスタリカチームのメンバーで、ほとんどのチームがそうだったように、初日に苦戦を強いられた。共通の経験が共通理解を生みだしてくれると思っていた。それなのに、彼は僕を競争相手だと考えたようだった。しかしこれは、ドンディと僕のレースじゃない。僕らは息子をできる限り早い段階で救うための、同じチームのメンバーではないのか。

誰よりもローマンを理解する僕は、この捜索の役に立つ。彼が三歳のときに行ったプエルトリコ以来、僕らは一緒にジャングルのトレイルを歩いてきた。熱帯アジア、オーストラリア――コルコバードにさえ、二度も行っている。こういった経験の豊富さを、仰々しさや尊大さを感じさせずに語ることは難しいが、僕の直感は二十人以上いる赤十字のボランティアより真相を見抜く力があると思うのだ。

ドンディはコンピュータの方を向いてしまった。赤十字のボランティアが僕の横に座っていた。「懸賞金を出しますか?」と、彼ははっきりとした英語で言った。

「いや、まだ考えていないよ」

「よかった。五年前に別の国立公園で行方不明になったデイビッド・ギメルファーブという名のアメリカ人がいたんです。何ヶ月も行方がわからず、目撃者もいなかった。そこでご両親が懸賞金を出すと決めたんですよ。すると、目撃情報がありとあらゆる場所から出てきたのです。ニカラグアやパナマでの目撃情報もあったんですよ。でも、手がかりにはなりませんでした。青い目をしたブロンドの白人は、皆同じに見えるんですよね」

ギメルファーブ家の息子は、リンコン・デ・ラ・ビエハ国立公園の全長三・二キロというシンプルなトレイルをハイキング中、コスタリカとニカラグアの国境付近で行方がわからなくなった。ギメルファーブ家が提示した十万ドルの懸賞金が問題を引き起こした。出てきた情報は信憑性がないだけではなく、行方不明になった息子の両親に切ない希望を抱かせたのだ。

長い一日だった。人々が集まっては、去っていった。彼らはこそこそと言葉を交わし、僕を無視した。行方不明者の捜索は最初の数日、数時間が鍵を握る。多くの場合はたった一人の人間のイニシアチブと運に左右されてしまう。僕は経験からそれを知っている。

太陽が岩のように沈んだ六時半になっても、僕らが知ることができたのは、懸賞金は出さない方がいいということ、コーディーがドラッグの売人と一緒にいたという目撃情報があること、そして誰もローマンが旅をスタートさせると言ったコンテ川を捜索していないということだった。

「タイ、町でローマンが滞在した場所を知っているかどうか、ドンディに聞いてくれ」ドンディは首を振った。

その答えに僕は衝撃を受けた。捜索を始めて二日経過しているのであれば、知っているはずなのに、彼らは知らないという。「行こう、タイ」と僕は言った。「ここにいても得るものはない」

第22章　コーナーズ

タイと僕はローマンがどこに宿泊したのかを明らかにするため、夜の町に出た。プエルト・ヒメネスにある数軒のホステルをすべて回った。タイはスペイン語を流暢に操り、オーナーに写真を見せながら、そこに写る若い男性を見たことがないかと尋ねた。MINAEの事務所を出てから一時間で、町で唯一の舗装された道路を渡って、長距離バスの停留所の横を歩いて通り過ぎ、コーナーズ・ホステルに辿りついた。二階建ての建物が、トタン屋根まで鉄柵で囲われていた。建物の前には狭くて車のない駐車場があり、ピクニックテーブルが置いてあった。

僕らは建物の中に入った。小柄な老女がスリッパとシンプルな青い格子柄のスモック姿で現れた。彼女の名前はドニャ・ベルタ。ここのオーナーだった。髪は短く、白濁した青い瞳で温かい笑顔を見せてくれたが、英語は話さなかった。

タイが彼女に写真を手渡し、この青年を見たことがあるかと聞いた。

「ええ《シー》、うちのドミトリーに泊まりましたよ」とドニャ・ベルタはスペイン語で答えた。心臓の鼓動が速くなった。**あの子が宿泊した場所を見つけたのだ！　彼が戻ってくるかもしれない**。ドニャ・ベルタがローマンのサインを見せてくれた。彼は七月八日に、本名のコーディー・ダイアルと書き、その横にパスポート番号も記していた。息子の痕跡を見て、僕は安心した。それが彼の、几帳面で小さな手書き文字だったとしても。オフィスにあったゲスト用コンピュータを見て、もしかして彼がメールを打ったのはここからではと考えた。「警察が来たかどうか、聞いてくれないか」

2014年7月25日　コーナーズ・ホステルにあった黄色いバッグ

「ノー」と、ドニャ・ベルタは答えた。
タイと僕が彼について質問した最初の人物だった。
「彼は戻ってきましたか？」
「ノー」と彼女は答えた。「でも戻ってきたときのためにお金は置いていきましたよ」と言い、別のノートを開いた。彼女の小さな手が宿帳を指した。彼は相部屋のベッド代金を支払い、戻ってくる予定だった。

「何か置いていきましたか?」と僕は聞き、オーストラリアからアラスカまで、過去に一緒に旅した際に、常にホテルや空港の手荷物預かり所に荷物を預け、山、川、そしてジャングルに向かっていたことを思い出して聞いた。ドニャ・ベルタは建物の角にある金網に囲われた場所まで連れていってくれた。すぐに、「フォレスト・マッカーシー、ワイオミング州ジャクソン」と書かれた小さな黄色いダッフルバッグがあるのが見えた。温かい興奮が体を駆け巡るのがわかった。見慣れた彼の持ち物が、まるであの子が側にいるかのように思わせた。

どこにいる? 一体、何をしているんだ? いつ戻ってくるんだ?

網の中には大きなバックパックもあったが、見覚えはなかった。それは別の旅行者のものだろうと考え、気にもしなかった。その代わりに、僕は黄色いダッフルバッグの中を見て、そこに答えを探し出そうとした。中に入っていたのは赤いスパイラルノートで、僕はページを破って、こう書いた。

七月二十五日金曜日午後八時半

ローム、五日間の旅のあと、連絡が来なくて心配したぞ。タイと僕で君を捜しに来た。メールを送るか、コルコバード国立公園事務所に行ってくれ。大捜索がはじまっている。無事を祈るよ!

父

ＭＩＮＡＥ本部に戻り、僕らはレンタルジープに乗ってイグアナロッジに向かった。トビーとローレンは僕らを待っていて、状況を聞きたがっていた。ローマンが宿泊したホステルを見つけたこと、小柄な老女がいて、彼が戻ってくると言ったのに、まだ戻っていないと証言したこと、そして、ドラッグの売人と一緒にいて、カラテまで行ったという目撃情報があったことを話した。

地元の人間として、二人はその売人の名前を聞いたことがあると教えてくれた。「その話は僕らも耳にしたよ」とトビーは言った。「コーディーがパタ・ロラと一緒にいるところを目撃した人がいる。ここで働いている朝食担当の調理人がピエドラス・ブランカスに親戚がいてね。パタ・ロラと君の息子が一緒にいるところを見たそうだ」

「パタ・ロラ？」と僕は繰り返した。

「ああ、パタ・ロラだ」と彼は言った。「パタ・デ・ロラという名を短くしてパタ・ロラとか、足を引きずって歩く姿から、〝オウムの足〟なんて呼ばれている。本当に厄介なやつでね。泥棒さ。麻薬取引に深く関わっている。オサ半島の裕福な大家族出身だが、はみ出し者だ。誰からも好かれていない。信頼してはいけない。実の両親から勘当されているぐらいだ」

ローレンが続けた。「ホステルも見つけられないなんて、フエルザらしいわ。当局はいつになっても、ろくに捜査なんてしないんですよ。私たちの友人のキンバリーが数年前に自宅で殺害されたときも、あの人たち、容疑者ですら捜しませんでしたから。だから私たちが探偵を雇って、犯人を捜したんです」

　夕食の後、タイと僕は部屋に戻った。長い一日だった。暑さと暗闇のなかで、ぐらぐらしながら回転する天井の扇風機の下、僕は寝返りを打ちながら、過去六ヶ月にローマンから送られてきたメールの内容と、コーディー・ローマンがドラッグの売人を国立公園の外でガイドとして雇ったという話に折り合いをつけようとしていた。

　翌朝、僕はドンディにローマンの荷物をコーナーズ・ホステルで発見したことを伝えた。彼は関心を示さなかった。ドンディが現在追いかけている、オサ半島で有力とされる目撃情報には、トビーが僕らに話してくれた人物と同じ、二十七歳の泥棒で、ある時は金鉱労働者、ある時はもぐりのガイドのろくでなし、パタ・ロラも含まれているからだ。

　この目撃情報では、コーディーとパタ・ロラは、ドス・ブラゾスからオフロードの鉱山地帯ピエドラス・ブランカスまで乗馬道を歩き、その後カラテへと徒歩で向かったとされる。コルコバード国立公園からは、最初から最後まで離れた旅程だ。そこから、二人は乗り合いバスでプエルト・ヒメネスまで戻り、そこでコーディーはパタ・ロラにガイド費用をＡＴＭから引き出して支払ったとされる。その後コーディーはサーフィンをするためにマタパロに向かったとパタ・ロラが証言している。岩の多い岬で、オサ半島で最高のブレイク［波が崩れること］が発生する場所だ。これらはすべて、パタ・ロラから、彼を尋問したコスタリカ版FBI――OIJ《オーイーホタ》と呼ばれている司法調査部――に対して語られた内容だ。外国人《グリンゴ》との旅についての尋問だった。ドンディによると、自然ガイドのロジャー・ムニョスという男性がコーディーとパタ・ロラがカラテのジャングルから出てくるところを目撃したとのことだった。

不可解ではあったものの、良いニュースでもあった。おかしな行動ではあるが、コーディー・ローマンは確かにそこにいた。メキシコ以来、メールの返信は早かった。しかし、ペギーが七月九日にローマンのメールに返信し、そこで彼を未来のタイ・ベルゾーンだと書いてから、返信は届いていなかった。**ローマンはエル・ペテンとラ・モスキティアを出た日にメールを送ってくれた。それではなぜ今、彼はなしのつぶてなのだろう？**

ロジャー・ムニョスに会うため、ドンディの乗った赤十字のランドクルーザーを追いかけながら、タイと僕は十時にカラテに向かった。プエルト・ヒメネスを走りながら、僕はビーチサンダルにタンクトップ姿の、短髪で眼鏡をかけた青年を見る度に、何度も確認してしまった。僕が見ても彼らは全員ローマンのように見えた。「赤十字のボランティアは正しかったよ」と、僕はタイに言った。「グリンゴは全員同じ人に見える」

プエルト・ヒメネスの住宅街からカラテへと続くでこぼこ道は、突然、放牧地に行き当たった。東では、穏やかな波が太陽の下で煌めいていた。ずっと先には、何キロも続くイチジクの木のトンネルの真ん中を、道が延びていた。イチジクの木の幹には有刺鉄線が張られ、フェンスの命ある支柱となっていた。僕らは可能な限りスピードを上げて、波状となった未舗装の道を走った。

「タイ、来てくれてありがとう。君の助けがなければホステルは見つけられなかった」

「いいんだ、ローマン。役に立ててうれしいよ。すぐに見つかればいいな」

「彼が生きていると思ってくれる人ばかりなのはうれしいけれど、連絡がないのがおかしいと思う。ホステルに荷物を取りに行ってないのだって変だ」

タイは頷いた。

「サーフィンに行ったというのなら、なぜビーチで使う道具をフォレストのダッフルバッグに入れて、ホステルに置いていってったんだろう？」日焼け止めとダイビングのライセンスカードを置いていくとは思えない。

「ああ、それに、パタ・ロラという男と一緒にいたというのも不自然だ。俺の知ってるローマンじゃない」

パタ・ロラの語るストーリーを信じたかったものの、とにかくそれは不自然だった。

科学は反証の過程で仮説に証拠を立ち向かわせる。ローマンが無事であるなら、自分が間違いであると証明されたってかまわない。

「タイ、何が起きているかはわからないけど、目撃証言が正しいことを願ってるよ」

第23章　カラテ

カラテはビーチキャンプ、住民の住宅、隠れた場所に高価なセカンドハウスがあるだけの町だった。椰子の木の並ぶビーチと平行して長い滑走路があり、素朴なエコロッジでひと味違ったバケーションを楽しむために、クライアントがやってくる。ビーチに打ち寄せる波の向こうには、そびえ立つ急勾配の山が見える。コンゴウインコが木の上を飛び交っている。コルコバード国立公園への日帰りハイキングコースの出発点として有名なカラテの乗り合いバス停留所は道路の終端にあり、その横にはプエルト・ヒメネスに戻るバスを待つ客のためにドリンクやスナックを販売するプルペリアがある。

車を停め、コルコバード国立公園の境界線にあるレオナ・レンジャーステーションへと続く海岸沿いの道を歩いていった。痩身のロジャー・ムニョスとは、トレイルで対面した。二十代の彼の笑顔は屈託がなく、短い髪と大きな耳は、チップをたくさん稼ぐ身なりの整ったガイドの雰囲気を醸し出していた。

「彼じゃなかったと思いますよ」と、ムニョスは聞き取りやすい英語で、父親の僕を上から下まで眺め回しつつ、ローマンの最新写真をじっと観察するように見ていた。「僕が見た男性はこの人ほど背が高くなかったですね。パタ・ロラと一緒にいなかったら、気づいていなかったと思います。あいつは悪いやつですよ。本物のガイドでもないし」

それでも、カラテはローマンがハイキングを終えようと計画していた場所だった。そしてロジャーはパタ・ロラが外国人《グリンゴ》といるところを七月十五日に目撃している。ローマンがそこまで辿りつくはずだった日であり、ロジャーがラ・レオナのレンジャーステーションの記録にサインした日である。時と場所は合致する。だが、別のグリンゴだ。

ロジャーに別れを告げたあと、イギリスから来た高校生の集団に出会った。ドス・ブラゾスとカラテのちょうど真ん中辺りにある鉱山の町ピエドラス・ブランカスから歩いてきたそうだ。

彼らは乗り合いバスの役割をしているマックス社の大型トラックを待っていた。そこで彼らに、グリンゴのハイカーを見かけたことがあるかと尋ねてみた。答えはノーだった。

Tシャツと半ズボン姿でゴム長靴を履き、アルコールの匂いを漂わせた住民男性が、到着した乗り合いバスの前列シートに乗り込んで、窓から身を乗り出し、秘密めかした声で、タイに、僕らが探している青年がとても悪い男とピエドラス・ブランカスからのトレイルにいたと話した。そしてトラックはイギリスの子どもたちと酔っ払った金鉱労働者と物語を乗せて、プエルト・ヒメネスの町に戻っていった。

二〇〇九年から二〇一一年の間に、オサ半島では四人の外国人が殺害された。三十代半ばのオーストラリア人が二人、ドス・ブラゾスで金《きん》を購入していたが、血液の飛び散った二人の住宅から二〇〇九年のクリスマスに姿を消した。二人の自動車も行方がわからなくなっていた。二年後、洪水になった小川が、殺人者が二人を殺害し、バラバラにした死体を埋めた海岸から骨を洗い出した。同じ年、五十三歳のカナダ人でローレンとトビーの友人だったキンバリー・ブラックウェルが殴打の末、銃で撃たれた状態で、彼女の自宅の門とカカオ農園の間で発見された。バリゴネスとコンテ川に挟まれたその場所は、ローマンがハイキングをスタートさせると言っていた場所だった。この年の終わりに、クリーバー夫妻のもう一人の友人、アメリカ人で五十二歳のリサ・アーツも絞殺され、ノートパソコンと

2014年7月26日　カラテに続く道にいたコアリクイ

iｐｏｄを奪われている。

　この二件の殺人事件の犯人は双方とも有罪判決を受けたものの、正義が下されるケースはまれだ。実際のところ、ローレン、トビー、そして他の友人たちが雇った私立探偵により、キンバリー・ブラックウェルを殺害した犯人があぶり出されたのだ。統計によれば、コスタリカで発生する殺人事件で有罪となるのは全体の五パーセントだそうだ。十件に九件は、殺人を犯しても逃げてしまう。オサ半島はこのダークサイドを隠蔽しようと必死で、サーフィンのクラスやヨガ施設、そしてガイド付きのウォーキングを提供している。それでも、一部の地元民は生活のために違法なアクティビティに頼ることになり、密猟者、金鉱労働者など、ジャングルをよく知る人たちは、どうにかして毒蛇や倒木、土砂崩れ、野生動物、そして鉄砲水から逃げつつ、一方で違法なキャンプを焼き払うレンジャーたちから身をかわしている。

　ローマンがオサで起きた殺人事件の登場人物と出会っていた可能性はある。キンバリー殺害事件の初期段階の容疑者はコンテ川の丘陵地帯に住んでいた。パタ・ロラのいとこは二人のオーストラリア人を殺害したとして懲役五十年を言い渡されている。コーディーはマタパロ付近での目撃情報があり、そこはリサ・アーツがベッドの上で殺害されていた場所でもある。

　僕らがカラテにいる間に、コーナーズ・ホステルの小柄な老女ドニャ・ベルタは、その証言を変えていた。コーディーが戻ってきたことを思い出し、もう一度出ていったというのだ。僕らはドンディとプエルト・ヒメネスに駐在しているトニーを連れて、捜査のためにコーナーズに戻った。二人はドニャ・ベルタの謎めいた書き込みを調べながら、僕にはまるで尋問に聞こえるような質問を彼女にし続けた。

宿帳に具体的な文字があればいいと願った。「ダイアル」とか「コーディー」なんて文字列だ。しかしそこには「XXXX」そして「₡5,000 pago」という文字に緑色の蛍光ペンでマークがされていただけだった。文字を指さしながら、ページをめくると、「Marted 22 Julio」という書き込みで手が止まった。コーディーは七月二十一日月曜日に戻り、ドス・ブラゾスに向けて七月二十二日火曜日に再び宿を出て、七月二十三日水曜日に戻る日の宿泊費用としていくばくかのお金を置いて出ていったと三人で結論づけた。今日は七月二十六日土曜日だ。この話が本当だとすると、コーディーはここにわずか四日前に立ち寄ったことになり、いつ戻ってもおかしくない。

この新しい情報を得て安堵した。まるでショック状態にある被害者が温かい毛布に包まれたようなものだった。僕はタイに向かって晴れ晴れとした笑顔を見せた。息子に会えるのが楽しみだった。ラフティングの旅に二人で行ってから半年が過ぎていた。抱擁も、一緒に食べる夕食も、からかいも、笑い話もない、僕らの人生では二番目に長い空白の時間だった。オサ半島で過ごした数週間の、積もり積もった話が聞けるに違いないと思った。

僕らがここに来る前から、コーディーはオサ半島の様々な場所で目撃されていた。サファリ風の服を着てカラテからマタパロの間にいるところを目撃されている。バスの運転手がドス・

ブラゾスで彼を降ろしている。鉱夫が彼をピエドラス・ブランカスで見たと言った。パタ・ロラはコーディーとプエルト・ヒメネスで過ごし、その後コーディーはサーフィンに行き、マタパロのバーの近くで目撃されていると主張した。

こういったすべての目撃証言を聞いていると、コーディーを責任感のない二十代そこそこの若者で、本物のガイドを雇う金のない青年と考えるほうが、行方不明になっているとか、コルコバードの自然のなかで怪我をしているとかと考えるよりは、誰にとっても簡単なことだろうと思った。「とにかくコーディーが姿を現すのを待とう。もし戻らないのだとしたら、それは彼がそう望んでいるのだろう」というのが全員の所感だった。

そのうえ、まるで分別のない若者のようではあった。違法に公園内に入り、単独で大自然の道なき道を進んでいるのだ。登山道を外れた、毒蛇や無法者の金鉱労働者のいるジャングルのトレイルでローマンを捜すなんて、燃えさかる干し草の山のなかで針を捜すようなものだった。僕の知るローマンが、皆の言うステレオタイプな外国人《グリンゴ》のコーディーとは違うと言えば言うほど、彼らは僕を、喪失の第一ステージである拒絶状態に陥った哀れな父親だという目で見るのだった。

この反応で、十年前の事件を思い出した。アラスカ・パシフィック大学の学生の件だ。人気者の気軽なやつで、ジョーという名前だった。登山に夢中だった。ジョーと経験豊富な登山家たちが、地元アンカレッジの山頂をロープなしで登っていたときのことだ。雪庇が崩落して、ジョーは数百メートル滑落し、命を落とした。ジョーの父はそれを知ると、アラスカ空港に駆けつけ、息子が滑落した氷河に向かおうとした。その時点でも息子が生きていると信じて疑わなかった。

氷河への旅など経験のない父でさえ、そんな状態だったのだ。ダウンヒル用のスキー板とブーツを持参していた。アップヒルにはもちろん不向きだ。彼自身も当然、危険は理解していたし、プロが見つけられなかった息子を見つける技術なんてないことは承知だったが、それでも、深く息子を愛する父であり続けた。自分の気持ちの赴くまま行動に移したのだ。捜索隊のトップに説得されたのかもしれない。自分の限界を感じたのかもしれない。父親が山に入ることはなかった。ジョーの父親が故郷に戻った頃、僕は彼に電話をした。もちろん哀悼の意を述べるためでもあったが、父親としての共感を彼に伝えたかったのだ。「私にも息子がいます」と僕は言った。「あの子を失ってしまったら、なす術もありません」

最終的に、赤十字の温かい毛布を蹴ることを僕は諦めた。受け入れることでショックを和らげた。そうすれば気分が落ちついた。コーディーは放浪しつつ、元気でやってるはずだ。そして友人や両親と連絡を断っている。ただそれだけ。

安堵し、その夜、ローマンにメールを書いた。

お前を捜している。みんなが捜しているよ。できればメールが欲しかった。お前がパタ・

デ・ロラという男と一緒にいた、なんてことを人づてに聞いた。この男は逮捕され、尋問されている。お前が二度山越えをしたと言っているようだ。パタ・デ・ロラと一緒に。ダリエン地峡の練習かい？　無事に会えることを願ってるよ。

プエルト・ヒメネスに住んだことのあるトニーに、町で一番美味しいものが食べられる場所はどこかとタイに聞いてもらった。安心した気分だった僕は、ドンディ、トニー、そしてタイに夕食を振る舞いたいと思ったのだ。シーフード、ライス、そして調理用バナナの実のディナーを待っている僕らのいるレストランに、優しい海風が夜の空気を運んできた。僕は店の外の賑やかな通りに出て、携帯電話でペギーに連絡を入れた。

ペギーに繋がるのを待つ間、熱帯の夜空を眺めながら、タンクトップ姿で短髪の若者を見るたびにローマンであることを願った。「父さん！　ここで何やってんだ！」と言って欲しかった。

ペギーが電話に出た。彼女の声を聞くと癒やされた。

「ローマンを見た人がたくさんいるよ。ホステルに荷物を残していて、経営者のお婆ちゃんが、戻ってきたのを覚えているらしい。たぶん、大丈夫だ。僕がここにいることに腹を立てないといいけどね」僕らはクスクスと笑いあった。

「ああ、よかった」と彼女は優しい声でささやいた。

「戻ってはいるけれど、チェックインしてないのかもしれないわね」

「それでも、来て正解だったと思うよ」

「もちろん、そうに決まってるじゃない。私たちが助けに来るだろうって考えていなければ、連絡なんてしてこなかったはずだもの。あの子が無事か確かめるために、あなたはそこに行かなくちゃならなかったの。あなたはあの子の父親でしょ。彼に会ったら、なんて声をかけるつもり？」

「さあね。『コルコバードでハイキングでもしないか？』かもしれないね」

僕らは黙りこくった。その静寂が、すべてありそうもないことだと物語っていた。それでも心配しなくていいことは楽だった。彼が生きていると思うことは楽だった。彼が大丈夫だと思うことが、楽だったのだ。

第24章　ヘリコプター

夕食のあと、ドンディが翌朝ヘリコプターでの捜索が始まると宣言した。これは、僕以外の誰かが、パタ・ロラの供述内容を完全に信用しているわけではないことを、言葉ではなく行動で示しているという意味だった。あるいはコーナーズ・ホステルのドニャ・ベルタがドンディに、コーディーが一度出たジャングルに再び入り、戻ってきていないことを確信させたのかもしれなかった。

いや、これは「徹底的に捜索を行え」というアメリカからの圧力に対する答えだったのだろう。アラスカを出た日から、友人でアラスカ州副知事のミード・トレッドウェルが、この捜索にアメリカ州兵が関わることができるよう動いていた。最終的に、ミードが行った軍の支援に対する働きかけは、アメリカ南方軍司令官ジョン・フランシス・ケリー大将に届くこととなった。オバマ政権における国防長官のひとつ下の位の人物だ。

2014年7月27日　コルコバードの山々

タイと僕はイグアナロッジに戻り、そこでもパタ・ロラについて聞かされた。オサ半島では誰もが知る、判でおしたように語られる物語だ。地元の人間が「パタ・ロラ」と囁けば、相手は静かに頷くか、険しい表情をしてみせる。辺境の町の正義とは、ただ単純に、地元で有名な悪党を新しい事件の犯人とすることなのかもしれない。無実だろうが、そうでなかろうが、真実がどうであれ、町はネズミの排除に成功はする。

話す相手によって、パタ・ロラが拘束された容疑は違っていた。麻薬、盗難、殺人と言う者さえいた。パタ・ロラは外国人《グリンゴ》がＡＴＭで金を支払ったのは七月十六日で、それはロジャー・ムニョスが二人をカラテで目撃した後のことだったとＯＩＪに証言した。ここで僕らに確認できることがある。ローマンが最後に現金を引き出したのは、いつなのだ？
ノートにでたらめに、名前、数字、メモ、そして言葉を書き綴っていった。コーディー・ローマンはどこかにいると確信していたものの、あまりに疲れていて彼のメールをチェックする気にもなれず、余白に「あの子が出てくるまで待てばいいのかもしれない……でも、あまりにも関係者が多く、あまりにも大事になってしまった」と書いていた。

イグアナロッジでは、タイと僕で道具がたくさん置かれた部屋をシェアしていた。彼は長い黒髪をポニーテールにしていて、それは肩の下まであり、前年に一緒に二度目のチベットに行き、ヒマラヤの氷河でコオリミミズを探した際、苦労して値段交渉をしたジービーズ「天珠。瑪瑙を加工したビーズ」のついたチョーカーと、その他のビーズがあしらわれていた。タイはなんでもできる冒険家だ——登山、ボート、スキー、パラグライダー、高速で移動を行うハイキング、マウンテンバイク、誘導、そして人命救助もできた。なにより重要なのは、彼の金色の肌とアーモンド形の目が、どこに行っても彼をその場所に馴染ませたことだった。誰もが彼の温かい笑顔、リラックスした笑い、そして真っ直ぐな熱意を喜んで迎え入れた。

「ローマンが行くと言っていたコンテ川に行くべきだと思うんだ」と僕は懇願するように言った。「赤十字は彼がそこに行ったことさえ疑っているようだ。それからパタ・ロラって男の話は……もちろんそれが本当だったらいいのだけれど、どうしたってそうは思えない。僕やペギーに対してはともかく、戻ってきていたとしたら、少なくとも友人には連絡を取ると思うんだ」

タイは同情するように、眉間にしわを寄せた。「確かにそうだよな。でも、まずはドンディや国立公園の連中との間に信頼関係を築くべきだと俺は思う。俺たちが間違いなくジャングルのなかで行動できるると、やつらに証明しなくちゃいけない。アクシデントはつきもので、俺たちがジャングルのなかで動いていたら……別のレスキュー案件が発生なんてことになる可能性だってある。それがやつらの懸念材料なんだ」

タイは正しかった。もちろんそうだ、でも僕の息子は行方不明になっている。息子には、あの子には、僕が目標としたよりも、立派な父親になってほしいと願っていた。ローマンには優しい一面があった。子どもと楽しく遊べるし、辛抱強かった——若い男性には珍しい気質を持ちあわせていたのだ。それに、子どもが欲しいと願う親であれば——ペギーと僕のような親のことだ——孫の顔をいつか見たいと願うものでもある。

町で嘆いている代わりに僕にできたのは、パタ・ロラの話が途絶えない理由を考え、自分で国立公園内を捜索したいと願うことだった。それが、僕が現地まで来た理由だ。どうにかして息子を氷山から救出しようと、アンカレッジ空港にダウンヒル用スキーを持って駆けつけたジョーの父親と同じだと人に思われてもかまわない。

コスタリカで過ごした二日目の朝には、ローマンが戻ってくるという根拠のない高揚感は消え失せた。ペギーと会話したことによる安堵はジェットコースターの頂点のようなもので、そこから先は恐怖に向かって急降下しているのだった。

タイと僕は捜索本部に向かい、赤十字、MINAE、そしてフエルザから、説明——そして尋問——を受けた。コーディーは戻ってきていなかった。オサ半島の至る所にポスターが貼られた状況で、もし彼が戻ってきていたのなら、印刷された自分の顔を目にしていないはずはなかった。

捜索関係者で溢れかえるような記者会見室に立ったドンディは、赤外線による捜索が可能なヘリコプターがサン・ホセからこちらに向かっていると言った。赤十字のボランティアと一緒に動きながら、彼らに話しかけ、頷き、腰に手を当て、話すときは指を顔の前で振り、腕を使って指示を出していた。ドンディのことを毛嫌いしているのは、自分たちだけではないと僕もタイも気づいた。「あいつ、注目されたいバレリーナみたいだな」と、地元コスタリカ人のネイチャーガイドが囁いていた。

赤十字のスタッフのほとんどがサン・ホセから来ていた肌の色の白い男性だった。真剣な表情で椅子に座り、カーキ色の制服を、ベルトで締めたズボンに入れていた。壁沿いには、日に焼けて細身で、やんちゃな雰囲気のある、首回りの緩いシャツを着た男たちが立っていた。公園や鉱山、密猟者が使う道、尾根、渓谷の底について知り尽くしている、地元のレンジャーたちだ。僕自身が捜索隊メンバーとして求めていたのは彼ら、特に若い男性だ。

フエルザが僕に、敵はいるかと聞いてきた。僕らに危害を加える人間がいるというのか?

ローマンの友人が、コスタリカ人の女性と出会ったとメールに書いていたと教えてくれたことを思い出した。彼女のボーイフレンドを、いやもしかしたら夫を、怒らせたりしたのだろうか。ローマンには隠された激しい一面もあるのではと僕は常に考えていたが、それを目のあたりにしたことはなかった。彼が友人と交わしたメールのなかには虚勢を張った言葉もあり、それを思い出しながら、妄想が暴走しはじめていた。

「いいえ」と僕は答えた。「僕が知る限り、いませんね」

「携帯電話を持っていましたか？」

「持っていませんでした。メキシコで盗まれたんです」

「GPSは？」パタ・ロラと一緒にいた外国人《グリンゴ》がGPSを持っていたと僕も聞いていた。

「ここで購入していたとしたら、持っているでしょう」

「フェイスブックや、SNSはどうです？」

ガールフレンドと別れ、親友のヴィンスが亡くなってから、ローマンはフェイスブックを使わなくなっていた。

「何もしないくせに、何かやったときに自慢するやつらのたまり場だよ」とローマンは言っていた。そのとき、ガールフレンドの存在が彼にそう言わせているのではと考えた。

「彼はメールで連絡を取り合っていました」とフエルザに説明した。再び、僕は彼がガイドについて書いてきたこと、単独でオフトレイルを進みたいと考えていたこと、パナマのダリエン地峡横断を計画していた可能性を伝えた。

「ボランティアは息子さんを捜そうと、躍起になってますよ」とドンディは、僕の目を見ながら言った。彼は英語で続けてこう言った。「彼らは命がけでやってますから。**命がけなんですよ！**」

「**それはありがたい**」と、僕は感謝を込めて頷き、笑顔を見せた。「**どれだけありがたいことか。**助けてくれている方々には心から感謝しています。どうか捜索を続けてください」

そして僕は再び、ローマンがオフトレイルを進むと言っていたことを強調した。

「国立公園管理者に言わせると、コルコバードをオフロードで旅するなんて『愚の骨頂』だそうだ」とタイが訳した。こんなやりとりのすべてがまるで試験で、僕の答えはすべて不正解だった。

「『グァテマラでオフロードの旅をしたときには、印をつけながら進んでいた』と伝えてくれないか」

「どうやってルートに印をつけたんだ？」

「鉈で切ったんだよ」と僕は言ったが、再び間違った答えを言ってしまったような気がした。

「そんな印は誰でもつけるらしい」とタイが訳した。そして「反射板を残すことはあったか？」と続けた。

「反射板？」

タイがスペイン語でレンジャーと話をした。「画鋲みたいなものだそうだ。画鋲を残したことは？　パタ・ロラと一緒にいた男は木に反射板を残したらしいんだ」

ローマンがやりそうなことだとは思った。小型哺乳類を生きた状態で捕獲するプロジェクトで、毛皮を少しだけ刈り取ってマークすることに似た、賢い方法だ。反射板のほうが鉈よりは簡単だが、それを辿って進むのは、暗闇でヘッドランプを点灯していないと、かなり難しいのではないか。

「可能性はあると思う」と、僕は用心しながら答えた。**しかしなぜ、ガイドと一緒に行動し、GPSを持っていたとの証言のある息子が、ツアー客のトレイルに印を残すのだろう？　まるでつなぎにベルトとサスペンダーを装着するようなものだ。**

記者会見室を出てヘリコプターが待つ飛行場に向かいながら、頭のなかで新しい疑問を整理していた。頑丈で、コンパクトな黒い機体に、僕たち五人が乗り込んだ。誰も英語を話していなかった。十年前のとある捜索を思い出した。

開催に関わったワイルダーネス・クラシックで、期限を過ぎても戻らない三チームの捜索のため、至る所に森が存在するアラスカで、ヘリコプターをチャーターしたことがある。女性レーサーが平らな丘の上で、狼煙《のろし》を上げていた。とても見つけやすかった。低木が密集するアラスカ特有の森に隠され、他のメンバーは見つけることができなかった。**そのアラスカの三倍**

の高さがあり、五倍の密度のある森のなかで、どうやって誰かを捜すというのだろう？

僕らは離陸した。放牧地と自給自足の田畑の広がる農村風景を見下ろした。そのパッチワークのような風景は、樹木に深く覆われた山々に変わっていった。ドス・ブラゾスとピエドラス・ブランカスの間にある公園の外側を、低空飛行で進んだ。そこはローマンがパタ・ロラの後ろを歩いていたとの目撃証言があった場所だった。目に見えるのは、滝の水しぶき、地滑りの泥、そしてピエドラス・ブランカスの牧草地だけ。大部分は波打つような緑の樹冠と、絡み合った林冠のなかに時折見える、細く白い幹だった。バナナのようなヘリコニアが古い地滑りを隠していた。ワラビが比較的新しい地滑りを覆っていた。最近発生した地滑りは、いまだに泥が剥き出しの状態で、目を引いた。**ダイナミックな地形だ。**

僕たちはローマンの姿を捜し、目を凝《こ》らした。小川の砂利や、水たまりに彼が残しそうな色や、新しい地滑りの表面につける道具の跡を見つけようとした。しかし、人影は一切見当たらなかった。金鉱労働者も、旅行者も、行方不明になり怪我をした若い男性の姿もなかった。

尽力、コスト、徒労。その全てに感謝せずにはいられなかった。ローマンが見つかって欲しかった。でも、緑の葉の海に目を凝らしてみればそれだけ、コーディーがカラテに続くトレイルを歩き、パタ・ロラとマリファナを吸い、マタパロのバーに出入りしていたと思いたい彼らの気持ちがはっきりと理解できた。コルコバード国立公園の外で彼を発見することは、少なくとも不可能とは思えなかった。

プエルト・ヒメネスを離れて十四分後、太平洋上空に到達した。沿岸近くのアクアマリン上空を旋回し、カラテ付近の浜辺に赤十字のボランティアを降ろした。現地に多くの目が集まるのは良いことだと思えた。

国立公園の北と西側を飛んで、プエルト・ヒメネスに戻った。上空から見ると、コルコバードの山々は、手のひらを下に向け、握りしめた拳のようだ。指の関節は山の頂上で、手の甲はドス・ブラゾスに向かうスロープのように見えた。指の関節は、北と西にあるシレナ、リンコン、そしてクラロ川上空にそびえる崖の多い峡谷の縁である――そこはまさにローマンの目的地だった。そこかしこに黄色い花をつけた巨大な木が林冠を突き抜け、山頂の断層崖からは滝が流れ落ちている。美しく、虚しく、心が引き裂かれそうだった。**今となっては食料も尽きているだろう。**

ヘリコプターの姿で、僕らが捜索しているというサインがローマンに伝わることを祈っていた。ヘリコプターは別の意味でも役に立っていた。彼を捜すには彼が進んだトレイルを歩いてジャングル内部に入り、ルートを辿る必要があると認識させてくれたのだ。五十分後、僕らはプエルト・ヒメネスに戻った。捜査関係者全員が、最終的に九時間以上もヘリコプターで過ごしたことになる。予想しなかった結果に落胆していたものの、その尽力に感謝せずにはいられなかった。

フライトを終えたタイと僕は、ローマンが荷物を引き取りに来たかどうかを確認するため、コーナーズ・ホステルに戻った。宿主のドニャ・ベルタは、息子さんが行方不明になって残念だと僕に言ってくれた。神が助けてくれるとも言った。そして最後に、黄色いバッグを持っていって、二度と戻ってこないでくれと告げたのだった。

第25章　コンテ川

残りの時間は、車のなかで携帯電話を片手に、大使館、ＦＢＩ、そしてペギーに連絡をして過ごした。携帯電話で通話するのが苦痛だった。空虚な約束、落胆、高額の費用を意味するだけのものになりつつあったからだ。ＦＢＩはローマンが彼のアカウントから最後にメールを出したのは七月十日で、僕たちに連絡を入れた翌日のことだったと説明した。彼は大学時代の恋人に、その日の朝、わずか一語のメールを送った。「変だ」と。ペギーと副知事のトレッドウェルが、あまり乗り気ではない銀行員から聞き出した情報によると、ローマンが最後に銀行取引をしたのは七月九日であることがわかった。プエルト・ヒメネスのＡＴＭでパタ・ロラが七月十六日に金を受け取ったというのなら、それはローマンからではないということになる。

ローマンのコスタリカでの事件は、正式には失踪事件だったため、ＦＢＩが捜査に関与することはなかった。殺人の証拠、誘拐の証拠、あるいは強奪の証拠が必要だった。大使館はＦＢ

I、OIJ、そして我々の仲介役となるわけだが、息子の命運はコスタリカ側に握られていた。ホルヘ・ヒメネスは、ローマン、そしてパタ・ロラと同い年の二十七歳で、OIJの捜査責任者だった。車で二時間の距離のシウダー・ネイリから別件でオサ半島に来ていた。

ローレンはイグアナロッジを経営しつつ、人捜しのコツも心得ていた。OIJの捜査官に連絡を入れ、ミーティングを設定してくれたのは彼女だった。ホルヘ・ヒメネスはオサの高速道路沿いにあるプルペリアで僕とローレンと対面した。童顔の若い男性が黒塗りのSUVから降り立った。磨き上げられた黒い靴と、スラックス、襟を開いたボタンアップシャツを着こなしていた。ホルヘは充分と言っていいほど礼儀正しい男だったが、気軽に話ができるような雰囲気でもなかった。ローマンのケースは行方不明事件で、不法行為の証拠もない。例えば、遺体が見つかっていないこともそうだ。

「パタ・ロラに関してはどうなんですか?」と僕が尋ねた。「身柄を拘束していると聞いていますが」

「パタ・ロラは別件で拘束されています。この件とは無関係です。本件については聞いていましたので、尋問もしました」

「ローマンは彼と一緒だったのですか?」

「パタ・ロラは……」とホルヘは言った。「信頼できる目撃者とは言いがたいですよ」

ホルヘはコーディーのクレジットカードについて尋ねてきた。ローマンはクレジットカード

2014年7月30日　コンテ川のパンチョ

を持っていない――ATMのカード、図書館のカード、ダイビング免許、それからIDカードが黄色いバッグに残されていた。捜査官はコーナーズ・ホステルに残されていた赤いノートについても聞いてきた。七月十日以降に書き込みがあったかどうかの確認だ。ホルヘは、この赤いノートはローマンが二〇一一年にアラスカでフィールドワークをしている頃から使っているものだと知らなかった。書き込みはシロフクロウのこと、ワラジムシのこと、トガリネズミの捕獲のこと、ワラジムシをおびき寄せる方法、同僚との作業についてだった。そしてローマンは、前の年に彼のもとを去ったガールフレンドについて、苦しい胸の内を、その痛みを綴っていた。

ローマンが書いた三年前の日記にOIJが関心を寄せたことも、情報が足りない状況で捜査を行っている証拠のひとつだった。それはコーディーがコルコバード国立公園外のトレイルを案内してもらうため、パタ・ロラを雇ったという見立てでも同じことだった。注力してくれていることはありがたかったが、ヘリコプターから見た光景は、入り組んだ地形のなかでローマンを発見するには、進行ルートを解明する少人数の精鋭チームが必要だという現実を突きつけるだけだった。ローマンははっきりと自分の目的を表明していた。なぜ誰もそれに注目してくれないのだ?

ドンディは僕が公園内に入ることを阻止していたが、影響力のある人々が介入してくれた。ローレンが地元の役人に電話をし、トレッドウェル副知事からコスタリカの有力者であるユアン・エドガー・ピカードに紹介状が届いたこともあって、状況は変わり、僕らの参加が可能になったようだった。ローレンはコンテまで僕とタイと一緒に行ってくれるレンジャーとガイドを選定してくれた。報酬は僕が支払う。

当局はこれに難色を示した。それではまるで、報奨金を支払うようなものだと言うのだ。そこで、ドンディ自ら、タイ、僕、そしてローレンの推薦するレンジャーのパンチョを車に乗せ、でこぼこで急な坂を、ラ・タルデ・フィールド・ステーションまで連れていくことになった。コンテ川近くの公園北側の場所だ。ラ・タルデは、コンテ川周辺の捜索拠点になると僕は理解した。

翌朝早くに、僕たちはラ・タルデを出て八百メートル歩いてトレイルが分岐する場所まで辿りついた。分岐点のひとつはフィラマタハンブレと呼ばれる主稜線からドス・ブラゾスに繋がっていた。もうひとつの分岐点はコンテ川上流に繋がっていた。パンチョがコンテ渓谷まで僕たちを案内する間、パンチョのバッグを預かってそこで待つとドンディは言った。小規模な農場のオーナーが、外国人《グリンゴ》なんてもう何ヶ月も来ていないと証言した。ローマンが行きそうな場所を探し、直感で捉えるため、小川まで行きたいと僕は粘った。

コンテ川上流の、水源となっている渓谷に辿りついた。藻と苔に覆われ滑らかになった岩盤に、透き通った水が流れ落ちていた。岩の裂け目や突起にどうにかして絡みついているシダと低木の間に、ほぼ垂直の壁があり、フィロデンドロン［サトイモ科の植物。観葉植物として重用される］が張り付くようにして生えている。一面の緑で、暑くて湿度が高かった。

パンチョは僕が先導するよう促し、形跡を探すよう合図した。僕は慎重に進路を見定めながら、折れた枝、踏み残された植物、足跡を探した。あめ玉の包み紙が見つかることを祈っていた。何だっていい。「ローマンは**ここにいた！**」とはっきり示してくれるものを見つけたかった。しかし、二百キロを超えるようなタピア――三本指の動物で、象やサイや豚に似ている――が、ヤシの木や胡椒の茂みを倒した様子がわかるだけで、三週間前にそこを人間が通り過ぎた痕跡は見つけることができなかった。

僕たちはトレイルの分岐点まで戻り、ドンディとパンチョのバックパックが姿を消したことを知った。パンチョはラ・タルデまで戻り、ドンディが唯一の移動手段である車とともに去ったのだ。パンチョは僕らのいる場所まで戻ってきたが、怒りながらドンディを狂って《ロコ》ると吐き捨てた。僕らは三人でラ・タルデまで歩き、そこで待つことにした。

　ドンディは数時間後に戻った。僕らが抗議すると、コンテで二時間も捜索するなんて時間をかけ過ぎだと逆に文句を言った。彼は僕を見て、「**あんたは**ここから去れ」とも言った。「町に戻ってそこで大人しくしてろ。あんたは正気じゃない。国立公園に立ち入ったら逮捕するからな」

「でもローマンが行くと言ったのは、この場所なんだぞ」僕は懇願するように言った。「ここを捜索しなくちゃ意味がない。マタハンブレのトレイルを進んでみなくちゃ。そこがコンテのトレイルに繋がってるんだから」

　タイはドンディと長い時間、議論し続けた。「君のことを孤立させようとしているみたいだ。隔離しようと必死だな。君の安全を守るためだなんて、あいつ、言ってやがるぜ、ローマン」タイはマタハンブレのトレイル沿いを捜索するよう交渉していた。「君は行くことができないけれど、パンチョともう一人のレンジャーのキケと僕は行けるらしい」タイはラ・タルデで一晩過ごし、その翌日、フィラ・マタハンブレからドス・ブラゾスまで歩くことになった。

　赤十字の運転手が長く孤独な道をイグアナロッジまで連れ戻してくれた。到着したのは土砂降りの午後のことだった。たった一人の部屋で、ローマンがジャングルで苦しんで死んでいく様を想像し続けた。あっという間に死ぬとしたらブッシュマスターかナンベイハブに足を噛まれればいい。もっと時間がかかり、痛みを伴うのは、樹上に棲むクサリヘビに顔を噛まれることだ。倒木に潰される。腐った丸太を踏み抜き、足、腕が腐敗する。デング熱、マラリア、その他の熱病。崖、滝から落下し、衰弱しての餓死。邪悪な二本脚の生き物だっている……**ヘビのように狡猾な人間だ。**

部屋で気分が悪くなり、食欲も失った。ローマンが水に濡れたテントで身を縮め、あまりにも酷い怪我で身動きが取れず、トカゲや虫を食べている様子を思い描いた。エル・ペテンへの旅ではトカゲを食べたことがあったはずだ。あの子は不快な状況に慣れている。冷静でいられる。大丈夫だ、生き残るはずだ。とにかく手遅れになる前に、あの子を見つけたいだけなのに。

僕が何をしたっていうんだ？

一人で何もやることがなく、目に涙をにじませながら熱帯への家族旅行を思い出し、そしてむせび泣いた。思い出さないでおくことなんて不可能だった。あの経験が家族の伝統を作り、僕らの歴史を作った。夜明けにテナガザルの咆哮を聞くこと、空飛ぶトカゲに触ること、熱帯の珍しい果物を食べること。**八歳の息子をボルネオの自然に連れていったのはこの僕だ。あれは不用意な行いだったのだろうか？**　今まで一度もそんなふうに考えたことはなかったが、今となっては胸を刺されるような後悔が募《つの》る。人類が数千年も暮らしてきた場所、ボルネオ、そしてオーストラリアで、ローマンやジャズの命を危険に晒したからというわけではなく——ペギーは決して子どもたちの命を危険に晒したりはしなかった——その体験が彼らの人生に与えた影響を考えてしまうのだ。

僕の後悔は、ローマンに冒険と自然の楽しさを教えてしまった点にある。親として、チームスポーツやゲームセンター、あるいは地元の映画館を教えるだけに留めるべきだったのではないか。でもそれはペギーと僕にとってはあり得ないことだった。「安全だけど、退屈なルートを選ぶってどういうこと？」と、彼女であれば言うだろう。

友人のブラッド・ミケルジョンは「誕生とは人間の死因の第一位だ」とジョークを言うのが好きだった。それでも、「好きなことをやって死んだのだから幸せだ」なんて決まり文句は嘘っぱちだとブラッドは言う。「自分が好きなことをやり抜いて、歳を取ってから、ベッドで安らかに死ぬことができる人を尊敬してる」

子どもが怪我をしたときの親の、その責任に対する罪悪感は決して消えず、破壊的だ――ただ単に、本能的なのかもしれないが――失踪したり殺害された場合も同じだ。まったく親の責任ではないと、合理化し、あるいは気づいた後でも罪悪感は続く。コスタリカに滞在していた僕には、眠ることだけが心配と苦悩から逃れられる唯一の手段だった。しかし意識が覚醒し、目が開く前であっても、記憶が爆発するのだ。**ローマンがいない！**

翌朝の七月三十日、赤十字のランドクルーザーがイグアナロッジまで迎えに来て、僕をドス・ブラゾスのエル・ティグレ・レンジャー・ステーションに連れていった。コルコバード国立公園のトップであるエリエセル・アルセと、赤十字トップのカルロス・ハレーラもその場にいた。タイ、パンチョ、そしてキケは、ドス・ブラゾスにあるフィラ・マタハンブレのトレイルの捜索を終了させ、合流することになっていた。

パタ・ロラとコーディーは、カラテまでのハイキングをドス・ブラゾスでスタートさせた。そこで二人を目撃した人物がいるのだ。道路の終端にある小さな酒場でタイを待っているときのことだった。僕の周辺で交わされていた会話のなかに、パタ・ロラ、そしてコスタリカの言葉でマリファナを意味するモタという言葉が聞き取れた。なんてこった。僕は首を振った。その話が間違いだと証明するには、ローマンの遺体を見つけるしかない。そんなことが起きないように、祈ることしかできない。

酒場のオーナーの名はエルマーだった。エルマーは英語で会話できる目撃者の一人だった。腕に三歳の息子を抱きかかえながら、パタ・ロラとコーディーが酒場の前を歩いて通り過ぎ、ピエドラス・ブランカスへのトレイルに入っていく様子を説明してくれた。

エルマーの話を聞いていると、タイが駆け寄ってきた。にっこりと笑いながら、息を切らせ、泥まみれの姿だった。彼に会えてうれしかった。「おい、ローマン!」彼は腕を伸ばして、汗だくの体で僕を抱きしめた。彼は明らかに興奮していた。「ローマンを見たってやつがいるらしいんだ!」

「**なんだって？　どこにいる？**」

「この近くだ、二、三軒向こうの家に住んでるらしい！　ジャングルで**ローマン**と名乗ったという男と話をしたと言ってるみたいだぞ！」

五日前にコスタリカに到着して以来、初めて感じる喜びだった。ようやく、証拠が見つかったのだ。

第26章　ジェンキンス

コスタリカの人たちにとって、「コーディー・ローマン・ダイアル」という名前は、「ローマン」も「ダイアル」も姓に聞こえる――ラストネームが二つあるという感じだ。**僕の息子のコーディーに会った**と説明する人はすべて、嘘をついているか、勘違いをしているか、いずれかだった。息子は二十年前にウムナックを横断して以来、自分のことを**ローマン**と自己紹介していたからだ。実際にローマンに出会ったことがない限り、コスタリカ人が彼のファーストネームを「ローマン」と認識することは考えにくい。パタ・ロラの話が不自然な理由のひとつがこの点だった。

タイが小さな木造の家に案内してくれた。コンクリートの基礎が黄色く塗られた、トタン屋根の家だった。小さな女の子二人が窓から覗き見ていた。ショートパンツ姿の若い男が背筋を伸ばして立っていた。筋肉質で口髭を生やし、唇のすぐ下にも少しだけ髭を生やしていた。まるでタイのように、彼の笑顔は親しげだ。ローマンと同い年の二十七歳だった。英語がとても上手で、タイの通訳がいらなかったほどだ。

ハラハラしつつ、興奮して、僕は「はじめまして！ 私はローマンで、こちらが友人のタイです。君がジャングルで僕の息子を目撃したと聞いたんです！」

「ええ、その通りですよ」彼はゆっくりと、慎重に答えた。

「僕の名前はジェンキンス・ロドリゲス。金鉱労働者です」

彼が手を差し出し、僕たちは握手した。

「どこで息子を見たのですか？」

「山の中の狭いトレイルにいたんです。アメリカ人《グリンゴ》や外国人がそんな場所にいるなんて、それまで一度もなかったから、びっくりしたんですよ」

「それはいつのことですか？」

「たぶん、十五日から、十七日くらい前のことだったと思います。森のなかで二日過ごしたと言っていました」僕はすぐに計算をした。ジェンキンスが彼を見たのは七月中旬のことだろう。しかしコスタリカ人はスケジュール帳や日記などは付けない。時間にさえ、あまり縛られることはない。村やジャングルで時計を身につけている人はほとんどいない。

「どのあたりで見ました？」ノートに書き込む手が震えていた。

「ゼレドンと呼ばれている小川の近くです。ドス・ブラゾスから三時間ぐらい上流ですね」

「彼はあなたに名前を告げたり、どこから来たのか話しましたか？」

「ええ、ローマンと名乗りました。アラスカ出身で生物学者だと」

僕は衝撃を受け、大きく息を吸い込んだ。ホステルのドニャ・ベルタ以外では、ローマンを見たと言う人で、僕が信じることができる初めての人物だった。僕は必死に考えを巡らし、新聞が掲載した記事を思い出し、ジェンキンスの証言がどの程度その記事から引用されたものなのかを考えた。息子がアラスカ出身だという事実、そしてたぶん、「ローマン」と名乗っていたことについても引用だと思われるが、生物学者だという点については記事にはなかった。僕には、ジェンキンスの語った大まかな日付が真実のように思えた。嘘をつくことで得るものはなく、隠すこともない彼は、正直者に見えた。

2014年7月30日ドス・ブラゾスにて　ジェンキンス

「ローマンは何をしていましたか？　何を持っていましたか？　彼と話しましたか？」
「ええ、話しましたよ。彼が座っていた場所に僕らが近づいたとき、ストーブで朝食を作っていたんです。米だったと思います。最初は前を通り過ぎ、そんなところに彼がいることに驚いて、こんにちはって声をかけたんですよ。森のなかの、珍しい場所でアメリカ人《グリンゴ》を見るなんてすごく奇妙だったから、話をしようと彼のところに戻ったんです。スペイン語をゆっくりと話してくれて、もちろん理解できましたけど、結局英語で話しました」

この時点で、ローマンが使っていたのは僕がクリスマスにプレゼントした青いジェットボイル［バーナーとクッカーが一体になったアウトドア用の調理器具］だと考えていた。黄色いバッグに入っていなかったからだ。

「どんなストーブでしたか？」

「どこにでもあるようなものでしたね」ジェンキンスは手を動かして、横幅があるというよりは、背の高い、コンパクトなものだったと説明した。それはジェットボイルの特徴でもある。

「あなたの他には誰が一緒だったんですか？」

「僕が彼を見たとき、ルイズとアーレイが一緒でしたけど、ココっていうやつのことを待っていたんです。ココはすぐにやってきました。だから、全員で四人ですね」

僕の頭のなかは質問で溢れんばかりだった。

「キャンプを設営していましたか？」

「いいえ。前日に川沿いを上がってきたってことでした。滝があり、そこから崖を登って、尾根でキャンプしたと言っていました。朝になって、朝食を作るために小川を下ってきたそうです。緑色のパックを持っていて、寝るためのクッションも持っていました。町を歩いていた男が行方不明になっていると聞いて、彼のことだと思ったんです。酒場のオーナーのエルマーが見たと言った男ですよ。でも、今となっては、同一人物だとは思えませんね」

タイが「眼鏡はかけてましたか？」と聞いた。

「眼鏡は記憶にないですね。髭は剃っていて、真面目そうな顔つきでしたよ。生物学者で、ジャングルでたくさんの種類の樹木だとか、いろいろな生き物を見ているなんて言ってましたね。ここはゴルフィトなのかと聞いてきたんで、もしかしたら混乱しているのかなと思いました。地図を見せてくれたんです。あなたが今持っているノートぐらいの大きさでした。怖がらせたくなかったから、じっと見つめないようにしましたし、居心地の悪い思いをさせたくなかったので、フレンドリーに接したつもりです」

頭がクラクラした。「ゴルフィト」についての言及でさえ、筋が通っていた。なぜなら、僕がローマンに送ったESRI社の世界地形図データには、コルコバード国立公園の境界内部にある、オサとゴルフィトという二つの「区間」の境界が記されていたからだ。ローマンは地図上のゴルフィト区画のことを言っていたのであって、プエルト・ヒメネスの湾の向こうにあるゴルフィトの町のことを言っていたのではないはずだ。

アーレイ、ココ、ルイズと話がしたかった。ジェンキンスにすべてが起きた場所の地図を書いて欲しかった。なにより、ローマンが最後に目撃された、ゼレドンという小川に行きたかった。

すぐに見に行くはずだった。公園に行ったら逮捕するとドンディに脅されていたことなど、どうでもよかった。誰もそこに行く僕を止められなかった。

第27章　ゼレドンの小川

ローマンを見たというゼレドンの小川まで、ジェンキンスは僕とタイを連れていってくれると約束した。ついにローマンの歩いたトレイルに行ける。町でうろうろするだけ、人気のないＭＩＮＡＥ本部事務所でただ静かに座っているだけという状態から解放されるのだ。ジャングルの捜索を行うことが、違法な金鉱労働者やオサの犯罪者とともに行動することなのだとしても、どうにでもなれと思った。ローレンは別の男とも僕らを繋いでくれていた。レンジャーでもなくガイドでもない、誰もできない方法で国立公園内部を案内できるヴァルガスという名の男だった。

プエルト・ヒメネス近くの銀行で、タイ、ローレン、そして僕はヴァルガスに会った。朝の八時頃で、日差しは瞬く間に、誰もが不快な思いをするほど照りつけてくるだろう。道を覆うようにして樹冠を伸ばした木々の下にトラックを停めてランブータンを売る地元の人が複数いた。
熱帯の照りつけるような太陽の下で六十年も暮らしたヴァルガスは、背が低く、小柄でニカリと歯を見せて笑う、モップのような黒髪をした男だった。その手は、日々の農作業で鍛え上げられていた。僕の手をしっかりと握ってくれた。彼は僕の目をじっと見た。ヴァルガスは仕事のために町に来ており、真珠のボタンがついたきれいなシャツに、さっぱりとしたブルージーンズに、先の尖ったカウボーイブーツを履いていた。コンテ川の南側にある小さなアブラヤシ農園からバスに乗ってやってきたそうだ。

ローレンはヴァルガスに、二週目にローマンに出会った金鉱労働者が四人いると伝えた。赤十字とＭＩＮＡＥはタイと僕を国立公園から閉め出しているが、とにかく全員でドス・ブラゾスからエル・ティグレまで向かうつもりだと言った。ヴァルガスは首を振ると、ブーツで埃を蹴り上げ、ＭＩＮＡＥとそのケチな公園支配を嘲笑った。

「ローレン」と僕は言った。「ローマンをティグレで見たという男にドス・ブラゾスまで会いに行きたいんだ。一緒に来てくれるかどうか聞いてくれないか。ここから三時間ほど上流の場所なんだ」ローレンは強いアメリカ訛りのスペイン語で、まくし立てるようにして彼に伝えた。

「いいぜ《シー》」と言ってヴァルガスは頷き、再び僕の目を見たが、まずは買い物をしなければと言った。

2014年7月31日　ヴァルガスとジェフェ。最後に目撃された場所で

ヴァルガスと十八歳の息子のジェフェはレンタカーに乗り込み、ドス・ブラゾスまでのでこぼこ道を進んでいった。ローマンと会話したと証言するジェンキンスを拾い、全員で九人となった。

ジェンキンスはティグレ川支流のあるピエドラス・ブランカスに住んでいたが、コルコバードに続くエル・ティグレの滝上流まで僕らを案内した。そこに彼は鉱山を持ち、小さな仮小屋《ランチョ》があった。レンジャーたちによって繰り返し焼き払われては、金鉱労働者によって建て直されてきた、黒いプラスチックのタープを張っただけの小屋だった。僕らは道路の端に停車した。小川の上へと続く小道を進むと、有刺鉄線で囲まれたトタン屋根の小屋があり、支柱に自転車が立てかけてあった。上半身裸でショートパンツ姿の歯の抜けた男が、僕らが通り過ぎると

「こんにちは《オラ》」と声をかけてきた。

「あれはパタ・ロラの叔父でウィリムだ」とジェンキンスが言った。痩せた男で、五十代中頃に見えた。

トレイルはすぐに膝ぐらいの深さのエル・ティグレの滝つぼへと繋がった。ジェンキンスは僕らを小川に導き、シダ、フィロデンドロンやイチジクがぶら下がった黒い渓谷の壁の下で水しぶきを浴びた。滝が支流に流れ込む。小川の水は透き通り、冷たく、どんどん暑くなってくる気温のなかではありがたいものだった。土手の岩は滑りやすく、僕らは砂の多い川底を歩いていた。

ジェンキンスは足首までのゴムブーツ、ショーツ、そしてタンクトップ姿だった。それは地元の炭鉱で働く人間の制服のようなものだった。ヴァルガスはおしゃれ着にカウボーイブーツなしで上流に向かって歩いていた。腰まで川につかり、藻と苔に覆われた岩の壁を掴んで登るには少しおしゃれ過ぎるようにも思えたのだった。

驚いたチャイロバシリスク——別名イエス・キリストのトカゲ［イエス・キリストが水の上を歩いたと記されていることからこう呼ばれる］——が僕たちの目の前で水上を走った。バシリスクの衝撃的な激走は、僕とローマンが二度目にコルコバードに行った十三歳のときに、彼が超自然的な動物を捕獲できるようになった記憶を呼び覚ました。最初に、彼は小川の向こう側まで渡って、遠いところから子どものバシリスクを追いかける。岩に掴まるバシリスクはローマンを不安そうに見つめている。彼が近づき過ぎた瞬間、爬虫類は冷たい水のなかに飛び込み、水底にある岩屑《がんせつ》の陰に身を隠す。するとローマンは水に沈んだ小枝や枯葉の山に手を伸ばして、そこに別の生き物がいるかもしれないというのに、勇敢にも小さなトカゲを捕まえるのだ。捕れたことがうれしくて、彼はトカゲをトロフィーのようにもちあげてみせ、恐竜のようなトサカと大きなうしろ足を観察し、手のなかのその温かさを味わっていた。そして、トカゲを放して水上を走らせていた。

僕はトカゲを無視しようとした――思い出で胸が苦しくなるからだ――でも、無理だった。トカゲが小川を走るたびに、それを見つめていた。

ペースがあがってきた。ローマンが最後に目撃された場所で手がかりを探したかったし、観光客の外国人《グリンゴ》とは違い、タイも僕もこの状況をコントロールできる人間なのだと証明したかった。

平地と渓谷を縫うように延びる小川を渡りながら、金鉱労働者たちのキャンプ場を通り過ぎた。幅が狭く急峻な渓谷《スロットキャニオン》を登り、岩の縁に到着した。太陽光が届かない場所にも適応して成長する大きな葉の、家庭でもオフィスでも人気の観葉植物を押しのけて進んだ。

一時間ほど進むと、ここが公園の境界線だとジェンキンスが示した。そのまま進むことは違法だった。もしこれが当局に見つかったら、厳しい処罰を受けることになる。

「君は戻るんだ、ジェンキンス。僕は行かなくちゃ」と言い、ジェンキンスが描いてくれたゼレドンまでの簡単な地図だけを便りに、自分のチャンスを逃したくないという思いでいた。

「見つかったら、何を言われるだろう?」と僕は聞いた。「自分の息子を捜してるっていうのに。どれだけ人でなしのやつらなんだ? 俺は責められても平気だ」駆り立てられるように、全員が進むことに同意した。

ヴァルガスとジェンキンスは、親として偽りのない共感を示してくれた。ヴァルガスはおしゃれ着とプラスチックの袋に入れた携帯電話を気にせず行動してくれた。二人とも、逮捕をも恐れず協力すると申し出てくれ、僕が行かねばならない場所に連れていくと言った。若い金鉱労働者と年老いた密猟者は逞しく、鍛え上げられていて、ジャングルを知り尽くしていた。

エル・ティグレの滝周辺は狭い渓谷から先に広がっている。小川に面した側から稜線まで、びっしりとヘリコニアに覆われた急な山腹を、照りつける太陽の下、歩いた。大きな葉をつけた巨大な薬草のヘリコニアは、鮮やかな赤とオレンジ色をした頑丈な花房を見せつけるようにして咲き、同じく派手な色合いをしたハチドリを誘惑する。ハチドリは天敵である毒蛇マツゲハブを誘い出す。尾から逆さ吊りにされたマツゲハブは、その運命を待つことになる。

マツゲハブは優れた擬態能力があるため、見過ごしてしまうことが多い。攻撃的でない小型の毒蛇だが、躊躇せずに襲いかかることでも知られている。樹上性のヘビなので、無防備な人間の顔や首に嚙みつくことも多い。ローマンはそれを知っていて、ヘリコニアの茂みがあると、まずは鉈で葉を落とすことを忘れなかった。

大量の岩と堆積物は、金が活発に採掘されてきた証しだ。オサの金鉱労働者が金を川底から選別するために使用するショベルや流し桶といった道具が隠された場所を、何度か通りかかった。

公園内に入って一時間、道路から外れてから二時間程度経過したところで、ジェンキンスが植物を分けるようにして立つ、背の低い崖を指さした。「ここからはティグレ川を離れて、鉱夫が使う秘密のトレイルを進まねばなりません」と言った。

足場の悪い、崩れやすく、滑りやすい石灰岩の壁を三十メートルほど登った。そこにはあまり人が通った形跡のない消えかけた道があり、つる植物が絡んでいた。深い渓谷の縁を登ったが、今の水位では渡りきることができないとジェンキンスが言った。この高い場所では、巨木がつい最近倒れたらしく、トレイルに覆い被さるようにして道をふさいでいた。この時点で気温は二十六度を超え、湿度は九十九パーセントになっていた。まるで雨に打たれたかのように、汗だくだった。

ジェンキンスは鉈を鞘から抜き、まるで僕らを閉じ込めるように広がる倒木の樹冠を切り落としていた。彼が鉈を振り下ろすと――そして熱帯特有の硬い木の枝を落とすには、何回も振り下ろす必要がある――小さな昆虫の群れが発生する。一部は吸血し、一部は刺し、そのすべてが赤い発疹となる。ジェンキンスは四十五メートル先の二本の倒木の幹に繋がるトンネルを切り拓いてくれた。ツルツルとした表面によじ登った僕らに驚き、細身で百八十センチほどのヘビが下草に身を隠した。

僕が驚いたのを見たジェンキンスが「大丈夫ですよ」と言った。そう言われても、枝葉に潜む毒蛇に気をつけないわけにはいかない。しかしヘビよりも危険なのは、四十五メートルの張り出した崖の縁から、直径百二十センチほどの丸太が突き出ていることだった。垂直に切り立った崖と崖の間に渡されるように倒れた丸太から、バランスを取りながらゆっくり、一人ずつ降りて、狭い道の平らな地面に立てたことに安堵した。

「新しい倒木ですね」と、ジェンキンスは崖にひっかかった丸太を振り返って言った。「ランチョの近くにも別のトレイルがあります。ここの道はあまり使ったことがなくて」

渓谷の縁を離れ、細くなった川の支流沿いに森へと入っていった。ジャングルは暗く、ジメジメとしていた。小川が至るところから流れ、露出した岩から水が染み出していた。空気は冷たく、苔やシダ、真菌の匂いが充満していた。トレイルは奥行きのない狭い溝へと続き、そこから稜線に繋がっていく。見事な手作業で、金鉱労働者たちがミニチュアの峡谷を作り上げていた。三メートルの深さで、丸石が敷きつめられていた。かろうじて通り抜けられるほどの幅で、足首のあたりまで水が溜まっているため、しぶきを上げながら進む。

溝を通り抜けると、そこには何の変哲もない景色が広がっていた。壁が緩やかにスロープへと繋がり、一人の人間が登ったり降りたりできるようになっていた。ジェンキンスは立ち止まって、辺りを見回した。遮られた太陽光が、まだら模様の茶色い葉と黒い岩を柔らかく照らしていた。腰の高さの椰子の木が風に揺られるように前後に揺れていたが、風は吹いてはいなかった。周囲のコオロギが一斉に鳴き、セミが止むことなく大きな音を立てていた。しかし、森で最も騒がしいこれらの生き物たちも、僕が知る必要があることを教えることはできなかった。

「さあ、ここがゼレドンの小川です」とジェンキンスが告げた。

第28章　赤十字

「ここです」とジェンキンスは三つの岩が積み重なった場所を指さした。「以前とは少し変わっていますけど。でもあの日、このトレイルを、ちょうど今のように歩いてきた時、一番大きな岩に座って朝食を食べていた男性がいたんです。まだ気温が上がりきる前の時間帯で、たぶん八時か九時頃だったと思いますけど、僕らは、この後方の尾根を下った場所にあるランチョを出たところだったんです。僕、アーレイ、ルイズです。ココは、このときまだランチョにいました。やりかけの仕事のある鉱山とトンネルに行く予定だったんですよ。彼のすぐ前を通らずに進むのは無理でした」

確かにそうだ。小川の底にある平らな場所はわずか一・二メートルだ。そしてその大部分が、岩の間から染み出してくる細い流れの連なりだった。

ローマンはここにいた。そう感じることができた。たった一人で座り、朝の冷気を楽しみ、

2014年7月31日　赤十字とＭＩＮＡＥの捜査本部

一日のうちで最も心地よい時間を、近くにある丸太を行進するシロアリを眺めながら、水を沸騰させ、食べものが冷めるのを待っていただろう。丘の中腹に広がる樹木の壁のカーブを見つめている姿が目に浮かぶようだった。丘の斜面、岩、植物をじっくりと観察し、何かヒントがないかと考えた。**どこでキャンプしたんだ？　どこから下ってきたんだ？**　なにより、**お前はここからどこへ行ったんだ？**

両手のひらを口に当て、僕は叫んだ。「ローマン！　ローマーーーーン！　ローーーマン！」しかし絶え間ない小鳥の鳴き声、口笛のような音、正午のジャングルのざわつき以外、何も聞こえなかった。

ジェンキンスがエル・ティグレの滝の南面分岐の上方にある、ネグリトスと彼が呼ぶ小川近くの鉱山を案内してくれた。ＭＩＮＡＥが焼き払い、炭と化したランチョ跡を見せてくれ、次に彼とパートナーたちが使用するという秘密のトレイルに案内してくれた。角を曲がるたびに、林床にローマンの痕跡を探した。靴跡、食料を包んでいた紙、何でもいい。僕らを前進させてくれる何かがあればよかった。トレイルはエル・ティグレの滝に繋がるネグリトス分岐の縁までぐるりと回って戻ってきていた。そこから下流に向かい、来たときよりずっとスピードを上げて、よくわかるようになった帰りのルートを進んだ。

ローマンが最後に目撃された場所に行くこと。それは感情を揺さぶることだった。ゼレドンにすぐにでも戻ろう。ローマンはその近くにいた。僕にはわかる。どうか無事でいてくれ――どうか生きていてくれ。


車中、ジェンキンスに金を渡すと、驚いた表情で固辞された。「僕にも子どもがいるんです。お金はいいですから」

「いいんだよ、受け取ってくれ。ありがとう、ジェンキンス」と僕は言った。「君にとってはリスクだったんだろ」彼は金を、僕の横に座るヴァルガスとジェフェに分け与えた。

「いや、それはすべて君のものだよ。彼らにも僕から支払うから大丈夫だ」僕はヴァルガスに同額の金を手渡した。彼は微笑んで、両手でそのお金を受け取ってくれた。

ジェンキンスを彼の家で降ろし、プエルト・ヒメネスでヴァルガスを降ろすと、タイと僕はイグアナロッジに戻り、着替え、捜索開始七日目の報告と重要な打ち合わせのため、MINAEに向かった。部屋は三十人の捜査員でごった返していた。赤十字、MINAE、そしてフエルザのメンバーだった。多くが捜索を終えたばかりで、作業着姿で立っていた。赤十字だけで二十五人ほど参加していて、ほぼ全員がボランティアだった。色が抜け、泥だらけになったシャツを着たタイが、「赤十字というよりは、チョコ十字《クル・チョコラータ》だな」とジョークを言った。

壁のプロジェクターにはオサ半島のグーグルアースの画像が映されていた。捜査チームがGPSのロケーションを記録した位置が、赤いバーチャルプッシュピンとして百ヶ所以上示されていた。壁には大型のペーパータブレットから切り取られた三枚のシートが貼られていた。ローマンの行方不明者のポスターがその一枚だった。二枚目にはここ数週間のタイムラインが書かれていた。三枚目には七つのチーム名、そしてその横には日付と主なトレイル、河川流域が書かれていた。赤十字トップのハレーラが全員に尋ねた。「さて、次はどこだ？」

ドンディが立ち上がった。ジェスチャーを交えて彼は、大勢の人々が、多くのグループが、主なトレイルはすべて確認してきたと言った。この捜索の直前に、MINAEが違法な採掘を発見するために公園内をくまなく捜索したことも付け加えた。さらに、MINAEの捜索はジェンキンスがローマンを目撃した直後であり、ジェンキンスのランチョが焼き払われたその時だったとの情報を付け加えたのだった。

ドンディは、トレイルと百六十平方キロに及ぶコルコバード国立公園内部の考えられるルートをしらみつぶしに当たったというチームリーダーを紹介した。別のチームがほんの数日前に通った形跡でさえ、見つけることはめったにできないそうだ。雨や落ち葉、落枝が積もってそれを隠してしまうのだ。赤十字とMINAEはフエルザの先導のもと、ローマンのメールに記されたすべての流域を捜索したという。ラス・ケブラディタスとして知られる高原を苦労して横断し、最も高い位置にあるミューラーとリンコンにまで行ってくれたらしい。そこは地理的な水準点で、コンクリートのパッドにメタルディスクが埋め込んである。

四日間に及ぶラス・ケブラディタス雲霧林の捜索を指揮したのは、ドンディが仮に僕にチームを組ませてくれていたら捜査チームのメンバーとして一番に選ぶだろう人物だった。若い男性で、つばの広い麦わら帽子をかぶっていた。彼のチームは観光客用のトレイルを辿り、ラス・ケブラディタスまで二時間という場所に到着した。そこから先、トレイルは細くなり、密猟者が通る整備されていないトレイルを辿ることになった。チームは十キロにも渡って、倒木に遮られ、浅く滑りやすい峡谷に分断された竹藪に迷い込みながら、消えかかった小道を辿った。トレイルを外れてしまうたびに、チームのメンバーはあまりにも迷いやすい道であることを痛感したという。

GPSの信号が届かない、あまりにも密度の濃い林冠の足元はコンパスの針を追うこともできないほど植物が絡み合う場所で、捜査チームはグルグルと同じ場所を歩き回った。見つけることができたのは、自分たちの足跡のみだったそうだ。最も迷いやすい場所は、最も捜しにくい場所ということが最大の課題だった。

七チームが報告を終えると、ドンディが僕の顔を見た。そして挑戦的な声で、その日、僕たちが公園内に違法に入ったことを知っていると言った。「あなたと車に乗っていた、三人の人物は誰ですか？」と責め立てるように聞いた。「そして、どこへ行ったんです？」

大きな危険を冒して僕を助けてくれた人たちを守るため、僕はヴァルガスの名前を伏せて、ジェンキンスが公園の境界線まで連れていってくれたが、その先については、彼は来ていないと言った。最後に目撃された地点を見るために、タイと僕だけで行ったのだと嘘をついた。コスタリカとアメリカが協力してくれている一方で、最も能力が高かったのが違法な金鉱労働者と密猟者だったというわけだ。彼らを裏切るわけにはいかなかった。

ドンディは僕の嘘をすべてわかったうえで、しかめっ面をしてみせた。さらに追い打ちをかけるように、捜索はもうすぐ打ち切ると言った。ＭＩＮＡＥは公園内パトロールの一環としてなんらかの痕跡を探しはするが、パタ・ロラと一緒にピエドラス・ブランカスのトレイルを歩いていたローマンは、そもそも公園内に足を踏み入れていないというのがドンディの見解だった。

第29章　ホワイトアウト

僕の見解がドンディにとって問題だったように、ドンディの見解も僕にとっては問題だった。

赤十字は三日後、正式に捜査を打ち切った。その時点で社会的な期待には応えていただろうが、僕の期待は息子が発見されるまで満たされることはない。親の喪失はあまりに深く、子どもを助けるためであれば何をやるかわからないし、誰に対して立ち向かってもおかしくない。ドンディはこれを知っており、この先、違法に公園内を捜索すること、特に無免許のガイドに報酬を払って捜索を行うなど公園内の規則に反することが続けば、逮捕すると我々に警告した。

ジェンキンスと二人のパートナーの説明、そしてローマン本人が書いたメールの内容から判断すると、ローマンが公園内に入り、ゼレドンの小川で目撃されたのは確実だと思われた――たぶん、もっとも直近で言えば十六日前のことだろう。上流でなんとかして命を繋いでいる可能性はある。コンピュータを使ったブリーフィングを行い三十人と一時間に千ドルの費用がか

2014年8月1日　エル・ドクトルの上で

かるヘリコプターのかわりに、なぜヴァルガスと彼の息子、タイ、そして僕が、ゼレドンの小川で最後にローマンが目撃された場所で捜索に集中することが悪いというのだろう？　ゼレドンの小川からさらに上流に向かい、道に迷い、怪我をしている可能性が高いラス・ケブラディタスに入ればいい。翌朝六時に集合する約束をした。

三十年前の捜索活動の記憶が、僕を励ましてくれた。フェアバンクスにロープを使った専門のレスキューチームがなかった時代の話で、仲間の救出はクライミングを得意とする我々の腕にかかっていた。ある夜、アラスカ州警察がヘイズ山脈でクライミング事故が発生したと連絡を寄こした。我々のコミュニティーは小規模だった。事故の当事者がカール・トビンとマット・ヴァン・エンケヴォートだということは、全員が知っていた。この三年前に、僕とカールが挑戦して、そして失敗したナインティーフォー・フォーティーエイトと呼ばれる山頂に登っていたのだ。より多くの情報が入り始めると、雪崩に巻き込まれたカールが、長い距離を滑落して重傷を負っていることがわかってきた。小型のビバーク用テントにカールを残し、マットはスキーと徒歩で三十二キロを移動し、ムースハンターの野営地を発見し、設置されていた無線機を使用して救助を要請した。両脚の大腿骨を骨折しているということ以外カールの怪我の状態は明らかではなかった。カールは僕にとって親しいクライミングパートナーで、彼が死んでしまうのではと恐れた。

翌朝、我々四人は夜明け前に軍のヘリコプターに搭乗した。ヘリは僕らをジラム氷河の麓で降ろした。山脈は嵐に翻弄されてはいたが、兎にも角にも、我々は氷河を登っていった。カールを連れ戻すために、大きなそりを引いて向かった。ホワイトアウトしていて数メートル先の視界が利かなかったため、コンパスを信じて向かい風のなかを進むしかなかった。自分がどこにいるのかまったくわからないまま、正しい方向だけ把握しつつ進んだ。

互いに体を縛り付け、あまりの強風に倒されながらもスキーで進んだ。奇跡的に嵐が収まり、猛吹雪のなかにぽっかりと空間が空き、氷河を越えることができた。この窓を通して、自分たちがナインティーフォー・フォーティー・エイトの近くにいることがわかった。そして改善した視界の助けを得て、僕は氷河上部のモーレーン［氷河が削られてできた土手］のあたりにカールのテントを見つけることができた。

天候は、これ以上ないタイミングで回復してくれた。コンパスを合わせて、嵐の中に滑り込んでいった。すると再び嵐の中の穴が閉じた。ロープを握って先頭にいた僕は、最悪の事態に対する恐怖を振り払うようにしてモーレーンを滑っていった。しかし頂点に辿りついたとき、それはカールのテントではなく、巨岩であることがわかったのだ。愕然とし、このままではカールを見つけられないと焦った。氷河は大きく、ホワイトアウトが五十メートルのはるか先まで、真っ白に塗りつぶしていた。

僕は全員を巨岩まで連れていき、そこを越えた場所から下を見た。初めてその裏側を見たのだ。すると、そこにテントがあるじゃないか！　僕らは急いでモーレーンを滑り降りた。焦りに焦った。**カールは生きているのか？　見つけられなかったら？**　その時はどうすれば？　テントは風に煽られ、はためいていたが、それに抗うような、奇妙な音も立てていた。半分埋まったシェルターに近づくと、大きな罵声が聞こえてきた。

「カール！」と僕は叫んだ。

「カール！」

「ああ！」

テントの中からカールの声が聞こえてきた。

「ああ、俺だよ、誰と一緒に来た？」と彼は聞いた。彼が生きていてくれて、僕らはほっとした。この天候で生きているのは奇跡だ。彼を見つけられたことすら信じられないことだった。カールをそりに乗せ、嵐とホワイトアウトのなか氷河を下り、ヘリコプターまで向かった。どうやって彼を見つけたのか、僕は考えていた。僕らは友人で結成された小さなチームだった。スキルと知識、探すべき場所、そこまで到達する方法を知っていた。そこに軍のヘリコプターといった支援が加わり、彼は助かったのだ。

しかし真の教訓は、**直感に従え**ということだ。**直感は、そこに直接たどり着けなくとも、正しい方向に導いてくれる場合が多い**からだ。ジラム氷河でカールを見つけた我々であれば、ジャングルでローマンを見つけられるはずだ。

赤十字の捜索を打ち切るという宣言は、自分たちで捜索を続けるという我々の意志を掻き立てただけだった。タイと僕は、アラスカから持ってきたフリーズドライの食料に追加する形で、三日分の昼食を買い求めた。荷物は軽くした。蚊帳とタープに似た雨よけテント、コンロとクックポット、マットと寝袋、乾いた衣類、そしてヘッドランプを耐水性バッグにしまい込み、バックパックに詰めた。夜明けには出発だ。

その夜、イグアナロッジで眠りにつこうとしていた僕の携帯電話に、見知らぬ番号から着信した。声の主は用心深い様子だったが、捜索に協力すると言った。「どうやって？」と僕は尋ねた。

「何が起きているのか教えてくれないか」と言う彼に、僕はそれまでの経緯を説明し、コスタリカの赤十字が公園内から我々を閉め出していることを伝えた。

「赤十字はクソだ」と男は言った。「でも俺は手を貸すことができる。あんたの息子、ブラックスネークが連れていったらしいと噂で聞いた」

「ブラックスネーク？」

「悪党だよ。俺たちは仲介役だ。ブラックスネークのやつらと取引して、奪還する。コスタリカにはツテがある。いつもなら三十だが、十五で手を打とうじゃないか」

自分が何を聞かされているのかわからないまま、僕は事実を伝えた。

「僕らも明日行く予定でね。息子を目撃した人物がいて、数週間前に彼と会話したらしいんだ。今日、息子が最後に目撃された場所に行って、話をしてきた。僕らはその場所に戻る」

「誰と行くんだ？」

「地元の人間だ。場所を知り尽くしている」

「あんたを守ってくれるやつは？」

「守るとは？」

「護衛だよ。その男、信用できるのか？　武器は何を持っていくつもりだ？」この言葉に僕は反応した。

「いや、武器は持っていかない。でもアメリカからもう一人友人が来てくれている」

「ああ、なるほどな」と用心深い声の主は言った。

「いいか。今からあんたに俺の番号をテキストで送る。ブラックスネーク関連で助けが必要なら、連絡してくれ」

そう言うと、通話は切れた。

一体何が起きているのだ？

第30章　ラス・ケブラディタス

翌朝早く、食料とキャンプ用品を持ったタイ、ヴァルガス、彼の息子、そして僕はジェンキンスのルートを辿り再びゼレドンへ向かった。ローマンを見つけるためならどんなことでもしようと思っていた僕は、ローマンが数週間前に朝食を食べていたという、どこから見ても普通の巨岩に残り、手がかりを探していた。もし彼がこんな場所まで来ていたというなら、方向感覚が失われるというラス・ケブラディタスのジャングルにきっと向かっているだろう。今から我々もそこへ向かうのだ。

百四十メートルほど先の分岐を、我々は右に進んだ。消えかけたトレイルを尾根の頂上まで辿った。前日に、ジェンキンスは左へ進み、採掘トンネルまで連れていってくれた。そのトンネルは、エル・ティグレの滝から伸びるネグリトス支流上部の渓谷の壁まで繋がっている。ローマンはジェンキンスに前に進むと伝えた。メキシコとグァテマラで作ったルールに従い、よく使われている左の道を選んだようだ。四人の鉱山作業員が採掘所まで毎日通勤に使っていた道だ。

ヴァルガスは我々を右のトレイルに案内し、そのトレイルは両側が切り立った稜線に続いていた。トレイルをじっと見て、ローマンが履いていたサロモン社製の靴跡を探した。僕は稜線の上から、左右の渓谷に向かって、『ローマン！　ローーーマン！』と叫んだ。ジェフェも同じようにした。タイはとても大きな拳大のレスキュー用ホイッスルを鳴らした。返ってきたのはこだまだけだった。

ローマンの思い出が鮮やかに、唐突に甦ってきた。学校から戻ったローマンが、「父さん、チェスをしようよ」と言った日があった。当時ローマンは十代中頃で、僕らにとって、最も楽しい時を過ごしていた時代だ。自分の部屋から、手彫りの駒が入った、凝った装飾の施されているバリ島で買った箱を持ってきて開き、チェスボードにした。彼は素早くボードを組み立てると、ポーンを握った両手を差し出した。僕はロイポーンを選び、彼が先手だった。彼の動きはとても速く、断固としたものだった。僕はあっという間に負けてしまった。驚きながら僕は、「すごいな、もう一度やろう」と提案した。「いいよ」と彼は同意して、二戦目も勝利した。「ずいぶん幸運だったな」と僕は言った。でも三度目の負けを喫すると、テーブルの向こうで笑みを浮かべていたローマンは「これは運じゃないね」と返した。それには同意せざるを得なかっ

2014年8月1日　ラス・ケブラディタスでヴァルガスと

た。彼は強かった。

フェアバンクスの小さな家で初めて立ったときや、メキシコシティの空港から最終のバスに乗ると伝えてきたときと同じ、彼の成長を示す瞬間のひとつだ。コルコバード国立公園の旅が、最期の瞬間ではなく、彼にとって成長の証しになることを願わずにはいられなかった。

ゼレドンを越えて三十分後、湿度の高い空気のなかに、腐敗臭が混ざりはじめた。最悪のことを想定して僕はトレイルを外れたが、見つけたのはコアリクイの死体だった。中米全土に生息する、黒とクリーム色の小型のアリクイだ。タイと僕はカラテに車で行った際に、生きているコアリクイを目撃していた。ローマンは珍しい哺乳類に興味を持っていた——ナマケモノ、アルマジロ、そしてアリクイといった貧歯類として分類されている生き物たちだ。道端のコアリクイは吉兆だと信じたかった。

僕らは密猟者、違法な金の採掘者、双方を摘発する公園のレンジャーたちが使用した、消えかかったトレイルを辿っていった。ハイカーのほとんどがすぐに道に迷うか、獣道だと判断して辿ることを諦めるタイプの道だった。ヘリコニア、椰子、そしてシダに時折、鉈による切り込みがあり、それだけがこの道がいま確認されたことを示していた。目印などは一切なかった。

六十センチ四方ほどの狭い開拓地が稜線にあり、そこは地元の人たちの持つ携帯電話のアンテナが、一、二本は立つという貴重な場所だった。ヴァルガスはそこに立ち止まると、小さなプラスチックバッグに入れていた折りたたみ式の携帯電話を取り出し、娘に連絡を入れた。雨が降りそうだったため、彼女に我々の無事を伝えたかったのだ。タイは僕に向かって微笑んで、ヴァルガスに向かって合図を送った。「まるでジャングルの小さな電話ボックスだよな」と彼はジョークを言った。

我々はオサ半島の高台にあるラス・ケブラディタス高原の中心部でキャンプを設営し、最初の夜を過ごすことになった。その場所はまさに人里離れた山の原生地域にある、竹林の密集する渓谷だった。麦わら帽子をかぶった赤十字チームのリーダーが当惑しても無理はない。ヴァルガスがいなければ、僕らであっても同じ道を何度も辿り続けることになるだろう。

トレイルは狭くなっていった。ヴァルガスはオフトレイルを進み始めた。竹藪や滑りやすい水路を彷徨《さまよ》いながら、水のある場所を探し求めた。キャンプをするためだった。テントを張るための平らな場所を見つける前に、雨は降り始めていた。全身びしょ濡れになったタイと僕でフライテントを張り、その下に虫除けのテントを立て、土砂降りの雨の下でも濡れないようにした。濡れた服を脱いで乾いたものに着替え、シーツの下にもぐり込むと快適だった。

一方でヴァルガスとジェフェは鉈を振り回してキャンプ地を作っていた。まず、二人は梁とする木を切り出し、それを二本の木に結びつけて、プラスチックのシートでできたタープを張り、雨よけにした。次に寝台の支柱、フレーム、細長い板状の木を切り出して、手作りの竹製のベッドを作った。地面から九十センチほど高い位置にあるため、ヘビ、蟻、蜘蛛をよけられる。二人はシダの葉を薄いマットレスとして使った。そして、タープの下の蚊やり火のおかげで二人は蚊を避けつつ、屋外で眠ることができた。

翌朝、草木が生い茂る平坦なジャングルに向かって出発した。十時の時点で空は雲に覆われた。コンパスの役割をしていた太陽が見えないから、すぐに自分の居場所がわからなくなり、どの方向から来たかわかるかと尋ねるヴァルガスのテストに合格することができなかった。僕が指さす。タイは別の方角を指す。ククスクスと笑いながら、ヴァルガスはまったく違う方角を指した。特徴のないミューラー山やリンコン山の頂上のあたりを彷徨いながら、僕らはヴァルガスの先導にしっかりと従った。時には、彼でさえ確信を持つことができず、イノシシの足跡だけがつくトレイルを行ったり来たりした。

ラス・ケブラディタス高原の名もなき峡谷に入り、踵に力を入れて足を踏ん張るようにし、二・五センチ程度の棘に覆われた椰子の木を摑まないように努力した。トレッキングポールに体重をかけるようにしてバランスを保とうとしたが、体が傾かないように手すりがあればいいのにと考えた。ヴァルガスは僕の腕ほどの太さのある竹の茎に鉈を振り下ろすと、茎の中の甘く冷たい水を飲ませてくれた。

ちょうど昼のあたりで、ヴァルガスは閉所恐怖症を誘発しそうな竹林から、板根とフィロデンドロン属の植物で構成された低木層が連なる、広々として開かれた熱帯雨林に僕らを導いた。彼は六十センチもあるヘリコニアの葉を、我々が座って昼食を食べる丸太の上にシートカバーとして敷いて、蟻や菌類から守ってくれた。

ヴァルガスの強い訛りのある言葉を訳すのに苦労したタイは、頻繁にジェフェに父親の言葉の通訳を頼んだ。タイがバクか狩猟者が通り過ぎたかもしれない尾根を指した。「ヴァルガスが、この道を下ればクラロ川へ辿りつくと言っている」

僕はまだその道を行くつもりはなかった。ラス・ケブラディタス高原の迷路と消えかかったトレイルのことを考慮すれば、ローマンが山頂の高原から外れて、太平洋へと下るこの鍵穴のような道を進むとは思えなかった。僕は自分の地形図を調べた。オサ半島北部にある五芒星《ごぼうせい》の中央部にミューラー山がある。星の各頂点はそれぞれ河川の流域を指していた。三つは太平洋、そして二つはドゥルセ湾に通じる。

僕はヴァルガスにティグレ川のピエドラス・ブランカス支流に直接連れていってくれと頼み、そして我々が旅をはじめたドス・ブラゾスに戻って、大きな一周を終わらせた。急な地形と草木の少ない場所にハイカーは自然と辿りつくものだ。ローマンはゼレドンの小川から最もなだらかなラインを辿っていたとすると、東西に向く渓谷はローマンをラス・ケブラディタス高原に向かわせただろう。

直感とコンパスの針だけが頼りで、そのうえエル・ペテンの経験をしたローマンは、ラス・ケブラディタス高原の入り組んだ地形に足を踏み入れることをためらったはずだ。ローマンが最後に目撃されたゼレドンの小川の近くを捜すほうが、この迷路の向こう側を捜すよりも賢明だと思えた。

ミューラー山の斜面を降りると、そこには人間、バク、ペッカリーのためのトレイルもなかった。未開のジャングルを、ただひたすら進むことになる。ヴァルガスですらためらった。彼はオフトレイルを進むことに神経質になっていた。同じ場所で彼の兄を噛み殺したブッシュマスターの記憶に取り憑かれていたのだろう。ブッシュマスターはアメリカ大陸で最も大型の毒蛇であるというだけでなく、最も凶暴とされている。一旦その牙を剝けば、やつらが後ずさりすることなど考えられない。

ヴァルガスは泥の急斜面を猛スピードで下っていった。オフトレイルの草本植物を鉈で切り拓いている最中であっても、彼の動きを追うのは難しかった。鉈の刃がザクザクと威勢のいい音を立てると、ヘビのいない新緑の小道が確保される。ローマンがエル・ペテンで経験したように、来た道を引き返す必要がある場合は、そこを戻ればよい。

下る途中で、滝が連続して姿を現したため、荷物を下ろさざるを得なかった。このような危険にさらされると、ローマンがゼレドンの下流にあるネグリトスに見られるような、険しい峡谷や深い峡谷といった場所に足を踏み入れたとすれば、負傷している可能性が高いと強く思わされた。僕はゼレドンの小川に再び戻り、ネグリトスの峡谷をロープとクライミング用器具を持ち、捜索することを心に誓った。

肉体的ではなく感情的に、この旅は厳しいものだった。特に、ローマンの名前を呼ぶときは辛かった。深い悲しみがジャングルを黒く染めたかのようだったが、オサ半島の原生林はそれでも僕に畏怖の念を抱かせた。ネオンカラーのヤドクガエル、エメラルドグリーンの鳥といったジャングルの至宝を目にするたびに、後悔と悲しみに打ちひしがれ、家族で熱帯雨林の不思議に胸躍らせた時間を思い出した。こういった鮮やかな思い出が、ジャングルに戻らざるを得なかった理由を残酷なまでに僕に突きつけた。目には涙が浮かび、心は重く沈んだままだ。

しかし、カワセミの鮮やかな青やクモザルの優雅な動きを目にする喜びを、永遠に封印することはできなかった。喜びをなきものにしてしまえば、自然の創造物に驚嘆した場所で過ごした時間の価値を下げてしまうことになる。三日目になると、再び熱帯雨林の色をしっかりと捉え、小川を渡るセビレトカゲの姿や竹林にいるハチクイモドキの原始的な姿を楽しめるようになっていった。

金鉱労働者が使うトレイルの密集地に戻った後、ジェフェが放棄されたキャンプ地で小ぶりなフェルドランスを殺した。若い毒ヘビは最も危険とされる。若く未経験なヘビは毒の放出の仕方を知らないため、自己防衛のために過剰に毒を出すことがままある。四十センチの幼いヘビでも、人間をあっという間に殺すことができる。

直後、タイが丸太を跨いだ。そこにはオリーブグリーン色のマツゲハブが巻き付いていて、攻撃態勢に入っていた。彼の外腸骨動脈からわずか二・五センチの場所だ。ヘビに触れる、あるいはヘビの頭上で足を動かし、ヘビの上に座ることさえ簡単にできる状態だった。

僕が名前を呼んだとき、彼は五歩くらい先を歩いていた。「おい、タイ！　この丸太に巻き付いている毒蛇に噛まれるところだったぞ！」と言って、トレッキングポールの先に硬く巻き付いている小さな緑色のヘビを差し出してみせた。

タイは何もかも経験済みと言わんばかりの笑顔を僕に見せると、信じられないといった表情で首を振った。そして前を向くと、赤十字がローマンの捜査を打ち切ろうとしている町に戻るため、照りつける太陽のなか、急いで歩いていった。

第31章　ネグリトスの滝

公式な捜索は終了した。疲労困憊の様子の赤十字ボランティアたちは、それぞれが自宅と仕事に戻っていった。会議のなかでドンディは、息子が違法に公園内に入ろうと計画していたこと、そもそも、違法に公園内に入った人物を捜索することは難しいこと、彼のために例外的な捜索が行われたことを念押しするように言った。別の捜索で必要なリソースが息子の捜索で使われてしまっていた。赤十字とＭＩＮＡＥは、確固たる証拠がない限り、捜索を再開させることはない。

またドンディは、デイビッド・ギメルファーブの痛みの伴う事例を出して、懸賞金を提示することを思いとどまらせた。彼が姿を消して四年が経った二〇一三年に、両親のもとに複数の情報が電話で寄せられたそうだ。受話器の向こうの人物は、麻薬カルテルが息子を人質にしていると伝えた。懸賞金の二倍を支払えば、居場所を教えると言った。ＦＢＩの捜査官たちは、

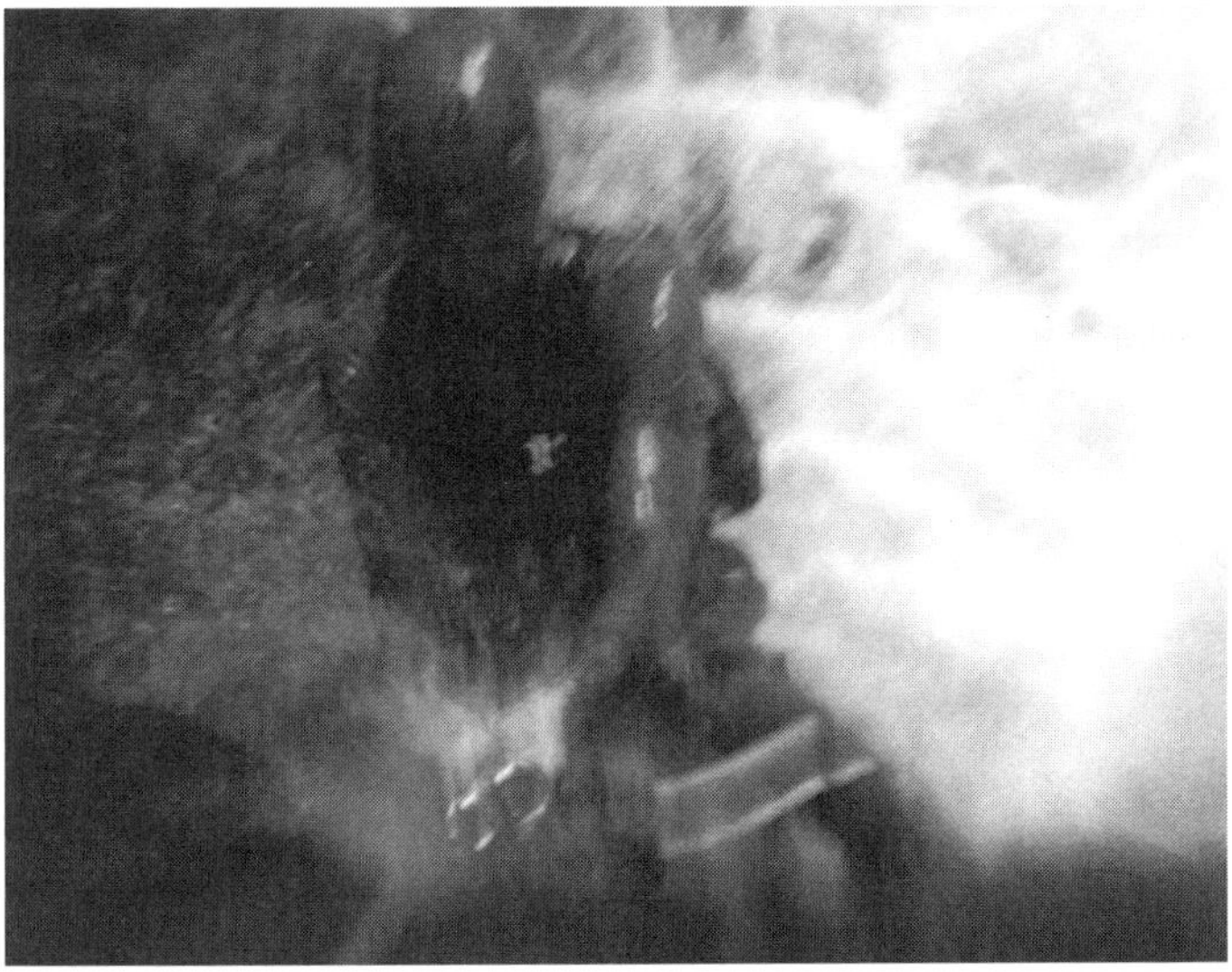

2014年8月11日 スティーブ・ファスバインダーがネグリトスの滝を垂直下降しているところ

ラテンアメリカの犯罪者が失踪者の家族をも利用することを熟知していたため、その電話を詐欺の類いだと判断した。拘束している人質の身代金の要求に、そこまで時間をかける可能性はないに等しいからだった。

ドンディが赤十字の最後の捜索を宣言したその日、タイが妻と幼い娘のもとに帰っていった。僕は落ち込み、孤独を感じていた。イグアナロッジでまんじりともせず、両腕を縛られたような状態で、一日一日が重要な意味を持つと知りながら過ごしていた。一人きりで過ごす時間は、むせび泣いた。すぐに気持ちを立て直したが、次は罪悪感が募った。

僕はだめな父親だったのか？

親は子に怪しい錠剤を手渡したり、一緒に麻薬を楽しんだり、酒を飲んだりするものではないし、僕と息子にもその経験はない。その代わり、僕らは子どもたちに見知らぬ国へのチケットを買い与えた。旅行はそれ自体が中毒になりえる。冒険は中毒そのものだ。旅の途中で行方不明になったローマンを捜索していた僕の行き着いた先は、自分自身だった。ただ単に、国境を越えた旅へ、大自然の冒険のリスクへと導いただけではない。僕は何度も何度も息子を巻き込んだ。親子関係の大部分は――彼の名前だってそうだ――コルコバードという未開の地への違法侵入のような経験の上に成り立っていた。

自然のなかで息子と一緒にやってきたことのすべてが間違いだったという思いを、払拭しきれずにいた。結局のところ、ウムナックでカウボーイたちが目の当たりにした無責任な父親が、僕の正体だった。当時六歳の息子に怪我をさせなかったことは確かだが、二十七歳の青年がジャングルのなかで経験した失踪と衰弱の責任は、すべて自分にあると思えてならなかった。こんな考えに支配されるたびに、イギリスの詩人アルフレッド・テニスンの言葉が浮かんできた。

何が起ころうとも、これは真実だ
極限の悲しみにいてもそう感じている
愛した人を失うことは

全く愛さなかったよりもいいはずだ

ローマンへの愛は——そしてペギーとジャズへの愛は——自然のなかで共に過ごした時間のなかで、より強く、深いものとなったのだ。僕はそれを手放さない。これまで生きてきたなかで、これほどまでに自分が無力だと感じたことはなかったとしても。

こういった瞬間の思いが僕を悩ませたが——そして今でも悩ませる——自然のなかで僕らが築いた繋がりは、僕らの間にある何よりも本当の繋がりだったと考えることにしている。ローマンが行方不明になり、命を落としかけている理由が、家族で過ごしたオーストラリア、ボルネオ、アラスカの荒野だった一方で、僕らがそこで一緒に過ごした時間が、僕をここまで赴かせ、彼を捜すためなら何でもしようと思わせたのだ。

その後、タイの友人でアンカレッジ在住のオーレ・カリーロと、僕の友人スティーブ・ファスバインダー、スティーブの女友達で、スペイン語話者であり同僚のアルミダ・フエルタが来てくれることになった。二人ともコロラド在住だ。オーレにはタイの荒々しい野生スキルはなかったが、タイ以上に気さくな人間で、同じぐらい旅の経験が豊富だった。そのうえスペイン語に堪能だった。スティーブのことは、共にアラスカ南岸をビーチバイクとパックラフトで三百キロ以上旅をして以来良く知っていたが、アルミダについては、あまり知らなかった。どちらも熱帯雨林での経験はない。

一方、オサ半島内にあるプルペリアやあばら家では、パタ・ロラの話が浸透していた。僕らが懸賞金を出すとの噂も流れていた。状況は僕の手に負えないものとなっていた。しかしこれまでのリスクばかりの人生が、興奮するより心を落ちつかせるほうが何ごともうまくいくと教えてくれていた。僕の人生で最も重要な旅路である今回、僕は極力自分の感情をコントロールすることができた。

酷い頭痛による目眩で目を覚ました僕は、吐きそうになってトイレに駆け込んだ。胃薬をかみ砕いても、下痢に吐き気が加わるだけだった。役人との朝のミーティングで余計に気分が悪くなった。赤十字に人員と長いロープの提供を申し込み、ネグリトスの滝周辺に投入するという僕の計画を彼らが却下したのだ。国立公園管理者のエリーサ・アルセは彼自身が父親であり、僕の苦しい立場を理解していたが、公園関係者以外がこの地域に入ることは違法だと断固として譲らなかった。

僕は渓谷を懸垂降下《ラペリング》する計画を自分の胸の内に留めた。どの役人も僕に腹が立っていることをはっきりと表明していた。僕がコルコバード国立公園内に立ち入ったこともそうだし、僕が再び立ち入った、あるいは近い将来立ち入るだろうことについても立腹していた。アラスカでは、ペギーが各方面に電話で連絡を入れ、フェイスブック上で寄せられた友人たちからの支援の申し出に目を通していた。そのほとんどが、コスタリカに友人がいるという連絡だった。

息子さんについて聞きました。実はお隣さんの甥っ子が、グッドタイムスと呼ばれるサーファーのための保養地をコスタリカに所有しているんです。しばらくコスタリカで暮らしているようで、スペイン語は上手らしい。情報をもらえれば彼に伝えることができるし、情報を集めてくれるかもしれませんよ。

多くの人が本気で助けてくれようとしていた。しかしコルコバード、プエルト・ヒメネス、そしてカラテのあたりで誰に聞いても、結局はパタ・ロラの話しか出てこない。僕らに必要だったのは熱帯雨林の捜索に慣れた人たちの支援と熟練の救助スキルだった。二人とも歴史の長い探検家クラブの会員であるミード・トレッドウェルと彼の友人のジョシュ・ルイスがそういった類いの支援を後押ししようとしてくれていた。ミードは上院議員選挙活動の忙しい合間を縫って尽力してくれた。

ミードはコスタリカの役員に対して紹介状を書き、僕のことを「熱帯雨林のように非常に困難な状況下での冒険や救助活動で定評がある人物」と説明してくれていた。大使館に対しては「打ちひしがれた親」というよりは「このような厳しい状況下の捜索において不可欠な人物」であると説明した。最終的に、ＭＩＮＡＥは僕が公園に立ち入ることを許可した。ミードの尽力とジョシュ・ルイスの人脈が実を結んだのだ。

コロラドの大手石油精製業者の子息であるジョシュには、コスタリカのサン・ホセで弁護士をしているユアン・エドガー・ピカードという古い家族ぐるみの友人がいた。ユアン・エドガーの父親はコスタリカの政界に太いパイプを持ち、それはユアン・エドガー本人もそうだった。ユアン・エドガーはコスタリカ大統領のルイス・ギジェルモ・ソリスやアメリカ国防長官と同等の役職である公安局長官のセルソ・ガンボア・サンチェスと個人的な友人だった。

ガンボア長官は僕と友人が特別に公園に立ち入る許可を出す手紙に署名してくれた。条件として、パスポートのコピーの提出と、万が一我々が怪我をしたり命を失ったりしても、コスタリカにその責任を問わないと誓う公正証書に署名し、ファックスでサン・ホセに送信することが課された。同時に、MINAEの許可証とレンジャーたちと一緒に行動することを要求された。

一刻も早くジャングルに戻りたかった僕は、ゼレドンのGPS座標を書類に書き込み、MINAEにファックスし、許可証ができ上がったらレンジャーに持たせてくれと提案した。オーレ、スティーブ、そして僕はドス・ブラゾスを許可証もなくレンジャーもいない状態で出発した。もし捕まえたら逮捕だというドンディの脅しを考慮して、髭をそり落とし、警察やMINAE、赤十字の車が通ると後部座席で身を隠した。彼らがローマンを公園内で捜索するより僕を思いとどまらせることに躍起になっていることを考えると、がっかりした。

複数のスポーツを行うアスリートであり冒険家のスティーブは、六十メートルのロープを二本と、懸垂下降するためのクライミングギアをネグリトスの渓谷に持ち込んだ。渓谷の上部と下部に滝があり、ロープがなければ渓谷にアクセスするのは不可能だ。我々はゼレドンの小川に歩いて入り、小川の上側のわずかな平坦地にキャンプを設置し、エル・ティグレの滝と繋がるネグリトス支流まで降り、複数ある滝の最初のひとつを滑るようにして下った。ローマンは一番低い位置にある滝を登ったとジェンキンスは言っていた。そこから落下したのかもしれないと考えたのだ。自然界に存在する滑りやすいスロープを勢いよく落ちるという、まさにハリウッド映画のような展開だ。

午後の早い時間ではあったが、雲が太陽を覆い隠していた。もうすぐ雨が降る。我々は最初の懸垂下降をするため、小石の多い壁から削り出された椀状のプールにロープを垂らした。

「オーレ、クライミングの経験は？」とスティーブが気軽な感じで聞いた。

「いや、あまりないですね」とオーレは返し、「でも懸垂下降の経験はあるんですよ」と言った。

「アセンダーと固定したロープを使ったクライミングはどう？」

微笑みながら、彼は頭を振った。「それは未経験ですね」

スティーブと僕は長いロープを伸ばして滝を下り、そしてもう一ヶ所の滝を下った。オーレが続いた。スティーブは下流にあるスロットキャニオン［長く細い通路］の奥まで様子を見に行った。彼が戻るまでに雨脚はきつくなっていた。スティーブは雨音に負けないような大声を張り上げ、「もっとロープがあれば行ける！　でも、今すぐここから出なくちゃ！　**今だ！**」

鉄砲水を多数目撃してきたスティーブは、離れるべき時を知っている。峡谷を全員が脱出するまでに、小川は渡ることができないほど水位を上げていた。ギリギリの脱出劇だった。滑りやすい渓谷の壁をよじ登り、危険な場所にいる二人の友人を心配しながら、国立公園事務所の役人と赤十字が僕のことを心配するのは当然のことだと理解した。

翌朝、オーレはキャンプに留まった。スティーブと僕はネグリトスの滝を懸垂下降し、降り立った場所でロープを切っていった。そうすることで、アセンダーを使って登り、キャンプに戻ることができるからだ。滝と滝の間で、緑色の藻と苔にコーティングされたようなスロットキャニオンを勢いよく流れるネグリトス川を、水に揉まれるようにして僕らは進んだ。

滝は丸太と木で埋め尽くされるようだった。その途中で、壊れた鉈を発見した。錆びた刃が突き刺さった丸太が小川に渡されていた。数週間前にローマンが置いていった持ち物としては古すぎるように思えた。壊れた鉈という痕跡以外は何も見つからなかった。ジェンキンスと出会ったローマンが語ったように、最後に下降した滝の下側では、岸壁はかろうじて渓谷まで抜け出ることができる程度に傾いているだけだった。

三日目になり出発するまでに、ネグリトスの溝だらけの滝と上流のエル・ドクター支流も徹底的な捜索が必要だと僕は確信するに至っていた。ゼレドンの小川はネグリトスと別のエル・ティグレの支流の間にあるが、エル・ティグレについては調べることができていなかった。ただ、そこに行くのはとてつもなく困難だった。すべての官僚主義的手続きをなぎ倒して進まねばならないからだ。

第32章　ピエドラス・ブランカス

我々がコルコバードの渓谷を捜索している間、コロラドから来ていたアルミダ・フエルタは町の人々に話を聞いていた。多くがパタ・ロラの話をしたが、新しい話も聞くことができた。オサ半島在住のショーン・ホーガンというアメリカ人が、七月七日から八日の間にプエルト・ヒメネスで平日の朝に出会った外国人《グリンゴ》についてこう説明したのだ。「行方不明者のポスターに掲載された人物に似ていたけれど、もっと日に焼けていて、もう少し痩せて、年を取っていたように見えた。長旅で着古したような衣類を身につけていた」。ショーンが出会った若者は、物静かでボランティア活動を熱心にする様子はなかった。その代わり、その男性はショーンに質問したという。僕にはそれがローマンらしく思えた。

正午近くにドス・ブラゾスまでローレンが迎えに来てくれた。イグアナロッジに戻り、ジョシュ・ルイスとその妻ヴィックと一緒に座って話をした。ジョシュとユアン・エドガー・ピカー

2014年8月 ピエドラス・ブランカスのロイ・アリアスの家

ドの家族はアメリカが本拠地だが、世界的視野で活動するキリスト教系政治団体フェローシップを通じて固い絆を結んでいた。僕はこの組織の影響力と広い活動範囲に驚き、アメリカ軍関係者で救助の専門家の参加を促すその努力に感謝することになる。ジョシュと妻はアラスカから飛行機に乗って助けに来てくれた。白くて立派な顎髭とアロハシャツの彼は、まるで休暇を楽しむサンタクロースのようだった。

ジョシュはサン・ホセからやってきたコスタリカ人の運転手を雇っていた。昼食を食べながら、運転手は熱心に前夜にバーで聞いたというパタ・ロラの話をしていた。僕はうんざりしつつ、**それは**僕の息子ではないと説明するのに疲れ果てていた。運転手の表情は特徴的だった。「この親父は息子をバラ色の眼鏡で見てきたんだろう」とでも言いたげだった。

ペギーは電話で「パタ・ロラとローマンが一緒に

いたと言っている人たちに質問したほうがいいと思う。ATMに関しては、パタ・ロラが嘘をついたことはわかっているんだから。少なくとも、その理由は調べた方がいいと思うわ」と言った。

　パタ・ロラがドス・ブラゾスとカラテの間をグリンゴと一緒に横断したことは間違いないと僕は考えていた。複数の人間が二人を目撃している。僕が知る必要があったのは、パタ・ロラと一緒だった「コーディー」が僕らの息子のローマンだったかどうかという点なのだ。ピエドラス・ブランカスに行くべき時が来ていた。ドス・ブラゾスからカラテを結ぶ「パタ・ロラのトレイル」の中間地点にある場所だった。

　ピエドラス・ブランカスの中心には、唯一の常設構造物で、ロイ・アリアス所有の二階建ての家があった。ロイ・アリアスは金鉱労働者で、信頼のおける人物だとローレンは言っていた。パタ・ロラとコーディーはカラテに行く道すがらロイを訪ね、彼の家の近くでキャンプまでしていた。イグアナロッジのチコというニックネームの庭師がそこに連れていってくれると言った。チコの父親はテルチオペーロ《ベルベット》に殺された。地元ではベルベットのような肌を持つ毒蛇という理由でそう呼ばれている。チコはその時、子どもだったという。

　四時間ほど休みなく歩き、ロイ・アリアスの家に到着した。開放的な家の外の草原では白いポニーが放牧されていた。家のなかにはハンモックがいくつかぶら下がっていた。一階には洗濯紐に干されたカラフルな衣類があった。ピエドラス・ブランカスの金鉱労働者たち数人に質問をすると、ドス・ブラゾスの目撃者の話に大筋で似通っていた。僕のノートにはガイドのルイがコーディーの印象をこう証言したと書かれている。「三十歳以上。黄色がかった茶色い髪、眼鏡なし。髭なし。（私より）髪が多く後ろに撫でつけていた。クロックスを履いていた。大きなショルダーバッグから取り出したマリファナを吸っていた」

　次に我々はロイ・アリアスを追った。金鉱労働者の制服とも言える膝丈のブーツ、ぶかぶかの半ズボン、そして袖のないTシャツを着たロイは四十代に見えた。パートナーのチェロと一緒に金鉱床で採掘をしているところだった。二人は筋力だけで流れを動かし、古いシャベルで鉱床をせっせと掘り起こして、九十センチのスルースボックス［川の流れる方向に合わせて設置し、上流からの土砂を流し込むことで、中央の段差に鉱物がひっかかる］に金を流し入れていた。僕は二人に最近撮影されたローマンの写真を見せた。ローマンが近くに引き寄せたビキニ姿の友人二人と一緒にポーズをとる姿を見て、二人は楽しそうに笑い、頷いていた。

　オーレが通訳をした。「ロイもチェロもパタ・ロラと一緒にいたのはこの写真に写る人物じゃないと言っているよ。その男はこの写真の男とは似ても似つかなかったそうだ」金鉱労働者たちはパタ・ロラと一緒にいた外国人はスペイン語を少ししか話さなかったと言った。料理をしなかった。折りたたみ式のテントで眠り、クロックスを履いていた。そのクロックスが僕には腑に落ちなかった。

　アラスカ・パシフィック大学勤務時代にコルコバード国立公園を横断したとき、十一歳だったローマンは長さ十五センチの椰子の棘がサンダル履きの学生の足に突き刺さった様子を見ていた。カールと僕で学生を馬に乗せてゴルフィト病院に行かせた。続発性感染症を治療するため、学生は抗生物質の点滴が必要となった。腰につけるパックのなかに入れて半年も持ち歩いた。クロックスを履いたコーディーなる人物が、パタ・ロラと一緒にピエドラス・ブランカスからカラテまで歩いたかもしれないが、それは僕の息子のコーディー・ローマンではない。

この時までに、コルコバードを横断したローマンが戻るはずだった日からは一ヶ月が経過していた。先行きが不安でなんでも挑戦するつもりだった僕は、霊能者から寄せられた地理的座標を確認してみることにした。コルコバードの観光客の集まる場所シレナ近くのオフトレイルで、カラテからは丸一日かけて徒歩で到達する地点だった。プエルト・ヒメネスからシレナまでは徒歩、ボート、あるいは飛行機でのみアクセスできる。我々は飛行機を使った。その方が値は張るが速いからだった。

オーレ、スティーブ、アルミダ、そして僕には、免許を持ったガイドに参加してもらう必要があった。パイロットが勧めてくれたのは、若きネイサンだった。ネイサンは僕らの計画を聞くと目を見開いた。「トレイルを外れるなんて無茶ですよ」と彼は強調した。「そんなことしたらクビになってしまいますよ。それに免許だって失いかねない」最終的にネイサンは自分の人生をかける勢いで、僕らを先導してくれることになった。コスタリカの人たちにとって家族は重要で、僕らがこの地で出会った人たちはそれぞれ、できる限りのことをしてくれた。誰もが僕に息子を見つけて欲しいと願っていた。

シレナへは、ジャングルが海へと流れ込む、狂おしいほど美しい海岸線をなぞるようにして飛んだ。喜ばしくはない理由で熟知することとなった地形を僕は見渡していた。プエルト・ヒメネスを出て十五分で、セスナ機は草の生えた滑走路に降り立った。ランチタイムで観光客が遊歩道を埋め尽くし、プラットフォームに集まっていた。ネイサンのような若者が三脚に望遠鏡を設置して、樹上の猿やオオハシ、ナマケモノを指さしていた。

十五年前、エコツーリストが少なく、ガイドが必要なかった時代、ローマンと僕でアラスカ・パシフィック大学のクラスのメンバーと、ロス・パトスからシレナまで歩いてそこで数泊したことがある。森のなかで、ローマンがアリとシロアリを戦わせた。ジャングル内の戦争において、不倶戴天の敵同志だ。

「どちらが勝ったんだい？」と僕は彼に聞いた。「ノズルのついた頭のシロアリの兵隊が、べたべたしたものを飛ばしていい戦いをしていたよ」と彼は言った。「でも、勝つのはいつもアリだ。兵隊の数が多いもん」

ローマンは貯蔵庫のあたりを嗅ぎ回り、フルーツコウモリを捕まえた。空を飛ぶことができる動物ほど、捕まえるとうれしいものだ。ローマンが捕まえているというのに、コウモリは舌をローマンの手袋にまで伸ばし、探っていた。夜にだけ咲く花の白いチューブ管から蜜をすする、その細長くピンクの舌を観察していたローマンは不思議がっていた。

そこには人に慣れたオオハシもいた。ローマンはその黄色と栗色の混ざるくちばしに触れたことがあった。「どんなさわり心地？」と僕は聞いてみた。

「重くて硬そうに見えるけど、そうじゃないよ。中が空洞で軽いんだ」

シレナでの思い出はとても鮮やかで、友人たちの後ろを歩きながら僕は、こっそりと目元をぬぐっていた。

霊能者が教えてくれたＧＰＳの座標の近くで、ネイサンは上を見やり、そしてトレイルに視線を移した。海岸線がはっきりと見えると、彼は静かな声で合図を出し、三メートルの幅の観光客用トレイルを離れ、低地の森に向かっていった。トレイルから五十メートルも離れていない場所で、十数頭のペッカリーと遭遇した。ピットブルほどの大きさの野豚は好奇心旺盛で、僕らに近寄って触れそうだった。ぴくぴく動く鼻が僕らの膝のにおいを嗅いでいた。

僕は必死に、ローマンがアラスカから持ち込んだネイビーブルーのフライシートがついたケルティーテントを探した。**彼を見つけたら何て言おう？　何が最善で、何が最悪のシナリオだろう？　なぜ彼はよりによってこんな場所に辿りついてしまったのか？**　頭の高さまであるヤシと背の高い林冠層の板根の下を通る、足首まで浸かる水のなかを、ペッカリーは二十分もの間僕らについてきた。

ペッカリーは豚と同様、雑食性の清掃動物だ。最悪のケースを想像せざるを得なかった。泥だらけの森の深い場所まで進むが、折れた枝に押された椰子の葉が泥に固定されている以外、何もなかった。誰かの気配も、足跡も、テントも、匂いもない。あるのは再び迎えた行き詰まった状況だけだった。

第33章　国内戦線

心理学者キューブラー・ロスは、悲しみを五段階に分けている。否認、怒り、取引、抑うつ、そして受容だ。こういった感情が数週間にわたって僕の中で渦巻いていた。コスタリカの誰もが、悲しみと付き合うには強さ《フエルテ》が必要だと言った。僕は努めて普通に暮らすようにした。書いて、写真を撮って、話をして、笑うのだ。それでも、何をやっても思い出に行き着いてしまい、時には強すぎる悲しみが襲ってきて、それがこれ以上ないほど強くなり、全身を痛めつける。しばらく泣き、そして仕事に戻った。

シレナの後、イグアナロッジからペギーに電話をして、オサ半島を離れ、サン・ホセに行くと告げた。軍の支援を得るためにメディアへのキャンペーンをしようと、ジョシとミードが提案してくれたのだ。優しく、力強い彼女の声を聞くだけで、ネグリトス、ピエドラス・ブランカス、そしてシレナで手詰まりになってしまった自分に力が与えられた。彼女は決して落ち込

2014年8月　アンカレッジの自宅キッチン

んだり、塞《ふさ》ぎ込んだりしているような話し方をしなかった。明るく、共感し、支えてくれ、愛情深かった。誰よりも僕に強さを与えてくれたのは、ペギーだった。

故郷アラスカで、彼女は僕よりもずっと大きな困難に立ち向かっていた。少なくとも僕は、他人の行動に期待するだけではなく、自分で行動に移すことができた。僕とは違って、ペギーは電話やメールに応答し、援助と支援をコーディネートしていた。物語を求める記者や支援をオファーする見知らぬ人と交流をしていた。まさにフルタイムの仕事だった。

経費もかさんできた。食費と滞在費、レンタカー代金、国際電話、助けに来てくれた友人のための物資補給の確保、ガイドの雇用などにかかった費用だ。ペギーは親族、友人、元生徒、そして見ず知らずの寛大な方々から寄せられた寄付金を管理し、おかげですべての費用を賄うことができた。

二〇一四年のワイルダーネス・クラシックは僕の不在のまま始まっていた。二人乗りパックラフトを使って友人と参加しようと計画し、ルート終端近くにある雄大なタナ氷河を大胆に下ってやろうと思っていた。悲劇的なことに、二〇一四年の参加者で、人望が厚く、人柄がよく、経験豊富でベテランのレーサーが、氷河の崩落で増したクラス4の氷混じりの急流でラフトをひっくり返し、命を落とした。三十年以上にわたるレース史で、何度も瀬戸際の状況を経験しながらも、参加者の死は初めての出来事だった。参加者たちはレース開始前に、ローマンの救助のためにと参加費を全額寄付してくれていた。キッチンテーブルの上の、命を落としたレーサーからの小切手は、冒険には取りかえしのつかないことが起きると、私たちに伝えているのだとペギーは言った。

まるで母グマのように、ペギーは子どもに迫る危険に真正面から向き合った。常に近くに携帯電話を置き、朝も夜もコンピュータに向かって何かを書き込み、僕から聞いた新情報を伝え、人々から寄せられる同じ質問に、繰り返し答えていた。息子は生きていて、無事だと確信できたとき（僕らを無視しているだけだと考えたとき）の高揚感、そして彼が行方不明になり、怪我をして、苦しんでいるのではないか、もしかしたら最悪のことが起きているのかもしれないと考えたときの気持ちの落ち込みを、互いに分かち合った。

ペギーは家からでしか処理できない様々な雑事を取りしきってくれた。二〇一二年に撮影された古いローマンの写真をコスタリカ当局に渡してしまっていたため、ペギーはより新しい写真を探してくれた。ハワイ在住で彼の友人のデナリと撮影した一枚、アンカレッジの自宅で妹と撮影した一枚、アラスカのプリンス・ウィリアム湾にケイトリンとボートで釣りに行った時の一枚、旅友達とグァテマラで撮影した一枚だ。にっこりと笑っているから、歯並びのよい真っ白い口元が印象的だった。フエルザ、赤十字、そしてMINAEに配布するため、ペギーはこの数枚の写真をコスタリカに送ってくれた。

国際的な取り決めにより、アメリカ全州の州兵が同盟国と協力して人道的な危機に対して支援活動をしているが、そのことはあまり知られていない。トレッドウェル副知事がニューメキシコの州兵をコスタリカに送り、捜索に協力させてもらうのはどうかと提案してくれた。この提案について実行に移してくれるよう、ペギーはアラスカ在住の政治家たちに働きかけた。

ローマンの銀行取引の内容を開示するよう銀行上層部に頼みこんでくれたのもペギーだ。「この経験から学べることがあるとしたら」と彼女は友人に語っている。「子どものために作る銀行口座の名義は本人以外の誰かにするということ。そうしておかないと、子どもたちが最後に銀行取引をした場所がどうしても知りたくても追跡は不可能になるから」

アラスカ州民主党事務所が、当時上院議員だったマーク・ベギッチが行方不明者の捜索に手を貸していると教えてくれた。ただ、彼自身、あるいは彼の事務所がそのように発言したわけではないし、次の選挙を視野に入れた現職の民主党上院議員が、十一月の選挙で自身の後任としての席を狙う共和党のトレッドウェルに手を貸すとは思えなかった。

大使館、FBI、上院議員事務所といった当局者たち全員が同じ質問を繰り返した。ローマンはフェイスブックのページを持っているか、携帯電話を持っているか、GPSを持っているか、彼の経験値は、彼から最後に連絡があったのは、それから、それから……。コスタリカに入った初日に僕が赤十字に返したのと同じ答えを、ペギーはアメリカ当局に伝え続けた。

ペギーもローマンと同じで、フェイスブックを使ってはいなかった。今となっては、人々と繋がり、近況を報告しあう最高のツールだとペギーは気づいたようだった。親族、友人、元ガイドなどが援助の手を差し伸べてくれていた。しかしフェイスブックの友人たちは、面識のある善意の人々や友人の友人たちが、あっさりとコルコバード国立公園に立ち入れるわけではないことを知らなかった。

もし公園内に立ち入ることができたとしても、密猟者や違法な金鉱労働者が使う標識のない小道や隠されたトレイルを進むことができるほどジャングルに精通したフェイスブックの友達は、果たして存在しているだろうか。

目の高さにいるアオハブや足元にいるフェルデランスをかわしながら、滑りやすい泥道を、棘のある枝を摑まずに進める人がどれだけいるだろう。

ジャングルを進むには危機察知のための四つの目と第六感が必要とされる。オンライン寄付サイトでのキャンペーンで費用が捻出できたとしても、実際に現場にやってくる時間があってそういった能力のある人が一体何人いたのだろうか。

最初、ペギーはそんな人たちの名前と連絡先の詳細を記録していた。宿泊場所を提供してくれるという人、地元の通訳を紹介してくれるという人がいた。しかし我々の捜索は違法でリスクが高かったので彼女は記録していくのをやめて、その代わりに手を上げてくれた人たちに丁寧に感謝の意を伝えていった。二週間もすると、眠れない夜、ひっきりなしの連絡、息子が行方不明だということに対するストレスがペギーを疲労困憊させた。息子が経験しているかもしれない状況を考えるだけでますます平静を保つことが難しくなっていった。なにしろ食料のない状況で三週間も行方不明なのだ。

ペギーは自分が抱える恐れを友人たちには打ち明けていたが、僕には決して打ち明けなかった。ローマンが生きていると確信していたし、僕にも彼女のその信念が必要だった。苦しみの初期の段階で、彼女は落ち込み、激しく、そして何時間もむせび泣いていた。目の前にあるタスクに集中するために、悲しみを体の中から流し出すようにしていた。電話とコンピュータから少し離れるように彼女をベリー摘みに誘い出し、散歩やただの無駄話に付き合ってくれた友人たちもいた。祈り、愛、そしてお金を差し出してくれた。気晴らしのために、自分たちの子どもの話をしてくれた。

ペギーの義兄スティーブ、妹のモーリーン、カール・トビンと友人たち、隣人たちが、何もかも投げ出して南へと向かった僕の不在時に家の改装を完成させてくれていた。スティーブとモーリーンはペギーと一緒にリビングルームの床を剝がして、紙やすりをかけてくれた。その様子の写真をペギーが送ってくれていた。素晴らしいできばえで、ペギーは心配から解き放たれ、気分転換ができたようだった。「忙しくしているほうがいいみたい」と彼女は書いていた。「悲しみが押し寄せてこないもの」

七月二十九日という早めの段階で、トレッドウェル、アラスカのリサ・ムコウスキ上院議員、マーク・ベギッチ、ドン・ヤング下院議員、フロリダのビル・ネルソン上院議員、そしてジョン・F・ケリー大将を含む何人もの大将たちが、州兵が間もなく派兵され、地上部隊が災害現場に派遣されると考えていた。

しかし八月中旬になって、ペギーが州兵の動きに左右されることに耐えられなくなった。行ったり来たりの状況、報道に対して気を遣うこと、議員に訴えてくれと頭を下げて回ること、訓練を積んだ少人数の救助隊、空軍パラレスキュー部隊を現場に送る許可をオバマ大統領から取り付けるための連絡先の管理は、数日から数週間にわたる仕事となっていた。ペギーと僕が見ることができたのは、刻一刻と過ぎる時間だけだった。

「こんなクソみたいなことどうでもいいから、ローマンにジャングルに戻って全員ぶっ飛ばしてやれと言いたい気分よ。生きていたらね。こんなことのおかげで、あの子は死にかけているかもしれないし、もう死んでしまったかもしれない」と彼女は友人に書き、壊れた夢と空約束に打ちひしがれていた。

物事が進まないことにフラストレーションを溜めたペギーはベギッチの事務所に辛辣なメールを送った。

ジャングルのスキル、ロープを使用した救助のスキルを持つ人たちについて、何も知らされていない状況です。三週間も必死にやってきたんです。あともう少しというところまで近づくのに、押し戻されてしまいます。マークがどれだけやってくれたか知りませんが、まだできることはあると思います。**お願いです。電話一本でいいんです。**共和党が頼りなんです。本当です。あなたたちは力を持っています。マークには力を尽くしてほしいのです。

このメールが功を奏した。ベギッチが翌日電話をかけてきた。しかしワシントンDCからサン・ホセに送られた政治家の約束は、僕が霊能者からもらったシレナ近くのGPSの座標と同じぐらい空虚な希望だった。

第34章　援軍

コスタリカに戻り、サン・ホセにいたジョシュと妻のヴィックに合流した。同情を求めてとぼとぼと歩くポニーのような気分だった。ユアン・エドガーの政治家へのコネクションとコスタリカのメディアへの露出が、捜索に対するアメリカの軍事的支援をコスタリカ政府に受け入れさせるのではないかと期待していた。一方で、ミードはパラレスキュー隊のような特殊部隊の兵士たちをコスタリカに送り込むために、裏ルートを使って努力を重ねていた。

ミード、ジョシュ、ユアン・エドガーの全員が確実だと思っていた。ローレンは疑っていた。コスタリカ人は軍隊を持っていないことを誇りと考えている。「プエルト・ヒメネスにブラック・ホーク・ヘリコプターがランディングするのは見たいけれど、でも、わかって欲しい」と彼女は微笑んで言った。「それはあり得ない」

ローマンの失踪は全米ニュースとなっていた。「メンズ・ジャーナル」誌、ＡＢＣニュース、

2014年8月　ユアン・エドガー・ピカード。サン・ホセにて

セレブリティやメディア、冒険家協会の人たちが僕に連絡をくれた。まるでマラソンのような電話連絡の途中で、ミードが連絡をくれた。「南方軍トップの野郎と連絡がとれた……なんとケリー大将だぞ！」

四年前、ジョン・F・ケリー陸軍大将は当時二十九歳だった海兵隊員の息子をアフガニスタンで地雷によって失っていた。ケリー大将本人からミードに連絡があり、コスタリカに対して特殊部隊の派遣を要請した当日に詳細を知ったと教えてくれたらしい。「何ができるかわからないし、それが法に則ったものかどうかも分からない」とミードに言ったが、ケリー大将が動き始めたのは確かなことだった。

僕は名誉に思ったし、光栄だったし、そして圧倒されてしまっていた。信じられなかった。ついに地上部隊がやってくる！

こういったメディアのスター、大将、上院議員、知事のような力を持った成功者たちは、個性は強いが威圧的ではなかった。ビジョンと信念でものごとを動かしてきた。そして共通のゴールに辿りつくために、「手足」となって動く社会関係のネットワークを駆使した。ジョシュとミードは(そして彼らに関係している人々も)、家族や友人を大切にし、自己中心的ではなく、関係の構築、維持をするような人たちだった。

僕自身の両親、祖父母、伯父、叔母、従姉妹は良い人たちだったが、家族としてはバラバラだった。僕はバージニアに残らなかった。父はあまり長く家族とは過ごさず、妹はロンドンに渡り、母自身、十六歳で家を出ていた。それぞれに理由はあった。それもちゃんとした理由だ。しかし僕が故郷を離れたのは、気ままで自己中心的だったからだ。アラスカへ行って、好きなことをしたいと思ったのだ。

ペギーと僕は、育った家庭よりもずっと良い家庭を築こうと努力を重ねた。僕らの結婚は、みんなそうであるように、困難を迎えた時期もあった。ペギーは一度「あなたは常に素晴らしい夫というわけではなかったけれど、素晴らしい父親ではあるわね」と言ったことがある。僕自身はそれに値しないと思うほど、子どもたちは僕に対する愛情を示してくれた。大学から家に戻ったローマンは、ちゃんとした父親でないと詫びた僕に対して、「何言ってるんだよ父さん……父さんは最高の父親だ。愛してるよ」と言ってくれた。ローマンが僕よりも良い父親になってくれること、それが僕の夢だった。

翌日、アラスカの共和党上院議員リサ・ムコウスキが悪い知らせをメールで送ってきた。南方軍、空軍、そして統合参謀本部のスタッフが捜索救難システム《SAR》は人道支援や災害救助のために存在するもので、ローマンの捜索に対する法的権限はないと結論づけたということだった。アメリカ軍による捜索と救助はコーディー・ローマン・ダイアルに対しては行われることはない。ジェットコースターは再び急降下したのだ。

八月の満月の日、僕は夜空を見上げ、ローマンも同じ明るい月を見上げていると想像した。きっと彼は、僕がどこにいるのか、いつ迎えに来てくれるのだろうかと考えているのではないか。この彼の姿に僕は、コルコバードの山、ジャングル、そして渓谷に戻ることを決意した。国防総省の援助を期待するのには疲れ切ってしまった。僕はジョシュとミードにメールを書いた。「この状況には耐えられません。自分の時間をもっと有効に使いたいと思います。努力してくださったこと、感謝しています」二人は心のよりどころだった。

「法的権限なんて存在しない」と言ったローレンは正しかった。僕は地上部隊が来てくれないことにがっかりしていた。でも、驚いてはいなかった。パタ・ロラのきな臭い話が上に伝わり、動きが止められたのではと考えずにはいられなかった。ジェンキンスの話が本当であれば、そして僕はそれが本当だと信じていたが、**ならば息子はどこにいるのだ?**　ゼレドンに戻らなければならない時は来ていた。

ユアン・エドガーの人脈、ミードの支援、ジョシュのメディア露出に関する後押しのおかげで、公園内に立ち入るための仕組みを作ることができた。そしてアンカレッジの捜索・救助訓練企業ＬＴＲから、元ＳＥＲＥ［「生存、回避、抵抗、脱走」を表す頭文字。米軍パイロットを対象にした訓練］のエキスパート三人が加わった。ペギーの努力の賜物だった。友人たちの支援により、三人がコスタリカまでやってくる飛行機代と、ベラクルスのパックラフティング専門家二人のための飛行機代は、寄付で賄うことができた。

　三十代半ばのブライアン・ホーマーは、ＬＴＲ社の創業者でありオーナーで、捜索、野外医療、ロープ技術、そして救助のプロフェッショナルだった。世界中のプロジェクトに参加した経験があった。二十代後半のクリント・ホームステッドはグリーンベレーとして中東で活躍した経験があり、ロープ使いのプロだった。クリントは筋肉質で引き締まった体をしており、ジャズが通っているアンカレッジのジムに彼も通っていた。三人目のメンバーである三十代のフランク・マーレーは軍で衛生兵の経験があった。アラスカ・パシフィック大学の院生だった頃の彼を記憶していた。

　ＬＴＲ社の他に、ベラクルスでローマンと僕と一緒にパドリングした経験がある友人二人も参加した。ブラッド・ミケルジョンと、ビッグ・バナナを下った際の牽引《けんいん》役トッド・トゥモローだった。僕と急流をパックラフトしたことしかなかったブラッドとトッドだが、トッドは経験豊富なクライマーだし、ガイド役もこなす三十代半ばの男だった。コオリミミズを探す旅でも僕に手を貸してくれたことがあった。トッドとは彼がアラスカ・パシフィック大学の学生のときに出会った。ジャズと一時期交際していたのだ。ＬＴＲ社のクルーと同じく、トッドは野外医療の訓練を受けていた。ブラッドはクライマーで、子どもの頃はスキーヤーで、スペイン語に堪能だった。自然保護活動の専門家で熱心なナチュラリストのブラッドは、世界中の熱帯雨林を訪れた経験を持っていた。彼はアラスカの急流下りでは僕のパートナーとなってくれた。

　このように強靱な友人とコミュニティーのメンバーで作ったチームが準備を整え、喜んでジャングルに向かってくれることは心強かった。唯一、心配だったのは——オーレとスティーブもそうだったが——彼らの身の安全だった。午後の雨は強さを増し、雨はより早い時間から降るようにもなっていて、時には一晩中降り止まず、翌朝まで降ることもあったのだ。雨季が訪れていた。

　サン・ホセから戻った翌朝、原因不明の酷い頭痛と吐き気に襲われた。意識が混濁するような夜を過ごしたあとは、熱の発汗でシーツが濡れるほどで、荷物をまとめることもできなかった。ジョシュとヴィックが看病してくれた。水分、食料、風邪薬を町の薬局で調達してきてくれた。

　食べることはできなかったが、薬と水分を補給したおかげで、外出してミーティングに参加することができた。体調を崩し、一ヶ月以上も息子が行方不明となり、繰り返しお役所仕事に悩まされた僕は、**こんな目に遭うほど自分は罪深い行いをしたのだろうか**と考えた。

　コルコバード国立公園に入る許可を得るには十二ページにも及ぶ入園許可証を作成し、三ヶ所のオフィスにファックスで送信する必要があった。それに加え、一日ごとの機器のリスト、チームの資格、連絡手段の詳細を合計三回の会議で報告した。翌日まで許可は下りない。システムの効率の悪さを感じさせる手続きだった。しかし最も厄介だったのは、MINAEがドンディをチームに入れることを要求してきたことだった。

朝のミーティングにやってきたドンディは、途中通過地点とGPS軌道を記したグーグルアースの映像を壁に映し、必死に注目を集めようとしていた。ドンディは我々に、ローマンは違法に公園内に入ったと繰り返した。公園内で捜すべき場所はもう残っていない、すでにくまなくチェック済みだとはっきり言った。

採掘用トンネルから漂う悪臭の話を延々と続けた。コスタリカ人のガイドの「ドンディは注目を集めたいだけのバレリーナだ」という発言を思い出して、堪忍袋の緒が切れてしまった。もううんざりだ。このミーティングはそもそも、この捜索を成功に導くための計画について話すものだった。ドンディが息子を見つけられなかったことについて、発表する機会ではないはずだ。

立ち上がり、僕は叫んだ。「この一ヶ月間、このナルシストの言い分を聞いてきたが、まったく意味がないじゃないか！　うんざりだ。本当にうんざりなんだよ！」

ドンディはとうとう僕を爆発させたことに満足そうに笑っていた。

僕は彼を残してイグアナロッジにタクシーで戻るため、部屋から勢いよく飛び出した。

第35章　倒木

　ローマンがジャングルに足を踏み入れてから六週間、そして僕が到着してから一ヶ月が経ち、ＭＩＮＡＥはとうとう、僕に自分で結成した捜索チームの指揮と公園内への立ち入りを許可した。

　ブラッド、トッド、そしてＬＴＲ社の三人のプロフェッショナルが、僕とともにゼレドンに繋がるジェンキンスのルートに入った。赤十字、ＭＩＮＡＥのレンジャー、そしてフエルザは観光用に設置されたトレイルを平行するようにして進み、その日の午後、我々に合流した。

　ねじれたような地形はテントを張ることさえ困難だった。オーレ、スティーブ、そして僕が以前テントを立てた場所に、トッド、ブラッドと僕でプラスチック製の防水シートと虫除けのテントを設営した。ＬＴＲ社のメンバーは、ネグリトス上流の炭鉱トンネルに繋がる、ジェンキンスが利用する歩きやすいトレイルに立てたドームテントに身を寄せるようにして寝た。ドンディ、赤十字、MINAE、そしてフエルザの人間はエル・ティグレの北に延びる支流近くでキャンプを立てた。

MINAEのレンジャーの一人は、背が高く、肌の色の濃い、真面目なレンジャーで、ジェンキンスと会った日にフィラ・マタンブレの尾根沿いを、タイとパンチョとともに歩いたキケだった。

ジェンキンスは、ゼレドンの別の三人の金鉱労働者と一緒にいた彼の兄が、離婚のために七月十日に裁判所に出頭しなければならなかったのだと教えてくれた。その日時に間に合うように下流に向かって歩いていたジェンキンスの兄が、エル・ティグレの上流をハイキングしていたローマンと出会っていたというのだ。この情報から、ネグリトスとエル・ティグレ北の支流の間に、ローマンを捜すべき場所が見つかった。例えば、腐敗臭がしたというネグリトスの渓谷の入り口だ。そこを捜索した僕が見つけたのは、死んだアグーチだった。ウサギぐらいの大きさの熱帯雨林の齧歯動物で、ボルネオのネズミジカに似ていた。

垂直下降では、LTR社のチームがネグリトスの渓谷に繋がる溝の両側をチェックした。残りの我々はローマンが滑落する可能性のある崖をチェックしていった。午後はずっと雨が降り、夜になっても止まなかった。翌日は再び一生懸命捜索をしたが、僕が目星を付けた溝、悪臭、エル・ティグレ北部の支流などはすべて空振りに終わってしまった。こういったネガティブな結果が捜す場所を少なくしていった。崖、竹林、地滑り、アクセスできない渓谷など手応

2014年8月　ネグリトスの渓谷の倒木に立つスティーブ・ファスバインダー

えがなさそうな場所はいくらでもあるが、手応えがありそうな場所は少なかった。

　ジャングルを捜索するたびに、誰かが新しい手がかりを見つけたとか、ローマンがとうとう姿を現したかもしれないという希望が、僕を町に引き戻した。でも、町にいればいたで、役人とやりとしをし、取材陣と話し、計画を立て、家族や友人と話し、登録されていない番号からの抜け目ない声、その他全てが、僕をコルコバードに戻って捜索したいという気持ちにさせた。ヘビ、崖、雨、そんなものはどうだっていい。

　夜明けの朝食直後に、トッドと僕は渓谷の縁の上部にある地滑りの跡を捜索した。進みながら話をして、トレイルから外れた。優しく、能力があって、知的な若者のトッドが一緒にいてくれるのは安心だった。トッドが言うには、彼は幼少期からずっと森が好きで、父親はトッドが小さいときにパナマに住むために家族を置いて家を出たそうだ。まったく手がかりがなくなってしまった時、彼のこの話が思い出され、もし息子がパナマに行くからと家を出てしまったらどうするだろうと考えた。ドンディが正しかったのだろう。ローマンはコルコバード国立公園に一度も足を踏み入れていなかったに違いない。

林冠の上のほうから、「誰がごはん作ってくれるの《フー・クックス・フォー・ユー》」とアカハシバトがメロディアスな鳴き声をあげ、僕らは集まり、そしてキャンプに戻った。何も見つけることはできなかった。

その日の夜は雨脚が強まり、風も強く吹いた。山の斜面に吹雪が雪を積もらせ、それがやがて雪崩となり、風雨が樹木を弱らせ、やがて倒木となる。しかし、雪洞、ロケータービーコン、雪崩被害者を掘り起こすためのショベルといった雪崩対策とは異なり、倒木から身を守る特別な技術やテクノロジーは存在しないし、雪崩から身を守るための講習のようなものも存在しない。倒木が危険だという認識がある人がそもそも少ない。しかし男性が命を失う危険なもの《ウィドウメーカー》という言葉は、命を奪いかねない倒木や枝の落下について作られた言葉でもある。

熱帯雨林では、樹木は浅く根を張っている。そして根の腐敗が急速に進む場所でもある。強い雨が樹冠を水で重くさせる。嵐の風の影響で、樹木が折れ、欠け、場合によっては倒れる。ティム・ラモンがパルン山国立公園について「倒木の音は珍しくもなんともない。森に木が倒れずに残っているのが不思議だと思うことさえある」と語っていた。

ブライアン、クリント、そしてフランクは、僕らのキャンプから五分程度の場所にある小さなドームテント内で嵐の夜、眠り続けていた。風が強くなってきた。枝が落ち始め、三人は目を覚ました。しかし「行く場所なんてないから」とクリントが後になって言った通り、三人は場所を移動せずに寝たままでその音を聞きつつ、何も起きないようにと願うだけだった。

明け方三時過ぎ、パン、パン、パンという不気味な音の後に脈動する大きな音、そして何かがスピードを上げて進むような音を聞いた。落下物の動きは速く、進めば進むほど速度が増す。強い風が吹いて、テントはバタンと倒されてしまったのだ！　直後、テントは再び自立し、彼らは怪我することもなく、無事を喜び合った。

僕らはこの木の長さぶん歩いてみた。根元から一番上の部分まで十メートルだ。樹冠の十五センチの枝が、彼らの小さなナイロンテントから十歩程度の場所に落下していた。夜、これが彼らに当たっていたらと考え身震いした。森がどれだけ危険かを改めて実感する機会ともなった。

クリントは翌朝「手も足も出なかったよな」と言い、「体を丸めてパンツを汚すぐらいしかなかったよ！」と冗談を言った。三人は、まるで戦場の兵士たちが張り詰めた神経を緩めるように、笑っていた。

我々はゼレドンの尾根や尾根の溝、そしてブラッドがキケの採鉱場の見回りに参加して以降は、より遠くの場所まで足を伸ばして捜索した。徹底的な捜索が終わり、僕は九十九パーセントの確率で、ローマンはジェンキンスに目撃された場所から八百メートル以内にはいないと確信した。しかし我々はその八百メートルの外側については捜索できていなかった。

最後にローマンが目撃された地点からの距離が長くなればそれだけ、捜さなければならない場所も増えていった。赤十字が諦めたのも無理はない。

このタスクは不可能に思えた。ローマンが公園を後にして、犯罪に巻き込まれたと受け入れることのほうが簡単だった。

それとも、トッドの父親が彼を置き去りにしたように、ローマンも僕らを置き去りにしたのだろうか。

第36章　犯罪行為

ローマンが偉大なる単独の冒険からふたたび僕らの前に姿を現すという考えは――ローレンが明るい声でその可能性を示唆してくれた――確かに別の可能性に取って代わるものだった。でも、彼が僕らを捨てたとなると、僕の家族は失敗したことになる。ドンディやドニャ・ベルタ、マタパロでの目撃証言、そして僕が自分の思い通りの息子の姿しか見ようとしていないと疑う人たちが、彼が僕を見捨てたという種を僕の心に蒔《ま》いたのだった。しかし、それが根付くことはない。ローマンが家族と友人を捨てるはずがない。ローマンは僕らに対して誠実だった。友人に対して、会えることを楽しみにしていると手紙を書いていた。小学校以来の友人にショートメッセージを送って、友情を確認するための近況報告をしていたのだ。

南国でローマンが見た光景、匂い、そして楽しんだ味は、彼にとって家族の思い出に繋がっていたはずだ。ブータンのヒマラヤでチベットコオロギミミズを探した帰り道、ローマンと僕はアンカレッジの自宅に戻るまえにバンコクを放浪した。素晴らしい旅だった。戻りたいとは思わなかった。タイに立ち寄ったことで、風変わりな味を堪能することができた。「熱帯への旅の思い出は……」とローマンはその日の夜、バンコクで僕にこう言った。「父さんがアジアの大国でドリアンを探し求めるシーンで終わるんだ」

行商人のスタンドにあるマンゴスチンの山を見て、ローマンは僕が大好きな、匂いのあるフルーツに気づいた。初めてボルネオに行ったときに食べた「黄色い星形の果物」だ。「見て、ドリアンだよ！」とローマンは言った。八歳の時に食べ、「芽キャベツよりもまずいよ！　オエッ！」と書いた彼は、二十五歳になってもその果物が好きではなかったというのに、僕と一緒に公園のベンチに座り、ゴミ箱の匂いがすると彼が言う果物を、僕が割って、食べるのに付き合ってくれた。

ジャングルにいるのではなく、新しい人生を始めるために去ったわけでもないとしたら、最後の目撃証言のある場所とプエルト・ヒメネスの間で犯罪に巻き込まれた可能性だけが残ることになる。ジェンキンスと仲間でさえ、疑わしいと言えた。キケはブラッドに、容疑者として四人の鉱夫を調べるべきだと進言していた。しかし僕は彼ら四人と長い時間をかけて会話しているし、ジャングルのトレイルをジェンキンスの真後ろについて歩いたこともある。彼らは真実を言っていると僕は信じることができたし、ジェンキンスは正直な人間だった。嘘をついているにしてはあまりにも多くのリスクを負っていた。裏切りの道を進むには早すぎた。

2015年8月　死んだフェルデランスを持つウィリム。ドス・ブラゾスで

鉱夫が鉈をローマンに突きつけて支流を歩かせたのではという考えや、でこぼこの道で彼を誘拐したという考えは、親にとっては悪夢以外の何ものでもなかったが、犯罪捜査は僕の手には負えなかった。犯罪者を見つけ出すにはエキスパートの助けが必要だった。

トッドが持っていた衛星機器を使って、僕はキャンプ地からメッセージを送った。「ペギー、彼は僕が考えた場所にはいなかったし、きっと犯罪に巻き込まれたのだと思う。今週末には君のもとに帰ることにしたよ。また明日」

ペギーは数分後に返事を送ってきた。「それだったら、なおさらそこにいなくちゃ」

ここにいる？　どうしてだよ？　証拠もないっていうのに。

ジャングルを出た時は、全員が汗みどろで、倒木に震え上がっていた。最終日の夜は雨が降らなかったので小川の水位は低く、歩きやすかった。ドンディが僕らをイグアナロッジまで車で送ってくれた。僕はスペイン語で礼を言い、握手をし、フィストバンプ［拳と拳を突き合わせる挨拶］までした。彼は自分の仕事をしただけだった。彼の部下は彼を慕っていた。そして、そもそも彼が正しかったように見えた。ローマンは公園にはいなかったのだ。ドンディは赤十字のランドクルーザーで走り去っていった。彼には二度と会わないし、連絡を取ることもないだろう。LTR社、ブラッド、そしてトッドも家に帰っていった。彼らはペギーと僕が必要としていた手助けをしてくれ、僕らはそれに感謝しかなかった。赤十字とMINAEは彼らの登場を歓迎していた。

数日後、領事館の総領事とバーバラが七時間もかけて、車でイグアナロッジまで来てくれた。ラヴィという名の総領事は、通常の行方不明者に関わる質問よりも、かなり突っ込んだ質問をした。ローマンが持っていた道具について彼は知りたがった。ラヴィはアウトドア用ツールをほとんど使用したことはなかったが、しっかりと把握したかったようだ。僕はインターネットの画像で折りたたみ式のマットやジェットボイルのコンロを見せた。これらはコーナーズ・ホステルに置かれたローマンの黄色いバッグから持ち出されていたもので、僕はそれをローマンが持ち歩いていると考えていた。

ラヴィと僕はすべての可能性を考えてみた。捜査の結果を考えて、ローマンはコルコバードにいないと僕らは結論づけた。ローマンのメールを読んだラヴィは、ローマンが家族や友人を捨てるはずはないとも言ってくれた。「あとは犯罪に巻き込まれた……ですよね」
「……あるいは」と総領事は言った。「そのどれでもない可能性もあるのでは」と彼は微笑んだ。「とにかく、この捜索が終了したとしても、領事館はこの事件をここで終わらせるつもりはありませんし、さらなる調査を行いますから」

精神的に消耗する一ヶ月の捜索を終え一人でイグアナロッジにいた僕は、その場から去りたいと考えたが、そうはできなかった。まだ早い。ペギーとジャズがコスタリカにやって来ることになっていたし、ペギーには計画があった。公園の中を実際に見て、どれぐらいの広さで、その中を進むのがどれだけ困難なのかを知る必要があった。彼女には、自分で捜索することで癒やしを得る必要もあった。

彼の骨を自分の手で取り上げないうちは、僕とペギーが彼の死を一〇〇パーセント確信することは一瞬たりともできなかっただろう。しかし息子を失った可能性に向き合うことは、生涯をかけて冒険をしてきた自分自身の危険な行いに向き合うことでもあった。マクギニスの南東側尾根で命を落としかけたあとも、僕は冒険を即座にやめることはなかった。凍り付いた滝、急流を下ること、木に登ること、氷河を横断すること、それから……すべてがリスキーでスリリングだった。

僕は初めて、自分の死が愛する人たちに与える影響を理解した。しかしさらにショックだったのは、この剝き出しで、明らかな真実に気づくことに四十年という時間を費やしてしまったという事実だった。何十年にもわたる自分勝手な行いが覆い隠してしまった厳しい教訓。それは、死んでしまったらすべてお終いだということ。死んだら何も感じないということ。いつまでも続く痛みを抱えるのは、僕が残してしまった人たちだ。愛せば愛すほど、その痛みは強い。

僕は家族の苦しみの原因にはなりたくなかった。

第37章　ペギーとジャズ

ペギーとジャズがオサ半島に到着した。二人がそばにいてくれることはうれしかった。二人の声を聞くこと、明るい笑顔を見ること、ペギーの温かさをベッドのなかに感じること、彼女に触れられることは喜びだった。二人がいてくれることで、僕には安らぎがもたらされた。二人が強さ《フエルテ》を与えてくれたのだ。

僕らはゼレドンの小川まで行こうとした。エル・ティグレの滝は雨季で水かさが増していた。茶色い急流だったため、三十分ほど上流に行った場所で引き返した。それでも、この日は熱帯の自然を歩いた気分にしてくれた。シロアリを探す小さなアルマジロを見て、その後は熱帯版のアナグマといわれるハナグマが背が高く細い木に登っているのを見た。いつもそうしてきたように、僕らはジャングルの景色や音、においに感嘆したのだった。

母ヤドクガエルが背中におたまじゃくしをくっつけて林床を跳ぶ姿を見て驚いた。それは母性の奇跡だった。母ヤドクガエルは背負ったまま樹冠まで登り、おたまじゃくしを着生植物に残してくるのだ。**母親は強い。**僕が留守にしている間、ペギーはこのようにして生きていたのだと考えた。

ペギーと僕は、幼いローマンを「僕の息子」、幼いジャズを「ペギーの娘」だと考えることが多かった。でも、ローマンはあらゆる点においてペギーの息子でもあった。だから僕らは互いに補完しあう能力と気質に頼りながら、協力してこの難局に立ち向かう必要があった。ジャングルを歩きながら、ペギーはその思いを語ってくれた。彼女はローマンのギアの写真を含む新しいフライヤーを作って貼りたいと言った。「彼を生かし続けるために」と彼女は言い、「記憶に新しい状態にしておくの。誰かが情報を持っているはず。ただ、話題になっていないというだけよ」

友人のつてで、プエルト・ヒメネスで何度か暮らした経験のある若いアメリカ人女性が、オサ半島内で頼ることができる人や場所をリストにして、ペギーに連絡をしてきた。「この人が、別のロッジにも行くべきだって言うの。ドンタロッジ。親切な人がいるし、人捜しが得意な地元の人たちもいるんですって」

「わかった」と僕は言い「そこに行ってみよう。それから？　君のアイデアを聞きたい。僕はもう考えつかなくて」

「ローマンが行くと書いていたルートを歩いてみるべきだと思う。くまなくチェックする。だれも隅から隅までチェックはしていないし、そこに実際に行き、目で見るのよ、彼が行くと言った場所を」

僕たちはイグアナロッジに昼食を取りに戻った。海の風が、椰子の木を撫でる穏やかな波の音を、オープンエアーのレストランまで運んできた。まるで家族旅行のようなその瞬間に、ローマンはいない。暗黙の了解で、僕らはまるで、僕らが見た楽しいできごとを彼に伝え、そして彼自身が大笑いしながら語るユーモアに溢れた話を聞くことができるとばかりに時を過ごした。

2014年9月　イグアナロッジにいるペギーとジャズ

ローマンの妹のジャズは、自分はローマンよりも存在感が薄いと感じていたようだが、そんなことはなかった。学校に行き始める前から、彼女は家族にとって輝くような存在で、家族の中心だった。ローマンがウムナックで最も会いたがっていたのがジャズだ。彼女はローマンを笑わせたし、ローマンは彼女を笑わせることが大好きだった。それでも、兄妹にはライバル心も存在した。ローマンはその知性で称賛を浴びていたが、ジャズこそ常にトップの成績を取り、常識を持ち合わせ、そしてほとんど全てのゲームで勝利を収めていた。僕がアウトドアの冒険にローマンを駆り出したように、ペギーはより多くの時間をジャズと自宅で過ごしていた。毎日、粘土を作り、ホリデーカードを作り、ビーズのジュエリーを作り、オーブン料理を教えて、母と娘だけが分かち合える経験を重ねていた。「家族で私が唯一まともよ」とジャズは僕らに言っていた。

高校に行く前、ジャズは短期間のサマーキャンプがあることを知った。スーパーキャンプ、サーフキャンプ、ゴルフキャンプがそれだ。そこで彼女は調べて参加を申し込み、そのすべてに実際に参加した。サッカーをやりたいとも言っていたが、ショートのキャンプとは違い、また夏には家族旅行に出かけることから、チームに参加する機会には恵まれなかった。その代わり、高校生になった彼女は地元のロッククライミングジムで優秀な競技者になり、全国レベルの選手になった。心理学を専攻したルイス・アンド・クラークカレッジで奨学金を受けて卒業した後は、ボディビルディングを始め、地元の大会に出場し、五位の成績を収めた。

自分に割り当てられた家事仕事を理解してからは、ジャズは責任感の強い、頼れる存在になってくれた。運転免許証を取得してからは、常に仕事をし続けてきた。十代の頃は食料品を買いに出てくれ、家族の車のオイル交換やタイヤ交換に行ってくれた。十六歳で、僕と一緒に家を建て、最終的には僕をリードし、僕よりも先を考え、板を測り、印をつけ、最初の釘を打つようになった。大学を卒業するとペギーと僕が留守にしている間に家に発生する問題を解決してくれるようになった。留守中に家に立ち寄った彼女が、水道から水が出ないことに気づき、凍ったパイプを解凍するよう配管工に電話してくれた。ハーディング氷原でそうだったように、ジャズは問題を予測し、正しい質問をしてそれを解決に導いた。

そんなジャズも、コスタリカではどうにもならないように見えた。兄と妹として、ローマンとジャズはとても近い関係だった。それはペギーが母親としてゴールだと考えてきたことのひとつだった。そんなそぶりは一切見せなかったが、ジャズにとってここにいることは苦痛なはずだった。僕ら全員が捜索と救助のモードになっていたが、ジャズはそのまま留まる理由がないと考えた。ローマンが計画したルートをハイキングする気分でもないし、アンカレッジの仕事に戻らなければならなかったのだ。

ジャズが戻ったあと、ローマンの失われた道具に懸賞金をかけることをローレンとトビーが提案してくれた。トッド・トゥモローが、メキシコに行った時にローマンが履いていた緑色のサロモンの靴の写真を送ってくれた。僕らはインターネット上にあった黄色い折りたたみ式マットと青色のジェットボイルのコンロ、テントについているケルティーのロゴ画像をコピーし、貼り付けた。僕はローレンに、道具の一部を公開しないほうがいいのではと聞いた。誰かが騙す可能性を考え――デイビッド・ギメルファーブのケースのように、誰かが騙そうとする可能性を考えたのだ。「そうは思わないわ」と、弁護士として十年の経験のあるローレンは言った。「情報はできるだけ手に入れたほうがいいと思う。犯罪捜査が必要な段階だと思う。特徴のある道具を探す人を多く確保することが大切だわ」

ロス・パトスとカラテにあるすべてのプルペリア、ソーダの店、酒場、乗り合いバスの停留所にポスターを掲示した。どこへ行っても、人々は青年《ムチャチョ》の両親である僕らに同情してくれた。結果が出るかもしれない新しいことをやるのは気分がよかった。一日九時間、僕たちはポスターを貼り、人々の話を聞き、洗濯が干された裏庭を車で通りかかる度に覗き込んでは、その中にローマンの服がないか探した。若い男性がいれば靴の色とブランドをチェックし、森や牧場の上空を旋回するハゲワシの群れを見れば疑った。

九十年代にオサ半島に移住した時は、世界の外れにある楽園だと、とある元駐在員は思ったそうだ。しかし十五年後の今になって、この場所のいいところは見つけられないと言った。オサ半島からは出たかったが、貯蓄していたお金は家と土地にすべて使ってしまった。彼女は地元の男《ティコ》と結婚して子どもをもうけたが、彼の薬物乱用が二人を離婚に導いた。

「二人のオーストラリア人は知り合いだったの。自宅で殴られて、撃たれたキンバリーのことも良く知ってたわ。ベッドで絞殺されたリサのことだって。それからね、私、玄関の鍵は毎晩しっかりとかけて、子どもを寝室に連れていき、寝室のドアの鍵までかけるようにしてるの。銃だって持ってる。常に弾は込めて、自分の側に置いてるわ。それだけじゃない。元夫を家に住まわせているの。そうでもしなくちゃ犯罪者は家に押し入って、何もかも盗んでいくんですから。二進《にっち》も三進《さっち》も行かないですよ。コーディーの失踪だって、こんなことに違いないわ」と彼女は結論づけた。

「排他的で、無法地帯で、教養のない、無節操な辺境地なのよ、ここは」

彼女は立ち上がって、深く息を吸った。「いい？　私はここにいるわ。気が向いたら立ち寄ってちょうだい。自分のことばかり話してごめんなさいね。あなたたちが経験しているこの悪夢が、どれだけ辛いことか、想像することも難しい」

第38章　セロ・デ・オロ

ジョシュとヴィックと共にサン・ホセから戻ったのは、ペギーがやってくる十日前のことだった。ヴァルガスがイグアナロッジにいる僕のところまで電話連絡を寄こし、コルコバードの山の北側の人里離れたところに鉱夫のコミュニティーがあって、そこに外国人《グリンゴ》が一人でいたという情報を入手したと教えてくれたのだ。セロ・デ・オロというそのコミュニティーはラ・タルデの向こうにあり、ドンディがタイとパンチョ、僕を置き去りにした場所でもある。そこに行くためにペギーと僕はアンドレスという名のガイドを雇うことにした。彼は英語が堪能で、トレイルを熟知していた。背が高く、若くて、カーリーヘアの彼は、ネイチャーガイドのように辛抱強く慎重に、僕らをセロ・デ・オロまで案内してくれた。ナマケモノの母親がセクロピアの木に摑まっていると指を差して教えてくれた。傘の木として知られる、観葉植物に似たその木は成長が早く、空洞の茎を持ち、葉はナマケモノが好む食べものでもあった。緑が

2014年9月　セロ・デ・オロのプルペリアで

かった灰色の体毛にしがみついて、下を見ているナマケモノの赤ちゃんの姿が双眼鏡越しに見えた。アメリカ大陸に生息するハゲワシで最大級のトキイロコンドルが、背の高い枯れた立木の上で白い羽を乾かしている姿も見ることができた。

　上流に向かって歩いていくと、砂金を洗う鍋のなかに金を探す鉱夫の集団に出会った。一番若い男が踏み鍬《くわ》を持ち、流れを掘っていた。アンドレスが最年長の男について教えてくれた。日に焼けて浅黒くなった肌をした二本しか歯のない男は、泥に汚れて老人のように見えた。彼は一度、ジャングルの中で骨折し、二週間にわたって行方不明になったことがあったそうだ。先住民の霊能者が彼の居場所を夢で突き止め、救助されたのだという。その霊能者の番号を鉱夫の一人が僕のノートに書き込んでくれた。何度電話しても、話し中で繋がらなかった。

上流にプルペリアが二ヶ所あると鉱夫たちが教えてくれた。道なき道を三時間進んでようやく辿りついた最初のプルペリアは、予想外にも混雑していた。店の錆び付いた屋根の下、マンゴーの木が作った日陰の下で、木製のベンチに犬を従えて座っている男たちがいた。母親のスカートの陰に隠れた少女が覗き見ていた。店のカウンターの上で緑色のオウムが首を動かし、男たちや犬、少女と同じ好奇心と警戒心を僕らに向けていた。「店主が外国人なんて来なかったと言っている」とアンドレスが教えてくれた。「記憶にある限り、外国人はあんたが最初だ」と店主は言った。僕らはとりあえず、持ってきたポスターを貼り付けた。

以前は活気があったという村を抜け、幅の広いトレイルを十分ぐらい進むと、次のプルペリアへ到着した。シンプルな構造の家が、ジャングルが迫りくる何もない場所に灰色のフェンスで囲まれるように建っていた。セロ・デ・オロは徒歩あるいは馬の背に乗ることでしか行けない場所にあった。重力を利用して黒いプラスチックのパイプで近くの水流から水を引いているような地域だ。近代的なコスタリカからは忘れ去られていると感じられた。「ローマンがこの場所を知っていたとは思えないわ」とペギーは言った。そして「知っていたとしても、ここに来るとは思えない」とも言った。

僕には確信が持てなかった。

二ヶ所目のプルペリアで出会った男と若い妻も――あるいは娘だったかもしれないが、判断できなかった――外国人は見たことがないと言った。コンテ川の近くでグリンゴが公園内に入ったと聞いたことがあると証言した男もいた。若い女性は黄色いランブータンを分けてくれた。僕たちはおいしい果物の礼を言い、ポスターを貼り出し、そしてその場を離れた。

トレイルをもっと進んだ先で、年老いた鉱夫に出会った。アンドレスが行方不明になったグリンゴについて聞いたことはあるかと質問すると、「ああ、もちろんだ」と彼は答えた。「あの少年《ムチャチョ》はアマゾンでも行方不明になったことがあって、その時も父親が発見したんだよ」僕たちはいくつも噂を耳にしたが、この話がオサ半島内では最も突飛なものだった。この後に、僕らはもっと飛躍した話を聞くようになった。

イグアナロッジに戻る道すがら、ヴァルガスの農場に立ち寄って、ローマンが最後のメールに記したルートを辿る旅に出る計画を相談し、プエルト・ヒメネスで中華料理を食べた。レストランのなかで座っているときのことだ。道を隔てた向こうの酒屋の前で喧嘩が始まった。数人の男たちが殴り合い、石を投げ、板を投げ合っていた。誰も止めようとはせず、喧嘩は自然に終わっていった。

この路上の争いを見たことで、コスタリカ政府がなぜトレイルを封鎖し、公園内に入る人たち全員にガイドとの行動を義務づけたのかが理解できた。オサ半島の危険地帯は年々増えたと人々は言っていた。仮出所中の重犯罪者が隠れ、大量のコカインがパナマ、コロンビア、そしてもっと南から自由に持ち込まれる場所だ。僕らは鉱夫たちも麻薬の常習者で、悪党だと教えられていた。

　この日の夜、雨季の強い雨が雷鳴と共に訪れ、イグアナロッジは完全に停電した。湾岸から強い風が吹いていた。暗闇のなかで木が倒れ、パンヤノキの森に囲まれたザ・パールの二階で寝ていた僕らは、万が一のために荷物をまとめておいた。

　翌朝までにイグアナの電力は回復し、ロッジは無事だった。ヴァルガスがこの先の縦走に女性を連れていくことに不安を感じているらしいとローレンが朝食の席で伝えてくれた。ペギーが僕らの足を引っ張ることで、自分が捕まってしまうのではと考えていたらしい。もし役人と出くわすことがあったら、ヴァルガスは逃げるし、僕らを待つことはないと言った。公園内に立ち入ることで、彼は刑務所に行くかもしれないからだ。

　しかしペギーは、見た目よりはずいぶんタフだった。ワイルダーネス・クラシックに三度も出場していて、何十年もの間、女性の最速記録保持者だった。彼女は問題なくついてくることができる。ローレンは彼女を励ました。「ペギー、あなたも行かなくちゃ。そしてあの年老いたコスタリカ《ティコ》の男に、女ができるってところを見せてやって。あいつの背筋をしゃんと伸ばしてやりなさいな」

　僕らは現金を手に入れるために町に行った。空は晴れ渡り、空気は湿っており、太陽はじりじりと照りつけていた。銀行ではキャッシュカードが使えなかったが、事情を説明するには僕のスペイン語は貧弱過ぎた。銀行ではクレジットカードも使えなかった。一分三ドルもかかるクレジットカード会社との通話では、僕の電話は転送され、保留にされ、何度も同じ質問が繰り返された。僕からの質問には答えがなかった。

イライラした僕はペギーに、今度は君が言葉で苦労する番だ、君が現金を入手する番だ、車を運転するのは君の番だと当たり散らした。僕は車の中で座って待つと宣言した。コスタリカではこのような八つ当たりを「皿を割ったのは私、でも支払いはあなた」と言うそうだ。

結局、いつもそうしてくれるように、ジャズが僕らを助けてくれた。現金を手に入れる最も簡単な方法はマネーグラム［国際的な送金ネットワークサービスを行うアメリカ企業］を利用することだと銀行が教えてくれたのだ。僕らはアンカレッジにいるジャズにメールを書いた。数分で彼女は、私立探偵に支払うための現金を僕たちに送ってくれたのだった。

感情的な痛みは、身体的にも否応なく影響を及ぼすものらしい。夜明け前の五時、暗闇のなかヴァルガスに会いに行った。でこぼこ道を大急ぎで走っていたため、揺れてシートベルトがひっかかって伸びず、ペギーはベルトを装着できていなかった。その時、暗闇から自転車に乗った人物が飛び出してきた。僕はハンドルを切り、深い穴に突っ込んだ。ペギーは座席から飛び上がり、天井で頭を打ち、数年前に骨折していた尾骶骨から着地して、酷い打撲をしてしまった。

ペギーは叫び声を上げ、激しい痛みに苦しみながら、目に涙をためていた。僕は車を停め、彼女の苦しむ様子を見ながら心を痛めていた。優しく手を握り、謝罪することしかできないこと、彼女の痛みを癒やすことができないことを考えると、申し訳なかった。彼女は僕に車を進ませるよう言った。「行きましょう。約束に遅れてしまうわ。彼を待たせたくないから」

第39章　ローマンのルート

ローマンが計画していたルートを歩くため、九月四日、まだ夜が明けきらぬうちにヴァルガスの農場に到着したときには、ローマンが最後のメールを送ってきてから八週間、そして彼が行方不明になったと気づいてから四十三日が経過していた。熱帯の夜明け、眠りと汗をかく時間の間の最も過ごしやすいその時間帯に、僕たちはヴァルガスについて丘を登った。息子のジェフェが後ろにつき、ヴァルガスは舗装されていない道路を進み、オフロードカー用の道路を抜け、とうとう歩道に辿りつき、コルコバード国立公園の境界線を越えた。ヴァルガスとの間の共通言語は、主に川の名前だけだった。アグハス、バリゴンズ、コンテ、リンコン、シレナ、クラロ、エル・ティグレ。通訳はいなかった。

最初、ヴァルガスの動きは緩やかだった。ペギーにはその理由がわかっていた。「私がついてこられないと思ってるのね。もっと速く進んでいいって彼に伝えてよ」ペギーは手のひらを振って、顔をしかめてみせた。

「もっと速く《マス・ラピード》！」と僕はシンプルなスペイン語で言った。もっと速くだよ！　それでも彼が動かないと、ペギーは笑顔とともに両手で彼を押した。体を押されて、彼は僕の顔を困惑した表情で見ていたが、ペギーに追い立てられるようにして速く進み始めた。

公園内に入ると、トレイルは細くなり、狭い尾根に沿い、まるで太って動きの鈍いニシキヘビのように伸びる巨大な木の根の横をすり抜けるようにして進んだ。

「セロ・デ・オロ」とヴァルガスは言い、脇道のほうを指した。「ラ・タード保護区？」と僕は聞きながら前方を指さした。「ノー。これだ《アクィ》」と彼は答えて、セロ・デ・オロ方向のトレイルを再び指した。**タイ、パンチョ、そしてキケの三人がドス・ブラゾスに行く際に、ここを通ったに違いない。**

夜明け間際の八時になる頃には汗だくになっていた。咆吼《ほうこう》しながら木を揺らすクモザルの集団の下を歩いた。僕たちはより高くまで登り続けた。苔の生えた木々とその上の空が頭上を覆う手前で、コルコバードの礁湖の珍しい景色を目撃した。リンコンの水準点を過ぎた直後に、ラス・ケブラディタスの鬱蒼とした竹林に入っていった。

ヴァルガスは僕には見つけられないような、ましてやそれを歩くことなどできないような細いトレイルを進み、僕らをミューラー山の水準点に連れていってくれた。驚き、僕はゆっくりと周囲を見回して、自分の位置を確認しようとした。頂上で自分の居場所がわからなくなった

2014年9月　クラロ川上流

のは二度目だった。方向感覚を失ったのだ。ペギーが僕の顔を見た。そして「どうしたの？」と聞いた。

「この道とは完全に違う道を行くと思っていたんだよ。ここがどこだかまったくわからない。ヴァルガスがいてくれてよかった」

「あなたがわからないんだったら、ヴァルガスといて本当によかったわ！」

風倒木《ふうとうぼく》を乗り越え、入り組んだ泥だらけのトレイルを抜けると、ヴァルガスの持っていたナッツの入った袋とヘリコニアの葉を目印とした、タイと一緒に一ヶ月前にランチを食べた場所に戻った。残されたごみを見ながら、フルーツキャンディの包み紙といったローマンの痕跡をどれだけ望んできただろうと考えていた。前回と同じ丸太に同じ葉を敷いて座った。前回ローマンについて知っていたことと、ほぼ同じことしか僕らは知らなかった。ペギーは顔をしかめていた。打撲した尾骶骨のせいで、座ることができなかった。

ランチを済ますと、僕らは広い尾根を下っていった。ヴァルガスは右手を指して「シレナ」と言い、次に左を指して「クラロ川」と言った。そして僕らの後方を指すと、「マドリガルとリンコン」と言った。僕らは五芒星《ごぼうせい》を通り過ぎ、そしてクラロ川に続く高原へと通じる鍵穴のような形の岩間を通った。

蔓が絡まった風倒木のせいで尾根のトレイルから外れることもあったが、ヴァルガスがあっという間にトレイルに戻してくれた。切れ味の鋭い鉈を軽く振り下ろすだけで、僕らの後ろにパンくずのように草木が積もっていった。むせるほどの暑さと汗だくになるような湿度のなか、笑い、ジョークを言いながら、ペギーは鳥や猿を観察した。前日に食べた夕食のせいで、起きたときは吐き気を催し、その前日の夜は足元のヘビを怖がっていたというのに、彼女は一度も不平を言わなかった。彼女は問題なく僕らと一緒に歩いていた。確かに、僕らの息子の母親だった。

午後の早い時間に、ヴァルガスは「クラロ川だ」と言った。そして渓谷の遥か底に見える銀色の筋を指さした。めったに使用されない、道に迷いやすい細いトレイルしか歩かなかったローマンが、ここまで来たとは考えにくかった。ラス・ケブラディタス高原を越えるべきではないとの判断力が彼にあったことを願うしかなかった。それでも、僕らはそこを越えなければならない。ここに入って、そして彼を捜さねばならない。それは僕らに課せられた使命だった。僕らはオサ半島で最も経験を積んだ案内人から、離れずに進んだ。

クラロ川の二本の支流の遥か上空の尾根で、ヴァルガスと彼の息子が我々の居場所をめぐり、意見を対立させていた。僕の携帯電話のGPSが樹冠の隙間から信号を受信したことがあり、僕はそれをジェフェに見せ、地図と地形の両方でクラロ川を指し示した。右に進めば川に辿りつくが、ヴァルガスは左へと進み、そして上へ上へと大急ぎで進んだかと思うと、突然土砂降りの雨に見舞われたのだった。

彼のペースに合わせながら、僕はこの道が正しいとは思えないとジェスチャーで伝えた。ヴァルガスは尾根からバクが歩くトレイルに飛び降りてそれに答えた。トレイルは土砂降りの雨でできた小川が泥の階段を流れている状態だった。土砂降りの雨はまずペギーを、そして我々全員の体を冷やした。「雨の前にキャンプだって言ったじゃない！　**あなたがそう言ったのよ！**」ペギーは雨粒が森の重なる葉に打ち付ける音より大きな声で僕にそう言った。「なぜここじゃダメなの？」ペギーは懇願するように言った。

雨音をかき消すように、僕は叫んだ。

「ここでキャンプだ《アカンパール・アクィ》！　ここには水がない《ノ・アグア》！」が答えだった。

水がないだって？　僕は笑い、土砂降りの雨のなか腕を広げて手のひらを空に向けた。そしてバックパックを下ろして、大きな防水シートを取り出して、それを張った。ペギーと僕はそのプラスチックの下に体を寄せ合い潜り込み、冷たい雨から逃げた。ヴァルガスは真新しい、小さなドームテントを素早く立てて、防水シートを上にかぶせることはなかった。

プラスチックのシェルターから流れ落ちる雨水を、ペギーがボトルとクックポットに集めてくれた。蚊帳付きテントを立てて、水を満たしたボトルを彼らのテントに持っていった。仲直りのしるしだ。僕らは濡れた衣服を脱いで、乾かすために干した。ペギーは温かい食事を完食することができ、お腹の痛みが取れ、リラックスすることができた。食欲が戻り、少し眠り、夜通し彼女を刺し続けたダニを皮膚から剝がしたりしていた。早朝、稲妻が光り、雷が落ちた。倒木が地面を打った。

父と息子は朝食を取っていた。僕らはキャンプを畳み、荷造りをしていた。僕のGPSによれば、僕らは狭い尾根の上にいる。三百メートル真下ではクラロ川の源流が分岐している。最初、僕らは高い場所へと登り、そして乾いたオークの森に戻り、そしてナイフの刃のように尖った尾根をクラロ川まで急降下した。「ここからだったら楽そうだ」と、僕は下ることで安堵していた。

「そうだといいけど。最後はすごく急だったわ！　それにオフトレイルばかりだった。ヘビが怖かったもの」底に辿りついて僕らは一息つき、葉っぱや枝、蜘蛛、そしてアリをシャツの襟や汗ばむ首から払い落とした。「これはいいルートじゃないってローマンも気づいたはずよ。楽しいというよりは、大変だもの」と、ペギーが冷たい沢水を飲みつつ、言った。

最初、小川は浅くて滑りやすかったが、やがて支流からの流れが加わり、砂州は歩きやすかった。続けざまに、複雑な手作りの採鉱システムである堤防や壁、水路を通り過ぎ、そして今度はシダや苔の生えた空中庭園に囲まれた、美しい自然の水をたたえる壁や滝を通り過ぎた。空気は土の匂いがして、湿っていた。

ペギーはローマンと彼のテントが隠れていそうな場所を小川に沿って調べた。「あの子は、どこを渡って、どこにテントを張ると思う？」とペギーが聞く。事態の深刻さを目の当たりにした彼女は涙ぐんでいた。「あの子の気持ちにならなくちゃ」

ヴァルガスはただ下流に進むことしか望んでいなかった。午後三時半頃、ペギーが雨が降りそうだと言い出した。僕はヴァルガスの歩みを止めようとがんばった。しかし彼は頭を振ると、前に進もうと急かした。僕らはすでに氷のように冷たいシャワーを浴びていた。また降り出す前にキャンプを張りたいとペギーは望んでいたが、そうできる前に外は暗くなっていた。頭上から鋭い稲妻が落ち、空が割れ、強い雨が降り、あっという間に我々の体を冷やしてしまった。僕らは歩みを止め、テントを張るために雨が小降りになるのを待った。

大雨は止む気配がなく、僕はロープを張ってシートを吊り下げた。僕らはその下で身を寄せ合った。ペギーが全員をぎゅっと抱きしめ、体をくっつけて暖を取った。川の水位は爪先、足首、そして脛の高さになった。「水位が上がっている《リオ・クレセンド》！　とても危険だ《ムイ・ペリグロソ》！」とジェフェが言った。

クラロ川はあっという間に膝の高さに増水し、透き通った小川は三メートルの深さの茶色い濁流となり、キャンプを張ろうとしていた水辺を水浸しにしてしまった。増水した川が届かない場所にキャンプする場所を見つけるために、森のなかの古い河岸段丘を探しに行くことにした。僕が急いで戻ったとき、水は膝のあたりまで来ていた。

「ヴァルガス、ここだ《アクィ》！」僕らは力を合わせてクロスポールにビニールを巻き付け、ヴィスクイーンを河岸段丘に吊り下げた。ペギーと僕は蚊帳付きテントを、父子が泥を覆うために切ってくれた椰子とヘルコニアの葉の上に設置した。

洪水の唸《うな》りを聞きながら眠りについた。翌日ビーチにたどり着けるとは思えなかったし、二十五キロ先にあるカラテで午後三時の乗り合いバスに乗ることができるとは思えなかった。

翌朝、ヴァルガスは息子と一緒に来た道を戻るときっぱりと言った。クラロ川の河口から一キロ、そして数時間下流に進んだ場所にあるシレナは、公園内で最も観光客やガイド、そしてレンジャーが集まる場所だった。彼らに捕まるわけにはいかないのだ。ヴァルガスは僕らに鉈を手渡した。その切っ先は武器になるほどに研がれていた。僕は彼の手を握り、そして彼の息子とも握手した。彼はペギーに別れのキスをした。

驚き、僕の顔を見たペギーはにっこりと笑っていた。「彼、私にキスしたわよ！　**それも唇に！**」六十二歳の男はニヤリと笑い、背を向けると、息子とともに上流に向かって歩いていった。ここから先は僕とペギーだけになる。

第40章　クラロ川

ヘルコニアと背の低い椰子の木は、まだ雨に濡れていたが、ぎらぎらと光る太陽は雲ひとつない空に顔を出し、ジャングルを優しい場所にしてくれていた。

鳥は歌い、虫が音を出し、まるで嵐などなかったかのように、新しい一日がはじまっていた。クラロ川は夜明けの何時間も前に水位を下げた。水が引き、丸太や漂流物が岸に残されていた。水位は依然として高く、濁流ではあったが、流れは速くなかったため、あまり恐れることなく胸まで水に浸かって歩いて川を渡った。切り立った岩壁の間で川が狭くなった場所では、水かさが高すぎて歩いて渡ることはできなかった。ヘビやアリ、そして蔓をよけられる頼りになる鉈で、道なき道を切り開くようにして森に入っていった。深い川とジャングルでペギーが見せた勇気は、彼女の美しさを強調し、僕の彼女に対する愛情と称賛をより強いものとした。

水位は下がり、長靴の足跡が残る砂場が見えるまでになった。その足跡を辿って静かにトレ

2014年9月　クラロ川

イルを進んだ。僕らはたぶん、公園内で最も観光客の多いシレナから二十分程度の距離にいた。義務づけられたガイドと一緒ではないことで、捕まるのを恐れていた。

整備されたトレイルを歩くと、ハイカーが道に描いた意味不明の矢印が目に入った。その意味を理解しようと、その矢印が指す方向に後ずさりすると、危うくフェルデランスを踏みそうになった。その砂を跨がないように書かれた矢印は、ヘビを直接指し示し、警告を与えたものだった。怒った顔の毒蛇は、トレイルの端で太ったネズミが通り過ぎるのを待っていたのだ。脅威を感じなければヘビは襲ってはこない——あるいは、踏みつけなければ。僕は神経質に笑い、ペギーは頭を振って呆れていた。

海岸では、さらなる試練が待ち受けていた。高波がクラロ川の河口に押し寄せていた。そのうえ、僕らが公園内にいることを密告するガイドや、十五キロ先の公園の境界線付近にいるレンジャーたちを避けなければならない。ラ・レオナのレンジャーステーションに辿りつくのは日が暮れてからになるだろう。僕らはどうにか気づかれないように通り過ぎようとしていた。

初めてクラロ川を渡ったとき僕は、泳ぎながらオオメジロザメやクロコダイルについて心配していた。「私は泳がないわよ！」とペギーは大声で言った。


ペギーは十人兄姉の末っ子として生まれた。大学の途中まで泳ぎ方をちゃんと習わないまま成長した。僕らが初めてハワイに行ったときは彼女が十九歳、僕が二十歳だったが、彼女にとってその時が海で泳ぐ初めての経験だった。アラスカ育ちの子どもたちが大方そうであるように、彼女も深い水が苦手で「犬かき」と彼女が呼ぶスタイルでしか泳ぐことができなかった。どうにかして、僕はペギーをワイキキの優しい波まで引っ張り出した。浅いところで僕らはまずは手を繋いでいた。しかし深い場所に行くと、波が彼女の体を浮き上がらせ、足が届かなくなった。うれしそうに顔を引き攣らせながら、彼女は振り向いて僕に抱きついた。太平洋の冷たい水のなかで、彼女の腕も、足も、温かく感じられた。僕らはひとつになって、水に体を委ね、跳ね上がった。僕は波のうねりがやって来るたびに足の指で砂浜を蹴って、僕らの顔が海面の上に出るようにした。

僕にしがみついていた彼女の笑顔は、海よりも大きかった。僕はその瞬間、自分以外の誰かに対して一度も経験したことのない感覚を覚えたのだ。相手の安全を守っているという身体的な実感と、いつまでも感じていたいと願う感情的な深さの入り混じった感覚だった。

プエルトリコ近くのクレブラ島まで行ったキャンプ旅行のときにも、その感覚が、息子に対しても、同じぐらい濃厚に沸き起こった。ルキーロに借りたコンドミニアムから、フェリーの波止場まで、子どもたちをバイクトレーラーに乗せて向かったときのことだ。クレブラはサンゴ礁に囲まれた島だ。僕らは白い砂浜に日陰を見つけてキャンプをした。

通りかかった漁師が伊勢エビを数ドルで売ってくれた。ジャズが三十センチほどのホウオウボクの種子莢を集めてくれた。彼女はそれがとても素敵だと言っていた。一方でローマンはマスクをはめ、シュノーケルを手にして、水面下をかがみ込んで見ていた。僕は彼に近づいて、もっと深いところに行こうと誘った。僕ら二人は、ローマンが普段探索する浅瀬の向こうに探検に行った。

最初、ローマンは僕の背中に乗っていた。僕はフィンをつけて進んでいた。息子は左手で僕の首につかまり、右手でシュノーケルを押さえていた。しばらくすると、僕はローマンの手を取り、背中から滑らせるようにして下ろし、手を繋ぎながら泳いだのだ。

ペギーが彼を産んだ瞬間に立ち会ったときと同じぐらい、それは僕にとっては大切な時間だった。輝くサンゴ礁の上で、彼の成長に僕自身が関わることができたのだ。彼が歩きはじめたときに手を握った瞬間よりも、豊かな気持ちだった。

砂州のより深い流れに辿りつき、この感情は強くなった。ローマンは僕の背中に乗って、水路を渡った。底が深くなると手に力が入り、僕の背中に乗ると体から力を抜き、リラックスするのがわかった。渡り切ると、再び背中から下りて手を取りあって泳ぐのだが、今度はローマン自らそうした。彼は「父さん、こわいよ」と言い、少しすると「もう大丈夫。さあ行こう」と言った。

家族と過ごしたこんな体験が、かけがえのない時間なのだ。信頼関係があるからこそ、彼らの人生を豊かにできたことが、僕自身の人生をも豊かにしてくれた。ローマンと僕は一緒にスキューバダイビングを学び、ペギーは「犬かき」以上のものをこの先も学ぶだろうが、幸いなことにクラロ川を泳ぐ必要はなさそうだ。

川を渡るあいだじゅう、砂州が沈んでいるのを足先に感じていた。僕のへそにも届かない程度の深さだった。僕はペギーの手を取るため向こう岸まで戻り、僕らは空っぽに近いバッグを頭の上に載せて、川を歩いて渡り、海岸林に繋がるトレイルに沿って進んだ。午後のハイキングではカンムリシャクケイと、不器用な様子で木の上にいた七面鳥ほどのサイズの大きなオオホウカンチョウのつがいを目撃した。その後、バクが酸っぱい果物をゾウのような鼻で器用に食べる姿を見た。カラテまであと半分というところでは、太陽が太平洋に沈み、宇宙的なバランスで、同時に満月が東から昇るという光景を目撃した。

翌朝、乗り合いバスに乗ってプエルト・ヒメネスに向かい、ローマンがメールで書いていたルートを彼が進んでいなかったことを確信した。「事件に巻き込まれたんだと思う」と、ペギーは町に向かう道でつぶやいた。「公園にはいなかったと思う。誰かが彼を捕まえているんだわ。探偵に話を聞いてみましょう」

第41章　アラスカに戻る

クラロ川から戻ってすぐ後、九月最初の週の終わりに、ローレンがフェルナンド・アルゲダスという名前の私立探偵を紹介してくれた。彼はキンバリー・ブラックウェルの事件を解決し、一時期はＯＩＪに所属していたこともある。人々は僕たちが聞きたいことしか言わないのではと疑っていた僕は、アルゲダスに僕が話を聞いた人々の名前を教え、彼らが同じ証言をするかどうか確かめてもらいたかった。彼は別の手がかりをすでに追っていた。何十人もの人たちに話を聞いていたのだ。

より重要なのは、彼はローマンの道具や特徴、過去、目的について、パタ・ロラに三十五の質問リストをすでに投げかけていたことだ。その質問はパタ・ロラが実際にローマンに会ったことがあるかどうか確かめるために作られた。ペギーはパタ・ロラにコーディーの髪の生え際、そして彼の両手の形まで描くよう頼んでいた。彼女の直感は人間の行動と動機に敏感で、質問

2015年1月　パナマのヤビサ、ダリエン地峡

にはその視点が現れていた。

　アルゲダスと相棒は連日出かけては息子について調べ、毎夜、ペギー、ローレン、そして僕とザ・パールで会い、報告してくれた。雨季に入っていたので宿泊客は少なかった。アルゲダスはスペイン語しか話さず、僕はローレンが通訳してくれた内容をノートに書き記していた。捜査の最後でアルゲダスは、捜査報告書を手渡してくれた。

　パタ・ロラと外国人《グリンゴ》が一緒にいた場面を目撃した人たちのなかで、ドス・ブラゾスの中年男、アーノルドが最も詳しく証言していた。なぜなら、彼の家に二人が立ち寄り、そして一緒にマリファナを吸ったからだった。アーノルドはその日を二〇一四年九月九日だったとアルゲダスに証言した。

「パタ・デ・ロラ」がグリンゴと一緒に歩いてきて、私の家の入り口で座り込んだ。二人は休憩したいとそこに座り、水をくれと言ってきた。「パタ・デ・ロラ」はプラスチックのコップにマリファナを入れて持っていた。百cc分くらいあったと思う。「パタ・デ・ロラ」がタダで男を案内すると言っていた。グリンゴは、二人で「カラテ」に向かうと言っていた。グリンゴは金、食料、携帯電話、それから大きなカメラを持っていた。大きな青色のバックパックを持っていた。二人はそこで三十分ぐらい過ごすと、バックパックに荷物を入れて、立ち去った。カラテは徒歩で五時間ほどの距離だ。グリンゴは青い襟のシャツを着ていた。八日後に戻ると言った。ブリーフケースにたっぷり金が入っていた。

アーノルドの時と同じように、アルゲダスが話を聞いた人物のほとんどが僕たちがすでに知っていることを裏付けたか、あるいは話を大げさにしていた。一部は正直に、記憶にないと言った。パタ・ロラの答えは事実に基づいたフィクションと空想がブレンドされたようだった。パタ・ロラと外国人がハイキングをしていたことを否定した人はいなかった。空想では彼はコーディーと呼ばれていた。

アルゲダスが捜査をしていた週には、ＯＩＪが足の短いブラッドハウンドをオサ半島に連れてきた。鼻をくっつけて匂いを嗅ぐひたむきな犬の大きな耳は、ジャングルの泥の上で引きずられていた。急ごしらえのチームが犬とともに結成され、犬のハンドラーと共に何かが腐った臭いがすると報告されたトンネルに向かった。二ヶ月後にそこで鉱夫の骨が発見されている。

犬が先導する捜査チームに加わりたかったが、それはできなかった。その代わり、戻ってきた彼らを迎えに走っていった。キケとジェンキンス、そしてＯＩＪのジョージ・ヒメネスが犬のハンドラーといるのを見て僕は感激した。キケはブラッド・ミケルジョンに対して、ローマンの失踪事件に関してジェンキンスはもっとしっかりと捜査に加わる必要があると力説していたのだ。レンジャーと金鉱労働者という敵同士が、息子を捜すために共に動いてくれていた。

私立探偵の報告は、すでに知っていることであり、ペギーと僕に新しい情報はもたらされなかった。もしかしたらローマンはパナマに行ったのかもしれない。もしかしたら誘拐され、もっと最悪なことが起きたのかもしれない。何が起きたにせよ、もう家に戻る必要があった。クリスマス前に戻って、それからパナマを訪れればいい。僕らはローレンとトビー、そして同情してくれるイグアナロッジの従業員たちに別れを告げ、アラスカに戻った。

九月中旬に家に戻った途端、僕は精神的に疲労し、そして落胆し、心が空っぽになってしまった。ペギーと僕は家の改装や仕事に打ち込んで気を紛らわせた。僕には研究報告書の期限があったし、授業があったし、院生の指導をしなくてはならなかった。オフィスに座っていると、院生のゲイニーがやってきて、僕がローマンを愛していたことを知っているし、彼が行方不明になっていることは本当に辛いことですと言ってくれた。こういったシンプルな言葉に心を動かされ、たぶん恥ずかしくなったと見えて、僕のオフィスから急いで出て論文を仕上げに向かった彼に礼を言った。

　もちろん、ローマンだって僕を愛していたことは知っている。彼が愛情を示してくれたことを覚えているし、そう言ってくれた瞬間の記憶も残っている。一度、アラスカ山脈を二ヶ月かけて走破し、戻ってきたとき、髪がボサボサで、髭も伸び放題だった僕の姿を見て、彼は「父さん、本物の姿じゃないか。まるで冒険家だよ！」と言ってくれたのだ。

　古代ギリシャ人たちが、数学、科学、哲学、読むこと、書くこと、そしてスポーツをバランス良く学ぶことが必要だと考えていたことを知ると、彼は付け足すように、控え目にこう言ったのだ。「ねえ父さん。父さんはすごいギリシャ人だったかもしれないね」しかし僕のローマンへの愛が充分ではなかったのは明らかだ。彼はいまだに行方知れずなのだから。

　ペギーと僕はネットフリックスで現実逃避のようなショーを見ていた。行方不明者を捜査官がひとつのエピソード内で見つけてしまうといった内容だった。中年と若い男性が互いに敬意を抱きながら一緒に働き、冗談を言い合うようなテレビ番組を連続して見た。毎夜、僕らはこんな気晴らしをして眠りについた。友達が、僕のお気に入りのコースが凍ってしまう前にと、パックラフティングに連れていってくれた。そして凍った湖へはアイススケートをしに、川へ、そして沼へと連れ出してくれた。

十一月、長距離のスケートトリップで僕らは北極アラスカへ向かった。バックパックとキャンプのギアを背負い、僕らは二日かけて百六十キロ離れたイヌピアット村まで行った。そんなスピードでただただ移動することはとても爽快で、元気になれるし、そして重労働でもあった。コツェブーでマラソンを終えたが、携帯電話が不安定だったので、ペギーに僕らがようやくゴールしたこと、五十回ぐらいしか転ばなかったよと書いて送った。

するとペギーは、「あら、私が転んだのはたった一回よ」と返事を寄こした。「でもそれで手首を三ヶ所も骨折しちゃったわ！」

「そんな！」と僕は返事を書いた。「今から電話をするよ」僕は覚えのある痛みを感じていた。今回もまた、愛する人が苦しんでいるときに僕は不在だったのだ。僕はペギーにホテルの電話から連絡を入れた。友人の湖畔のキャビンに滞在中、スケート靴のエッジにひっかかって転び、伸ばした腕で体は守ることができたものの、代わりに手首を骨折してしまった。横たわり、折れた腕を自分で固定し、車に乗り、そしてたった一人で、片腕で一時間半も運転して病院に行ったのだそうだ。腕の骨をプレートで固定する手術と、そして手首が繋がったら、そのネジを外す手術を受けなければならない。

クリスマス前にコスタリカに戻ったときも、彼女の腕は依然として固定されたままだった。

緑色のサロモンシューズを履いた人の足、古道具屋にあるかもしれないローマンのものに似た道具、見慣れた服が裏庭に干されていないかどうかを見るために、車で走り回っていた。オサ半島で奉仕をしているという小さな教会にカトリックの神父が連れていってくれた。僕らは五千ドルの懸賞金を約束するポスターを作り、掲示した。地元民が興味を示すのにちょうどよい金額をローレンが提示してくれた。ポスターには彼女の番号と、ジョージ・ヒメネスの番号を印刷した。

誰も電話をしてこなかった。デイビッド・ギメルファーブの時とは違って、ローマンはどこでも目撃されていなかった。誰も話をせず誰も何も知らなかったか、あるいは五千ドルでは詐欺師が動くには足りなかったかだ。もしかしたら、彼は本当にコスタリカにいなかったのかもしれない。

僕たちはオサ半島から南に二時間ほどにあるパナマとの国境に行った。僕らは警察に会って、もしかしたらローマンは、彼がチェックリストに書いていた最後のジャングルであるダリエン地峡に行くために、パナマに忍び込んだのではと考えたのだ。違法に入国しようとすればどうなるのか聞くと、密入国者はある程度の人数が集まるまで拘束し、まとめて本国に送り返すのだそうだ。

大使館がすでに確認していたけれど、近隣国であるニカラグアやパナマにローマンが入国した形跡も、そのどちらかの国の病院や刑務所に入ったという形跡も見つからなかった。その後、ペギーは自宅に戻り、僕はパナマシティに行って車を借りて、パン・アメリカンハイウェイの終点にあるダリエン地峡に向かった。警察によるチェックポイントが何ヶ所にもあり、運転者や同乗者全員に質問をしていた。**ニカラグアの国境でそうしたように、パスポートのスタンプなしでこのような検問をくぐり抜けてローマンが国境を通過することができるだろうか?**

ハイウェイの終点になるヤヴィザは、不機嫌そうなクレオール人、武装した軍人、退屈な顔の先住民のエンベラ人、やることのなさそうな人々がいる、敵意に満ちた危険な場所だった。川の両岸の村を歩き、五千ドルの懸賞金ポスターを貼り出し、そしてゲストハウスで一夜を過ごした。ボロボロに破れた網戸からハマダラカが部屋に入り込まないように、ルーバーを閉めていた。部屋にはエアコンがなく、天井に扇風機もなかった。仰向けになり、汗をかきながら、汚れたマットレスの上に敷かれた薄いシーツの上に寝た。一人で暗闇の中で寝ながら、それまでの五ヶ月間を振り返った。僕らの努力、思い、そして恐怖は、詩の中で身動きが取れなくなっていた。

試行錯誤
失敗と恐れ
真実は手の届く場所にある
ささやきのなかの死は

あまりにも重く
妻と夫の人生は
色褪せてしまう

第42章　ＴＩＪＡＴ

翌日、僕はパナマシティまで車で戻り、無傷でダリエン地峡を抜け出せたことに安堵していた。心の底では、ローマンがあれだけ遠くまで行くことは不可能だとわかっていたが、もし彼がパナマに密かに入国し、誰にも気づかれなかったとしたら、彼は成功していることになる。

二〇一五年二月になると、僕らには何も打つ手が残されていなかった。ゼレドンの先にあるコルコバード国立公園内に残るローマンの痕跡を誰も見つけることができないのだから、犯罪に巻き込まれたのだと結論づけるしかなかった。それは、僕がジャングルに戻らず、彼の捜索を諦めるという意味ではなかったが、僕らにプロの手助けが必要だという意味で間違いはなかった。コスタリカ人主体で、あるいはコスタリカ人と共同で行うのではなく、アメリカ人による犯罪捜査技術が必要だった。理想を言えば、話を引き出すことができるバイリンガルの人間も必要だったが、同時に僕らの話も聞いてくれ、僕らが知る息子のことを理解してくれる人が必要だった。難しい注文なのはわかっていた。

子どもが行方不明となった親の多くには、ゴールがない——わが子の遺骨に手を添えて、「僕の行方不明の子どもは死んだのだ」と認めるまでは。消息を絶ってから六週間経過した時点で、生きているローマンを見つける可能性は五分五分に思えた。しかし六ヶ月が経過したということならば、人間の生存の可能性はほぼゼロと理解できる程度に生物学を知っているつもりだ。そうであっても、どこかで、どうにかして彼は生きているのだと僕らは信じていた。

トム・ハート・ダイクとポール・ワインダーの回想録『クラウド・ガーデン』には、著者の二人が誘拐され、一年近くにわたって捕らえられていた顚末が綴られている。この本を読むことは、僕らに希望を与えてくれた。さらに、僕らに連絡をくれた霊能者が「遠視」をしたところによると、ローマンは生存しているということだったのだ。

この翌年の冬に、テレビ番組のプロデューサーが僕らの話を聞きに来たいと連絡してきたが、それには返事をしなかった。ローマンに関するメディアの報道には全般的に失望していたのだ。よく言えば扇情的、悪く言えば搾取的で、常に間違いばかりで僕らの痛みを深くするだけだった。

アメリカ人行方不明者発見プロジェクトを通じてペギーに連絡を取ってきたテレビ番組制作会社があった。このプロジェクトの創設者であるジェフ・ダンサベージは、国外で行方不明になったアメリカ人の情報をオンライン上で更新し続けている人物だ。

2015年　カーソン・ウルリッチ、ケン・フォーニア、ジェフ・セルズ、ローマンとペギー。ドス・ブラゾスで

毎月中南米で行方不明になるアメリカ人、カナダ人、ヨーロッパ人を見ていると、観光客もそこを訪れることを躊躇するレベルに思える。ペギーはそのプロジェクトの理念に共感し、参加していた。ウェブページに「私の息子の名前も加えてください」とメッセージを寄せたのだ。

ダンサベージは「メディアは政府の犬を動かす尻尾だ」と言い、メディアの厳しい監視がなければ、役人は動かないと皮肉った。彼はペギーにメールをくれて、テレビ番組制作会社のＴＩＪＡＴに連絡を入れる準備を整えた。

ＴＩＪＡＴのプロデューサーはペギーに自分の父親がホンジュラスで殺害されたことを打ち明けた。彼は十年かけて父親を殺害した人物を刑務所に送り込もうとしたが、失敗したのだそうだ。その後、捜査ツールとしてビデオカメラを使い始めて数日後、犯人に有罪判決が下されたのだという。ＴＩＪＡＴのプロデューサーは、中米の農村地帯では、カメラを使用すること以上に人々の心を開く方法はないと言った。答えを見つけるため、TIJATのチームがドキュメンタリーフィルムを制作するのはどうかと提案した。

僕はテレビを信じていなかったが、ダンサベージとTIJATと話をしたペギーが、「助けてくれるみたい。そしてあの人たちならできるかもしれない。話を聞いてみましょうよ」と僕を説得した。

TIJATは、二方面からの支援をしてくれた。許可証などの手配、そして人員だった。ケン・フォーニアーという名の元空軍パラレスキュー隊員が、ジャングルでの支援をしてくれることになった。そして犯罪捜査員のカーソン・ウルリッチ。背が低く、がっちりとした体格の中年男性で、僕とケンはアドベンチャーレースを通じて互いを知る仲で、互いを尊敬もしていた。カーソンは麻薬取締局に二十五年勤め、退職したばかりだった。そり上げた頭、顎髭、タトゥーに見上げるような背の高さの彼は獰猛に見えた。二人は、まさに僕らが求めてきた人物だった。捜査計画は理想的に思えた。

プロデューサーは、自分たちは前に出ることなく、ひたすら、あるがままのストーリーを撮影すると言った。僕らはリアリティーショーにしたくはなかった。マーク・バーネットがプロデュースしたテレビ番組『エコチャレンジ』は、カメラスタッフが僕のチームを追いかけ、その姿を撮影した場面ですら、どこか作り話のように見えたのだ。

ＴＩＪＡＴのプロデューサーとの初めての会話で、僕はドキュメンタリーとリアリティーショーの間の区別について問いただした。長い沈黙のあと、プロデューサーの一人がリアリティーショーは「過剰に制作が行われているものだ」と自発的に告白した。

ＴＩＪＡＴはペギーと僕の時間を節約するために、ケンとカーソンを雇う。彼らは家族写真や家族のビデオに対して使用料を支払う。二〇一五年七月に、僕らはこの契約に合意した。これは僕らの希望と一致した。テレビが捜索活動を現在進行形のものとし、許可証の発行を促し、僕らが持っていなかった専門家の手を与え、そしてコスタリカ政府と大使館に圧力をかけるのだ。しかしこのお膳立てのせいで高い代償を支払うことになった。


今思い返してみれば、そして『執念の追跡　消えた我が子を捜して』というタイトルで製作された番組を見れば、僕らが諦めたものがわかる。僕らは僕らが知っている息子を、僕らが育てた息子を、僕が愛した息子を諦めたのだ。僕らは、僕が吹き替えをしたコーディーと呼ばれる架空のキャラクターのために、ローマンを諦めたのだ。僕はローマンのことも、僕らの歴史も知らない人間が書いた文章を読んだ――その文章を変える力が僕にはなかったし、読まねばとプレッシャーを感じていた。しかしなにより最悪だったのは、僕の息子のドラマチックな死の演出であり、話題作りのために、「バズる」ために作られたシーンだった。ＴＩＪＡＴがナショナルジオグラフィックチャンネルを放映するチャンネルと決めたのは、僕が過去にナショナルジオグラフィックマガジンと仕事をしたことがあることも理由のひとつだった。

僕らがTIJATと契約を結んだ直後、ローマンがメキシコで無くしたバックパックを見つけたとの連絡が大使館から入った。大きなバッグには、寝袋、青いケルティーテント、ジェットボイル、そして遠い北部の火山で使用した防寒具が入っていた。パックにはベルトも入っていた。空の財布、ブルージーンズ、サンダル、袋に入ったままの新しい綿のソックス、パタゴニアの厚手のプルオーバー、ノート、そしてそれ以外のものも入っていた。

僕らがポスターに掲載した道具の半分がそこにあった。コスタリカでの捜索初日、ドニャ・ベルタのホステルで僕が撮影した黄色いバッグの写真では、パックのウェストベルトがフレームの端に写っている。その時、それがローマンのものだとは夢にも思っていなかった。

ペギーと僕は、大使館がそんなにも長い間、僕らに何も言わずにバックパックを保管していたことにショックを受けた。OIJはコーナーズ・ホステルの新しいオーナーから、数ヶ月前に受け取っていたのだ。六十日という保管期間の最終日となるまで、僕らに伝えようとは誰も思わなかったのか。彼らは持ち物を手に入れたその日に僕らに知らせることができたのにそうせず、何ヶ月も待った。こういった行動があるからこそ、テレビで公務員の働き方の暴露が必要になるのだ。

カーソン自身は国務省に対して恨みを抱いているように見えた。一方で十人以上のプロデューサーとディレクターからなる「制作側」はテレビドラマのために対立を煽ることに必死だった。カーソンも、制作側の中心的存在でエグゼクティブプロデューサーのエンガス・ジェームスも、九ヶ月前に大使館に対して説明したギアのありかについて、僕とペギーに説明しなかったという大使館のミスを元に、僕と大使館を対立させようとしていたように思えた。彼らの失態に腹を立ててはいたものの、答えはより重要だった。**メキシコで買ったバックパックと黄色いバッグを置いていったというのなら、彼は何をバックパックとして使ったのだろうか？　そしてジェットボイルのコンロでなかったのなら、ジェンキンスが見たというコンロは何だったのか？**

　制作側はドス・ブラゾスを越えた辺りにあるティグレ川の支流、ピエドラス・ブランカスの近くにぽつんと建っているエコロッジに僕らを滞在させた。ロッジは蒸し暑いジャングルの中にあった。ポーチではアグーチが大声で鳴いていた。三本指のナマケモノがセクロピアの低木にいて、その毛皮に住み着いている小さな蛾の大群が目視できるほど近くで見た。朝晩、バードフィーダーの熟したバナナを求めて、虹色のフウキンチョウがやってきた。ケンはフェルデランスを素手で捕まえて、僕らに見せにやってきた。

　夜間に電気がなく、カーソンとケンにとって、暑さと湿度は耐えがたかった。日中のジャングルでの不快感に上乗せするかのように、制作陣はギラギラと光り、熱を帯びたスタジオ撮影用ライトを、カーソンがインタビューする僕らの顔に容赦なく当ててきた。真面目な顔で、汗をかきながら、カーソンは「コーディーについて知っていることを全て話してくれ」と言うのだった。

それは不可能というものだ。それでも僕はドンディや、耳を傾けてくれた人々に伝えた話を、今となっては昔の話になってしまったが、ローマンがどのようにして成長し、エル・ペテンで何をし、ガイドやドラッグをどれほど敬遠していたかを話した。カーソンにはジェンキンスとパタ・ロラについても伝えた。すべてを吐きだした。しかしカーソンは、一年前のドンディと同じように、聞いているようには見えなかった。

一方で、エンガスは僕からもっと多くの感情を引き出したいと考えていたようだ。「テレビの視聴者がより共感できるように」と彼は言った。彼はジャングル内の小川で、ペギーが滑りやすい幅の狭い岩の上を息子を捜し求めるようにして歩く姿を何度も撮影した。彼女が滑り落ち、苦痛に顔を歪めれば、視聴者が「共感できる」と期待しているのだ。僕は彼に言った。「いくらなんでも作り込み過ぎだと思わないか？」ペギーを犠牲にしての「リアリティー」なんてくそくらえだ。

制作チームがジャングルに入った初日、僕はこのジャングル内での捜索が彼らの計画にそもそもあったのか疑問を感じていた。ペギーと僕がジャングルにいる様子を撮影するため、ジェンキンスはチームをゼレドンに連れていった。トレイルでは撮影隊の半分がついてくることができなかった。音声担当の男性の靴はボロボロに崩れた。カメラマンはトレイルから溝に滑り落ちた。最後の数時間は暗闇のなかを歩いた。

制作チームは公園に入るための許可を得ることができなかった。コルコバード国立公園のジャングル内部での捜索はこれ以上できないということだ。その代わりに、『執念の追跡　消えた我が子を捜して』はカーソン・ウルリッチがオサ半島を車で移動し、誰かがコーディー・ローマンを殺害した証拠を探す番組となった。それは僕とペギーができなかったことで、僕とペギーがカーソンにやって欲しかったことだ。それに関しては感謝していた。

仕事の関係でペギーと僕はアラスカに戻る必要があり、その後、僕はコスタリカに戻る予定にしていた。飛行機の中で、僕らが期待していたようなドキュメンタリーには仕上がりそうもないことについて話しあった。「でも僕らが戻った後には、物事が正しい方向に動くかもしれない」残念なことに、そうはならなかった。

第43章　カーソン

　僕は単身コスタリカに戻った。番組プロデューサーのエンガス、ディレクター、そしてプロデューサーのアシスタントからのメールには、大事なことが約束されていた。

「カーソンとケンは本気です。良き人々が僕らに答えを与えようとしてくれています。もうすぐ全体をダウンロードできるようになります」

　一体何が起きるのだろうと僕は考えた。番組制作の最初の週で、ＯＩＪがマスコミに対して用心深いことは明らかだった。それは大使館も同じで、カメラに映ることを望んでいなかった。そしてＭＩＮＡＥはＴＩＪＡＴに対して公園に立ち入る許可を与えなかった。公園へ入ることもできないし、僕はカメラのために捜索を演じるつもりもなかったので、制作会社はカーソンとケンが協力して殺人事件を解決することに焦点を当てたのだった。テレビはおろか、二人のどちらも未経験のことだ。

アンカレッジからサン・ホセまで、リクライニングしないシートで移動して眠ることができなかったため、僕は疲れ切っていた。体力を回復するために、イグアナロッジで十二時間も眠り続けた。とうとう部屋から出ていくと、撮影クルーは大喜びしていた。リアリティーショーを得意とする番組ディレクターのジェフ・セルズは、ほとんど有頂天だった。特別な日のために用意したという、イグアナロッジにある二階建ての小屋のダイニングルームに案内してくれた。

2015年8月　カーソン・ウルリッチ。イグアナロッジにて

カーソンは半ズボンと黒いTシャツ姿で、演出のために部屋の隅に置かれたテーブルの上座に座って待っていた。Tシャツには十万年の武器の進化が描かれていた。ケンもテーブルに座っていた。制作チームが僕を二人の真ん中に座らせた。三人のカメラマンが真昼の暑さに汗を垂らしながら立っていた。二人は三脚をセットして撮影していた。三台目のカメラは、カメラマンの肩に担がれていた。視聴者の同情を得られるように、僕の表情をつぶさに捉えようとしていたのだ。

「正直なところ、とても言いにくいことなんだが」とカーソンは警告しつつ、前屈みになった。「パタ・ロラが君の息子を連れ去り、金鉱労働者たちと合流したようだ。その金鉱労働者の一人が、ギーチョという名前の男だった。みんなでドラッグを使っていたらしい」彼は息をはいた。「そして彼を殺害した」

そんな馬鹿な。

カーソンのぶしつけな話に衝撃を受けた。ローマンの死が現実味を帯びたことも恐ろしかったが、それよりも悪いのは、この元麻薬取締局捜査官が——何か新しい事実を見つけてくれると期待していた人物が——センセーショナルなパタ・ロラの話を暴露すること以外何もしなかったことだった。

「なぜ彼らがローマンを殺すんだ?」と僕は聞いた。あまりにも恐ろしい内容であり、また、カーソンの話の中心人物がパタ・ロラであることに気づき、声を詰まらせながら聞いたのだ。

「彼が持っていた幾ばくかの金が目当てですよ」

「遺体は見つかってるのか?」

カーソンは頭を振った。「ここが一番つらいところなのですが……。遺体をバラバラにしたようです」そんな話を信じていなくとも、そのイメージは恐ろしいものだった。「それからサメのエサにしたんですよ」

カーソンは、自分の目で見たかのように、まるでオイル交換の方法を説明する程度の感情を込めて、こう言った。「お気の毒です」

「どれだけ確信している話なんだ？」僕は想像を絶した血まみれのイメージからすでに回復していた。

「これが私たちが考えている唯一の状況で、裏付けに全力であたっています」フラストレーションが僕の落胆を打ち消した。僕らは、自分たちでできないことをしてもらうためにカーソンを選んだ。それは犯罪捜査だ。それなのに、ここでもパタ・ロラの話が出てきてしまった。僕はわかりきったことを尋ねた。「他に考えがないんだろう？　つまり、それぐらいしか思いつかないんだろ？」

「残っているもう一つの可能性は、彼ら全員が無関係だってことぐらいですね」とカーソンは無表情で言った。

ローマンは熱帯で育ったようなものだ。あの子はエル・ペテンを歩き、モスキティアをボートで渡ったこともある。ダリエン地峡を横断する計画も立てた。ドス・ブラゾスからカラテまで、パタ・ロラのような男と一緒に観光客用トレイルを歩くわけがない。どうしたらこれを理解させることができる？　なぜ誰も話を聞いてくれないのだ？　僕は自分の息子を知っているんだぞ！

「なるほど。でも、それはあり得ないことだ、そう思わないか？」僕は多少表現を誇張して言った。血圧を上げながら。

「ありえますよ」

「君らはその話に辿りついて、あとはそいつから証言を得るだけなんだろ？　そうだろ？　手がかりはたった一つで、あんたたちはそこに飛びついた。だったら解決なんだろう。そう感じる」僕はかなり腹を立てていた。一年もかかって、まったく進展がない。むしろ後退しているじゃないか。

　すべてを終わらせたい気分だった。僕は立ち上がって部屋に戻ろうとした。エンガスとジェフは、事実を否定する頑固な父と、嫌味な捜査官の対立を待っていた。音声を録音され、撮影されている状況下で、なぜ彼らが息子を殺害したのかを僕に尋ねさせ、僕が言葉に詰まるように仕向けたのだ。そして元麻薬取締局捜査員には息子を殺害したというギーチョという切り札がいた。

　しかしこの顔合わせで僕はすべてのバランスを失っていた。息子が殺害されたイメージ、遺体がバラバラにされ、サメのエサにされたイメージ。視聴者がエンタメとして消費するために、そんな話を真っ昼間の明るい日差しのなか、僕が顔を引き攣らせ、涙を流す様子をカメラが撮影するなか冷たく言い放たれた。これはやらせだ。ドキュメンタリーではない。くそったれのリアリティーショーだ、俺はこのニセモノの捜査官に魂を売ってしまったのだ。

　バラバラ死体やサメのエサという話よりも、これを受け入れるのが辛かった。カーソンの自信たっぷりの主張に失望した。全ては再びパタ・ロラの話に戻り、どこにも行き着く場所がない。

それとも、その話が真実だから消えることがないのか？

階段を降りて自分の部屋に戻ると、ショックのあまりめまいがし、体から力が抜けてしまった。**もしやつらが正しかったとしたら**という不安と、**なぜやつらは俺の話を聞かないのだ**という怒りがぶつかり合い、僕は力を失い、体が震え出し、何もできなくなった。

パタ・ロラとギーチョという男がローマンを殺害した可能性を考えていると、携帯電話が鳴った。見知らぬ番号からだった。

「もしもし」

「ローマンか」携帯電話間の会話が大陸の財産とも言える電波塔の間で跳ね返るため音声に遅れはあるが、一年前に僕に電話を寄こした警戒心の強い声の主であることはわかった。僕が武器を持っているか、ヴァルガスとラス・ケブラディタスに入る前に、警護がいるかどうか尋ねた男だ。

「必要だったら、コスタに諜報員がいる」

「何だって？　どういうことだ？」**もしかしたら必要になるかもしれない。**

「一番優秀なやつがいまここにいる。ブラックスネイクを捕まえる準備が整っている状態だ。明日オサに到着できる」これはまったく現実的な話だった。ここでシンプルにイエスと言えば、悲しみの次の段階である怒りを静めることができる。しかし、あまりにもことの成り行きが理解できなかった。それに、報復や仕返しにも興味がなかった。

　僕はその警戒心の強い声の主にノーと告げた。あなたの人脈は必要ない。そして電話を切った。

第44章　同調圧力

部屋の天井の扇風機が回転しながら、ぐらぐらと揺れていた。カーソンとの対立と電話をかけてきた人物が言った「ブラックスネイクを捕まえる」という言葉に震えが止まらなかった。たぶんみんなが正しかったのだ、電話の声の主でさえ。きっと僕は頑なに否定し、息子に対してありもしない希望を抱いていただけなのだ。

カーソンは、ローマンはパタ・ロラとは一度も会っていないはずだという僕の確信を揺さぶった。オサの人々は問題児を追い出したいと思っているのかもしれないが、役人から聞いた話によれば、パタ・ロラには暴力的な犯罪記録がないという。ギーチョという男については、たぶん彼は殺人ができる人間だ。

カーソンを睨み付け、動きまわって一週間が過ぎた。ゆっくりではあったが、確実にカーソンとケンと制作会社と元ＦＢＩ捜査官の映画コンサルタントたちは私を摩耗させていった。自分の筋書きが事実だと僕が考えなかったことに、カーソンは傷ついているようにも見えた。最終的に、コンサルタントを雇うのは、議論するためではないと悟った。カーソンは僕のために雇われた。彼は助けるためにやってきたのだ。

僕と同じように、ローマンも頑固だった――まぎれもなく、腹が立つほど、そして情熱的に頑固なやつだった。僕はこれをカーソンにも見ていた。まるで彼がローマンの精神を受けついだかのようだったし、特徴まで似せているように思えた。力を込めた手振り、気を散らされたときの冷静な眼差し、曲がった指先など、すべてがそうだった。カーソンの苛立ちは理解できた。彼は僕に受け入れてもらえなかったし、その役割を尊重されなかった。自分の考えを正確に話すことができず、論理の明晰さよりも言葉の力強さを選ぶ彼の無能さには覚えがあった。カーソンのこういった要素のすべてが、たぶん、皮肉なことに、僕が彼の考えに好感を抱くきっかけになった。

カーソンは逮捕で解決したいと考えていた。彼は、結局のところ、警察官なのだ。しかし僕にとって逮捕はまったく十分ではなかった。この時点では、カーソンの話が本当だったとしても正義でさえ十分ではなかった。ギーチョとパタ・ロラは例の人物に電話をすれば仕留められるそうだ。なにより、カーソンもテレビ制作会社も殺人事件をテレビ番組で解決したがったが、僕はすべてのピースが矛盾することなく、事実をないがしろにせずにはまることを望んでいた。

2014年　マツゲハブ。コルコバードで

ふと思い立って、ドニャ・ベルタのところに戻り、僕が前年に彼女を訪ねていったことを覚えているかどうか試してみた。彼女はとてもよく、タイと僕のことを覚えていてくれた。そして同じ話をしてくれた。ローマンはドニャ・ベルタの宿に立ち寄り、荷物を置き、戻ってきた日の宿泊予約をしたが、二度と戻らなかったと。彼女はドンディには別の話をし、カーソンにも違う話をしていた。

一年以上にわたって、現地の人が何も知らない人に道を教えるようにして僕に語ってくれたすべての話をよく考えた。地元の人は、道がわからなかったとしても、とりあえずどの方向に行くべきかを教えてくれるものだ。息子の話に関しても、オサの地元の人はそのようにして話をしてくれたのではないか。しかし、少しひねりが加えられていたのではないか。彼らは、僕らが聞きたいことを話したのではないだろうか。「こっちの道ですか?」と聞けば、彼らは「イエス」と答えるが、それが正しい道なのか、あるいは間違っているのか、彼らは知らないのだ。カーソンがパタ・ロラの話を聞かされ続けるのも無理はない。彼は情報提供者に報酬を支払っていたのだから、なおさらのことだ。

パタ・ロラを恐れる人たちは多かったが、ただ単に彼が嫌いという人も多かった。殺人で服役したことがあると証言する人もいた。パタ・ロラ本人がカーソンとケンに自転車のことで男を殺し、刑務所に行ったと話していた。もしそれが真実なのだとしたら、なぜＯＩＪとＦＩＳＣＡＬ［コスタリカの犯罪捜査に関わる検察官たち］の双方が、パタ・ロラは一度も殺人事件で起訴されたことはないと言ったのだろうか?

パタ・ロラは精神的問題を抱えているだけで、犯罪に関わるような暴力性を持っているようには思えなかった。僕が最初に彼について聞いたのは、窃盗と嘘に対する苦情だったのだ。

確かに僕がすべての答えを持っていたわけではない。この一連の出来事の最初の段階で、間違ってしまうことには慣れていた。でも、明らかに何かが欠けていた。

もしジェンキンスが料理をしていた姿を見たと言うなら、ジェットボイルのコンロがどうやってコーナーズ・ホステルに戻ったというのだろう?　二台目のコンロを持っていたのだろうか。そしてホステルを出たときローマンが持っていたものは?　二つ目のバックパックが

あったのだろうか。パタ・ロラと一緒に、ドス・ブラゾスのアーノルドの家に行った。それからロイ・アリアスのピエドラス・ブランカスの家に行ったときに持っていた青いバックパックは？　ジェンキンスがゼレドンでローマンが背負っていたのを見たという緑のバックパックは？

　カーソンはジェンキンスとローマンがジャングルで出会ったことも、その日付や日数も一切話題にしなかった。七月のとある日曜日に、パタ・ロラとコーディーという名の男が酔っ払いのタクシー運転手（乗り合いバスは日曜日には走らない）の車に乗ったこと以外は、何も言わなかった。前年に、変わった形の耳をした親切なガイドが、ローマンがカラテを離れると言っていた日の数日後に、パタ・ロラとグリンゴの姿をカラテで目撃したことについては完全に無視していた。僕がカーソンに伝えていたローマンの特徴や彼の経験値は、取るに足らない情報として**ことごとく**一蹴された。科学者はこういった分析を「都合のいいエビデンスだけを並べる《チェリー・ピッキング・データ》こと」と呼ぶ。カーソンを雇ったエンガスでさえ、「これじゃあ警察が信用できなくなりますよね」と言っていた。

　それでも、カーソンが僕に言い続けたように、多くの人がパタ・ロラとローマンが一緒にいる姿を目撃していた。事実を曲げ、カーソンの話に合わせることができるかどうか、ローマンが最後のメールを書いた後、そして僕とタイが現れる前、二〇一四年七月の数週間にわたって行われた二回のジャングル探索についてノートに詳細を書き出してみた。

最初の探索でローマンは、僕らにメールを送った直後にプエルト・ヒメネスを出て、七月九日、あるいは十日に、七月十日の公判日に間に合うよう下流へ急ぐジェンキンスの兄に遭遇している。次にローマンはネグリトスの渓谷の壁を登り、ゼレドンの小川上流でキャンプをし、翌朝、ジェンキンスと出会った。日付は七月十日、あるいは十一日のことだ。パタ・ロラとローマンが一緒にいたという話と、ジェンキンスとローマンが出会ったのが事実だとすると、ローマンは七月十一日あるいは十二日にジェットボイルのコンロとバックパックをホステルに置いたまま歩きはじめ、七月十三日日曜日に酔っ払いのキャビーのタクシーにパタ・ロラと乗り込み、そして七月十五日までに徒歩でカラテに行き、そこで親切なガイドで二人を目撃したというロジャー・ムニョスに会った。そのあとにローマンを殺害し、遺体をバラバラにして、サメのエサにしたギーチョに会ったということになる。これで、人、場所、そしてイベントがすべて合致する。ここで僕が、自分が育てた息子を別人だと思えばそれですべてが整うというわけだ。

ペギーは彼女なりの言葉で、僕の疑念に対してメール内で反応した。

ホステルの女性を事情聴取すべき。何かきっと知っているから、話を聞かなくちゃいけない。彼女たちが鍵を握ってる。それでなきゃ、意味がわからないわよ。私たちだって、友人だって、彼の友達だって、あの子がどんな子だったかって知ってるし、ドラッグに手を出すなんてありえないことよ。特に、外国にいる時にそんなことをするなんて。あの人たちの無知な意見に絶対に振り回されちゃだめ。私たちは、ローマンのことを誰よりも知っている。あの子がそんな馬鹿なことをするはずがないじゃない。

八月の終わり、僕は聞かされたストーリーを強制的に納得させられた状態となっていた。その時の感情を、こう日記に書き記している。

ケンやカーソンのおかげで、限りなく解決に近づいているようだ。カーソンが、おいしいテレビ番組を求めているのは「やつら」で、カーソンは正義や有罪判決を求めているのだと言ってくれた。彼は本気だ。それに、これは現実に起きていることで、テレビ番組がリアルタイムでこのような事件を追うのは初めてのことだろうと言っていた。

カーソンは正しいに違いない。

第45章　パタ・ロラ

『執念の追跡　消えた我が子を捜して』の最大の見せ場は、ケンとカーソンがパタ・ロラを僻《へき》地《ち》にある小屋に呼び出し、二人がすべてを知っていると思わせ、脅す場面だ。プロデューサーとカーソンが、生中継で事件を解決するという画期的な方法を思いついた瞬間だっただろう。カーソンはドス・ブラゾスで情報提供者から聞かされた話を披露した。ギーチョがローマンを殺害し、遺体をばらばらにしてサメにエサとして与えたと、甥であるパタ・ロラから聞いたと証言したのはウィリムだった。

　エンガスは僕を荷物が満載のSUVに閉じ込め、僕はそこでメモを取り、車のスピーカーに接続されたオーディオレシーバーから流れてくる声を聞いていた。カメラが、カーソンのパタ・ロラに対する穏やかな尋問への僕のリアクションを捉えていた。長距離のハイキングを終えたあと、ケンが人里離れた小屋にパタ・ロラを招き入れ、そこでカーソンが待ち構えていた。

最初は警戒していた様子で、カーソンの役割に関していくらかの説得は必要だったものの、パタ・ロラの新しい友人となっていたケンの説得もあって、パタ・ロラはリラックスして話し始めた。そしてタバコを次々と吸い始めた。

「彼と一緒に入って、一人で出てきた様子を見た人間が大勢いる」とカーソンは、ローマンと一緒に歩いたことを指して言った。

「誰がそんなこと言ったんだよ？」とパタ・ロラは答えた。「カラテの四人の鉱夫たちだ」ギーチョの家族を引き合いに出すことで、パタ・ロラに揺さぶりをかけるつもりだった。パタ・ロラはその話を鵜呑みにして、カーソンがついて行けないほど作り話をし始めた。ローマンと彼がカラテ川を数キロ上がった場所にあるビーチでギーチョ一家の三人に出会ったと細かく語り始めた。九ミリのピストルを持ったポロ、鉈を持ったマリオ、そしてドレッドヘアの二人の父が後ろに立っていたそうだ。

2015年11月　ギーチョ。カラテで

「ギーチョの顔は見たよ。怒ってたな。やつらは『お前には貸しがある!』みたいな顔をしてコーディーを見ていたよ」

「コーディーはなんて言ってた?」とカーソンが聞いた。

パタ・ロラはコーディーが警戒していたと証言した。「なんだって? どういうことだ?」とローマンは言う。

ギーチョ一家が答える。「だまれ、くそ野郎! お前は……お前は……走れ! 逃げろ! そうでなけりゃ殺すぞ、くそ野郎!」

パタ・ロラは続けた。

カーソンはもう一度聞いた。「そのときコーディーは生きていたのか?」

「もちろんだ。やつらがどうやって殺したのかはわからないよ。何も知らないんだよ。俺は自分の命を守っただけさ。それが最後だ。嘘は言ってねえ。俺の目を見てみろよ」

番組のこのシーンは緊張感がある。隠してあったカメラからの映像は覗き見のような雰囲気を作り上げていた。パタ・ロラが証言をした――ギーチョ一家がローマンを誘拐したのだ。

この尋問は同時に僕を不快にさせた。尋問が終わると、カメラマン、音声、アシスタント、エンガス、そしてジェフ――制作チームの誰もが黙り込み、気の毒そうながっくりとした顔をして、僕に敬意を払っていた。エンガスはiPhoneの白いイヤホンをぶら下げたまま歩いてやってきて、「お気の毒です」と言い、僕の肩に手を置いた。僕はショック状態で、今聞いたことを信じるべきだと思いつつも、信じられないでいた。

俺は今までずっと間違っていたのか？　ドンディとカーソンが正しかったのか？　僕は自分の息子を知らなかったのか？

カーソンは、プエルト・ヒメネスからカラテ川までの道のりで、ローマンとパタ・ロラが一緒に歩いている様子を見た目撃者が「三十人いる」と言った。僕が彼に意見を言うと、「目撃者全員が間違っていて、君が正しいってのか？」と答えた。ドンディも同じことを言っていた。礼儀正しい人たちでさえそう言っていた。「あの気の毒なお父さん。息子を亡くしてしまい、息子は技術も判断力もなかったことを受け入れられなくなっているんだ」と、僕の耳に入らないところで言っていた。

僕にとって『執念の追跡　消えた我が子を捜して』は、カーソンとケンが殺人犯を捕まえる様子を捉えたものではない。自分が育てた息子に対する、僕自身の裏切りの物語だ。オサ半島の嫌われ者パタ・ロラの幻想に合致するように、かけがえのない思い出を歪めてしまったのだ。ウムナックを歩いたこと、クレブラで泳いだこと、ワイルダーネス・クラシックに参加したこと、そして生涯の信頼をも裏切りながら、心の隅では息子の尊厳を守ろうとしていた。僕はこの感情を説明するかのように、こう書き綴っている。

知っていたことをすべて手放したのはなぜだろう。ローマンがパタ・ロラと一緒になんかいなかったことを知っていたというのに。俺はいまそのすべてを手放して、カーソンの言いなりになっている。俺はまるでカーソンのように、物語にそぐわないことは無視している。

日付？　ここでは誰も記録なんてつけない。

靴とその色が合わないって？　先週何色の服を着た？　先月は？　去年は？　昨日はどうだ？

マリファナだって？

吸っていたのは、パタ・ロラだけだったんじゃないのか？

画鋲を残していたことは？

もしかしてパナマの練習だったのでは？

それからガイドは？　ひょっとすると地元の人間としてパタ・ロラのことが気に入り、パナマでそうする予定だったように、彼を利用したのではないか。

まったくなんて**難しいんだ**！　まるで彼の記憶を足蹴にしているみたいだ！　半年間のメールのやりとりや息子と過ごした時間のすべてを無視するような気分だ。

しかし僕はカーソンと契約を交わし、そして彼がここに僕らを導いた。そして一方で僕は、彼の真実からごまかしを切り離せないでいる。カーソンは事件を解決したいと思っている。それに、確かにパタ・ロラと、ローマンに似ており、ローマンのように行動する外国人を見たと、「何十人もの」人が言っているのだ！　それが矛盾だとは思えない。

疑ってるかって？

ああ、疑っている。

受け入れようと思うかって？

ああ、そうしよう。

これを終わらせたいのか？　もちろんだ。

二〇一五年九月、僕は誰の邪魔もしないように、何に対しても反対意見を述べないように我慢し、カーソンと制作チームが元FBI捜査官からハリウッドのコンサルタントに転身した人物が捜査を続けられるようにした。コンサルタント、カーソン、そして制作チーム全員が、パタ・ロラの録画された証言は逮捕、そして殺人での有罪判決に十分だと判断していた。

カーソンの尋問のあと、僕はパタ・ロラと対面したいと申し出た。エンガスとジェフは興奮を隠しきれない様子だった。ギーチョ一家のことをＯＩＪに話すよう、父親としてパタ・ロラを説得できるのではと考えたのだ。六台のカメラがプエルト・ヒメネスの海岸で行われた僕たちの面会を撮影していた。ローマンは無事に違いないと考えた最後の日になってしまったその夜、ペギーと僕が電話で連絡を取り合ったシーフードレストランの前でのことだった。パタ・ロラは、僕にとっては余興のような人物だった。話す必要もない相手だ――眉つばものの噂を擬人化しただけの相手だと考えていた。彼の証言はただのでっちあげで、注目を浴びたいだけだろうと思っていた。生々しい喪失の傷に、侮辱という塩をすり込むような話だ。ローマンのスキルと自立心を辱める証言だとも思えた。これが彼との初対面となる。カーソンとケンはパタ・ロラに対して、プレゼントや食事、ホテルの部屋に現金まで与えていた。彼は二人の車に乗って現れた。

制作チームがパタ・ロラにマイクを取り付けた。そしてサングラス姿で僕に会いに来た。細身で、僕と同じぐらいの背の高さの彼は、緑のカモフラージュ柄のキャップに半ズボン姿で、いかにもカーソンが好みそうなアーミーグリーン色のシャツを羽織っていた。細い眉毛と整えられたやぎ髭、顎のラインに沿った髭以外は、髪の毛も生えていなかった。しっかりとした足取りだが、わずかに足を引きずっていた。左足首は変形し、まるでオウムの足のようだった。

僕はパタ・ロラに真実を言うよう頼んだ。話は作らなくていいし、サングラスを外してくれとも言った。息子の最後の時を目撃したはずの彼の目を見たかったのだ。しかし、パタ・ロラはローマンとのハイキングの様子を雑に説明しただけだった。ローマンと本当に一緒にいたとは思えなかった。詳細も、ストーリーも、イメージさえなかった。パタ・ロラの視線の先は空っぽだったのだ。

彼の目が光を取り戻したのは、彼を虐待していた父親の話をしたときだった。父は路上に彼を捨てた。息子を捜し求める父親として、パタ・ロラは僕を尊敬していると認めていた。リアリティー番組のために作り上げられた時間の最後に、彼は抱擁を求めてきた。僕は彼を抱きしめ、彼を気の毒に思ったが、ローマンと彼が一緒にいたことはなかったという考えを払拭することはできなかった。

『執念の追跡　消えた我が子を捜して』の撮影の合間に、カーソンがOIJと国務省が何の対策もしないことへの批判を展開した。彼の情熱はありがたかったものの、彼はトラブルに巻き込まれた。国務省との会議の席上で、何の気なしに隠しマイクを取り付けてしまった。政府は正式な訴状もしくは令状で逮捕すると脅した。カーソンはコスタリカから逃げ、リアルタイムのテレビ番組で殺人事件を解決するという彼の使命は果たされることはなかった。

カーソンがいなくなり、ゴルフィトからワシントンDCまで、エンガスとケンとともに面談を重ねつつ、パタ・ロラの新しいストーリーを展開させるのは僕の役割となった。プエルト・ヒメネスからカラテまでに存在する目撃者の、二十×二十五センチサイズの写真が入ったフォルダをめくりながら、最新のパタ・ロラに対するカーソンの見解を、ＦＩＳＣＡＬ、大使館、ＯＩＪの長官、そしてＦＢＩの補佐官に伝えた。

汗だくの撮影と、カーソンによる酷い仕打ちは最悪だったが、ミード・トレッドウェルやフェローシップ、ウェブ寄付サイト、多くのボランティア、そしてフェイスブックへの投稿がなし得なかったことを、『執念の追跡　消えた我が子を捜して』の重い存在が達成したことは認めざるを得ない。関係者全員に圧力をかけ続けた。二〇一五年九月までに、オサ半島のもぐりの鉱夫からＯＩＪのトップに至るまで全員が、ペギーや僕と共通の認識を持つことになった。僕ら全員が捜索を打ち切ることを望んだのだ。

『執念の追跡　消えた我が子を捜して』は多くの人の関心を集めたが、当時は未完成の状態だった。関係者がそれぞれの行動を――あるいは行動を起こさなかったことを――テレビ番組として放映し、明るみに出したくないと考えたのかもしれない。カーソンとケンはＯＩＪとＦＢＩが一年かけて引き出したよりも多くの証言を、一ヶ月で引き出したと言える。それでも、コスタリカの法律では、殺人事件には遺体が必要なのだそうだ。それがなければ、ＦＩＳＣＡＬにとって価値があるとしても、パタ・ロラの取り調べの録音記録は証拠として十分ではないということだった。パタ・ロラの供述は、事実と空想によってできているのかもしれなかった。

僕がコスタリカを離れた日、ＦＩＳＣＡＬに対して、ローマンに銃を向けて拉致したのがギーチョ一家であるとする供述を提出すると約束し、パタ・ロラは船でゴルフィトに向かった。

第46章　バックパック

二〇一五年九月の第一週、アラスカに戻った僕は、目一杯のコマ数の授業を担当し、論文を書き、学生を指導する生活に戻った。ローマンの後見人申し立て手続きのため弁護士を雇い、十一月には無事、ローマンの二〇一四年の取引記録を確認することができた。僕らがずっとわかっていたことがその記録で裏付けされた。七月九日、彼が僕たちにメールを書いて以降、銀行取引は一切なかった。

秋から冬、ペギーと僕はカーソンの飾り立てられた物語に固執した。『執念の追跡　消えた我が子を捜して』が僕らに与えてくれたのはそれだけだった。

カーソンの言いなりになったこと、そしてパタ・ロラの大げさな話を鵜呑みにしてしまったことの代償は大きかった。まるで僕らの過ごした人生がなかったかのように、父親として知っていた息子の人生を否定した。しかし、コスタリカとアメリカの役人がその話を信じたことは

2016年3月　コスタリカ、サン・ホセのショッピングモール

利点だった。

ＯＩＪが必要だったのは、裏付け、有罪判決、そして正義のため、ピエドラス・ブランカスと太平洋の間で遺体を発見することだった。もしそれができていたとしたら、不完全ではあるが事件を終結させることができただろう。だが物理的には何が起きたのか、誰が彼を殺し、どのように殺したのかはわかるが、そもそも、なぜローマンがパタ・ロラと一緒にいたのかという謎の解明はできない。この疑問が僕を悩ませた。

二〇一六年一月、ＦＩＳＣＡＬがエンガスと僕に対し、パタ・ロラに精神鑑定を行ったところ統合失調症と診断され、彼の行動の多くの説明がついたと説明した。それと同時期に、ペギーと僕はそれまで望んでいたことをようやく手に入れていたのだ。それは公園への立ち入り許可だった。大使館、フエルザの警察、ＭＩＮＡＥのレンジャー、赤十字（ドンディ抜きで）、そしてＯＩＪの捜査官、犬のチームに付き添われる形で、僕らは希望する場所に行くことができた――テレビ番組の制作会社さえいなければ。

一月から五月まで、ペギーと僕はコスタリカ人のチームと四回にわたって公園内に入った。残念なことに、傷ついた彼を捜すのではなく、彼の遺体を捜すという旅だった。僕と一緒に捜索してくれたチームは二年遅かった。二〇一四年に僕が望んでいた助けが、彼が生きていた可能性があるその時期に、僕がぜひ許可して欲しいと考えていたのに逮捕の脅威で拒否された援助が、公園への立ち入りだったのだ。捜査の指揮官はコスタリカ人弁護士のホルヘ・ヒメネスで、大使館で働いた経験があり、父親はかつてＯＩＪを統括していたそうだ。

一回目の捜索のとき、ペギーと僕を空港で出迎えてくれたホルヘは、サン・ホセの渋滞した道を、僕らを乗せた車で走りながら、コスタリカの司法システムについて教えてくれた。

「ミスター・ローマン、コスタリカでは遺体なしの殺人事件で有罪を勝ち取ることは基本的に不可能なんです。アメリカとは違って証言だけでは十分ではない。実際のところ、殺人犯が殺人を自供したとしても、遺体のような物的証拠なしでは有罪になることなんてありえないんですよ」

ホルヘはＦＩＳＣＡＬと裁判官の両方の試験に合格しているため、正義のために何が必要かは熟知していた。「ＦＩＳＣＡＬと裁判官がいなければ、ＯＩＪの捜査官は手も足も出ないんです。名前や住所、それ以外の犯罪に関係ない質問以外、尋問さえできませんしね。そんな事情でパタ・ロラの一件が厄介なことになっているんですよ」

ホルへ、ＯＩＪ、そして遺体検知犬のブラッドハウンド、ＭＩＮＡＥ、そしてフエルサとともに、僕らはカラテからピエドラス・ブランカスまでを捜索した。地元の鉱夫たちがオフトレイルの捜索に協力してくれ、渓谷の壁に蜂の巣のごとく広がる採掘トンネルを案内してくれた。ジャングルに入った初日から、鉱夫たちが黒いタープの下に保管する少ない持ち物を眺める癖がついていた。そしてこの時は、細い小川のほとりで、その持ち物の下に見覚えのあるものを見つけたのだった。ベラクルスで二年前にローマンにあげた、短くしたマットだった。

パッククラフト用のパドルをこんなふうに短くしたマットに包んで、ベラクルスまでの飛行機に積み込み、そして便利なのでローマンにあげたのだ。その色、タイプ、ブランド、そして十年前のアドベンチャーレース用に自分が切って大きさを整えたそのサイズはまさに同じものだった。それはジャングルで発見した唯一の、ローマンの持ち物であり物的証拠だった。それもパタ・ロラのトレイルにあったのだ。

頭のなかに疑問が渦巻いた。**どうやってここに辿りついたのだ？　ローマンの遺体がこの近くにあるのか？　この鉱夫が関係してるのか？**　ＯＩＪとフエルザは、下流で選鉱鍋を手にしている年老いた男に群がった。老人は、マットはドス・ブラゾス付近で数年前に購入したものだと証言した。疑わしいことに、この老人はパタ・ロラの両親が彼を捨てたあと、パタ・ロラを育てた女性と暮らしていた。

二〇一六年三月、アンカレッジ学区の春休みの期間、ペギーと僕は再びコスタリカへと向かった。ローマンの口座取引記録によると、彼はサン・ホセで四百十一ドル九十一セントを使っていたため、僕らはそこで数日を過ごした。彼が何にお金を使ったのか知りたかったのだ。ラテンアメリカで彼が一ヶ月に支出していたのは平均して千五百ドル程度だった。この買い物は明らかに通常とは違うものだった。空港のホテルの部屋で机に座り、僕は銀行明細書の二行を見ていた。

07-06　デビットカードによる購入　払い戻し　四百十一・九一ドル
07-05　購入24389214186641877318698　TNF 04 SAN JOSE CR

グーグルで24389214186641877318698 TNF 04を検索しても何もヒットしない。TNFとは一体なんだろう。TNF？　ウムナックやクユックテュブックの小川で何年も使った家族テントを思い出していた……TNF……もしかして、「ザ・ノース・フェイス」なのでは？

僕はサン・ホセのノース・フェイスの店舗を検索した。巨大なショッピングモールの中の店舗が見つかった。

「ペギー！　ローマンはサン・ホセのノース・フェイスでGPSを買ったのかもしれない。パタ・ロラと一緒にいたローマンを目撃した人が、GPSとカメラのことを言ってたんだ」

「かなりの額よね」と彼女は言った。「もしかしたらあの子、カメラも買ったんじゃないかしら。それから靴も？　雨具は？　ダリエンへの旅行用に買ったのかも？」

ペギーと僕はレンタカーに飛び乗って、モールに急いだ。これが疑問に答えてくれるかもしれなかった。店員は二〇一四年七月のレジの記録を精査してくれた。ほぼ二十二万コロンを使ったローマンの購入品は七月五日の記録に簡単に見つけることができた。

しかし彼が購入したのはGPSでもカメラでもなかった。店はそのどちらも販売していない。彼が購入したのはバックパックだったのだ！　ミドルサイズで軽量の、コンネス55というモデルは、コルコバードやダリエンでローマンが行う自然のなかのトレッキングにとても適していた。

これが、行方がわからなくなっていたバックパックなのだ！

僕はカタログに掲載されていたバックパックの写真を撮影した。これで、ジャングルを歩きながら探すものの新しい写真が手に入った。オリーブグレイ色の、中型のパックで底の部分にファスナーのついたコンパートメントがあり、ウェストベルトにはポケットがついている。僕はうれしくて、エンガスにメールをしてこの重要なニュースを伝えたのだった。彼は僕とタイがコーナーズ・ホステルで黄色いバッグを見つけた時のドンディがそうだったように、あまりうれしくもなさそうな返事を寄こした。たぶん、自分の番組の筋書きに沿わないからだろうと僕は考えた。

パタ・ロラのストーリーの新たな展開も耳にした。オサ半島のコスタリカ人が二〇一五年に語ったところによれば、パタ・ロラは、ギーチョ一家でなく自分がローマンを殺害し、遺体を埋めたと二回も自供したのだそうだ。男は六桁の懸賞金、それは米ドルで十万ドルかそれ以上になるが、その懸賞金を提示することでパタ・ロラにローマンの遺体の隠し場所を自供させればいいと言う。男は、自分はうまくやれる、お金と酒とマリファナ《モタ》を与えれば、どこに遺体を隠したのか、パタ・ロラに白状させることができると言った。もちろん実際に僕らが金を払うことはない。サン・ホセからプエルト・ヒメネスまで七時間かけて移動しつつ、ペギーと僕はどうやってパタ・ロラを罠にかけるか話しあっていた。

コスタリカ三日目、二〇一六年三月、ペギーと僕はパタ・ロラの家まで車で向かった。僕らは彼と、彼のフランス人ガールフレンドと時間を過ごし、ビールを飲み、少し話をした。パタ・ロラはマリファナの葉巻を作り、同棲相手であり、家賃を払っているというマドモアゼルと一緒に吸った。

僕らがその家を離れるとき、五万ドルの懸賞金を提示するポスターを引っ張り出した――一年以上前、コーディー・ローマンの遺体発見に対して提示した額の十倍だった。この計画を最初に言い出した地元の人にもう一枚を渡し、彼の計画を最後まで実行してくれるよう頼んだ。三枚目をドス・ブラゾスのプルペリアに張り出した。すべては殺人犯をあぶり出すためだった。

パタ・ロラは自分につけられたニックネームが大嫌いなので、カーソンもケンも彼を「ジョー」と呼んでいた。ホセという彼のファーストネームのアメリカ版といったところだ。

「いいかい、ジョー」と僕は言いながら、ポスターを手渡した。「かなりの額の懸賞金を出して息子の遺体を捜しているんだ。五万ドルだ」僕は彼が興味を示すか確かめたが、彼は表情を変えなかった。ローマンと一緒に歩いた日のことを聞いたときと同じで、ほとんど無表情だった。「ギーチョ家の人たちと一緒にいるところを見たんだから、捜すことができるんじゃないか?」

「ああ、そうだな、もちろんさ。見つけられるさ!」と彼は必死に言った。「でもスキューバダイビングの道具がいるな。マドリガル川から骨がある海まで潜らないといけない」と彼は続けた。「金、くれるかい?」彼はマリファナ葉巻をもう一口吸うと、それを僕に手渡した。「道具を買ったら水に入って、それで骨を見つけることができるだろ?」僕は葉巻を断り、ぬるくなってしまったビールを飲み干した。「ジョー、金は出せない。あんたが遺体を見つけたら金を出そうじゃないか。誰かにスキューバの道具を借りて、懸賞金を分けたらいい」

翌日、ペギーと僕は、大使館の運転手の運転する黒いSUVに乗り、ピエドラス・ブランカスに向かった。ホルへとOIJの捜査官が二人と、遺体検知犬が二匹、そしてハンドラーがもう一台の車両に乗っていた。ロイ・アリアスの家に泊まり、そこからコルコバード内にあるカラテとマドリガル川沿いのトレイル、オフトレイルと歩き続けながら海まで行く予定だった。SUVは深い轍を通り、細い稜線を伝うようにしてピエドラス・ブランカスまで泥だらけのジープ道を走っていった。

ペギーはその運転に不安になっていた。木の棒が車台に刺さってしまった。運転手は車を止め、ペギーが車を降りてそれを引き抜こうとした。SUVはほとんど木の生えていない切り立った崖の頂上に止まっていて、ジープの通る道には浸食した溝ができ上がっていた。ペギーが車に乗るやいなや、運転手は車を出した。溝に前輪が引っかかり、車体は道から投げ出され、丘を転落した。

シートベルトをする間もなかったペギーは後部座席から運転席の真後ろまで飛ばされ、そして助手席の窓に当たった。深い崖の縁にあった木々にひっかかるようにして、SUVはようやく停車した。彼女は怯えながら崖の下を見た。怪我はなかったがあまりにも恐ろしくて、僕らは窓から這いだして、道に戻った。ホルへが乗る車に一緒に乗り込んで、道の脇の崖を見ないようにしながら、その先を進んだ。

僕らはロイ・アリアスの家の、硬い木の床で眠りについた。そして夜明けにマドリガルに向けて出発した。渓谷の縁にある消えかけたトレイルを辿る途中、ペギーは長い毒毛の生えた十五センチの毛虫に刺されてしまった。その後、ギーチョ一家が公園内のマドリガル川まで行ったと思われるルートを、藪を切り拓きながら進んだ。とぐろを巻いたフェルデランスを踏みそうにもなった。急な上り坂で速度が上がらず、滑りやすい下り坂、わかりにくい横方向のルートに惑わされ、マドリガル川の本流には夕暮れまで辿りつくことができなかった。

我々は七人だったが、ライトを持っていたのはたった二名だった。マドリガル川を暗闇のなか歩いていると、ホルヘが小川を歩こうと言い出した。「カエルを追って小川にやってくるヘビを踏まないように」という理由だった。その警告は馬鹿らしくも思えたし、小川の中を歩くのは大変だった。ペギーと僕は砂利州を歩いた。三メートルも歩かないところで、ペギーがゴムのようなヘビを踏んだ。僕らはその種類を見ようとはしなかったし、ヘビが何をしていたのかも知りたくなかった。僕らはただ、小川に急ぎ、コスタリカ人に交ざって水しぶきを上げながら先を進んだ。

真夜中近くにカラテに到着した。パタ・ロラのトレイルであるドス・ブラゾスからマドリガル川までの道程では、何も見つけられず、ただ不運とニアミスに見舞われた。

第47章　発見

　二〇一六年五月の第一週には、『執念の追跡　消えた我が子を捜して』シリーズは、リアリティーショーとしてナショナルジオグラフィックチャンネル放映用に制作されることがわかった。予告篇は不気味だった。制作チームが再現したパタ・ロラのストーリーは、鉈から滴り落ちる鮮血にフォーカスを当てていた。ショーツ姿で膝丈のブーツの男が鉈を手にして、小川にうつ伏せになっている男性の前に立っていた。番組のエグゼクティブプロデューサーのエンガスはペギーと僕に番組を見ないよう警告したほどだった。こういう再現は望んでいなかったが「ネットワークがそれを望んでいた」と言った。彼はこのような映像を、「バズ」らせるために制作したのだ。

　彼を信じていた時期は、僕がパタ・ロラの関与を信じていた時でもあり、過剰なドラマ化についても受け入れていた。ブータンで撮影された写真のローマンに驚くほど似た若い男性が鉈を持った鉱夫から逃げる映像すら認めたのも捜査を打ち切りにされたくないからだった。エンガスからの警告を受けたあとに、僕らはＴＩＪＡＴが制作した『執念の追跡　消えた我が子を捜して』の六エピソードを視聴した。そして僕は彼にメールを書いた。

ペギーと僕ですべてのエピソードを見ました。捜査状況がよく記録されていると思いました。全体的に大げさな印象はありませんでしたが、確かにあなたがおっしゃった通り、銃のシーンは使われすぎだと思いました。僕の母や妹にとっては、辛い映像でしょう。たぶん、ジャズもそう思うでしょう。大使館の印象を悪くするとはまったく思いませんので、彼らがエピソードをすべて見たとしても、これまでやってきた以上のことをしてくれるインセンティブを与えるとは思えませんね。本当に、まったく何もやってくれませんでしたから。大使館、そしてＯＩＪからのアクションを求めるためにこの番組を使うというアイデアはいいと思います。

番組のプロモーションとして、ワシントンにあるＦＢＩ本部の建物に向かうペギー、ケン、そして僕をテレビカメラが追っていた。ケンがミーティングを設定してくれていたのだ。それは五月十九日木曜日のことで、翌日僕らは別のプロモーションでＮＹに飛ぶことになっていた。最初のエピソードは日曜日に放映予定だった。僕らは携帯電話をセキュリティーに預けた。深い色のスーツに身を包んだ二人のきさくなFBI捜査官が、七階にある狭い会議室に僕らを案内してくれた。部屋にはあっという間に七人から八人の捜査官たちがやってきて、その中には副長官もいた。僕は自分が信じるに至った物語を伝えた。ギーチョ一家や、新たに登場したギーチョ一家のボスとされる、ポキートという名の男が登場する、統合失調症患者としてのパタ・ロラの世界から生み出された物語だった。捜査官たちにはローマンがサン・ホセで購入したノース・フェイスのバックパックについてどのように突き止めたのかも話した。

「それはすごいですね」と、バックパックについて捜査官の一人は言った。「まるで僕らの仕事ですね。でも、それであなたたちはどうしたいんです?」

僕は彼のこの質問に率直に答えるしかなかった。なぜなら、過去数年間コスタリカでFBIが何もできなかったことを知っているからだ。「ずっとずっと、僕はただ、何が起きたのか知りたいと考えてきました。いまはもう、理解しています。僕が今求めているのは正義なのです」

「遺体です」とペギーは吐きだした。「私たちは彼の遺体を見つけたいんです。そして家に戻してあげたい」

遺体が見つかれば、多くの疑問に答えが見つかる。そのうえ、殺人を立証するには遺体が不可欠でもある。会議の残りの時間は、過去数年間と何ら変わりないものだった。異国の地でアメリカの警察がどれだけ制約を受けるのかという説明と、その確認だった。「こういう事件は時間がかかるものです」と、僕にお世辞を言った捜査官が口にした。「数年かかることだってある」彼らは同時に、カーソンの動きが、この事件に関してどれだけアメリカとコスタリカの

2016年5月21日　コルコバード国立公園内のエル・ドクトル川

関係性に悪影響を及ぼしたかについても言及した。

面談のあと、僕らは携帯電話を受け取った。僕の携帯電話にはコスタリカからメッセージが届いていた。それはアメリカ領事館の総領事からだった。電話をくれ、何時になってもいい。携帯電話は充電が切れかかっていた。「ラヴィから電話だよ。連絡が欲しいらしい」と僕はペギーに言った。僕らは数ブロック先のホテルまで歩いて戻り、携帯電話を充電した。そしてラヴィに電話をし、スピーカーフォンに切り替えた。

「ローマン」とラヴィは電話の向こうで言った。「どうやって話したらいいかわからないが、率直に言う。今日、ドス・

ブラゾスで人間のものと思われる遺体が発見された。キャンプ道具も見つかっている」

僕は座り込んだ。何年にもわたって、トビー、ローレン、そして大使館が僕らにジャングル内で遺体が発見されたと連絡を入れてきた。でも、今回は何かが違っていた。ローマンのような気がしたのだ。

ラヴィは続けた。「鉱夫が山に入ったところ、川床で骨を見つけたらしい。そこから上流に向かうと、そこにキャンプ用品があったそうだ。すぐにジャングルから警察に連絡を入れたということだった。すぐに知らせようと思って電話をしたよ。君の息子かもしれない」

僕の感情は痛みと安堵の間で揺れ動いていた。安堵は闇雲に彼を捜し続ける日々がとうとう終わるかもしれないからだった。痛みは、これで息子の死が決定的になってしまうからだった。すぐにコスタリカに戻らねばならない。現場をこの目で見て、自分自身でそれが事故だったのか、それとも事件だったのかを判断したかった。

ラヴィには二年前、ローマンのキャンプ道具の特徴を詳しく教えていた。青いパタゴニアのベスト。それからジェットボイルのコンロ。緑色のサロモンシューズ。黄色と灰色のZレストのマットは、巻かれているというよりは畳まれていた。ペギーと僕はこういったギアといくつかのアイテムのポスターを作って、セロ・デ・オロからカラテまで掲示していた。しかしローマンが持っていたもので、そのポスターに掲載しなかったものもある。後になって、それが証拠となるように、秘密にしていたのだ。こういった日のために。

「ラヴィ、彼はどこで見つかったんだい？」

「ドス・ブラゾス方向から入った、ティグレ川の上流らしい。コルコバード国立公園内だ。MINAEのレンジャーが朝がた向かって確認中だ」

翌朝金曜日、ペギーと僕は電車でバージニア州北部に向かった。バス停まで母に迎えに来てもらい、母の家に向かおうとしていた。母の到着を待つ間に、ピープル誌のライターから『執念の追跡消えた我が子を捜して』についてインタビューの申し入れがあった。彼女との会話の途中、携帯電話がコスタリカの番号を表示した。僕はライターに、電話に出なければならないと伝えた。電話は大使館のカーラからだった。カーラは手短に話した。遺体発見現場で撮影した写真を僕に送ったとのことだった。写真のなかの道具に見覚えがあるかどうか彼女は聞いてきた。

写真が携帯電話に届き、僕は急いで確認した。この遺体がローマンなのか、どうしても知りたかった。最初の写真には明るい緑色のサロモンシューズが爪先を下にし、倒木に押しつけられた状態で写っていた。半分、砂と岩屑に埋もれた状態だった。それはローマンの足からその日に脱げたかのように新しい状態だった。「ジャングルの中に二年もあったにしては、全然古くなっていないじゃない！」とペギーは驚いた。

次の写真には、底が上を向き、一部、腐った丸太の下にあるバックパックだった。それもほとんどが汚い砂と砂利に埋まっていた。小枝や茶色になった葉が多く混ざっているのは、明らかに洪水で流されてきたからだ。バックパックの横にクックポットが一部見えていた。別の写真には丸太や岩屑の下敷きになっていない状態のパックが写っていた。緑色っぽい、灰色だった。僕は急いでサン・ホセのノース・フェースからもらってきたカタログを取り出し、息を呑んだ。それは同じモデルの、同じ色だったのだ。

靴とバックパックで、カーラの質問に答えるには十分だった。しかしより多くの写真が届くと、もはや疑う余地はなくなった。すべてローマンの持ち物だった。黄色くて、灰色の折りたたみ式マットはくしゃくしゃになって一部丸太の下敷きになっていた。黒い紐付きのコンパス。青いペツル社のヘッドランプはアラスカで僕が彼に渡したものだった。それらはすべて熱帯のキャンプ道具として必要なもので、家族用として自宅に置いていたものだった。見たことのない銀色のクックポットと、緑色をした金属の道具があった。そのサイズがわからなかった。それは浅い水が流れている川床に置かれていた。まったく、それが何なのかわからなかった。最後の一枚は辛いものだった。どうして送ってきたのだろうとも思った。それは紛れもなく、人間の頭蓋骨で上顎が見えていた。半分が枝と岩屑に埋まり、シロアリの塚に寄りかかるようにしていた。僕にはすべてが小川の水の流れによって自然に堆積されたもので、作為的に、犯人が証拠隠滅をしたようには見えなかった。

携帯電話の充電が切れそうになっていた。ピープル誌の記者が再び電話をかけてきた。僕は彼女に遺体発見について何か言ったとは思うが、彼女のインタビューは不適切なもので、僕はもう切ると伝えた。ペギーと僕は、目に涙を溜めながら、思い出に浸り、写真を眺めた。僕らはローマンのことを思い出し、抱き合い、バス停のベンチで泣いた。何度も、何度も同じ写真を見て、確認し、これはあの子の靴、あの子のマット、あの子のバックパック、あの子のヘッドランプ、そしてあの子のコンパスと、もう一度確認していった。疑う余地はない。

鉱夫がタイの「小さなジャングルの公衆電話」を使って警察に電話をした後、そのニュースはあっという間に広まっていった。大使館からの連絡のあと、テキストとメールがローレンやトビーから届いていた。夫妻は鉱夫と一緒にその日の朝現場に向かったレンジャーと知り合いだった。レンジャーはGPSで発見場所をマークした。レンジャーの妻がメールをくれ、発見現場を示す二つの地形図を送ってくれた。ゼレドンを八百メートル過ぎたあたり、ネグリトス川の上流にある渓谷だった。僕はその縁を何度も歩いたのだ。

どうして彼を見つけてやれなかったのだろう？

第48章　森に眠る

飛行機の手配が済んだら、すぐにでもコスタリカに向かうつもりだった。ペギーはジャズが速達で送ってくれるパスポートを待っていたが、僕はバージニアを離れた。サン・ホセ行きの飛行機のほとんどが噴火による火山灰が原因でキャンセルされたものの、僕の乗った便はどうにか飛んだ。僕は同じ日にプエルト・ヒメネスに到着した。ケンとゲルハルトという名のコスタリカ人が、プエルト・ヒメネスにあるＦＩＳＣＡＬの事務所で翌朝五時に待っていた。ゲルハルトは細身で人当たりのよいアスリートで『執念の追跡　消えた我が子を捜して』の地元の調整役として働いていた。番組制作チームのなかでは彼以上にジャングルを知る者はおらず、撮影中に僕らはよき友人となっていた。

エル・ドクトルと呼ばれる小川が発見場所だとゲルハルトは通訳し、説明してくれた。ネグリトス渓谷の最も高い場所にある支流で、スティーブと僕がロープで登った場所だ。小川は昔

2016年5月21日　エル・ドクトル川にて

そこで飛行機事故で亡くなった医師にちなんで名付けられたそうだ。鉱夫たちの間では、奇妙な強風が吹き、頻繁に木が倒されることで知られていた。ゼレドンの近くでLTRのクルーが危うく下敷きになりそうだった、あの風だ。

その日は、『執念の追跡　消えた我が子を捜して』の第一回の放映日だった。エンガスはこの予期しなかった出来事のため、オサ半島に戻ってきていた。このタイミングが怪しいと思ったらしい。彼はドス・ブラゾスに急ぎ、その様子を撮影しようとした。ドス・ブラゾスでは制作チームがカメラを構えて人々の生活に立ち入り、許可を得ることなく探りを入れ、侵入の言い訳に番組のリリース契約を確認するだけだった。リアリティー番組には美学などなく、努力さえしない。

彼らの一味と見なされることが恥ずかしかった。ドス・ブラゾスでは住民が番組の予告篇を観て、自分たちの村が恐ろしい場所として描かれていることに驚愕し、鉱夫たちにジャングルに入るよう勧めていた。まだ誰も捜したことのない、ジェンキンスがローマンに出会ったという場所に最も近い一角に鉱夫が入ったそうだ。エル・ドクトル川のような上流にある小規模な主流に行くには、乾季が最も理想的な時期だった。

ケンとゲルハルトと僕は夜明けと共にドス・ブラゾスに到着した。数年前に僕とタイをコンテまで案内してくれた辛抱強いレンジャーのパンチョが待っていた。ＯＩＪの科学捜査班が現場にいるうちに会っておきたかった。僕ら四人は公園内のトレイルに沿って森を抜け、ゼレドンまで急いだ。僕より若く、そして健康な同伴者のスピードに付いていくのに苦労した。僕は太った年寄りで、喉が渇いて、とても暑くて、そしてへとへとだった。この二年間でずいぶん不健康になってしまっていた。しかし僕らの使命は緊急だった。だから自分を奮い立たせた。

八時までに、オーレとスティーブとブラッド、そしてトッドが僕と一緒にキャンプをした、キャンプ場にたどりついた。その二十分後、エル・ドクトル川のすぐ上の尾根にある科学捜査班のキャンプに到着した。フエルザがケンとゲルハルト――ＴＩＪＡＴに雇われている二人――が現場に入るのを阻止していた。僕はパンチョと一緒に現場に行った。

ケンはカーソンの話をすっかり鵜呑みにしていた。「現金とパスポートがバックパックに残っていたら、犯罪じゃなかったと信じるけれど、そうでなければ、誰かがここに置いていったとしか思えない。もしかしたらジョーかギーチョ一家に殺されたのかも」

パンチョと僕は、急な泥だらけのトレイルでローマンの遺体とキャンプ用品を運搬してくれるチームと合流した。チームは大きく、十人以上が参加していた。彼らを率いるのは、この事件を最初から捜査していたＯＩＪの所長と二人の捜査官だった。ＯＩＪの犬のハンドラーと、ホルヘ・ヒメネスが僕を出迎えてくれた。ホルヘはＯＩＪの科学捜査班の法人類学者を紹介してくれた。とても礼儀正しい若い女性で、完璧な英語を操るジョルジーナという人だった。

チームと一緒に尾根にあるキャンプに戻り、ジョルジーナと一緒に腰を下ろした。レンジャーたちが荷物を下ろした。透明なプラスチックのバッグに見覚えのあるアイテムが入っていた。黄色いマット、僕がローマンにあげたオレンジ色のストラップ。そのストラップは家にたくさんあるうちのひとつで、各種ギアをバックパックやパッククラフトに縛るために使うものだった。こういったアイテムや透明のバッグに入った彼の骨を見て、僕は泣き崩れてしまった。人々に背を向けた僕を、ジョルジーナが慰めてくれた。本当に息子だったのだ。

僕はどうにかして自分を落ちつかせた。ジョルジーナが、骨がたくさん見つかったと教えてくれた。道具と骨は下流に流され、丸太に引っかかっていたそうだ。ＯＩＪが半ズボンのなかに骨盤を見つけ、大腿骨を丸太の下で、頭蓋骨を荷物の近くで発見したということだった。小川の底に生きたフェルデランスを発見したレンジャーは、ローマンもヘビに噛まれて命を落としたかもしれないと疑っていた。緑色のサロモンの靴は写真ではとても新しく見えたが、実際はボロボロだった。片方には足の骨が残されていたとジョルジーナは教えてくれたが、もう片方には何も残っていなかったそうだ。亡くなったとき、少なくとも片足には靴を履いていたということだった。

僕にとって大切だったのは、骨に外傷がないことだった。彼は頭を殴打されてはいない。鉈を振り下ろされてもいなかった。骨を銃弾が貫いた跡もなかったのだ。

チームの残りのメンバーは昼食を取ると、ドス・ブラゾスまで戻る準備を始めた。パンチョが僕とゲルハルトをエル・ドクトル川に繋がる急な泥道を案内してくれた。数センチの深さで六十センチの幅しかない小川は、黒い岩盤を縫うようにして流れており、熱帯植物が頭上にアーチのように伸びていた。歩きやすく、下流にある発見現場にはすぐに辿りつくことができた。

金曜日に現場に最も早く入ったレンジャーの一人だったパンチョは、足を止め、ストーブと燃料用キャニスターがあった場所を指さした。グレープフルーツほどの大きさの岩が積み上げられていて、キャンプの時のキッチンとして使いやすそうに見えた。その数メートル先には、ローマンの鉈が土手の砂利の上に置かれていたそうだ。

僕は周囲を見回した。渓谷はとても広かったが、砂利のある場所だけがキャンプができる程度に平らだった。渓谷の壁はとても急で、滑りやすく、浸食されていて、四十五度以下の傾斜だった。ローマンがここでキャンプをしようと考えたことは、容易に想像できた。水があり、柔らかい砂地があり、そこに黄色いパッドを広げることができる。

下流には大量の丸太や森の岩屑、様々な長さの棒、葉っぱ、小枝が岩と十二メートルの広葉樹の倒木の間に挟まるようにしてあった。木は倒れ、小川のなかに転がって入り、幹が小さな滝の上に残ったままだった。

時間の経過、腐敗、そして洪水による水の流れによって樹冠が重なり、二十センチの丸太状になって水をせき止めていた。黄色い事件現場専用テープが枝や木の棒の絡まった部分に張り巡らされている。ローマンの骨、衣類、そしてキャンプ地は、六百回もの雨によって流されてきた岩屑に一部埋もれた状態で発見された。

ここで、僕の息子は死んだんだ。

混沌とした緑に呑み込まれながら、若き無神論者が生物学的な存在を終わらせたのだと考えた。ローマンは熱帯雨林に吸収され、その一部となったことが、自分にとって喜ばしいことだと考えただろう。彼はいま、ジャングルの一部となった。

この場所に何度も引き戻されたことも、不思議なことだった。ローマンがジェンキンスと出会った場所にも近かった。エル・ドクトル川の上にある稜線を何回も歩いた――たった七キロ半しか離れていない場所だ。ヴァルガスとタイとともに初めて歩いたときは、死んだコアリクイの腐臭を感じ取った。レンジャーたちがいま、ローマンの骨やギアをビニール袋に入れている場所に近い。流れをせき止めている丸太の四百メートル下流には複数の滝があり、スティーブと僕がネグリトスのスロットキャニオンへの冒険の後に通過していた。それ以上上流に行くのではなく、ジェンキンスのトンネルを探索するために戻ってきたのだ。

川床に倒れた丸太を覆うように広がった赤い泥から、一本の若い木が伸びていた。「新しい植生のように見えるよ」と僕はゲルハルトに言いながら、その若木に両手を振った。「彼を発見した鉱夫が、倒木じゃないかって言っていましたよ」とゲルハルトが言った。「上流にあったストーブは、倒木で吹き飛ばされたんじゃないかって思ったらしいです」僕は現場写真を撮影してから、パンチョに合図すると、丘を登って元の場所に戻った。僕たちは大きなグループとして、エンガスがカメラを構えて待つドス・ブラゾスまで一緒に戻った。道の終端で酒場を経営するエルマーが、観光客の減少を心配し、僕のところにやってきて、もうローマンは発見されたのだから、番組は放送中止にしてくれと頼んできた。僕は彼に同意した。しかし、放送は僕の意向で中止できるものではなかった。

第49章　終焉

僕らはプエルト・ヒメネスにあるFISCALのオフィスに集結した。ローマンのギアと衣類が奥の部屋に広げられていた。どれも泥だらけだった。ほとんどが朽ちているようだった。質問をしながら、僕はそれを間近で観察した。ひとつずつ、丁寧に見ていき、この両手でその重さを感じた。パックリッド［バックパックの容量を拡張するための付属の袋］はバックパックから離れた場所で見つかった。中には、封の開けられていないクッキーと、キャンディーの袋が入っていた。「飢えてはいなかったはずだ」と誰かが指摘した。

パスポートもその中に入っていた。パスポートには合計で三十七ドルのカラフルな紙幣が挟まっており、そして「最高の地図」と彼がメールで書いた地図の残骸があった。彼のバックパックの中からはOIJが蚊帳と予備の衣類を発見していた。バックパックの外にはヘッドランプ、タープ、マットがあった。彼がそこで進むのをやめ、キャンプをした様子がわかる。コンパスも地面にあるのが見つかっており、方角は二百四十度を指していた。それは、その場所からクラロ川の方角を示す。きっと彼はそれを首から下げていたのだと思う。

丸太が山積みになった場所の数メートル上流の川床に、重い、金属製の何かが置かれていた。鉈、長さ二十センチ幅十センチの燃料キャニスター、緑色の正体不明のアイテムが写真には写っていた。この最後のアイテムはストーブの一部だったことがわかった。ローマンはストーブを組み立てたが、巨大な何かがそこに落下し、バーナー部分がキャニスターから外れ、バルブのネジが折れ曲がったのだろう。鉄の燃料キャニスターは、大きくて平らな何かに潰されて傷がついた状態だった。何か硬くて巨大なものによる――もしかしたら広葉樹の幹のようなもの――打撃が加えられたのかもしれない。

ケンと同じく、ホルヘ・ヒメネスも現場を見るまでは確実に事件に巻き込まれたのだと思っていたようだ。しかし今となっては事態は明らかだ。これは事故による自然死だった。ヘビに嚙まれたか、倒木による事故か、今の時点では推測に過ぎない。僕は苦しみが最も少なく、すべての事実が一致してくれるシナリオがいいと考えていた。

ローマンがジェンキンスや彼の仲間の鉱夫とゼレドンのあたりで出会ったのは七月の十日、あるいは十一日で、朝食後に彼は上流に向かった。分岐点で左方向のジェンキンスたちのトレイルを進んだはずだ。トンネルに続く道を通り過ぎて、渓谷を迂回してネグリトス川まで下った。そこから先はいくつかの滝をかいくぐって八百メートルほど上流に向かい、そこで死亡し

2016年5月22日　パスポート、現金、鉈、地図

たと僕は推測した。これが真相ではないかと思う。

翌日ペギーが到着し、僕らは二人でローマンの持ち物を精査した。ザ・パールの外のテーブルにすべて広げて見ていった。僕がそうしたように、彼女もすべてを見て、触れて、ローマンの存在を残されたものから感じ取っていった。パスポートの泥にまみれて色褪せた写真はまだ十代の頃に撮影されたもので、名前と誕生日は読める状態だった。折りたたまれた紙には、きちんとした手書きのメモが残っていた。

ローレンがザ・パールに入ってきた。彼女は部屋にいる誰もが聞くことができるように、大声でこう言った。「この二年間、あなたは自分の息子を理解しているって言ってたわよね。パタ・ロラみたいなやつと一緒に歩くような子じゃないって、あなたはずっと信じていた。そしてドンディとカーソンに立ち向かっていた」彼女は笑顔だった。「あなたの言うことは正しかったのよ。あなたはどんな親にもできないようなことを成し遂げたと思う。あなたは最高よ」僕は彼女に感謝しようと思ったのに、胸が一杯で何も言うことができなかった。

真実でない話に基づいて第六話まで番組を制作したエンガスは、そう思わなかったようだ。彼は僕を横に引っ張っていった。「ＦＢＩを呼んで本物の捜査をしてもらったほうが良くないか？　念のために？」

「いや、もういいよ、エンガス。ローマンが発見された場所に君は行っていないが、行けば、パタ・ロラやギーチョ一家がローマンの一件に関係しているわけがないと理解できるはずだ。陰謀なんてない。殺人もなかったんだ」

僕はケンを見て、助けを求めた。彼は肩をすくめた。「その通りだよ、エンガス。信じるのが難しいのはわかるが、現金とパスポートが現場に残されていたんだ。何も盗られていなかったんだよ……」

「でも、いま、番組がオンエアされるこのタイミングにこんなことが起きてるって、おかしいとは思わないか？」この人物は、息子は殺人事件に巻き込まれたと僕に信じ込ませた元麻薬取締局捜査官を雇った男だ。殺害事件を刺激的な予告篇に仕立て上げ、一日に十回もテレビで放映したプロデューサーなのだ。それは僕自身もホテルで目にしていた。

僕はローレンの言葉に勇気をもらい、吐き出すようにして言った。「いいか、エンガス。悲しむ両親をそっとしておいてくれないのか？　二年間も水に沈むような気持ちで暮らしてきた。久しぶりに水面に顔を出して、呼吸ができるようになったんだ。それなのに、また水の中に引っ張りこむって言うのか？　**やめてくれエンガス、もうたくさんだ！**」

この瞬間、エンガスのなかに、多くの人たちが僕に囁いてきた一面を見た。彼は僕らの味方のように思えた。でも、今となってはそれも曖昧だ。翌朝、ペギーと僕はエル・ドクトル川に向かった。彼女の手を握り、多くのＯＩＪ、フエルザ、そしてＭＩＮＡＥの捜査員たちが何度も通い、残してくれた跡をたどって、泥だらけの急な坂道を滑るようにして進んでいった。ペギーは黄色い事件現場専用テープをくぐって中に入り、まずは小さな棒で、次にランチ用に持ってきたスプーンで、現場を掘り始めた。

親切なコスタリカ人が僕らに、地元の木で作った長くて頑丈な歩行用の杖を貸してくれた。ペギーのものは軽いがとても頑丈で、直径が四センチほどあった。僕のものは重く、長くて、もっと太く、熱帯のマヌと呼ばれる広葉樹で作られていた。僕らは歩行用の杖をてこにして二メートル半から三メートルの長さの丸太をどかし、その下を掘り、土砂や岩屑を取り除いて捜し続けたが何も見つけることはできなかった。ＯＩＪは徹底的に捜索していたのだ。

僕は枯れ木と新しい芽を指さした。「キャンプをした場所に木が倒れたように思えないかい？　レンジャーの誰かはヘビに噛まれたのではとも言っていた。このあたりで毒蛇のテルチオペーロが見つかっているそうだ。ペギーはどう思う？　誰かがここでローマンを殺したと思うかい？」

「いいえ、まさか。そもそも、ここまで来る理由がある？」

「誰かが殺してここまで運んできた可能性は？」と僕は推理した。

「そんなの手がかかりすぎる。どうやって急な斜面を下るの？　切断して運んだとでも言うの？　バックパックがなくてもここまで来るのは大変だわ。彼はここで死んでいる。たぶん、キャンプ内で、あるいはキャンプを設営しているときに木が倒れてきて、たぶん暗闇だったんでしょうね。どの方向に逃げればいいのか見えなかったんでしょう。ここは倒木が多い場所よ。ドス・ブラゾスでもそうだったじゃない。ブラッドとトッドとＬＴＲの人たちと来たときもそうだったでしょ」僕が他殺ではないと感じたのと全く同じように、彼女もそう信じていたようだった。

その後、ローマンを発見してくれた鉱夫に会うためにドス・ブラゾスに歩いて戻った。鉱夫は、地元の人間はローマンに親近感を抱いていると教えてくれた。なぜなら彼はオフトレイルを進み、とても険しい渓谷にチャレンジし、森に分け入り、権力に逆らってそれを無許可でやり遂げたからだそうだ。鉱夫は、ローマンは金鉱労働者と同じ魂を持っていて、彼らはそれを誇りに思っていると言ってくれた。

僕らはオサを離れてサン・ホセに向かい、ＯＩＪと大使館とともに記者会見に出席した。大勢の報道陣が集まる部屋で、僕は金鉱労働者、レンジャー、赤十字、そしてＯＩＪ、大使館の人たちに礼を述べた。大きな心で助けてくれたコスタリカの人々にも感謝した。その後、法人類学者ジョルジーナに会ってＤＮＡテストのための血液サンプルを提供し、一人一人に御礼を伝え、家に戻る準備を始めた。

しかしもうひとつだけやり残したことがあった。サン・ホセのダウンタウンにある御影石造りのＯＩＪの事務所に行き、穏やかに話をする通訳者に対して、パタ・ロラの証言はすべて嘘だったと報告した。彼は僕らの息子と一度として過ごしたことはなかった。僕らはＯＩＪがパタ・ロラを殺人容疑で逮捕するために準備した告発を取り下げたのだ。

ＴＩＪＡＴのプロデューサーは正しかった。カメラの力は本物だ。カーソンと『執念の追跡消えた我が子を捜して』のおかげで、ローマンの事件を行方不明から殺人に発展させる努力は実っていた。しかし結局のところ、メディアが求めたセンセーショナリズムで、統合失調症患者の自己負罪に僕ら全員が振り回されることとなった。

ローマンからの最後のメールを受信してから二年の間、ペギーと僕は悲しみの谷に突き落とされ、それは時間の経過とともに暗く、そして深くなった。そして今、谷の底から立ち上がる安堵の小さな丘で僕らは立ち尽くしている。ローマンは殺害されてはいなかった。彼は助けてもらいたいと、僕らを待ちわびてはいなかった。彼はきっと、僕らが何も知らないときに、命を落としたのだ。僕が「永遠に道に迷うことにはならないはずだ」という彼の最期の言葉を読む前に。

僕らは彼を見つけたのだ。

第50章　灰を集める

二〇一六年八月、僕らはジョルジーナからローマンの歯科記録が一致したと連絡を受けた。十月には、脛骨から採取した骨髄のDNAの鑑定結果を送付してくれた。脛骨から採取されたDNAは、間違いなく息子のものだと示されていた。ローマンの遺体について、どのようにしたいと希望しているか、大使館より確認の手紙が送られてきた。僕らは火葬することに同意した。十一月の終わり、僕らは骨を見て、灰を集め、彼を発見してくれた鉱夫に懸賞金を払うために向かった。

コスタリカをハリケーン・オットーが襲ったことと、火山が再び噴火したことで、観光客は減少傾向にあった。僕らはペギーの姉のモーリーンと夫スティーブとサン・ホセの空港で落ち合った。翌朝、ゲルハルトが迎えに来てくれ、混んだ道路を葬儀場まで行った。そこでローマンの火葬費用を支払った。次に行ったのはプエルト・ヒメネスで、そこでレンタカーを借りて、銀行に立ち寄り、スティーブが赤十字の口座に寄付として入金した。僕は五千ドル分のアメリカ紙幣の束を手にしていた。それはローマンを発見した鉱夫に支払う分だった。五万ドルの懸賞金はパタ・ロラに供述させるための策略だった。僕らにその額を支払う気はなかった。

町全体が、僕たちの二年に及ぶ捜索を思い起こさせた。ペギーと僕は新しいＦＩＳＣＡＬの本部の建物をモーリーンとスティーブに見せた。ホルヘ・ヒメネスが捜査の指揮を執った時点でゴルフィトからプエルト・ヒメネスに移転したのだ。ローマンの失踪もその一因かもしれないが、実際のところ、オサ半島では犯罪が増えていた。

ローマンのサロモンシューズを探そうと、若い男性の足を観察し続けた運動場や、ローマンのギアや衣類がないかと訪ねた古着屋や、そしてローマンが宿泊していたコーナーズ・ホステルの前を歩いた。店主のドニャ・ベルタが僕らに気づき、ローマンが発見されたことをうれしく思うと言って、僕の手を握りしめた。僕らが朝食を食べたレストランでは、セロ・デ・オロに連れていってくれたアンドレスも同じことを言ってくれた。なんとモーリーンは食料品店でパタ・ロラを目撃した。僕は彼を避けた。

ペギーに連絡を入れ、「僕がここまで来てると知ったら、ローマンは怒るだろうな」と言った海岸沿いのレストランの前を車で走り過ぎた。僕らは笑ったが、ここまで来るのは正しいことだったと納得していた。多くの場所が、息子に何が起きたのかについて間違った判断を繰り返してしまった思い出を呼び覚ました。

2016年　コスタリカ上空を覆う雲

海岸沿いに座っていた外国人《グリンゴ》が、頷いて笑った。彼は旅慣れて見えた。日に焼けたブロンドのカーリーヘアで、無精髭を生やして花柄のシャツを着ていた。僕らを知る地元の人間だなと思った。頷いて返してから、それがアンカレッジの友人クリス・フラワーズであることに気づいた。コスタリカで会おうとは計画していたのだが、ここで、この日に会う約束はしていなかった。

クリスは息子たちを連れていた。コーディー九歳。それからコール十一歳だ。次男が生まれたとき、クリスは僕に電話で知らせてくれた。次男の名前を聞くと、「コーディーだよ」と言った。そして「成長してからローマンに改名しないといいけどな」と付け加えた。僕らは笑い転げた。

クリスと息子たちは鉱夫に懸賞金を支払うドス・ブラゾスまで一緒に来てくれた。水が溢れる畑や雄牛を見ながら、くぼみだらけの道を進んでいった。ハリケーン・オットーによる豪雨でティグレ川が氾濫して、アブラヤシの栽培林が水浸しになってしまったということだった。道路でさえ、川になってしまうのではと思うほどだった。

僕らはジェンキンスの新居を訪れた。金属の屋根と白い壁、タイルの床、寝室は二部屋で、カーテンで仕切られているのではなくドアがついていた。ジェンキンスの弟もいた。ジェンキンスの妻グレイディと十代の娘がピンクのココアを全員にふるまってくれた。

三週間にわたって天候が悪く、多くの人が稼ぐことができず、ジャングルの鳥や猿には十分な果実がないらしい。彼がガイドした客からチップとしてもらったという、ポータブルな流し桶を見せてくれた。以前より少し肉付きがよくなったように見えた。シャツを着るとソーセージみたいだと自分で言っていた。「幸せ太り」という言葉が浮かんだ。

政府が建ててくれた新しい家に住み、カラテの向こう、公園との境界線にあるラ・レオナで建築業を営んで収入も得ているのだ。ペギーと僕は半年前にここに来て、ローマンが見つかり、エル・ドクトルの近くで倒木か毒蛇が原因で亡くなったと伝えた。生きていたローマンが最後に会った人物なのだから、彼には知ってもらいたいと考えたからだ。

ジェンキンスは、町はそれをうれしく思っていると言っていた。多くの人が番組を見て、パタ・ロラが嘘をついていることがわかっていたからだ。パタ・ロラの話を鵜呑みにしたカーソンと僕の対立も知れ渡っていた。観光客は今は戻り、雨も少なくなっていた。ドス・ブラゾスの住民たちはローマンが発見されたあとに僕が言ったことを聞いてくれたそうだ。総領事のラヴィも言っていたが、コスタリカの皆さんに対する僕の感謝の気持ちは伝わっていたのだ。

僕らは父と息子の関係についても語り合った。ジェンキンスは父親がニカラグア系インド人で、軽く触れるだけでヘビを自在に操り、まるでスカーフのように首に巻いていたと言った。キリストに関して多くを読んでいたが、信心深いというわけではないらしい。僕もキリストは好きだし、神がいてくれるといいなと感じていると話した。

ジェンキンスは通訳をするため、ローマンを発見してくれた鉱夫に懸賞金を払う現場に来てくれた。そして僕はアーノルドの待つ家にジェンキンスを送っていった。アーノルドはパタ・ロラとコーディーを数年前に出迎えたという人物だ。僕は彼に挨拶し、フィラ・マタジャンプレのトレイルにある丘をハイキングしているペギーのもとへと急いだ。大きなヤスデが林床を歩く姿を観察している彼らに追いついた。

雨が降る前に、コールが緑と黒のヤドクガエルと、飛ぶとヘリコプターに似ている、黄色い斑点のあるイトトンボを見つけた。ペギーは、小さくて黒とクリーム色の縞模様をしたアリクイ、長い巻尾のコアリクイを見つけた。トレイルに沿って歩いていたそのハンサムな小型動物は、ペギーのすぐ側でまるでボクサーのように立ち上がって長くて鋭いツメを見せ、そして細い木を登って逃げていった。

理由はわからないが、ローマンを捜すという苦しい体験の最中、僕はずっとアリクイが彼の魂の生き物のように感じていた。それは捜索を始めたその日、タイと一緒に車でカラテまで行く道すがら、道路に倒れかかっていたセクロピアに登る姿を見てからだった。

アイスクリームとコーンミールとスパイスの効いた豚肉をバナナの皮でくるんだタマーレを買うためにスーパーに立ち寄り、カラテに向かった。三本目の川を渡るところまでしか進むことはできなかった。流れを利用して渡ることはできただろうが、戻ってくるときに水位が同じか高くなっていたら渡れなくなる。

水辺に車を停め、黒いキャップを頭に被ったような可愛らしいリスザルたちを観察した。顔が白く、尻尾は真っ直ぐだ。リスザルたちもこちらを興味深そうに、優しく見守ってくれていた。水が深い場所でタイヤが浮いてしまい、水圧で流されそうになっているダートバイクの若い男性にクリスと僕が手を貸した。

プエルト・ヒメネスに車で戻る途中、死んだばかりのアルマジロを観察し、双眼鏡で白い陰《いん》嚢《のう》を持つ猫ほどの大きさの雄のホエザルが互いに吠え合っているのを見た。クリスの息子たちはコミドリコンゴウインコの群れがけたたましく鳴く道路を車で進むと、大喜びした。クリスの息子たちの興奮と熱意がうれしかった。僕らが家族として行った熱帯地方への旅を思い出させてくれたからだ。もうこれで完璧だと思った――ほとんど、完璧だ。

なぜほとんどなのかといえば、僕が心から求めていたのは、ローマンの子どもといっしょにこんな体験をすることだったから。

オサ半島で時間を過ごしたあと、ペギーと僕はサン・ホセに向かい、遺灰を持ち帰るために火葬される前に、ローマンと最後の対面を果たした。ローマンの人生と彼の死に共振する詩を用意していた僕は、それをローマンとの最後の別れで声に出して読むことが、僕とペギーにとって意味があるはずと願った。

森に眠る

大地は私を覚えていた
彼女は優しく私を迎え入れ
暗い林の根元には、苔と種がたくさんある
川床の石のうえで私は深く眠り
星の白い炎はすぐ側にある
美しい蛾のように枝の間をふわりと漂う私の心
息づく小さな国
それは暗闇で働く昆虫や鳥たち
浮かんでは沈み
水中を漂うように
光り輝く悲しい運命と争った私の体は朝には消えた

とても素晴らしい何かのなかに
何度も、何度も消えていった

彼の最期の時を思わせる言葉に、僕はむせび泣いた。黒く光る靴を履き、美しく整えられた髭を生やした葬儀会社の男性がドアを開け、そして背中でドアを閉めると、ペギーと僕がローマンとの時間を過ごせるようにしてくれた。

彼の体が入ったステンレススチールの容器の前に僕らは立った。汚れて、色を変えた骨は森の中に二年間もあったため、腐敗臭がしていた。その臭いは、脛骨の頭の部分からしていることがわかった。骨髄のＤＮＡ鑑定のために、ノコギリできれいに切断されていたからだ。

「少しだけ臭いがするわね」とペギーが言った。今までもずっとそうだったように、彼女は本当に勇敢に、僕よりもずっと強い心を持ちながら、この骨が自分の愛する息子のものかどうかを確かめていった。ペギーは遺骨の歯を間近に観察して、メガネケースを唇のように歯にかぶせて、それが確かにローマンのものかどうか見ていった。

「携帯電話を持ってないのよ。あなた、写真を持ってる？」歯を見せた笑顔のローマンの写真を確認して比べたいのだ。

僕は急いで携帯電話のフォトストリームを探したが、歯並びを比べられるようなローマンの写真を持っていなかった。ペギーが彼を産んだ日、僕らが初めて彼に出会った日のペギーの強さを思い出し、そこからどうして僕が距離を置いたのかを考えた。今だってそうだ。

彼女は骨を手にすると、頭蓋骨の角度を変え、よく見えるようにし、観察を続けた。僕はその時すでに確信していたし、「今さら疑っても仕方ないだろう?」みたいなことも言ったはずだ。最初、彼女は歯並びや骨を見てローマンではないと言った。しかし、治療痕があったわと彼女はつぶやき、切歯に見覚えのある欠けを見つけ、これが息子であると最終的に確認した。

葬儀屋が僕らを二人にしてくれたことで、ローマンの骨を観察しながら、彼にまつわる何かを探すことができてよかった。もしかしたらただ単に、狂おしいほど望んだ彼との繋がりを求めていたのかもしれない。こう書きながら、今でも痛いほど彼に会いたい。

エピローグ：肉、カラス、種

　数週間後にアンカレッジに戻り、僕たちはローマンを偲《しの》ぶ集まりを開いた。二〇一六年十二月二十一日、冬至を選んだ。彼はよく、夏至に友人たちとパーティーを開いていた。食事を用意し、焚き火をし、レスリングをし、語り合っていた。友人たちが集まる前の短い日照時間で、僕は雪かきをして二百十リットルのたき火用の樽を四つ用意した。ペギーはジャズと従姉妹たちに大きなクリスマスオーナメントを手渡して庭の木に飾ってもらった。僕は樽の薪に火をつけ、友人たちがキャンドルを灯した氷のルミナリエを飾り、雪の上に金色の明かりを放った。九キロのヘラジカの肉と二匹の紅鮭をグリルでバーベキューにした。友人たちが皿を持ち寄り、リビングのテーブルは皿で一杯になった。家の中は暖かく、人が多く、愛に溢れていた。

　友人のプラズマトーチを使って、薪が燃えている樽に絵やシンボルを描いていった。らせん状のDNA、ヘラジカ、昆虫、自転車、そして『ダンジョンズ&ドラゴンズ』のモチーフが、一年で最も一日が短いその日のアラスカの暗闇のなかで、明るく光っていた。とても寒い、澄み渡った夜空の下に集まった八十人もの人々に、樽は温かく、歓迎の熱を与えてくれた。すると、友人や親戚が代わる代わるローマンについて話をしてくれた。冒険に満ちた、愛情深く、充実した二十七年の人生の物語だった。時に僕らは涙した。しかし、ほとんどは笑い話だった。どの物語も、僕らが彼に対して抱く愛と、彼が与えてくれた愛を思い出させてくれるものだった。

会が終わり、ほとんどの人が帰り、家族だけが残った。僕はジャズに「会はどうだった？」と聞いてみた。

彼女は少し考えると、「とても素敵だったよ、お父さん。ローマンだって満足してくれたはずだよ」

ローマンが失踪した翌年、ジャズは僕らの家の前に引っ越してきた。彼女がそこに住んでくれたのは心強かった。家族として側にいてくれたからだ。「家族のなかで唯一普通なのが私」とジャズはいつも僕らに言うけれど、彼女も旅と自然とともに育てられた。しかしハーディング氷原を経験した後、ペギーが参加しないアウトドアの冒険には参加しないと宣言した。それから二人はとても仲がよく、今となっては大人になった娘が前の家にいるということで、コストコでショッピングをしたり、秋のジャケットや冬のコートを交換してきたり、連日話をしたり、メールを送り合ったりしている。

夕食は頻繁に一緒に食べるようになった。僕はジャズが父の日のプレゼントで買ってくれたグリルで彼女の好みに合わせてヘラジカを焼く。「そのスペアリブ、ちょうだい」と彼女は言い、軟骨や腱に赤身肉がたっぷりついた「お客様用」の肉を僕は用意する。塩をすり込んだ肉は噛み応えがあって、手で肉を持ってかぶりつく。まるで熱々のジャーキーのようだが、ジューシーなのだ。狩猟から戻ったとき、ジャズは肉のカットとラッピングを手伝ってくれた。

ペギーと僕がコスタリカに何週間も滞在していた時は、ジャズが僕らの家や庭の管理をしてくれた。芝生やペギーの温室の植物に水をやってくれたのだ。アラスカ中南部で大きな地震が発生したときも、家をチェックしてくれた。彼女はとても信頼でき、優秀だ。僕らの自慢の娘だ。五年間勤めた会社でオフィスマネージャーから会計監査役に昇進し、給料も上がったそうだ。会社を経営する夫婦が彼女をとても気に入り、ＭＢＡの取得の際は費用も負担してくれた。アラスカ・パシフィック大学で二人の子どもには一年間、微分積分を教えたことがあった。ジャズのビジネスの授業のために統計学を手伝ったときは、キッチンテーブルでコードをコンピュータに打ち込みながら一緒に勉強することが彼女にとっても楽しそうだった。

まるで体から手足を奪われたように家族が小さくなってしまったけれど、親密になれたような気がする。以前よりも、ずっと。

ローマンがいなくなってからの数年間、僕はアンカレッジ周辺で日帰りの旅行を繰り返した。ほとんどが急流下りだった。ダリエン地峡から戻り、ブラッド、ガーニー、スティーブ、そしてベラクルスに行った近しい友人たちとグランドキャニオンをパックラフティングした。この旅は、息子の喪失による精神的な落ち込みから僕を解放してくれるものだった。六年前、ローマン、ゴーディー、そして僕で同じくグランドキャニオンをパックラフティングしており、その経験が息子からの最後のメールを受け取ったちょうど六ヶ月後のこの旅では強く思い出された。強い流れでパドリングし、仲間と冗談を言い合うことは健全な気晴らしだった。しかしボートが離れてしまい、レッドロックの壁の下の、峡谷の奥深くの静かな淵に取り残されたとき、ローマンと僕がそこで共に流れと向き合った時間が思い出されて悲しみが押し寄せた。

フェアバンクスに十代で引っ越してきてから、冒険で多くの友人を失ってきた。しかし、ローマンを失った悲しみは、比べものにならないほど、とても、とても深いものだ。こんな痛みは、肉体的にも、それ以外にも、一度も経験したことはない。二年間の捜索では、自分の考えと向き合うことに耐えきれなかった。いつもローマンに起きてしまったこと、そして僕がどこかで、どうにかすることで、彼の人生に起きた悲劇を回避することができなかったのかという考えに辿りつくのだった。

過去にしてしまった些細なことでさえ、失踪の原因だと歪められてしまう。コスタリカで自分に問いただしていたこと。それは、**これは僕の責任なのか**ということだ。**僕が彼を他の子と**

は違った人間に育ててしまったのか？　僕はしっかり彼を見つめていたのだろうか？　僕は自分勝手過ぎたのか？　こんな考えに今も囚われたままだ。そして、僕がその考えから解放されることはないだろう。でも僕は知っている。テニスンの最も有名な詩『イン・メモリアム』の四行のように、僕らの絆はないよりもあったほうがよかったのだ。僕が導いた道によって彼が死ぬとわかっていても、同じように育てただろうか？　その答えは明らかだけれど、質問はフェアだとは言えない。僕らに未来はわからない。ローマンの成長過程において、彼の死の原因を遡ることができるようなものはないし、関係する出来事もなければ原因も結果もない。事故は起きるものだ。時間は経過し、この質問が僕の心をかき乱すことはないとしても、それは残り続ける。

最終的に、僕は彼がいなくなってから初めて一人旅をすることができた。これまであまりしてこなかったことではあったが、この数年間で何度か挑戦した。二〇一七年九月、グリーンランドのヌークに行った。科学会議に出席しガーニーと共同で執筆した論文に関する講演を行うためだった。少し早めに現地入りし、パックラフトを持って数日一人で旅に出た。グリーンランド沿岸沿いのフィヨルドをパドルで進んだ。不思議で、荒涼とした風景はいまだかつて見たことがないようなものだった。僕のボートが近づき過ぎると、ホンケワタガモの群れが一斉に水中に飛び込む。頭上にはハヤブサが、アラスカの猛禽類よりも大きい、広い翼を持つオジロワシを追いかけている。カラスの騒々しい群れがボートに乗った僕を一時間も追いかけてきた。一羽はくちばしにウニをくわえていた。この鳥は尖った生き物を落とすことで割り、そして食べる。二日かけて歩いた丘陵地帯にウニの殻が落ちている謎が解けた。

九月のグリーンランドはアラスカの北極圏に比べると若干もの悲しい雰囲気があったが、ツンドラとフィヨルドの穏やかな海に囲まれて考える時間を僕に与えてくれた。もちろん、ローマンのことも頻繁に思い出した。彼はアラスカのプリンス・ウィリアム湾でシーカヤックをするのが大好きだった。グリーンランドのフィヨルドと北極圏のツンドラは彼の興味を掻き立てただろうと想像できる。探検家であり科学者の彼ならきっと、鋭い分析力で自分の知るアラスカの水路と、フィヨルドの水を比較しただろう。

彼抜きで新しい場所に行くことも、この三年でずいぶん楽になった。しかしとても苦しく、まるで消えない痣のように、触れると常に痛みが伴う。彼に伝えたかったことはたくさんある。グリーンランドの先住民のこと、僕のあとをついてきたカラスの群れ、それ以外のたくさんの細かいできごと。

北極圏の微生物について学会で学んだ新しい事実を、たった一通のメールで伝えられる場所に彼がいてほしかった。あの子だったら、雹《ひょう》の核になる赤いバクテリアを発見したことを喜んでくれるだろうし、氷の塊の塩分に生きる生命体のことだって、きっと、信じられないと驚くだろう。

ガーニーの実験で重要な位置を占める部分はローマンの提案でもある。そして彼は日本人と、ジャズと私といっしょに、短かった生涯のちょうど折り返し地点でハーディング氷原に行き、赤い雪を探したのだ。

ローマンと僕は、とても仲のよい親子だった。彼が愛してやまなかった自然に身を任せ、一人でパドリングをしながら、心の奥底にある傷と共に生きる方法をゆっくりと学んでいることに気づいた。北極圏を漕いで進むと、彼の思考が僕の人生のすべてのクレバスに浸透していくのを感じる。それは落ちた種のように発芽し、僕の中で成長し続ける。

訳者あとがき

本書は、冒険家で生物学者の著者ローマン・ダイアルの人生と、彼の家族への深い愛と喪失の物語であり、怖い物知らずの生物学者が綿々《めんめん》と綴った、葛藤の記録だ。

著者ローマンと妻ペギーは、二人の子どもたちと一緒に冒険の旅に出ることで家族の歴史を形作ってきた。幼い頃から自然や動植物を愛し、後に生物学者となり、ロードレーサー、そして山岳スポーツのエキスパートとしても活躍した著者からすれば、それは当然の成り行きだったと言える。愛する妻と子どもたちと共に自然豊かなアラスカに住み、子連れでの滞在は厳しいと言われる地域へも恐れることなく身を投じ、互いに支え合うことで困難をくぐり抜けてきた。息子のコーディーが三歳、娘のジャズが二歳の時には、研究のため家族でプエルトリコに移住。研究が終了すると西オーストラリアの熱帯地域に向かい、子どもたちが動植物と触れ合うことができる時間を持った。コーディーが六歳のときには、厳しい気候で知られるアリューシャン列島にあるウムナック島での冒険にも成功している。

本書の前半で描かれるこういった経験は夫婦の絆だけではなく、家族としての結束を確かなものにした。そのうえ、子どもたちに自然や生き物への造詣《ぞうけい》を深める機会を与えることもできた。子を持つ親であれば、多くが憧れる子育ての環境であり、生き方だろう。ダイアル夫妻は愛する子どもたちに、想像しうる限り最高の環境を与え、そして彼らを育てたのだ。

著者自身が研究者として参加したプロジェクトにも、子どもたちを積極的に参加させることで、幼い彼らのなかに眠る自然への好奇心を上手に引き出すことにも成功していた。ローマンは父親であると同時に、優秀な教育者でもあった。自分が幼い頃、父親と良好な関係を築くことができなかったという寂しい思いがあるからこそ、立派な父になろうとした。それは十人兄姉の末っ子として生まれ、辛い幼少期を過ごした妻ペギーも同じだった。だから二人は、手塩にかけて子どもたちを育てた。子どもたちの疑問には、丁寧に答えた。常に話し合い、良き親になることに対して努力を惜しまなかった。時には、常識知らずの親だと思われるほど大胆な子育てをしたかもしれない。しかし、著者は常に、理解があり、強く、そして優しい父であり続けたし、妻のペギーもそうだった。

青年となったコーディー（後に敬愛する父と同じ「ローマン」と名乗るようになる）は、学業に優秀なだけではなく、川下りやロードレースでも素晴らしい成績を残し、一流のスポーツマンへと成長した。そのうえ、彼は冒険家としての素質も兼ね備えていた。それはもちろん、父ローマンから受け継がれたものだった。学生時代から単独での旅行を何度も経験し、スペイン語にも堪能になった。両親からすれば、自慢の息子だっただろう。

娘のジャズは生まれついての高い運動神経と、母親譲りの勇気、そして細やかな気遣いのできる美しい娘に成長した。兄妹の仲はとてもよく、互いにいたわり、そして刺激し合いながらも、真っ直ぐ成長していった。それぞれが思春期を迎えて巣立ちが近づこうとも、ダイアル一家が本当の意味で離ればなれになることはなかった。しかしそれは、著者が心から愛し、尊敬し、学問のパートナーとまで考えた長男コーディーが、冒険の途中にコスタリカのジャングルで姿を消すまでのことだった。

コスタリカ最大であり最後の秘境、コルコバード国立公園の道なき道を、息子を捜し求めて彷徨《さまよ》う著者の姿には、胸を引き裂かれるような悲哀がある。手つかずの自然の美しさと極限の環境に身を置くスリルを息子に教えてしまった当事者としての著者の苦悩は、察して余りある。道なき道をあえて進み、人生の苦難を乗り越えようとしていた息子を、同じような生き方をしてきた著者は止めることができなかった。それは彼なりの、父親としての愛情だったからだ。国立公園内を単独で進むと連絡をしてきた息子に、危険だから諦めろと伝えることができなかった。その後悔を引きずったまま、著者は息子の姿を追い求め、熱帯雨林を切り拓くようにして捜索を開始する。

冒険と登山と遭難救助のエキスパートでもある著者は、現地で出会う人々との軋轢《あつれき》や文化の違いを経験しながらも、違法な金鉱労働者たちの助けを借りて、息子の足跡をつぶさに調べていく。警察の阻止をものともせず、国立公園内に自ら足を踏み入れ、捜索をした。昼、服が肌に張り付くような湿度のなかで現地警察の責任者と緊張感あるやりとりをしても、夜、宿に戻れば、息子を思い、むせび泣くしかなかった。氷山を登り、何度も命を落としかけるような挑戦を乗り越えてきた、誰よりも強い男が、息子の失踪という現実には、涙を流すことしかできなかったのだ。

本書が胸を打ち、同時に読む者の心を沈ませる理由は、異国での必死の捜索のなか、著者が繰り返すしかなかった父としての葛藤にある。親として間違ったことをしたのではないか、夫として自分は失格だったのではないかという、何度打ち消しても沸き上がってくる疑問を、罪悪感とともに抱き続ける著者の苦悩は、想像するだけで胸が痛む。妻に対する責任、娘に対する責任、そして何より、愛する息子に対する自分の責任を痛感し、煩悶《はんもん》する著者の姿には同情することしかできない。死をも恐れなかった冒険家の著者が、誰よりも勇敢で強かったはずの父が、時に脆弱で、そして時にとても勇敢に映るのは、コーディーという青年が迷い込んだジャングルが、父と息子が共に愛した雄大な自然が、あまりに魅力的な場所に思えるからだろう。

とあるテレビ番組のインタビューを受ける著者の姿を見たことがある。冒険家として数々の試練を乗り越え、またロードレーサーとして鉄人レースに何度も挑むほど強靱な肉体と精神を持つ彼が、息子、そして家族について語る際にふと見せる優しい表情に、彼の家族への愛情の強さを思う。

二〇二三年一月

村井理子

ローマン・ダイアル（Roman Dial）
アメリカの冒険家。アメリカ・パシフィック大学教授。ナショナルジオグラフィックは彼について「登山、アイスクライミング、ラフティング、そして未開地にて開催される過酷な耐久レースにおいて数々の偉業を達成する人物」であり「生きる神話だ」と紹介している。元ナショナルジオグラフィック専属の探検家である彼は、スタンフォード大学で博士号を取得し、現在はアンカレッジで暮らしている。

村井理子（むらい・りこ）
翻訳家・エッセイスト。1970年静岡県生まれ。訳書に『ヘンテコピープルUSA』（中央公論新社）、『ゼロからトースターを作ってみた結果』『人間をお休みしてヤギになってみた結果』（ともに新潮文庫）、『ダメ女たちの人生を変えた奇跡の料理教室』（きこ書房）、『黄金州の殺人鬼』（亜紀書房）、『エデュケーション』（早川書房）、『メイドの手帖』（双葉社）など。著書に『ブッシュ妄言録』（二見文庫）、『はやく一人になりたい！』『家族』『犬（きみ）がいるから』『犬ニモマケズ』『ハリー、大きな幸せ』（以上、亜紀書房）、『全員悪人』『兄の終い』『いらねえけどありがとう』（以上CCCメディアハウス）、『村井さんちの生活』（新潮社）、『更年期障害だと思ってたら重病だった話』（中央公論新社）、『本を読んだら散歩に行こう』（集英社）。
Twitter @Riko_Murai
ブログ https://rikomurai.com/

亜紀書房翻訳ノンフィクション・シリーズ IV-8

消《き》えた冒険家《ぼうけんか》

2023年4月6日 第1版第1刷発行

著 者 ローマン・ダイアル
訳 者 村井理子
発行者 株式会社亜紀書房
郵便番号 101-0051
東京都千代田区神田神保町1-32
電話 03-5280-0261
振替 00100-9-144037
https://www.akishobo.com
装 丁 國枝達也
DTP コトモモ社
印刷・製本 株式会社トライ https://www.try-sky.com

Printed in Japan
ISBN978-4-7505-1784-1 C0095

《村井理子の翻訳書》

捕食者
全米を震撼させた、待ち伏せする連続殺人鬼

モーリーン・キャラハン著／村井理子訳

はじまりは、極寒のアラスカの地。

コーヒースタンドでアルバイトをしていた高校生サマンサ・コーニグが姿を消したのは2012年2月2日のことだった。警察は最初、彼女が家出したものと考えた。だが、防犯ビデオの映像には、背の高い男が彼女を店内から誘拐する姿がはっきりと映っていた……。

全米各地に隠された謎の“殺人キット”、犯された数々の誘拐・強盗・暴行殺人、そして独房に残された12個の頭蓋骨の絵。2012年に逮捕され、唐突に獄中死した今世紀最大のシリアルキラーの実態を明らかにする、戦慄のノンフィクション！

四六判／432頁／2420円（税込）

黄金州の殺人鬼
凶悪犯を追いつめた執念の捜査録

ミシェル・マクナマラ著／村井理子訳

1970～80年代に米国・カリフォルニア州を震撼させた連続殺人・強姦事件。30年以上も未解決だった一連の事件の犯人「黄金州の殺人鬼」を追い、独自に調査を行った女性作家による渾身の捜査録。

強盗、強姦、殺人を10年以上にわたって繰り返し、DNA鑑定の網をくぐって闇に消えていた犯人を、作家である著者が独自の捜査で追いつめていく手に汗握るノンフィクション。

序文寄稿　ギリアン・フリン（『ゴーン・ガール』著者）

気が滅入るほど邪悪。聡明かつ、断固とした決意。本書はこの二つの心理への旅路である。

私は本書を愛してやまない。——スティーヴン・キング

四六判／460頁／2750円（税込）